Донцова

Кулинарная книга лентяйки-Вкусное путешествие

Сериал «Татьяна Сергеева. Детектив на диете»:

1. Старуха Кристи – отдыхает!
2. Диета для трех поросят

Сериал «Виола Тараканова. В мире преступных страстей»:

1. Черт из табакерки
2. Три мешка хитростей
3. Чудовище без красавицы
4. Урожай ядовитых ягодок
5. Чудеса в кастрюльке
6. Скелет из пробирки
7. Микстура от косоглазия
8. Филе из Золотого Петушка
9. Главбух и полцарства в придачу
10. Концерт для Колобка с оркестром
11. Фокус–покус от Василисы Ужасной
12. Любимые забавы папы Карло
13. Муха в самолете
14. Кекс в большом городе
15. Билет на ковер–вертолет
16. Монстры из хорошей семьи
17. Каникулы в Простофилино
18. Зимнее лето весны
19. Хеппи–энд для Дездемоны
20. Стриптиз Жар–птицы

А также:

Кулинарная книга лентяйки
Кулинарная книга лентяйки–2. Вкусное путешествие
Простые и вкусные рецепты Дарьи Донцовой
Записки безумной оптимистки. Три года спустя. Автобиография

Дарья Донцова

Диета для трех поросят

роман

Фейсконтроль на главную роль

главы из нового романа

Советы

советы

от безумной оптимистки Дарьи Донцовой

Москва

2008

ИРОНИЧЕСКИЙ ДЕТЕКТИВ

МОЙ ЛЮБИМЫЙ ЧИТАТЕЛЬ!

В 2008 году я снова приготовила для вас сюрприз. Какой? Сейчас расскажу.

На корешке каждой моей книги, начиная с этой и заканчивая твердой новинкой октября, вы найдете букву. Если к концу года вы соберете все восемь книг, то из букв на корешках сможете составить:

Д.	Д	О	Н	Ц	О	В	А

Каждый, кто станет обладателем Великолепной восьмерки книг, получит приз — сборник моих рассказов в эксклюзивном издании (такого не будет ни у кого, кроме вас). А самых удачливых определит Фортуна. Восьмерых счастливчиков ждут ценные призы.

Участвуйте и побеждайте! Всего Вам ВЕЛИКОЛЕПНОГО!

С любовью — Дарья Донцова

«ВЕЛИКОЛЕПНАЯ ВОСЬМЕРКА ОТ ДАРЬИ ДОНЦОВОЙ» ДЛЯ УЧАСТИЯ В АКЦИИ НЕОБХОДИМО:

1. Купить все 8 новых романов Дарьи Донцовой в твердом переплете. Первая книга выйдет в марте 2008 года, восьмая книга выйдет в октябре 2008 года.
2. Собрать все книги таким образом, чтобы на корешках составленных вместе книг читалось «Д. ДОНЦОВА».
3. Сфотографироваться на фоне книг, корешки которых, составленные вместе, образуют надпись «Д. ДОНЦОВА».
4. Вырезать из каждой из 8 книг уголок с буквой, расположенный в конце книги.
5. Взять чистый лист бумаги и печатными буквами разборчиво написать: ФИО, контактный телефон, возраст, точный адрес с индексом.
6. Вашу фотографию с книгами и 8 вырезанных уголков, а также лист с вашими данными (из п. 5) вложить в конверт и отправить на 109456, а/я «Дарья Донцова» с пометкой «Великолепная восьмерка от Дарьи Донцовой».

НЕОБХОДИМЫЕ АДРЕСА, ПАРОЛИ, ЯВКИ:

1. В акции участвуют 8 новых романов Дарьи Донцовой в твердом переплете, вышедшие в 2008 году в серии «Иронический детектив» в следующие месяцы: март, апрель, май, июнь, июль, август, сентябрь и октябрь.
2. Сроки акции: 15.03.08 — 14.03.09.
3. Ваше письмо должно быть отправлено по почте до 15.01.09.

4. Адрес для отправки писем: 109456, а/я «Дарья Донцова».

5. Телефон горячей линии, по которой можно задать ваши вопросы: (495) 642-32-88. Линия будет функционировать с 1 апреля по 1 мая 2008 года и с 20 октября 2008 года по 14 марта 2009 года.

6. На ваши вопросы по акции на сайте www.dontsova.ru 16 апреля 2008 года ответят сотрудники издательства «Эксмо».

7. На ваши вопросы по акции на сайте www.dontsova.ru в апреле 2008 года ответит Дарья Донцова (следите за новостями на сайте Дарьи Донцовой).

8. Условия акции, обновления, свежие данные и т.п. ищите на сайтах: www.dontsova.ru, www.eksmo.ru.

9. Восьмерых победителей мы назовем 20.02.09 на сайтах www.dontsova.ru и www.eksmo.ru. Имена счастливчиков также будут опубликованы в книге Дарьи Донцовой и в газете «Жизнь». Помимо этого, мы известим выигравших восемь ценных призов по указанным контактным телефонам.

10. Призы будут отправлены до 14.03.09.

А ТЕПЕРЬ О САМОМ ГЛАВНОМ – О ПРИЗАХ[1]:

1. Гарантированный приз — сборник рассказов Дарьи Донцовой в эксклюзивном издании — получает каждый участник, выполнивший все (!) условия, указанные выше в разделе «**Для участия в акции необходимо».**

2. 8 призов — 8 сертификатов магазинов бытовой техники и электроники на сумму 15 000 рублей каждый — получают 8 (восемь) человек, которые выполнили все (!) условия, указанные выше в разделе «**Для участия в акции необходимо»,** и чьи письма вытащит из барабана Дарья Донцова.

НЕОБХОДИМЫЙ P.S.:

Восьмерых счастливчиков, которые окажутся победителями, узнает вся страна!

Ваши фото с любимыми книгами будут напечатаны на форзаце одной из книг Дарьи Донцовой в 2009 году.

Вам есть за что побороться! Участвуйте в акции «Великолепная восьмерка», собирайте библиотеку любимых книг, получайте призы, и пусть у вас всегда будет много поводов для хорошего настроения!

С уважением,
Издательство «Эксмо»

---

[1] Призы не подлежат обмену на денежный эквивалент. Издательство берет на себя выплату налогов с приза.

Диета для трех поросят

роман

Глава 1

Аппетит приходит во время еды, особенно если едите не вы.

Зевая во весь рот, я вышла на кухню, увидела кастрюльку с остатками картофельного пюре и моментально ощутила укол совести... Вчера я вернулась домой, приняла душ, встала на весы и крайне расстроилась — стрелку шатнуло к отметке восемьдесят пять. Ну почему я опять поправилась? Ведь сижу на диете, сутки ничего не ела, лишь смотрела на продукты. Вот только часов в шесть вечера я не выдержала и слопала в кофейне крохотное пирожное. Лакомство было чуть больше пятирублевой монетки и представляло собой корзиночку с фруктами. Спрашивается, какой вред фигуре от клубники? Да, на дне тарталетки имелся крем, но официантка сказала, что он очень легкий, содержит ноль калорий. И вот вам — лишних три кило! За одну ночь!

Я тупо смотрела на прозрачное окошко, в котором стрелка замерла на неприятной цифре. Интересно, Гри заметит увеличение объема бедер жены?

Только не подумайте, что мой супруг принадлежит к той породе мужчин, которые постоянно ищут повод, чтобы отвесить моральную пощечину спутнице жизни. Наверное, вы не раз встречали подобных мужиков, это на них держится пластическая хирургия. Далеко за примером ходить не надо.

В соседней квартире, через стенку, живет семья Норман: Эдик, Катя и восьмилетняя Анечка. Катерина постоянно улучшает свою внешность. Сначала она сделала себе бюст четвертого размера, потому что Эдуарду нравятся женщины с большой грудью, затем слегка изменила форму носа, потому что Эдуарду нравятся курносые женщины, а после очередного похода в клинику Катя накачала себе губы силиконом, потому что Эдуарду нравятся женщины, смахивающие на утенка Дональда Дака. Лично я удивляюсь, ну почему при любви к девушкам с объемными формами Эдик женился на тощей Кате с минус первым размером бюста? В России легко найти особу, обладающую персями, превосходящими арбузы, а уж курносых да губастых и вовсе пруд пруди. Не во Вьетнаме живем, где подобный экземпляр днем с огнем не сыскать. А у нас — раз плюнуть! Выйди на улицу и посмотри внимательно по сторонам, моментально заметишь штук десять подходящих девиц. Но Эдик, видно, обожает трудности. Он выбрал очень далекую от его идеала Катю и начал ее улучшать, периодически заявляя:

— Если хочешь, чтобы я с тобой жил, изволь над собой работать.

И бедная Катюша покорно ложится под нож.

Мой Гри не таков. Он очень любит меня и постоянно повторяет:

— Дорогая, наплюй на модные журналы! Поверь, Танюша, ходячие кости меня абсолютно не привлекают, мне нравятся пампушечки.

Но трудно ощущать душевный комфорт, когда общество открыто травит полных женщин. Дамам, чей размер чуть больше сорок шестого, трудно купить приличную одежду и обувь — магазины забиты вещами, сшитыми для мышей в крайней стадии дистрофии. К коротеньким обтягивающим платьицам предлагаются сапожки, в голенища которых можно сунуть лишь сухие ветки. А бесконечные разговоры о диетах, здоровом питании, занятиях спортом... Даже если вы нормально выглядите, все равно захотите сбросить вес, потому что вас зомбируют радио и телевизор. В атмосфере общей истерии лишь немногие способны сохранить здравый рассудок, и Гри один из них.

Одним словом, я бы ни за какие коврижки не села на диету, простите за дурацкий каламбур. Вот только пару месяцев назад мне стало плохо — начались головокружение, сердцебиение, одышка, и испуганный Гри отвел меня к кардиологу. Причем не в районную поликлинику, а в крупный медицинский центр, оснащенный суперсовременной аппаратурой. Я пообщалась с профессором и вышла от него в полном ужасе.

— Немедленно худеть! — приказал мне эскулап. Затем пояснил: — Ваш нормальный вес шестьдесят килограммов. Если в течение года вы не приведете себя в порядок, то последствия не заставят себя ждать: инфаркт, инсульт, диабет, атеросклероз.

Когда Гри узнал о пророчестве доктора, он объявил:

— Теперь начинается война!

И с тех пор я борюсь с весом. Последний, правда, в этой борьбе побеждает.

И вот сейчас я уставилась на кастрюльку из-под пюре. Как уже говорила, я не ела сутки, лишь в кофейне, куда по непонятной причине ноги сами меня занесли, польстилась на малюсенькое пирожное. Знаете, как я потом переживала! Пока ехала домой, просто сгрызла себя и даже заплакала. В слезах вошла в квартиру, умылась, побежала на кухню, чтобы хлебнуть водички, увидела на плите кастрюльку с картофельным пюре, и рука сама схватила ложку...

Мой муж часто ездит в командировки. Гри — актер, к сожалению, пока недооцененный режиссерами. Больших ролей ему не предлагают, супруг в основном снимается в рекламе, которая не идет по центральным каналам телевидения. Надо отметить, что Гри не отказывается ни от каких предложений, моментально собирается и летит на зов. Бывают порой совершенно форсмажорные обстоятельства. Скажем, артист за день до начала съемок звонит помрежу и сообщает:

— Чао, ребята, у меня изменились планы — мне предложили роль Гамлета. Ищите кого-нибудь другого для рекламы слабительного.

И помреж, впав в панику, начинает обзвон всех, кто может заменить «звезду».

Так вот, вчера вечером мужу поступило предложение от фирмы, производящей стиральные средства, и он спешно вылетел во Владивосток. А я, заботливая жена, уже успела приготовить ему на ужин пюре — Гри обожает картошку во всех видах.

Кстати, хотите узнать, как сделать лучшую в мире «толкушку»? Тут есть некоторые секреты. Во-первых, размятый сваренный картофель надо залить горячими сливками не менее двадцати процентов жирности. Никогда не используйте холодное обезжиренное молоко, пюре приобретет противный сизый цвет. Разведя картошку до нужной консистенции, бросьте в нее кусочек сливочного масла, возьмите миксер и взбейте смесь. Поверьте, получится блюдо неземного вкуса.

Именно такое у меня вчера и вышло. Гри умчался, не притронувшись к ужину, а вернется он дней через десять. Но ведь ни одна хозяйка в здравом уме не отправит в мусорное ведро свежие продукты и не станет наблюдать, как они в муках умирают в холодильнике...

Я побежала в ванную, живо вскочила на весы и попыталась проглотить горький ком, вставший поперек горла. Никогда больше не прикоснусь к пирожным! Ну почему крохотная тарталетка с ягодами весом граммов двадцать прибавила мне три кило? Скорей всего диета, которой я придерживаюсь последнее время, не эффективна. Мне ее посоветовала одна клиентка.

— Помогает великолепно, — уверяла она. — Я за месяц потеряла тридцать килограммов. Все очень просто. Ешь один раз в сорок восемь часов. Зато можно употреблять любые продукты, от пуза.

Я поверила стройной даме, но так и не смогла избавиться от жировых складок!

В полной тоске я включила телевизор — пусть бормочет, взяла губку, капнула на нее жидкое мыло и принялась мыть кастрюльку. Ровно через секунду затрезвонил мобильный.

Я вытерла руки полотенцем, взяла трубку и со вздохом сказала:

— Алло.

— Знаю, что у тебя выходной, — промурлыкала моя начальница Рената Логинова, — но у нас форс-мажор. Клиентке нужна именно ты! Она посмотрела наш альбом с фотографиями и выбрала твой снимок.

— Ага, — безнадежно буркнула я, — понимаю.

— Сделай одолжение, приезжай!

— Я в разобранном состоянии, смогу появиться лишь через два часа.

— Собралась делать круговую подтяжку морды лица? — раздраженно спросила Рената.

— Пока приму душ, высушу волосы, нанесу макияж, пройдет не менее часа. И примерно столько же понадобится на дорогу до офиса, — спокойно парировала я.

— Тебя тут никто не собирается отправлять на конкурс красоты, — зашипела Логинова. — Выскочишь как есть — сэкономишь кучу времени. Кстати, бег полезен для здоровья. Кое-кто отстегивает бешеные бабки за фитнес, а тебе сейчас представилась бесплатная возможность сделать пробежку по проспекту. Айн, цвай, драй — клиентка ждет!

И я послушно побежала в прихожую. С Логиновой шутки плохи. С виду наша начальница похожа на белого, пушистого, беспомощного зайчика. Сходство с ушастым зверьком увеличивается, когда Рената злится и ее глаза начинают слегка косить. В такой момент сотрудники понимают: пора лезть под стол, сейчас их накроет ураганом. Да-да, Логинова — машина, железный механизм, не знающий ни усталости, ни страха, ни пощады. Ренату не тронуть рассказами о заболевших детях, она не принимает никаких оправданий от служащих, решивших откосить от работы.

— Не хочешь трудиться — катись вон, — заявляет Логинова, — никого насильно не держим.

Не всякий человек выдержит такой прессинг, на моей памяти из агентства «Прикол» ушло немало людей. Но я пока держусь. Если честно, мне здесь очень нравится. До прихода в «Прикол» я перепробовала несколько профессий: работала в школе преподавателем русского языка и литературы (у меня высшее филологическое образование), служила секретарем, потом некоторое время была безработной. Ну а затем судьба послала мне Гри. Ей-богу, он мне достался за все перенесенные муки (на момент нашего знакомства я была вдовой)[1].

Именно Гри и привел меня в агентство, лозунг которого звучит слегка нахально: «Для нас нет проблем». В «Приколе» занимаются организацией нестандартных праздников, в том числе помогают разыгрывать близких и коллег по работе. Например, весной один олигарх пожелал, чтобы его малолетняя дочь побывала в Кении. Нет ничего проще, воскликнете вы и будете правы — любой туроператор с легкостью подберет гостиницу в Найроби и купит авиа-

---

[1] История жизни Тани Сергеевой подробно рассказана в книге Дарьи Донцовой «Старуха Кристи — отдыхает!», издательство «Эксмо».

билеты. Но в нашем случае имелась маленькая деталь: заботливый папаша не желал отпускать дочурку на черный континент. Африку следовало доставить на дом, во двор коттеджа, расположенного в поселке с милым названием Сопелкино.

Конечно же, «Прикол» справился с заданием, Логинову не смутило даже то, что на дворе был март и погода стояла слякотная. Детка уехала в школу, а когда около шести вечера вернулась, то завизжала от восторга. Грязь и лужи исчезли с участка, словно по мановению волшебной палочки. Двор был засыпан чистым песком, тут и там торчали пальмы, между ними стаями бегали обезьяны, в подогреваемом бассейне купался бегемот, у парадного входа топтался слон, а в доме роились чернокожие слуги в набедренных повязках.

Сколько денег любящий папа заплатил агентству, осталось тайной для простых сотрудников. Лично я полагаю, счет шел на миллионы.

Не надо думать, что «Прикол» берется лишь за масштабные мероприятия, мы с радостью помогаем всем. Вот еще один пример: как-то к нам пришел застенчивый юноша, страстно влюбленный в свою однокурсницу. Красавица не обращала ни малейшего внимания на тихого парня, и тот, отчаявшись, обратился к профессионалам:

— Помогите, придумайте что-нибудь! — И тут же Ромео робко добавил: — Но у меня всего лишь триста долларов, наверное, этого не хватит.

Надо отдать должное Ренате — с владельцем нефтяной скважины, способным отвалить огромные деньги, и с нищим студентом она всегда разговаривает с одинаковым уважением. «Большой доход складывается из малых денег», — любит повторять хозяйка агентства. Пятикурснику она заявила:

— Вы озвучили бюджет, завтра получите наше предложение.

Спустя десять дней на красотку, беспечно шагавшую вечером по пустынной улице, напал маньяк. Здоровенный бугай скрутил несчастную, и когда она уже собралась расстаться с жизнью, откуда ни возьмись появился наш юноша. В два счета отважный Ромео отбил девчонку у монстра и сдал того ментам, которые очень удачно вырулили из-за угла на патрульной машине. Парень отвел насмерть перепуганную девушку домой, а по дороге признался ей в любви, между делом заметив:

— Я давно тайно сопровождаю тебя, оберегаю от неприятностей.

Ясное дело, история закончилась свадьбой. Рената ловко справилась с задачей, исходя из сметы. Роль маньяка сыграл за пятьдесят баксов студент института физкультуры, мастер спорта по вольной борьбе. Милиционеров за столь несложную услугу устроил гонорар в сто долларов, оставшаяся сумма пошла в доход «Прикола».

В агентстве не так уж много штатных сотрудников, в основном мы привлекаем людей со стороны. Я одна из тех, кому положен приличный оклад и комиссионные (Гри давно знаком с Ренатой и порадел за свою женушку). Мне нравится работать в агентстве, да и Логинова довольна мною как сотрудницей. Хозяйка поручает мне сложные дела. Конечно, у меня нет актерского образования, но некий талант к лицедейству я все же имею, хотя чаще выезжаю на интуиции. Правда, в отличие от гениального Гри, я играю порой фальшиво. Однако люди, как правило, не замечают «косяков» госпожи Сергеевой. Вот вам еще один аргумент в пользу толстушек — от полного человека не ждут подвоха...

Я вышла на лестницу, заперла дверь, повернулась к лифту и увидела свою соседку, восьмилетнюю Анечку Норман. Глаза девочки припухли, а нос покраснел.

— Что случилось? — вместо «здравствуй» воскликнула я.

— У меня завтра день рождения, — пробубнила Аня.

— Заранее поздравлять человека — плохая примета, — улыбнулась я, — но утром непременно принесу тебе маленький презент. Какие конфеты ты больше любишь? С шоколадной начинкой или с марципановой?

— А вот моя бабушка не верит в приметы и уже поздравила меня! — прошептала Аня.

— На самом деле всякие там черные кошки, тринадцатое число и несчастливый понедельник абсолютная ерунда, — живо подхватила я. — Не расстраивайся! Бабуля хотела первой сделать тебе приятное!

Аня прижала кулачки к груди и несколько не по теме сообщила:

— Баба Оля врач.

— Тебе повезло, — кивнула я, поддерживая разговор.

— Патологоанатом, — легко справившись с трудным словом, продолжала Аня. — Она трупы режет.

— Хорошая профессия, — уже менее уверенно сказала я, — бабушка помогает докторам уточнить диагноз.

— Она рассказывает о своей работе. Очень часто!

— Мгм, — промычала я, удивляясь. Конечно, хорошо, когда взрослые общаются с детьми, держат их в курсе своих проблем, это сплачивает семью. Но, согласитесь, беседовать со второклассницей о том, что происходит на столе прозектора, как-то слишком.

— Баба Оля говорит, — перешла на шепот Аня, — что все мертвецы имеют плохие зубы. Прямо жуть! А ведь у человека все должно быть красиво, так?

— Ага, — согласилась я, — в принципе, верно.

— Вот бабушка и подарила мне на день рождения

деньги, — грустно произнесла Анечка. — Но они целевые.

— Какие?

— Целевые, — повторила Аня. — На зубы. Завтра меня повезут к стоматологу, прикус исправлять, кариес лечить. Супер, да? Шикарный подарок.

Я заморгала, а девочка продолжила:

— Баба Оля сказала, что ей не хочется сгорать со стыда, когда я у патологоанатома окажусь. Залезут ко мне в рот, а там зубы, как у самца бабуина. Тетя Таня, а чего вы в лифт не заходите?

Я отмерла и зашла в кабину. Но с немотой от изумления так и не справилась.

Когда-то Альберт Эйнштейн в сердцах произнес: «Или я сумасшедший, или весь мир сошел с ума». Ох как я была сейчас с ним согласна! Кто бы спорил, ребенку необходимо лечить зубы, но ведь не дарить же поход к дантисту на день рождения! А чего стоит пассаж милой бабули про стол патологоанатома, на котором должна очутиться Аня. Кстати, интересно, что там такого неприятного с зубами у самца бабуина, и откуда милейшая Ольга Николаевна знает о проблемах обезьян?

Глава 2

— Ты что, только из койки вылезла? — прошипела Рената, когда я, запыхавшись, вошла в офис. — На кого ты похожа! Хоть бы спортивный костюм переодела!

— Сама велела мне бежать как есть, — напомнила я.

— Но я не предполагала, что твое «как есть» столь ужасно! — парировала хозяйка. — Иди сюда, в кабинет...

Все мое детство, потом юность и большая часть

зрелости прошли около крайне недовольной дочерью мамы. Она постоянно делала мне замечания:

— Не горбись! Не чавкай! Не болтай! Не ленись! Учись отлично! Забудь о мальчиках! Сначала диплом — потом забавы!

Думаю, мама хотела воспитать идеального члена общества, подгоняла меня под некий живший в ее голове идеал, но я оказалась неблагодарным материалом и служила своим родителям вечным напоминанием их педагогической несостоятельности. Нет-нет, я не совершала ничего асоциального, не курила, не пила, впервые поцеловалась только на свадьбе, брачная ночь была у меня первой во всех смыслах этого слова. Я очень старалась понравиться собственной маме! Но если школьнице Тане и удавалось получить по математике четверку, дома ее незамедлительно спрашивали:

— Почему не пять?

Взяв в руки мою тетрадь с сочинением, мать возмущалась:

— Ну и почерк! Грязно! Не знаю, почему учительница поставила тебе отлично! Больше тройки ты не заслужила!

И папа, и мама скончались, а я так и не стала образцом для подражания. Великолепно знаю свои отрицательные качества: я ленива, медлительна, туго соображаю, пассивна, некрасива, слишком толстая и неповоротливая. Остается лишь удивляться, по какой причине Гри, под которого красотки укладываются штабелями, женился именно на мне. До сих пор меня терзает недоумение: ну что он во мне нашел? Да к тому же муж намного моложе.

Впрочем, я успешно пытаюсь прятать неуверенность за широкой улыбкой, хотя любые намеки на недостатки моей внешности жалят меня сильнее диких африканских ос. Но я очень хорошо понимаю:

если покажу свою обиду, окружающие не замедлят этим воспользоваться.

Хотите совет от женщины, над которой постоянно издевались и одноклассники, и одногруппники? Едва кто-то, желая уколоть вас, воскликнет: «Вау! Ты сегодня страшнее атомной войны и явно прибавила в боках!» — не вздумайте надуть губы и заплакать. Жалеть вас не станут, и угрызений совести хам не испытает. Тут нужен иной способ борьбы. Широко улыбнитесь и с радостным выражением идиотки воскликните: «Верно! Прикинь, я хочу принять участие в соревновании «Самая толстая задница». И начинайте громко хохотать. Пару раз проделаете подобный трюк, и от вас отстанут. Неинтересно ведь дразнить человека, который сам готов посмеяться над собой. Потом вы, конечно, порыдаете в ванной, за плотно закрытой дверью, но посторонние не должны об этом даже догадываться...

И сейчас, услышав слова Логиновой, я немедленно воспользовалась отработанным приемом.

— Что ты, сегодня я выгляжу просто чудесно! Вот вчера... Эх, жаль ты меня не видела, это были руины Черкизовского рынка.

— Почему именно его руины? — вдруг удивилась Логинова. — Обычно вспоминают про Помпеи.

— На Помпеи не тяну, — с ложной скромностью ответила я, — мой потолок — вещевая толкучка.

Рената захихикала.

— Ты обладаешь уникальным даром возвращать людям хорошее настроение, — заявила она.

— У меня случайно это получается, — пожала я плечами, не выходя из роли.

Логинова распахнула дверь и пропустила меня в свой кабинет.

— Вера Петровна, гляньте, подходит? А то фотография часто искажает человека. Хотя в нашем альбоме отличные карточки сотрудников.

Я лишь усмехнулась мелькнувшей мысли: если вы стали похожи на собственное изображение в паспорте, срочно проситесь в отпуск. А затем посмотрела на клиентку.

Худенькая, смахивающая на ощипанного воробышка женщина, опираясь на ручки, встала.

— О! Великолепно! — воскликнула она, окинув меня цепким взглядом. — Даже спортивный костюм в жилу, она обожала такую одежду. И грима много не понадобится. Потрясающее совпадение! Едем!

— Куда? — поинтересовалась я.

— Разве вам не объяснили? — встревожилась Вера Петровна.

— Я еще не успела, — сказала Рената.

— Катастрофа! Она не сможет выучить роль! — простонала заказчица и рухнула обратно в кресло.

— Татьяна наша лучшая сотрудница, — запела хозяйка.

Я приосанилась. Доброе слово и кошке приятно.

— Госпожа Сергеева у нас — суперпрофи, справляется с любыми заданиями легко, — продолжала нахваливать меня Рената.

Вот тут означенная суперпрофи насторожилась. Ох, не зря Логинова льет елей! Видно, приключилась на редкость масштабная неприятность.

— Хватит разговоров, лучше введите актрису в суть дела, — перебила Ренату Вера Петровна.

— Значит, так... — резко изменив тон, повернулась ко мне Логинова. — У Веры Петровна есть муж, Олег Михайлович. У них полное взаимопонимание, дом обеспеченный, проблем никаких.

— Замечательно, — встряла я со своим комментарием.

— Но в последнее время Олег загрустил, — вступила в беседу заказчица. — Всегда был веселым, очень остроумным, а тут совсем сник.

— Неприятности на работе? — предположила я.

— Ни малейшего намека, — отрезала дама, — его бизнес стабилен.

— Может... простите, конечно... любовница? — брякнула я.

Рената незаметно ущипнула меня, но Вера Петровна не разозлилась.

— Мой муж не ходит налево! Я ни о чем таком не знаю! — отвергла она мое предположение.

— А большинство жен и не знает о неверности супругов, — продолжала я. — Мало кто затевает адюльтер с целью сообщить о нем жене!

— Олег мне все рассказывает. Абсолютно! — заявила дама. — Супруг со мной предельно откровенен, я в курсе его дел и моральных терзаний.

Я опустила голову. Желание полностью душевно обнажиться перед другим человеком, пусть даже и близким тебе, является симптомом психического заболевания. У нормальных людей всегда есть некие секреты, большие и малые, которые даже под дулом пистолета не захочется озвучивать. Значит, либо мужик слегка не в себе, либо Вера Петровна обманывается.

— Естественно, я провела работу с мужем, — продолжала клиентка, — и в процессе разговора выяснила: он тоскует по временам своего детства. Понятно?

Мы с Ренатой одновременно кивнули.

— Чтобы Олег восстановился, я оборудовала для него комнату, воссоздала помещение, в котором он провел школьные годы, — вещала Вера Петровна. — Пришлось, конечно, потрудиться, но результат превзошел все мои ожидания. Да вы сами увидите. Олег вошел в детскую и прослезился. Кинулся меня обнимать, заплакал от счастья и сказал: «Теперь у меня есть угол, где я сумею полностью расслабиться. Спасибо, любимая!»

Вера Петровна осеклась, достала сумку, вытащила оттуда платок и начала промокать глаза, тоже прослезившись.

Я посмотрела на Ренату и незаметно покрутила пальцем у виска. Логинова развела руками. Заказчица убрала платок в недра ридикюля и вернулась к своему рассказу:

— Неделя прошла шикарно. Олег буквально возродился — опять шутил, смеялся. Но потом снова погас. И мне опять пришлось с ним работать.

— Думается, в данном конкретном случае лучше всего обратиться к специалисту, пригласить врача, — не выдержала я.

Вера Петровна положила ногу на ногу.

— Солнышко, я психотерапевт. Вам ясно? Я опытный специалист, обладаю обширной практикой и расчудесно разбираюсь в проблеме мужа. А она такова: Олег фактически рос сиротой при живых родителях, недополучил любви и ласки. Значит, просто следует наполнить пустой сосуд. Понятно?

Мы с Логиновой снова закивали.

— В ходе сеансов всплыло одно обстоятельство, — продолжала дама. — В семье Олега была домработница. Она заботилась о мальчике, помогала ему с уроками, хвалила его, а иногда и наказывала. Короче, исполняла еще и обязанности гувернантки. Именно Тигровна являлась для Олега символом спокойствия, бастионом надежности. Увы, женщина умерла, когда Олег учился в десятом классе. И с той поры в его сердце образовалась рана. Муж не может расслабиться, он не ощущает душевного комфорта.

— Какое странное имя — Тигровна, — изумилась я.

— Женщину звали Натэлла Тиграновна, — улыбнулась Вера Петровна. — Однако ребенку было трудно выговаривать ее имя и отчество, и в результате получилась Тигровна. Так вот, вам предстоит сыграть ее роль!

На секунду я опешила, потом протянула:

— Вроде я мало похожа на старуху. И, думается, Натэлла Тиграновна была армянкой. Я же русская и по возрасту отнюдь не бабушка.

— Не волнуйтесь, Вера Петровна, — задергалась Рената. — Татьяна изобразит, что надо. Загримируем ее, замажем, состарим, если надо, усики приклеим...

Вера Петровна замахала руками.

— Нет, нет! Тигровне на самом деле было чуть больше тридцати пяти, но ребенку она казалась пожилой. Татьяна очень похожа на гувернантку, вот только надо нарисовать на виске родимое пятно.

— Отлично! — возликовала Логинова. — Сейчас придет гример. И пока он будет работать, вы расскажете Татьяне, как ей себя вести с Олегом.

Через пару-тройку часов мы с Верой Петровной вышли из машины — кстати, совсем не дорогой иномарки — и поднялись по ступенькам к роскошной парадной двери пафосного особняка. Похоже, Олег Михайлович, мечтающий вернуться в беззаботное детство, зарабатывает бешеные деньги, маловероятно, что громадный дом построен на гонорары психотерапевта.

— Детская на первом этаже, — пояснила хозяйка. — Сюда, пожалуйста, через библиотеку. Нет, нет, здесь комната Ирины, нам налево... Оп-ля, пришли!

Дверь, перед которой мы остановились, разительно отличалась от остальных, мимо которых Вера Петровна меня провела. Она была не цельной, сделанной из массива дуба, а просто фанерной. И цвета другого — серо-белая. Кое-где филенки покрывали царапины, а ручка выглядела совсем дешевой. Она представляла собой морду льва, из пасти которого торчало кольцо.

— Входим, — приказала психотерапевт и открыла дверь.

Моему взору открылась спальня. У широкого окна стоял самый обычный двухтумбовый письменный стол. На его поверхности лежало стекло, а под ним — расписание уроков. Рядом была засунута записка: «Бассейн в понедельник, среду и пятницу с 18 до 19.30. Музыкальная школа в четверг, субботу, воскресенье и вторник с 16 до 20. Не забывай сумку». Справа на столешнице высилась стопка учебников, слева несколько тетрадей, обычная настольная лампа, посередине белел перекидной календарь. У стены стоял трехстворчатый шкаф, за ним кровать с железными спинками, верхнюю часть которых украшали маленькие шарики, выкрашенные в белый цвет. У другой стены — книжный стеллаж и нечто вроде комода, заваленного моделями машин. Дальше шло кресло, над ним висел пластмассовый радиоприемник.

На койке мирно спал мужчина, одетый в синюю байковую пижаму, явно сшитую по заказу жены. Теперь подобных одеяний днем с огнем не сыщешь. Нынешним детям повезло больше, чем их сверстникам из прошлого века — у малышей сейчас яркая одежка и замечательные игрушки. Один компьютер чего стоит! А одногодки Олега Михайловича проводили свободное время в компании с моделями машин и самолетов.

— Ну, начинай, — скомандовала Вера Петровна, — желаю тебе удачи. Главное, не сомневайся в своих силах! Олег настроен на игру.

— Он и правда спит? — с недоверием осведомилась я.

— Да, — кивнула она. — У него сегодня выходной, пообедал и лег. Приступай!

Вера Петровна вышла, а я осталась в спальне. Постояла мгновение, потом решительно подошла к кровати и потрясла хозяина за плечо.

— Олежек, вставай!

— Отстань, — прошептал тот.

— Пора чай пить.

— Не хочу!

— Надо подниматься.

— Отвяжись! Какого хрена пристала, дура!

Я опешила. И как следует поступить гувернантке, если воспитанник откровенно хамит? У меня нет своих детей, поэтому отсутствует и родительский опыт, но предполагаю, что грубияна следует наказать.

— Ты как со мной разговариваешь?! Немедленно попроси прощения! — гаркнула я.

Олег сел, потряс головой и, не открывая глаз, заявил:

— С ума сошла? Ох и надоела ты мне, блин! Вали отсюда!

Меня охватило глубочайшее изумление. Слово «блин» почти нецензурное выражение для ребенка. И как мне поступить? Хлопнуть «малыша» по губам? Но текст выученной роли был совсем иной! Ладно, начну его озвучивать.

— Милый Плюша, твои любимые «ушки» на столе, — просюсюкала я. — Иди скорей, пора пить чай с домашним печеньем.

Глаза Олега распахнулись и уперлись в меня. Я заулыбалась и продолжила:

— Тигровна испекла «ушки»!

Лицо хозяина исказила гримаса.

— Ты кто? — еле слышно спросил он.

— Не узнал, милый?

— Н-нет, — прозаикался Олег. — То есть да... О боже! Нет!

— Ты очень крепко спал, — произносила я заученные слова, — я тебя еле-еле добудилась. У нас сегодня десятое октября. Или забыл?

— Десятое октября... — эхом повторил Олег. — О нет! Неправда! Где она?

— Кто? — старательно разыграла я изумление.

Впрочем, я на самом деле испытывала некое удивление. Вера Петровна, когда объясняла мне роль няни, предусмотрела все реакции мужа: сначала он удивится, потом сообразит, что жена приготовила ему новую забаву, и с энтузиазмом включится в игру. Но пока клиент не очень-то идет на контакт.

— Беда, — промямлил Олег, — память у меня совсем отшибло.

Я рассмеялась.

— У мальчиков не бывает склероза. Ну хватит безобразничать, а то я тебя накажу!

— Я мальчик? — не успокаивался Олег.

— Уж не девочка!

— Маленький? — изумился мужчина.

— Хватит разговоров! Пей чай и садись за уроки. Кстати, ты скоро школу заканчиваешь! — гнула я свою линию, поражаясь нелепости спектакля.

Внезапно Олег поднял колени к лицу, обхватил их руками и, качаясь из стороны в сторону, протянул:

— Так какое сегодня число?

— Сказано же, десятое октября.

— А где мама?

— Она отдыхает.

— Где?

— В своей спальне. Вот скоро проснется, и я ей пожалуюсь.

— Сегодня десятое октября?

— О господи... Да!

— Нет, неправда. Не может быть, — прошептал Олег, — ты врешь.

Я подавила вздох. По расчетам Веры Петровны, сейчас ее мужу следовало потребовать полдник — в комнате приготовлено все для чаепития. Но, очевидно, она все же не досконально изучила мужа, и действие стало разворачиваться не по плану.

— Десятое октября? — шарахнулся к стене Олег. — Не хочу! Не хочу! Все! Конец! Нет!

Крик прокатился по комнате и взметнулся к потолку. Вот тут я испугалась и решила прекратить игру.

— Олег Михайлович, успокойтесь.

Куда там! Взгляд хозяина остекленел, как у зомби.

— Тигровна! Ты! Живая! Десятое! Нет! Она здесь! Моя голова! Помоги! Болит! Дай!

— Что? — засуетилась я. — Лекарство? Какое?

Хозяин неожиданно рассмеялся.

— Сейчас мне будет хорошо. Очень!

Не успела я охнуть, как Олег Михайлович вскочил, одним прыжком достиг шкафа, распахнул дверцу, схватил с полки пузырек и разом вылил себе в рот его содержимое.

— Немедленно выплюнь! — приказала я, все еще на автопилоте играя роль няни.

Олег Михайлович сделал шаг вперед, подогнул колени и медленно осел на пол. Затем лег на протертый ковер, разбросал в сторону руки-ноги, вздрогнул и замер.

Я кинулась к Олегу Михайловичу, попыталась перевернуть его на спину, но сумела лишь поднять его голову. Широко раскрытые глаза не моргали, рот был полуоткрыт, а нос стал заостряться прямо у меня на глазах. Я отскочила в сторону, ударилась о кровать, упала и, не вставая, на четвереньках отползла к двери. Похоже, Олег Михайлович только что умер.

На ковре остался пустой пузырек — узкий, длинный, с красной этикеткой и пробкой цвета крови. Горло флакона было витым. Согласитесь, странный дизайн для упаковки лекарственного средства.

Глава 3

Голос я обрела лишь около широкой стеклянной лестницы, ведущей на второй этаж особняка. Железная рука, сжимавшая мое горло, ослабила хватку, и я завопила:

— Вера!!!

Конечно, не совсем прилично столь панибратски обращаться к женщине, которая не только старше тебя, но еще и является клиенткой фирмы, в которой ты работаешь, но на отчество сил у меня не хватило.

Ничего не подозревавшая хозяйка дома выглянула из какой-то комнаты.

— Что случилось?

— Олег... он... сюда... скорей...

Вера вышла в коридор.

— Спокойно! Со всем можно справиться. Главное, не терять головы ни в какой ситуации! Олег тебе нахамил? Муж иногда способен на грубость. Я забыла предупредить: он мог испытывать к няне агрессию. Понимаешь...

— О возможности самоубийства вы тоже забыли меня предупредить? — прошептала я.

Вера Петровна моргнула, потом опрометью кинулась в «детскую». Я осталась на месте. В голову лезли абсолютно неуместные в создавшейся ситуации мысли. Ну и интерьер в особняке! Хай-тек разбушевался по полной программе. Сейчас я находилась в небольшом холле, где пол был выложен черно-белой плиткой, стены покрыты розовой краской, потолок переливался всеми оттенками голубого, с него свисала проволочная корзинка, набитая чем-то, напоминающим мятые листочки. Странное сооружение явно являлось люстрой, потому что бумажный мусор излучал приятный желтый свет. Еще здесь висели очень странные, на мой взгляд, картины. Взять хотя бы ту, что украшала пространство между двумя дверями: на ней была изображена негритянка, одетая в норковую шубу и красные сапоги. Все бы ничего, но дама восседала на унитазе, держа в одной руке сигару, а в другой полуобглоданную куриную ножку. Что хотел сказать этим произведением художник? Может, я не способна по достоинству оценить современное искусство? А лестница... Ступеньки у нее стеклянные, перил нет, конструкция подвешена на золотых цепях, которые крепятся непонятно к чему. Я, пожалуй, сумею заставить себя один раз пройти по ней вверх, но, боюсь, вниз уже не спущусь. Неужели хозяева легко бегают по этому кошмару туда-сюда?

Чья-то рука схватила меня за плечо, я взвизгнула и обернулась:

— Вы кто?

Высокая, коротко стриженная женщина в красном платье приложила палец к губам, ее круглые, как у совы, глаза стали огромными.

— Тише. Меня зовут Ирина. А вас?

— Татьяна, — промямлила я, — Татьяна Сергеева.

— Очень приятно, — зашептала собеседница. — Хотите коньяку?

Я машинально отметила, что дамочка в молодости была симпатичной. Родинка над верхней губой придавала ей пикантность, легкая курносость не портила впечатления.

— Вы хотите коньяку! — решительно повторила уже в утвердительной форме Ирина и дернула меня за руку в сторону лестницы. — Пошли!

Я посмотрела на прозрачное безумие и решительно отвергла ее предложение.

— Спасибо. Лучше я тут постою.

Ирина захихикала.

— Понимаю, я сама на второй этаж подняться не могу. Но вообще-то я предложила вам пройти на кухню. Это здесь.

Продолжая посмеиваться, женщина нажала на стену, та разъехалась в разные стороны, и открылась кухня, больше похожая на командный пункт космического корабля. Если вы видели фильм «Звездные войны», то поймете, о чем я веду речь.

— Садись, — по-свойски велела Ира, указывая

на странное, блестящее сооружение, напоминающее скорее тумбочку из нержавейки, чем табуретку.

С некоторой опаской я устроилась на жестком сиденье, а Ирина принялась доставать бутылки. Она вроде бы собиралась угостить меня коньяком, но, очутившись у бара, начисто забыла о своем предложении. Сначала она вытащила маленькую пузатую емкость и сделала глоток прямо из горлышка, затем выудила из шкафа квадратной формы графин и тоже приложилась к нему, потом настала очередь штофа, заполненного красной жидкостью.

— Ира! — гаркнула Вера Петровна, вбегая в кухню. — Немедленно иди в свою комнату!

Ирина вздрогнула и стала оправдываться:

— Ничего плохого я не делаю...

— Вижу, — сурово перебила ее хозяйка дома.

— Надо человека угостить...

— Уходи в спальню!

— Она попросила коньяк, — жалобно заныла Ира, — нельзя же отказать. Скажи, Таня, ты сама выпивку потребовала, ведь так? Мне бы и в голову не пришло предложить спиртное!

Вера Петровна схватила даму в красном за руку, выволокла ее из кухни и через пару секунд вернулась назад.

— Извини, — устало улыбнулась она. — Наверное, ты уже поняла: Ира алкоголичка.

Я удивилась. Если в семье есть пьянчужка, то зачем на кухне открыто держат алкоголь?

— В бутылках сок — вишневый, березовый, виноградный, — объяснила Вера Петровна, будто угадав мои мысли. — В жидкость добавлено лекарство. Ирина совершенно неуправляемая, ведет себя на первый взгляд адекватно, но потом...

— Что с Олегом Михайловичем? — перебила я хозяйку.

— Он умер, я вызвала врача. Но когда «Скорая»

сюда доберется, неизвестно — в городе жуткие пробки, — коротко ответила та. — Значит, так! Мы же не хотим неприятностей?

— А какие еще неприятности могут быть? — решила уточнить я.

Вера Петровна опустилась на соседний стул.

— Всякие, — пожала она плечами. — Если начнется следствие, выяснят, что я обращалась в «Прикол», газеты растрезвонят о том, что бизнесмен Ефремов скончался, будучи наедине с актрисой, и пойдет пляска с мордобоем. «Прикол» потеряет кучу клиентов, а тебя уволят.

— За что? Я ничего не сделала! Играла предписанную мне роль, а Олег схватил пузырек и сам его опустошил, — сказала я.

— Это ты утверждаешь, — мягко возразила Вера. — Но свидетелей нет. Все могло быть иначе.

— Как?

Хозяйка обхватила себя руками.

— Муж охотно вступил в игру, а когда ты протянула ему пузырек и велела принять снадобье — ну, допустим, от кашля — послушался.

На секунду я потеряла дар речи, но быстро пришла в себя и воскликнула:

— Это бред! В лаборатории изучат склянку и не найдут на ней ничьих отпечатков пальцев, кроме как Олега.

— Ты была в перчатках.

— Нет!

— Докажи!

Я снова онемела, а Вера Петровна встала и принялась ходить туда-сюда по кухне.

— Для начала успокойся, — велела она. — Будет еще хуже, если приедет милиция и придется рассказывать про детскую, игру в няню и прочее. У Олега банк. Слух о том, что Ефремов был псих, немедленно полетит по Москве. Народ начнет забирать вклады... Короче говоря, этого нельзя допустить.

— Вам совсем не жаль мужа, — пробормотала я.

Вера Петровна включила чайник.

— Если честно, мне жаль себя, — откровенно сказала она, — Олег был болен, к настоящему времени стал почти неадекватным. Давай поступим так. Пока сюда едет врач, глотнем чайку, придем в себя, я тебе кое-что расскажу, а потом мы совместно примем решение о дальнейших действиях. Ни тебе, ни мне шум не нужен.

Я уставилась на Веру Петровну в полном недоумении. Ее самообладанию можно только позавидовать. Не всякая жена, пусть даже и тяготящаяся семейными узами, сохранит спокойствие, увидев труп супруга!

А хозяйка тем временем завела рассказ.

Олег и Вера поженились по любви. Они были уже не юными, но брак заключили впервые — оба сначала строили карьеру и в молодости думали лишь о работе. Вера вообще полагала, что семейная жизнь не для нее, отношения, которые она завязывала с мужчинами, завершались очень быстро. Может, дело было в ее профессии? Вера отличный психолог, и через месяц совместной жизни любовник становился для нее открытой книгой. Причем, как правило, букварем, а не философским трактатом. Веру раздражали лень, несобранность, неумение зарабатывать деньги, эгоизм, завышенная самооценка партнеров. Она уже отчаялась найти себе пару, ей даже стало казаться, что нормальных мужчин в природе не существует. И тут на прием к ней пришел Олег Ефремов. Никаких проблем у мужчины не имелось, зато была сестра Ирина, законченная алкоголичка. Олег испробовал разные способы борьбы с пагубным пристрастием сестры — возил ее по клиникам, не только российским, но и зарубежным, кодировал, вшивал «торпеды», очищал кровь, поил сборами трав... Положительного результата не наблюдалось. Выйдя из очередной больницы, Ирина пару месяцев вела трезвый образ жизни, а потом хваталась за бутылку, и все начиналось заново. Денег на пьяницу уходило немерено, но отнюдь не финансовые проблемы волновали Олега. Хуже всего дело обстояло у него со свободным временем. Ирина была неспособна жить одна, поэтому обитала с братом, и если тот задерживался на службе, немедленно впадала в депрессию и заливала тоску алкоголем. Когда Ефремов упрекал сестру, та с вызовом заявляла:

— Пью и буду пить. А что еще мне делать? На службу меня не пускаешь, замуж тоже. Лишил всех радостей.

Это было правдой. Ирина когда-то закончила факультет журналистики и мечтала стать известным репортером. Пару лет она работала в разных изданиях, но, увы, пишущая братия любит выпить, а статус светского обозревателя, коим являлась Ира, обязывал посещать тусовки, презентации, вечеринки. Ясное дело, на подобных мероприятиях подают спиртное, и очень скоро Олег сообразил: Ире надо срочно менять работу. Он устроил сестру в рекламное агентство, но и там частенько случались праздники. Ирина перевелась в издательство. Затем стала выдавать книги в библиотеке, но путь в читальный зал пролегал мимо ларька, в котором торговали горячительным. В общем, как тут не вспомнишь поговорку: «Свинья везде грязь найдет». Олег оценил глубину народной мудрости и решил запереть сестру в квартире.

Представьте его изумление, когда в один отнюдь не прекрасный день он обнаружил Иру в спальне пьяной. Ефремов даже растерялся: ну где, спрашивается, она отыскала бутылку? Тогда он велел домработнице следить за красавицей в оба глаза, и та скоро доложила:

— Она действует как алкоголики на зоне. Берет черный хлеб, нажевывает, складывает в мешок, вешает за батарею...

— Ну ваще! — только и сумел вымолвить Олег и решил посоветоваться с психологом.

Вера не сумела ему помочь с решением проблемы — Ирина осталась алкоголичкой, зато психотерапевт и банкир поженились, чем вызвали бурю негативных эмоций у сестры Олега. Та в штыки приняла жену брата, начала делать ей гадости, и в конце концов Олег, не выдержав, положил Ирину в клинику. Но не наркологическую. Пьянчужка попала в руки психиатров.

Трех месяцев в сумасшедшем доме, пусть даже элитном, хватило, чтобы Ира взмолилась:

— Забери меня домой!

— Ни за что! — отрезал брат. — Раз ты психопатка, то сиди в поднадзорной палате, я устал работать сторожевым псом.

И тут Вера продемонстрировала свое доброе сердце. Она пришла к золовке и сказала:

— Я тебя заберу под свою ответственность. Но имей в виду: я еле-еле мужа уговорила, он очень на тебя зол, и если ты вновь запьешь, сдаст тебя под замок навсегда.

— Верочка, — зарыдала Ирина, — умоляю! Никогда даже нюхать спиртное не стану, только увези меня отсюда! Прости за все!

Вера вернула Ирину домой... и через неделю та накушалась вдрабадан. Слава богу, Олег в тот момент находился в командировке и не видел безобразия. Вера живо вызвала похмельщика, и когда Ирина начала адекватно воспринимать окружающий мир, упрекнула ее:

— Ты меня обманула!

— Это не я, а генетика виновата, — стала отбиваться Ирина. — Наша мать была алкоголичкой, окончила свои дни в сумасшедшем доме, мне досталась кривая наследственность.

Когда Олег вернулся в Москву, Вера осторожно побеседовала с мужем и выяснила, что в словах Иры имеется доля правды.

— Да, — неохотно признал Олег, — мама действительно болела.

— Она пила? — напрямую поинтересовалась жена.

— Нет! — возмутился муж. — У нее была шизофрения. А из спиртного максимум, что она себе позволяла, — кстати, ее звали Алевтина Марковна, — это ложечка ликера в кофе. Ирина врет. Мы с сестрой очень долго не знали о болезни матери. Отец старательно скрывал от нас истинное положение дел, он был врачом, психиатром.

— Ты рассказывал, — вспомнила Вера. — Но, похоже, полной информации о своем детстве мне не сообщил.

Олег пожал плечами.

— А что о нем говорить? Обычная счастливая и беззаботная пора. Мы жили обеспеченно, имели просторную квартиру, дачу, машину. Я себя не чувствовал ущербным. Вот только очень скучал по маме: она часто ездила в командировки, а когда бывала в Москве, не обращала на нас с сестрой никакого внимания. Папа тоже всегда был занят, ведь он заведовал клиникой и имел много частных клиентов...

Вера Петровна прервала рассказ, глотнула остывшего чая.

— Вы не ошибаетесь? — спросила я. — Насколько я знаю, в советские годы медицина не была коммерческой.

Собеседница скривилась.

— Какая наивность! В прежние времена пациенты платили многим специалистам: стоматологам, гинекологам, хирургам — клали конвертики в карман белого халата. Существовали даже расценки. Например, аборт тянул аж на пятьдесят рублей. За эти, немалые по тем временам деньги женщине был гарантирован полный наркоз, два дня в отделении и бюллетень с диагнозом «цистит».

— А при чем тут воспаление мочевого пузыря? — не сообразила я.

Вера Петровна снисходительно улыбнулась.

— Бюллетень полагалось сдавать в бухгалтерию, а там сидели сплошные сплетницы, и через пять минут после предоставления им документа весь коллектив узнал бы: женщина сделала аборт. Но если прерывание беременности просто обсуждалось, и в принципе все понимали, что это не столь уж и трагично, то клеймо «шизик» прилеплялось на всю жизнь. Человеку, который попадал на учет в психоневрологический диспансер, моментально перекрывали кислород. В личном деле бедолаги появлялась соответствующая запись, и ни на какой карьерный рост он более рассчитывать не мог. Причем в поле зрения психиатров оказывались не только серьезно больные люди, но и маленькие дурочки, решившие из-за несчастной любви отравиться таблетками. Выпьет глупышка снотворное, полежит на диване, испугается и вызовет «Скорую», врачи промоют ей желудок, подержат неделю-другую в палате и до свидания, а пятно остается на всю жизнь: права на вождение автомобиля не получить, за границу не выехать, на хорошую работу не устроиться. Поэтому психиатры тогда имели обширную частную практику, и отец Олега не был исключением. А теперь сообрази: станут ли клиенты обращаться к специалисту, если у того жена с приветом? Скорей всего побегут искать другого доктора, мол, хорош профессор, не способен помочь даже близкому человеку. Вот почему Михаил Олегович тщательно скрывал правду. Олежек и Ира были не в курсе дела, дети лишь знали — мама частенько уезжает в командировки. Но на самом деле

Михаил Олегович прятал супругу в специально оборудованном помещении и усиленно лечил. Через энное количество времени Алевтина Марковна приходила в себя и возвращалась домой.

Истина открылась случайно.

Олег и Ира были погодками, сестра ниткой вилась за старшим братом, и когда тот, учась уже на первом курсе института, решил закатить веселую вечеринку, естественно, собралась принять участие в гулянке. Поскольку мать была в командировке, а отец пропадал на работе, парень не стал спрашивать ничьего разрешения. Наверное, в глубине души он понимал, что строгий папаша не одобрит его идею погудеть от души и запретит даже думать о сборе компании на даче. Мало ли какие эксцессы могут случиться, там ведь будут девочки... Поэтому Олег без спроса взял ключи и сказал приятелям:

— Завтра в полдень сбор на станции Кратово...

Глава 4

Вечеринка удалась на славу. Девочки нарубили винегрет и начистили селедки, мальчики накупили водки и напитка «Буратино». Что еще студентам нужно для веселья? Сначала выпили-закусили, потом потанцевали, затем вновь сели за стол. А где-то часов в пять утра разбились на пары и разошлись по комнатам, благо на даче у Ефремовых было множество крохотных помещений.

У Олега в то время завязался роман с симпатичной девушкой Маргаритой Моргулис. Рита училась в Строгановке, поэтому она очень удивилась, когда обнаружила в комнате, куда ее привел кавалер, глину и незавершенную фигурку женщины.

— Кто-то из твоих домашних скульптор? — спросила Рита, рассматривая инструменты.

— Это мамина работа, — отмахнулся Олег, — она лепит.

— Оригинальное видение... — пробормотала девушка. — Похоже, твоя мать очень талантлива.

Но кавалер не поддержал тему разговора. Олегу казалось, что им лучше заняться иными вещами.

Около девяти утра задремавшую парочку разбудил тихий скрип. Олег приоткрыл один глаз и увидел, как в спальню осторожно входит женщина, одетая довольно странным образом — в цветастом бесформенном платье и шлепках без задников. В первую секунду он решил, что кто-то из гостей перепутал комнаты — пошел в туалет, а на обратном пути забрел в чужую спальню. Но тут женщина отбросила с лица волосы, и Олег чуть не скончался от потрясения: перед ним стояла... мама!

Сначала он испытал абсолютно детское желание забиться под кровать. Потом сообразил, какой крик поднимет родительница, обнаружив на даче легион полупьяных студентов, остатки пиршества на террасе, и едва не потерял сознание. Он даже не догадался укрыть с головой Риту. А та вдруг села и громко спросила:

— Который час?

Олег дернул Риту за руку, любовница обвалилась в подушку и обиженно поинтересовалась:

— Ты чего?

— Тсс, — прошипел кавалер, — заткнись.

Моргулис заморгала и тут увидела Алевтину Марковну.

— Это кто? — ойкнула девушка.

— Моя мать, — шепнул Олег.

Рита нырнула под одеяло, в спальне воцарилось молчание, которое было прервано тихим пением Алевтины Марковны.

— Чего она делает? — с изумлением спросила Рита, приподняв край пледа.

— Лепит, — ошарашенно ответил Олег, — и напевает.

— Она нас не видит?

— Наверное, не хочет здороваться, — предположил парень.

— Но мы же не можем вечно так лежать! — возмутилась Рита. — Сделай что-нибудь!

— Что?

— Кто из нас мужчина? — выдвинула Маргарита самый веский аргумент.

Олег тяжело вздохнул, вылез из кровати и подошел к матери. Сначала он тихонько покашлял за спиной родительницы, но та никак не отреагировала. Похоже, Алевтину Марковну страшно расстроило, что глина засохла, она пыталась расковырять ее, но ничего не получалось.

— Мама, — тихо заговорил Олег, — не злись, пожалуйста, мы ничего плохого не сделали, просто погуляли. Сейчас все уберем, помоем, почистим. Не рассказывай папе, ладно? Я больше так не буду!

Внезапно Алевтина Марковна резко повернулась, задела рукой фигурку, та упала и разлетелась в крошево. Мать села на пол возле осколков и отчаянно зарыдала. Олег растерянно топтался около нее.

— Чего у тебя тут? — заглянула в спальню к брату любопытная Ирина. — Грохочешь, как поезд, всех перебудил! Ой, мама... Ты здесь?

И тут случилось самое страшное. Голова Ирины исчезла, створка распахнулась настежь, в комнатенку ворвалась полная тетка в льняном платье.

— Слава богу! Она здесь! Михаил Олегович, не волнуйтесь, полный порядок! — воскликнула она.

В спальню быстрым шагом вошел отец.

— Жива? — нервно спросил он.

Тетка закивала, профессор шумно выдохнул и обратил взор на сына и Риту. Олег мысленно простился с жизнью. Михаил Олегович был человеком строгих правил, никакой распущенности не одобрял, к водке относился крайне отрицательно, а уж о том, как отец отреагирует на голую парочку, Олежек даже думать боялся. Но Михаил Олегович повел себя более чем странно.

— Доброе утро, дети, — почти благосклонно сказал он. — Хотя пока еще ничего доброго не случилось. Олег, сделай одолжение, оденься, обойди комнаты и скажи приятелям: «Внезапно приехали родители, вам лучше отсюда убираться».

Сын схватил брюки, бормотнул:

— Сейчас, папочка! — И метнулся к двери. Последнее, что услышал Олег, были слова отца, обращенные к Рите:

— Право, не совсем удобно знакомиться в подобных обстоятельствах. Я, как вы уже поняли, папа Олега. А как зовут вас, мой ангел? Одевайтесь спокойно и уезжайте.

Олег быстро вытурил приятелей и Риту. Походя он приказал бледной от страха Ире:

— Живо вымой посуду! Нет, сначала отнеси на помойку бутылки!

— Ой, он меня выдерет и дома запрет, — заканючила девчонка. — И зачем только я сюда приехала?

— Сама напросилась! — огрызнулся Олег. — Но сейчас не время сопли лить, лучше хоть какой-то порядок навести!

Но Ирину бил озноб. Тогда брат схватил стакан, плеснул туда чуть-чуть водки и сказал:

— Пей!

— Очумел? — напряглась Ира. — А запах?

— Чесноком заешь, — посоветовал Олег. — Зато алкоголь снимает напряжение. Ну, раз, два!

Сестра послушалась, и через пять минут дрожь отпустила девушку. Когда Михаил Олегович спустился в гостиную, комната выглядела вполне прилично, запах перегара и сигаретного дыма уполз в раскрытые настежь окна.

— Давайте сядем, — миролюбиво сказал отец. — Пришло время побеседовать как взрослым людям.

Ирина плюхнулась на диван около Олега и мертвой хваткой вцепилась в его ладонь, девушку снова затрясло.

— Мне очень жаль, — продолжал папа, — что приходится в таких обстоятельствах проводить беседу, я к ней не готов. Нет, конечно, рано или поздно вы бы непременно узнали правду, но я полагал ввести вас в курс дела позднее, когда вы захотите создать свои семьи. Как врач я великолепно понимаю, что... Ладно, слушайте. Ваша мать серьезно больна. Занедужила она давно, почти сразу после рождения Ирины.

— Мама умрет! — перепугалась девушка.

— Соматически она здорова, — вздохнул Михаил Олегович, — речь идет о душевном заболевании. У нее шизофрения.

— Но мы ничего особенного не замечали, — растерялся Олег.

— Я сделал все для этого. Едва наступало обострение, как я тут же изолировал мать, — объяснил отец. — Наверное, во мне погиб шпион, настолько все шито-крыто выходило. Не только вы, но и все окружающие уверены: Алевтина Марковна постоянно разъезжает по командировкам.

— Она не покидает Москву, — догадалась Ира. — В это время ты ее лечишь.

— Да, — подтвердил отец.

— И мы ничего не знали! — попытался возмутиться Олег. — Это ведь наша мать! Мы имели право на правду!

Михаил Олегович усмехнулся.

— Капризному ребенку, коим ты до сих пор являешься, знание истины лишь повредит.

— Я уже взрослый! — подскочил Олег.

Отец покачал головой.

— Спать с девушкой еще не означает стать зрелым человеком. Ты все еще глупыш. И сейчас это явно продемонстрировал. Состоявшийся мужчина сказал бы «спасибо» отцу, который уберег его от ненужных потрясений и сумел обеспечить нормальную жизнь семьи. В общем, слушайте дальше. За Алевтиной следит медсестра Лариса, но сегодня случилась беда — вашей матери удалось убежать. Я разберусь в происшедшем, но хорошо, что я сразу понял, куда она поехала. Можно сказать, нашу семью спас ангел-хранитель. Хоть я и не верю в божественную чушь, но сегодня без вмешательства таинственных сил не обошлось: Алевтина сумела добраться до дачи, ее не остановила милиция, прохожие не обратили внимания на странно одетую женщину. И вот уж что совсем невероятно: каким образом она умудрилась воспользоваться общественным транспортом? Квартира, где находилась Алевтина, расположена в двух шагах от нашего городского жилья, значит, чтобы очутиться на даче, мать спустилась в метро, а потом села на электричку. Нонсенс! У нее не было ни копейки! Ладно, не это сейчас главное. Мы с Ларисой отвезем Алевтину назад, а вы наведите здесь порядок и отправляйтесь в Москву. Приятелям скажите: «Родители пришли в негодование, устроили нам жуткий разнос, запретили даже думать о подобных сборищах!» В ваших интересах никогда и никому не разболтать правды, иначе вы поставите крест на своей биографии. Мать-шизофреничка — это клеймо на всю оставшуюся жизнь! Поняли?

Дети закивали.

— Вот и хорошо, — улыбнулся Михаил Олегович. — Кстати, Олежек, а когда у вас с Ритой свадьба?

Парень чуть не упал с дивана. У него не было ни малейшего желания идти в загс с Маргаритой. Очевидно, по выражению лица Олега отец все понял. Он нахмурился.

— Думаем оформить брак после Нового года, — быстро очнулся сын. — Закончится зимняя сессия...

— Отлично! — посветлел лицом Михаил Олегович. — Я рад, девушка мне понравилась.

Когда отец покинул комнату, Ира налетела на Олега:

— Офонарел? Какая женитьба?

— Потом скажу, что мы с ней поругались, — отмахнулся парень. — Или ты хотела еще скандал до кучи получить?

— Ну нет, — испугалась Ира и лихо опрокинула в рот стопку водки.

— Эй, ты чего? — удивился Олег.

— Сам сказал: алкоголь напряг снимает. Меня трясет, тошнит... — объяснила Ирина.

Вера Петровна встала и начала расхаживать между столом и дверью, которая вела из кухни на террасу.

— С тех пор, как я понимаю, Ира и пристрастилась к выпивке. Многие люди становятся алкоголиками, почувствовав связь между расслаблением и порцией спиртного. У Ирины причинно-зависимая связь сформировалась сразу, в момент стресса, поэтому...

Плавную речь психотерапевта прервал телефонный звонок.

— Минуточку, Танечка, посиди тут, — велела хозяйка и пошла в холл.

Я осталась одна и задумалась. «Не дай мне бог сойти с ума. Нет, легче посох и сума...» Великий поэт был прав. Что хуже психиатрического диагноза? Наверное, знание того, что шизофрения, как считают многие специалисты, передается по наследству, и ожидание момента, когда болезнь сцапает тебя так же, как родственника. Интересно, у Олега или Ирины есть дети?

Ба-бах! Я подскочила на стуле и открыла глаза — у плиты стояла Ирина.

— Напугала? — извиняющимся тоном спросила она. — Я случайно крышку от сковородки уронила. Хочешь котлетку?

Я попыталась проглотить ком, подкативший к горлу.

— Нет, спасибо, я не голодна.

— На диете сидишь? Правильно, тебе надо похудеть, — констатировала Ирина.

Я ощутила нарастающее раздражение. Абсолютно не нуждаюсь ни в чьих советах и уж тем более не собираюсь принимать их от пьянчужки. Может, в отместку посоветовать Ире посетить нарколога?

— Хотя, на мой взгляд, все эти стоны по поводу полноты — чушь собачья, — продолжала сестра Олега. — Против наследственности не попрешь. Ты симпатичная! Никого не слушай, люди злые — позавидуют и наговорят «добрых» советов.

Моя злость на Ирину испарилась без следа. Похоже, у нее ум ребенка — говорит, что думает, особо не заморачиваясь по поводу душевного комфорта собеседника.

— А кто звонит? — спросила Ирина.

— Не знаю, — коротко ответила я.

Ирина открыла шкафчик, вынула оттуда бутылку виски и радушно предложила:

— Хочешь?

— Нет, — решительно отказалась я. — Думаю, и тебе не стоит.

Ира хлебнула прямо из горлышка и разочарованно вздохнула:

— Вот гады! Даже в супермаркете палево продают, водичка какая-то, на чай похоже. Надо пойти в магазин и устроить им скандал. Слушай, у тебя есть деньги? Одолжи, а...

Я сделала вид, что не слышу ее просьбы. Очевидно, Ирина не знает, кто заменил алкоголь на невинный напиток, Вера Петровна вне подозрений, злость пьяницы направлена на продавцов.

— Таня! — раздался из холла голос Ефремовой. — Иди сюда!

Я ринулась на зов. Хозяйка провела меня в кабинет мужа. Интерьер здесь не имел ничего общего с «детской» — тот же полоумный хай-тек, как в холле: сплошные гнутые трубки, будто в воздухе висящие полки и странный стол из алюминия.

— Танечка, — ласково начала Вера Петровна, — я говорила с тобой откровенно, как ни с кем другим. Моя жизнь с Олегом была разной, но я честная жена и старалась помочь мужу. Что случилось сегодня — не знаю! Какое лекарство он выпил — понятия не имею, откуда в шифоньере снадобье — теряюсь в догадках. Скорей всего у Олега случился инфаркт.

— Ясно, — пробормотала я.

— Я не бессердечная, просто привыкла управлять собой.

— Ага.

— И от моих рыданий никому легче не станет.

— Верно, — согласилась я.

— Сейчас мне звонил один человек. Он очень высокопоставленный чиновник и готов решить все проблемы. Но приказал, чтобы в доме не было посторонних, поэтому ты собирайся. Ни тебе, ни мне не нужны неприятности. Мы никогда не встречались, ты сюда не приезжала. Договорились?

Я растерянно смотрела на клиентку.

— Умоляю тебя, Танюша! — прошептала та. — Мой друг все уладит, никаких претензий ни к тебе, ни к «Приколу» не будет. Ты ни в чем не виновата. Ну помоги мне! Если по Москве пойдет слух о невменяемости Олега, банк лопнет, я стану нищей...

— Хорошо, сейчас уйду, — кивнула я.

— От центральных ворот до метро идет маршрутка, — пояснила Вера Петровна.

— Отлично!

— Спасибо, — кивнула Ефремова. — Передай Ренате, что она получит деньги сполна. Никто не виноват, что случилась беда. Ступай прямо и упрешься в центральный въезд, никуда не сворачивай, иди по дороге из желтого кирпича.

Я, несмотря на ужасно проведенный день, улыбнулась. Дорога из желтого кирпича — это здорово, только маловероятно, что она приведет меня в Изумрудный город.

Глава 5

Воздух Подмосковья разительно отличается от той смеси, которой вынуждены дышать бедные москвичи. Через пять минут у меня началось головокружение, кислород буквально валил с ног. Чтобы не упасть, я села на кованую скамеечку, стоявшую около двухэтажного здания с пафосной табличкой «Лампа Аладдина». Хозяева магазина явно не страдали от скромности — они давали понять, что являются настоящими волшебниками, готовыми раздобыть любой товар.

— Эй, привет! — я вздрогнула от неожиданного крика.

У самого входа в торговый центр стояла женщина в синей куртке и приветственно махала мне рукой. Сначала я удивилась, но потом, вглядевшись, узнала Ирину.

— Отдыхаешь? — спросила золовка Веры Петровны, спускаясь по ступенькам. — А я в аптеку забегала, вот!

Она показала прозрачный пакет, в котором темнели небольшие флакончики.

— Плохо себя чувствуешь? — поинтересовалась я.

— Депрессия, — живо ответила Ирина. — Купила валерьянки, надеюсь, поможет. А ты ждешь кого-то?

— Собираюсь сесть на маршрутку, — ответила я.

Ирина захихикала.

— Замерзнешь на скамейке.

— Да нет, тепло.

— Это лишь видимость! Пошли внутрь, в кафе посидим.

— Лучше свежим воздухом подышу.

— Ерунда, вставай! — насела на меня Ира. — Там, наверное, коньяк есть!

Пришлось подчиниться и идти за сестрой Олега, проявившей удивительную активность.

— Вот и кафе! Садись за столик! — командовала она. — Хочу кофе со сливками. И еще бы выпить чего-нибудь... От простуды. Ты меня угостишь?

Я кивнула.

— А у меня нет денег, — загрустила Ира. — Знаешь, как они меня гнобят?

— Кто? — растерянно спросила я.

— Все, — пояснила Ира. — Объявили алкоголичкой, заперли, работать не отпускают! Сижу, как в тюрьме. Нет, за решеткой даже лучше, уж поверь. Там людей много!

— Кто же мешает тебе выйти на службу? — поинтересовалась я и сказала подошедшей официантке: — Две чашки кофе, пожалуйста!

— Они! — таращила глаза Ирина. — Никуда не пускают!

— Ты взрослый человек, можешь никого не слушать.

— Ага! И на чем ехать? Денег на метро нет, — заныла Ира, — на маршрутку тоже...

— Но на покупку спиртного хватило! — не выдержала я, указывая на пакет с пузырьками.

— Так ведь это лекарство! — возмутилась Ирина. — От депрессии!

Наверное, мне следовало промолчать. Я очень устала и совершенно не желала проводить время в кафе, беседуя с незнакомой женщиной. Хотелось посидеть на лавочке, подышать чудным свежим воздухом. Но, увы, у меня ужасный характер, я не могу сказать людям «нет», я слабовольна и, как правило, не рискую настаивать на своем. Вот и сейчас вместо того, чтобы жестко заявить Ирине: «Спасибо. Не имею ни малейшего желания пить кофе, до свидания», — я сделала лишь неудачную попытку освободиться от нее и теперь тихо злюсь на весь мир. А если уж и поплелась, как идиотка, с Ириной, то незачем вступать с ней в полемику. И все же я не утерпела и ехидно заметила:

— Настойку валерьяны пьют каплями, а у тебя тут двум слонам на год хватит. И потом, если ты нашла деньги для посещения аптеки, то легко могла сесть на маршрутку и поехать к метро.

— Здорово придумала! — фыркнула Ирина. — Больному человеку забота нужна. Кто обо мне думать станет?

Я медленно сыпала в кофе сахар и уговаривала себя: успокойся, Танечка, не кипятись. Но черт снова дернул меня за язык:

— Из любой ситуации есть как минимум два выхода. Езжай в Москву, нанимайся на работу, хоть на стройку или на рынок торговать. На полученную зарплату можно снять койку в общежитии и ни от кого не зависеть. Каждый человек — кузнец своего счастья. Если ты страдаешь взаперти, убегай прочь.

Глаза Иры полезли из орбит.

— Койку? Торговать на рынке? Нет, я такого не хочу! Спасибо!

Я вновь вцепилась в сахарницу. Из любой ситуации есть два выхода, но не факт, что они вам понравятся. Трон английской королевы уже занят, да его никто и не предложит. Однако если мечтаешь жить самостоятельно, то используешь любой шанс и ничто тебя не испугает: место в бараке покажется раем, а заплесневелая горбушка хлеба вкуснее клубники со сливками. Если же человек, подобно Ирине, начинает капризничать, то это означает лишь одно: он не настроен менять судьбу.

— И денег мне не дают, — вещала Ира, — ни копеечки. Ты заплатишь по счету?

— Похоже, выбора у меня просто нет, — констатировала я.

Ира внезапно обняла меня за плечи.

— Мы же подруги!

Я лишь вздохнула. Избави нас, Господи, от друзей, а от врагов мы и сами убежим!

— Так подруги? — настойчиво спрашивала Ирина.

— Да, — пришлось согласиться мне.

— Здорово! — обрадовалась Ирина. — Можно я запишу твой номер? А то у меня никого в контактах нет. Представляешь, вообще пустая книжка! Она у меня мобилу не отняла. Я ее спрятала. В трусы! Я хитрая!

К моим отрицательным качествам относится еще и жалостливость. И только ею можно объяснить совершённую мною глупость.

— Хорошо, — кивнула я и продиктовала цифры.

— Супер, — обрадовалась Ирина, — непременно тебе позвоню. А мобилу спрячу. Она ее не отыщет! Зачем папа меня сюда отдал? Мы поболтаем! Я тебе все-все расскажу! Папа хороший, а она сука!

— Ладно, — согласилась я.

Ира навалилась грудью на стол.

— Ты не пожалеешь, что стала моей лучшей подругой!

— Угу, — выдавила я из себя.

— Давай уедем в Аргентину?

Вовремя поймав на кончике языка резонный вопрос, почему Ира хочет отправиться именно в эту страну, я заулыбалась.

— Да, да.

— Приобретем там дом.

— Обязательно.

— Забудем ужас, горе, тюрьму, папу!

— Конечно, — машинально твердила я.

Чем дольше Ирина несла околесицу, тем сильнее становилась моя жалость. Одно из последствий алкоголизма — неотвратимо наступающее слабоумие. Ирине повезло: ее содержат дома, в комфортных условиях, кормят, обувают-одевают и пытаются лечить. Увы, от большинства пьяниц родственники отворачиваются, и осуждать таких людей трудно. Ирина же выглядит нормальной женщиной, но любой стимулятор, даже кофе, моментально вышибает ее из седла, что свидетельствует о последней стадии алкоголизма. Если кто-то полагает, что с возрастанием «пьяного стажа» ханурику будет требоваться все больше и больше спиртного, то он ошибается. Вначале счет идет на бутылки, потом — на рюмки, на закате это чайные ложки. А в конце наступает удивительный эффект: пропитой организм начинает реагировать опьянением на сок, морс, кефир, чай...

— Я тебе верю, — вдруг вполне нормально сказала Ира. — И послушаюсь тебя, исправлю свою жизнь.

— Молодец, — похвалила я.

— Ты мне поможешь?

— Непременно.

— Ты моя подруга?

— Да.

— Тогда принеси газету. Очень хочу-у-у, — по-детски протянула Ирина. — Вон она, видишь, у входа в сетке лежит.

— Ладно, — кивнула я, встала, дошла до проволочной корзинки, вынула из нее еженедельник и вернулась к столику. Ну не спрашивать же у психопатки, почему она сама не захотела взять прессу.

— Спасибо! — воскликнула Ира. — Теперь я вижу, ты настоящий друг! И выполню твой приказ, приеду в город.

— Вот и хорошо, — улыбнулась я. — А теперь пойдем-ка домой!

Всю обратную дорогу спутница несла такую же чушь, а очутившись на пороге особняка Ефремовых, вдруг возмутилась:

— Я не здесь живу!

Но я уже нажала на кнопку звонка. Из двери выскочила Вера Петровна.

— Ты вернулась? Почему? — нервно спросила она у меня.

— Встретила Иру около торгового центра, — пояснила я, — у нее пакет с настойкой.

— Ухитрилась удрать! — задохнулась хозяйка дома. — Спасибо, Танечка.

— Не стоит благодарности, — кивнула я.

Подойдя к кованой лавочке, подумала немного и решила снова посетить торговый центр. Интересно, где тут аптека? Мне нужен аспирин или цитрамон — неожиданно заболела голова. Ага, вон вывеска с зеленым крестом...

Зальчик был небольшой — пятачок, окруженный стендами с товаром. Так, все для малышей: бутылочки, соски, памперсы, шампунь, мыло, расчески. Далее стеллаж с зубными пастами, щетками, бумажными салфетками. За ним, вот уж странность, газеты, журналы, книги...

— Вам помочь? — приветливо спросила дама лет пятидесяти, выходя из подсобного помещения.

— Да, — кивнула я, — мне нужно средство от головной боли.

— Что конкретно вам дать? — поинтересовалась провизор.

— Лучше цитрамон, — попросила я.

— Одну упаковку?

— Да.

Фармацевт отомкнула ящик и вынула из него бумажную ленту с таблетками.

— Вы прячете столь безопасные средства под замок? — удивилась я.

— Все лекарства опасны, — менторски произнесла дама, — еще Гиппократ говорил: в капле панацея, в чашке яд.

— Обычно в аптеках цитрамон лежит открыто, — неизвестно зачем ввязалась я в разговор.

— У нас поселок очень тихий, тщательно охраняемый, многие детей без нянечек гулять выпускают, — пояснила провизор. — На общем собрании жильцы приняли решение: в аптеке таблетки не должны лежать свободно, чтобы малыши, не дай бог, не схватили. Кстати, в супермаркете, у кассы, вы тоже не найдете конфет, жвачки, сигарет. Если родители сочтут нужным, они сами купят своим чадам сладости. И вообще здесь детей до четырнадцати лет без взрослых не обслуживают.

— Предусмотрительно, — одобрила я.

Тут дверь распахнулась, и в аптеку влетела полная тетка.

— Зоя Ивановна, дайте скорей кардионорм![1] — заголосила она, не обращая на меня никакого внимания. — Федору Сергеевичу плохо!

— О господи... — засуетилась фармацевт, открывая ящик. — Вот, держи. Да беги скорей, потом зайдешь и расплатишься.

Я вздрогнула. На прилавке стоял высокий узкий пузырек с ярко-красной наклейкой и пробкой цвета крови. Горлышко у флакона было витое. Весьма необычный дизайн для упаковки лекарства.

---

[1] Название препарата придумано автором. Любые совпадения случайны.

— Спасибо, — воскликнула покупательница, схватила бутылочку и унеслась.

— Что вы ей дали? — спросила я. — Такая странная упаковка.

— Кардионорм, — пояснила аптекарша. — Импортное, очень сильное средство. Принимают его в малых дозах, оно помогает при стенокардии, но если выпить больше нормы, можно умереть. Отсюда и форма флакона — чтобы его не перепутали, допустим, с валокордином, не приняли сорок капель. В данном случае это не фантазия дизайнера, а суровая необходимость. Возьмет больной или его родственник пузырек и насторожится: внимание, кардионорм! Две капли, не больше!

— Значит, кардионорм у вас тоже открыто не держат?

— Никогда! — отрезала фармацевт. — Я уже объяснила: это очень сильное средство. К тому же оно сладковатое на вкус, ребенок может его с сиропом перепутать. Еще попробует — и случится непоправимое. И без рецепта я его не отпускаю! Хотя сейчас домработнице Мелентьевых дала, но я знаю, что у ее хозяина проблемы с сердцем.

— А валерьянка у вас есть? Можно купить?

— Пожалуйста, — пожала плечами провизор. — Вам сколько?

— И что, вы отпустите любое количество?

— Естественно.

— Не боитесь?

— Чего?

— Вдруг кто отравится...

— Настойкой валерьянового корня? — улыбнулась провизор. — В принципе, наверное, такое возможно, но мне не приходилось слышать о людях, которым это испытанное средство принесло вред.

— Просто я очень удивилась, когда увидела свою знакомую с пакетом, набитым флаконами.

Провизор закивала.

— Верно. Валериана не скоропомощное средство. Те, кто пьет настойку в момент стресса, чтобы успокоиться, занимаются зряшным делом, а если человека перестает колотить, то это эффект плацебо. Валериана накапливается в организме, ее следует принимать пару месяцев, вот тогда средство проявляет себя с лучшей стороны, его активность раскрывается в полной мере. Зачем сюда часто бегать? Лучше иметь запас. Так вы берете настойку?

— Нет, спасибо, — улыбнулась я.

— Могу посоветовать замечательного специалиста, — вдруг сказала аптекарша.

— Спасибо, я на здоровье не жалуюсь. И цитрамон уже не нужен, голова перестала болеть, — перебила я даму, увидев в окно приближающийся микроавтобус. — Извините, тороплюсь на маршрутку. Зря у вас время отняла, ничего не купила.

— Вот, возьмите, — провизорша сунула мне в руку какую-то листовку, — почитайте на досуге. Поверьте, прекрасно действует, уже несколько человек мне об удивительном эффекте сообщили. И вам поможет!

Я сунула бумажку в сумку, вышла к воротам и как раз успела занять последнее место в потрепанной «Газели».

— Деньги собираем! — приказал водитель. — Да поживее, пока все не отдадут, с места не сдвинусь!

Пассажиры зашуршали купюрами. Я открыла сумку и начала в ней рыться. Где же кошелек?

— Дамочка, пошевеливайтесь, только вас ждем, — поторопил водитель.

Мои пальцы нащупали на дне рассыпанную мелочь и купюру в пятьсот рублей. Но куда делось портмоне? Там лежали деньги! И проездной на метро! Неужели посеяла? Где? Знала бы, в каком месте уронила, вернулась бы и взяла.

Я прислонилась головой к окну и увидела объявление, прикрепленное на стекле: «Называйте остановки громко, четко и заранее, водителю требуется время, чтобы поставить протез на педаль тормоза». Вот шутник наш шофер! Хотя, наверное, лучше идти по жизни смеясь, чем плача.

«Газель» вздрогнула и рванула вперед, я больно стукнулась лбом о железную стойку.

— Ой, это не вы потеряли? — спросила молодая женщина, сидевшая напротив.

Я вынырнула из своих мыслей.

— Что? Где? Когда?

Пассажирка нагнулась, подняла с пола листовку, бросила любопытный взгляд на текст и воскликнула:

— О, похудеть решили! Правильный выбор, замечательный метод. Моя мама ездила в отделение на Китай-городе, избавилась от пятнадцати килограммов. За месяц! Держите!

Я выхватила у женщины бумажонку. Точно, та самая листовка, которую мне сунула провизорша в аптеке.

— Не сомневайтесь, — зудела незнакомка, — это не туфта. Говорю же, моя мама...

Стараясь не вслушиваться в ее слова, я стала читать текст. «Метод похудения по анализу слюны. Не больно, мгновенно, за пять минут. Диета, подобранная именно для вас. Уникальная авторская методика. Еда без ограничения. Аналогов в мире нет. Разработана академией красоты и долголетия под управлением доктора наук Антона Блестящего. Ваш вес — наша проблема. Центры по всей Москве. Гибкая система скидок. Быстро, доступно, эффективно. С вами худеют звезды шоу-бизнеса. Приходите к нам сегодня, завтра станете неотразимы».

— Моя мама была похожа на вас, — ввинчивался в мозг фальцет соседки. — Ну ваще, ужасная туша! Ходить не могла, задыхалась. А теперь...

— Метро! — заорал водитель и резко затормозил.

Пассажиры, словно горошины из разорвавшегося стручка, посыпались из машины. Я, оставшись сидеть на своем месте, с некоторым злорадством отметила, что незнакомка, только что бесцеремонно назвавшая меня «ужасной тушей», споткнулась и чуть не упала.

— Эй, вылазьте! — занервничал шофер. — Не фига тут спать! Плыви, планктон!

Мне вдруг стало грустно. Ну почему люди такие злые? По какой причине они охотно говорят гадости и скупятся на комплименты? И кто решил, что мир должен принадлежать худышкам, стиральным доскам, суповому набору костей? С какой стати полненькие девушки вроде меня подвергаются остракизму?

Глава 6

Во всем плохом непременно есть что-то хорошее. Эту простую истину я усвоила еще в детстве.

Когда мои одноклассники веселой гурьбой убегали после уроков гулять, я шла в библиотеку и брала очередной роман. Библиотекарши, сплошь учительницы на пенсии, обожали маленькую читательницу и охотно давали ей любые издания.

Если тебя не принимают в компанию, стань сама себе подругой, и жизнь заиграет новыми красками. Лично я выдумала мифическую Светочку, которой жаловалась в трудную минуту. Света одобряла меня, поддерживала, хвалила, иногда, правда, ругала, но без всякого остервенения. Она не завидовала, не обижалась. Идеальная компаньонка, ей-богу, ни у кого такой не было! А еще, общаясь с придуманной Светочкой, оптимистичной и веселой, я поняла — во всем плохом непременно есть хорошее! Просто люди странно устроены: в самом аппетитном фрукте непременно видят косточку. Но ведь ее с легкостью можно выкинуть и наслаждаться сочной мякотью! Правило действует всегда, чуть-чуть усилий — и вы научитесь его применять.

Приведу пример. Мне сейчас предстоит ехать в метро. Можно вздохнуть и подумать: «О черт! Придется трястись в набитом потными людьми вагоне... Стоять, скрючившись, у двери... Не иметь возможности присесть... Ну за какие прегрешения мне такое наказание?» Ясное дело, от подобных мыслей мигом станет плохо, заноет сердце, заболит голова, накатит раздражение.

Но ведь возможен иной подход! Вы вошли в подземку — и сразу настраивайтесь на радостный лад. Путь до конечной точки займет у вас минуты, а не часы. Имели бы личный автомобиль — париться бы вам в многочасовой пробке. А сейчас, получив свободное время, вы можете почитать интересную книгу или газету. В конце концов, можно послушать любимую музыку или поиграть в «догонялки» на мобильнике. Кстати, если носить в сумочке пузырек с ароматическим маслом, то проблема неприятных запахов столичной подземки для вас исчезнет. Помажете кожу над верхней губой и стойте спокойно, вдыхая аромат лаванды, корицы, ванили или грейпфрута — по вашему выбору. Но я просто куплю «Треп», чтобы отвлечься от действительности. Вроде неприлично признаваться в любви к «желтой прессе», однако мне нравится узнавать сплетни из мира шоу-бизнеса.

Войдя в вагон, я встала в самом укромном месте и развернула приобретенное издание. Что у них на полосе? Певица Гарпунина закачала силикон в губы. Мама родная, зачем? Судя по напечатанной фотографии, дива стала напоминать утку... Актриса Щеткина найдена пьяной в туалете ночного клуба. Ну да это неудивительно, «Треп» в каждом номере пишет о выходках девицы... Новый любовник Марты Карц... Ну-ка, а что тут?

«Дочь олигарха, успешная телеведущая, модель и музыкант, появилась на дне рождения светской львицы Ольги Мантулиной с неизвестным мужчиной. На вопросы присутствующих Марта загадочно отвечала: «Это мой котик! Правда хорош?» «Треп» в деталях рассмотрел «котика» и убедился — тот красив как бог. Настоящего имени и фамилии мачо нам выяснить не удалось. Для гостей появление Карц с неопознанным спутником оказалось сюрпризом. Может, кто-то из читателей узнает красавчика? Парень усиленно прятался от фотоаппаратов, но нам удалось поймать его в объектив. Мы назначаем приз в пять тысяч рублей читателю, который сообщит анкетные данные любовника Карц».

Сгорая от любопытства, я посмотрела на помещенное в углу страницы фото. Надо признать, мачо вполне симпатичен — темные вьющиеся волосы спускаются почти до плеч, подбородок украшает аккуратная бородка, над верхней губой топорщится щеточка ухоженных усов. И, похоже, он высокого роста. Один раз я совершенно случайно столкнулась с Мартой Карц в хозяйственном магазине, уж не знаю, каким ветром занесло туда представительницу золотой молодежи, но только я очень хорошо помню свое удивление: девица оказалась здоровенной дылдой, причем совсем не такой хорошенькой, как на телеэкране. Хотя, думаю, для некоторых людей деньги ее папы сделают Марту привлекательной, даже если она была бы трехметрового роста.

Ладно, не буду злословить, лучше полюбуюсь на ее спутника. Мачо обнимает Марту за плечи, голова девушки едва достигает его подбородка, значит, кавалер прямо-таки баскетболист. Теперь понимаете, почему, едва спустившись под землю, я покупаю газету? Сейчас мои мысли заняты вычислением роста «котика» и я не замечаю ничего вокруг, словно путешествую в герметичной капсуле, а не зажата между незнакомыми людьми в душном вагоне.

Тут мой взор остановился на ладони красавца, которой он сжимал предплечье Марты. Верхняя фаланга его среднего пальца была гладкой, без ногтя... В ту же секунду по моей спине побежали мурашки. Нет, не может быть, я ошибаюсь! Теперь посмотрим на шею мачо, чуть пониже кадыка, справа... Точно, вот он, шрам в виде полумесяца!

Ноги мои подогнулись.

— Если нажралась, то хоть не вались на людей! — взвизгнули у меня над ухом.

Я выпрямилась и сделала глубокий вдох. Спокойно, подобное невозможно, это совпадение. Но... Надо выйти из поезда на первой же остановке.

Толпа пассажиров вынесла меня на перрон, дотащила до эскалатора, и я мирно покатила наверх. В вестибюле я нашла два ларька и купила в них все сегодняшние газеты, включая интеллектуальные «Пушкинские вести»[1]. Впрочем, несмотря на лозунг «Новости культуры для избранных», листок не избежал общего соблазна. Очередной любовник Марты Карц, да еще никому не известный мистер Икс, — лакомая новость для всех СМИ. Тут немудрено забыть про фамилию великого поэта в названии собственной газеты и срочно напечатать горячие сплетни.

Держа охапку газет, я вылетела из вестибюля метро, вошла в ближайшее кафе, заказала капучино и стала изучать публикации. Даже если на Землю высадятся марсиане, сообщение об их визите напечатают на второй полосе, первую украсит снимок Марты Карц, купившей себе новую сумочку. Таблоиды ве-

[1] Название придумано автором. Любые совпадения случайны.

ликолепно знают, какая информация моментально повышает процент продаж.

Снимки Марты и «N» дали все издания. По мере чтения новостей меня бросало то в жар, то в холод. С каждой минутой во мне крепла уверенность: человек, по-хозяйски державший Карц за плечо, — мой муж Гри.

Вы сочли меня после такого заявления сумасшедшей? И абсолютно зря! Гри очень хорош собой, вернее, он ослепительный красавец, к тому же талантливый, умный, образованный. Гри настоящий артист, он не теряется в любой ситуации, умение импровизировать у него в крови. Он одинаково легко ощущал бы себя на приеме у английской королевы и на вечеринке байкеров, Гри способен мимикрировать лучше хамелеона. Его обожают все женщины, от младенцев до столетних старух. В способностях моего мужа закадрить любую светскую львицу я ни на минуту не сомневаюсь. Если Гри поставил перед собой цель, он непременно ее добьется. Всякие там Бреды Питы, Томы Крузы и иже с ними Гри в подметки не годятся. Звезды Голливуда старательно изображают другую личность, а Гри становится ею. Стоит вспомнить историю нашего знакомства[1], чтобы понять, как он гениален.

Но как я ухитрилась узнать в длинноволосом бородаче своего мужа, никогда не имевшего растительности на лице и всегда коротко стриженного? Объясняю. Гримируясь, Гри совершил несколько ошибок.

Мой супруг может служить натурщиком для скульптора, который лепит Аполлона, но у Гри есть небольшой изъян — на среднем пальце руки отсутствует фаланга. Муж рассказал мне, что получил уве-

---

[1] Подробнее об этом читайте в книге Дарьи Донцовой «Старуха Кристи — отдыхает!», издательство «Эксмо».

чье в раннем детстве и теперь слегка стесняется его. Кстати, то, что у него есть протез, я узнала не сразу, искусственная фаланга выглядит абсолютно натурально, мне просто казалось, что у мужа на суставе небольшой шрам.

Истина мне открылась случайно. Как-то раз мы с Гри пошли в кино. Дело было зимой, супруг натянул перчатки, а в зрительном зале, естественно, снял их.

— Ой! — испугалась я, глянув на его руку. — Твой ноготь! Милый, ты его сорвал! Больно? Пошли домой!

— Нет, — быстро ответил муж и моментально сунул травмированную руку в перчатку.

Но я беспокоилась о Гри и безостановочно повторяла:

— Надо промыть рану! Вдруг ты занесешь инфекцию? Наплевать на фильм, поехали к врачу!

Мой любимый на удивление терпелив, но даже он не выдержал и зашипел:

— Замолчи! Смотри на экран!

— Но ты поранился!

— Нет! Это протез, — нехотя признался муж.

На секунду я притихла, но потом любопытство одержало верх.

— Ой, покажи! У тебя приставной палец?

Фильм мы в тот день так и не посмотрели — я утащила Гри домой и заставила продемонстрировать фальшивую фалангу. Она даже на ощупь была теплой.

— Особый силикон, который легко нагревается, новое поколение материалов, — пояснил муж. — Вот только с ногтем беда: он порой отклеивается, причем в самый неподходящий момент. Как сегодня в кино.

— И что теперь будет? — расстроилась я. — Сейчас протез выглядит не очень естественно.

— Новый приклею, — отмахнулся муж, — у меня целая коробка эрзац-ногтей в запасе.

Понимаете, почему я сделала стойку, увидев кисть мачо? У него на пальце отсутствовал ноготь! А еще имелся шрам на шее, почти незаметный, но различимый для внимательного глаза. Кстати, из Гри практически невозможно выжать подробности о том, где и как он заработал эту отметину. На все вопросы муж коротко отвечал:

— Упал в раннем детстве, напоролся на ветку.

Вы считаете меня чересчур подозрительной? В мире найдется немало людей, лишенных части пальца, а также со шрамами на шее. Но вот тех, у кого имеются сразу обе такие отметины, вряд ли много.

Я сгребла газеты и поехала в офис «Прикола».

Сегодняшний понедельник явно оказался для меня не из лучших.

Отчитавшись Ренате и выслушав ее охи да ахи, я спросила:

— Что мне сейчас делать?

— Отправляйся домой, — заявила хозяйка. — Ты такой стресс перенесла! Поваляйся у телевизора, отдохни в одиночестве. Лично я восстанавливаюсь только в полной тишине. Думаю, и тебе она не помешает. А завтра с новыми силами на работу!

— Ладно, — кивнула я, — спасибо, непременно...

Остаток фразы застрял в горле, затем я сказала совсем не то, что собиралась пару секунд назад:

— Погоди, Рената... Откуда ты знаешь об отъезде Гри?

Логинова с глубочайшим изумлением посмотрела на меня.

— Прости, о чем ты сейчас ведешь речь?

— Ты только что велела: «Поваляйся у телика, отдохни в одиночестве».

— Верно. Не каждый ведь день ты становишься

свидетелем смерти клиента, наверное, очень перенервничала. Что особенного в моих словах?

— Но я не говорила тебе об отъезде Гри! Твоя фраза про одиночество звучит странно, — продолжала я. — Или ты общаешься с Гри за моей спиной?

На лице Ренаты возникла улыбка.

— Ну ты даешь! Мы знакомы с Бабулькиным сто лет, и если бы я захотела, давно закрутила бы с ним роман. И потом... у меня как-то не было повода потрепаться на эту тему. Уж извини, я никак не думала, что ты столь ревнива. Прямо Отелла какая-то!

— Мне в голову не приходит связывать мужа с другими бабами, — фыркнула я. — Гри обожает меня, посторонние девки ему не нужны. А даже если он и посмотрит благосклонно в чью-то сторону, я и глазом не моргну. Лучший способ разрушить брак — дать понять партнеру, что он навеки твоя личная собственность. Нечто вроде зубного протеза.

Логинова опять засмеялась.

— Гри с тобой повезло. Наверное, я не выдам особого секрета, если скажу, что до брака он был еще тот ходок. Просто Казанова! Но сейчас он ведет себя прилично. Однако я не договорила. Не ревнуй, я ведь лесбиянка, интересуюсь лишь бабами, уже несколько лет живу с постоянной партнершей, твой Гри для меня ненужный файл. Понятно объяснила?

— Ага, — пробормотала я. — Извини, то есть вообще-то... ну, мне без разницы, с кем ты спишь, я совершенно не...

— Замолчи, — отмахнулась Рената, — и успокойся. Сама я к бабам не лезу, мужиков у других не отбиваю, на службе занимаюсь лишь работой. Ты только имей в виду: если завела мужа-красавчика, будь готова к тому, что к нему потянутся чужие лапы. Знаешь, как устроены парни? Для них сбегать на сторону — проще чем пописать. И многие девицы готовы на все, лишь бы захапать чужое. С мужиками нынче напряг — либо уроды, либо скоты. Теперь отвечу на твой вопрос, то есть откуда я знаю про отсутствие Гри. Он звонил часа три назад, разыскивал тебя и сказал:

— Танюша мобильный отключила.

— Верно, мы же вырубаем сотовые, когда работаем, — напомнила я.

— Я ему так и сказала, — кивнула хозяйка. — И твой муж велел передать тебе новости: съемки проводят не в городе, а в деревеньке, режиссер нашел там подходящую натуру. Место захолустное, группу туда завезли вчера вечером, а в полночь в селе выключили электричество, поэтому у всех сели мобильные, подзарядить их негде, случился то ли буран, то ли ураган, короче, киношники застряли в дремучем лесу на несколько дней без связи. Он просил не волноваться, на звонки отвечать не сможет и сам позвонить тебе не сумеет. Из чего я сделала вывод: ты сегодня проведешь вечер в одиночестве.

Я молчала, переваривая информацию, потом тихо спросила:

— Но как же он умудрился звякнуть в «Прикол», если сотовый «умер»?

Рита захихикала.

— Да уж... Точно, Отелло отдыхает. Ответ, думаю, простой: кто-нибудь из съемочной группы навороченную мобилу дал. Вот у меня классный телефончик, аккумулятора надолго хватает. Поняла?

— Да, — с облегчением выдохнула я. — Все, отправляюсь домой, я очень устала.

— Топай спокойно, да, и возьми зарплату, — напутствовала меня Логинова.

По пути домой я уже не читала газеты, а мирно дремала. Значит, я ошиблась, бородатый и усатый парень на снимке вовсе не Гри. Ну почему мне это в голову пришло? Палец? Вполне вероятно, что это дефект фото. Шрам на шее? Полнейшая чепуха, совпадение. Увы, Рената права, я очень ревнива. Правда, я никогда не демонстрирую своей слабости, но очень хорошо понимаю: мало найдется женщин, у которых мой муж не вызовет восхищения. Если Гри предпочтет мне другую, я ни за что не стану закатывать ему истерики, а тихо уйду. Закрою молча за собой дверь и исчезну из жизни супруга навсегда. Понимаете теперь, отчего я напряглась, наткнувшись на фотографию? Но на ней не Гри. В тот день, когда папарацци нажал на затвор камеры, мой муж находился далеко от Москвы — он сидел со съемочной группой в лесу.

Окончательно успокоившись, я вышла из метро и зашла в круглосуточный супермаркет. С моим весом приходится себя ограничивать, увы, вон те роскошные пирожные не для меня, хотя очень хочется слопать кусок бисквита с взбитыми сливками. Просто посмотрю на вкуснятину, от этого вес не прибавится.

Ноги сами подвели меня к прилавку, уставленному подносами с корзиночками, эклерами и буше. В соседних витринах стояли ведра с салатами и лежали горы нарезок, запаянных в пленку.

— Что хотите? — радушно спросила продавщица.

— Спасибо, я остановилась посмотреть, — улыбнулась я.

— Посмотреть? — изумилась она, явно не понимая меня. — Да вы не сомневайтесь, товар свежий, берите. Вон тот тортик лучший. Уж поверьте, я знаю в них толк!

— Я сижу на диете, — неожиданно для самой себя призналась я.

Продавщица заявила:

— Так мы как раз для таких и открыли отдел! Специально чтобы люди ели и худели!

— Пирожные? Салаты с майонезом? Но ведь от них ужас как разносит!

Женщина ткнула пальцем в большое объявление, висевшее на стене.

— Читайте! Ну народ, бежит мимо, ничего не видит. Уж такого размера бумагу налепили, буквы с меня ростом, и не замечают!

Я принялась изучать текст. «ООО «Три толстяка»[1] предлагает вам эксклюзивные продукты. Ешь и худей. Ешь больше и худей сильнее. Наши пирожные, салаты и колбасные изделия созданы по специальной технологии. Попадая в организм человека, они расщепляются на полезные вещества и воду. Никаких балластных отложений в виде жира. Весь секрет в ердбриде[2]! С нами худеют звезды! Постоянные клиенты «Трех толстяков» рекомендуют: ешь с нами, будь, как мы». Дальше шли снимки стройных девушек и подтянутых парней.

— Что такое ерд... бр... ер... мр... — попыталась я произнести абсолютно не выговариваемое слово.

— Ердбрида? — заговорщически улыбнулась продавщица. — Сейчас объясню. Меня Светой зовут. А тебя как?

— Таня, — представилась я.

Света шлепнула на прилавок листок.

— Заполняй анкету.

— Зачем?

— Станешь членом клуба «Три толстяка», получишь скидку в размере сорока процентов. Продукция-то недешевая. Салат стоит три тысячи рублей кило.

— С ума сойти! — шарахнулась я в сторону. — Мне не надо дорогой еды, обойдусь обычным «оливье».

Света ухмыльнулась.

— Поэтому ты на кучу и похожа, — отрезала она. — Не обижайся, я тебе добра хочу. И нечего стесняться! Держи ручку.

---

[1] Название придумано автором. Все совпадения случайны.
[2] Название придумано автором. Все совпадения случайны.

Глава 7

— У нас семейный бизнес, — молола языком продавщица, пока я заполняла графы. — У сестры муж ученый человек, кандидат наук, он ердбриду и нашел. А мы с Ленкой от сохи, поэтому он производит, а я торгую. Ясно?

— Нет. Что такое ер... бр... кр... ну эта ерунда?

Света навалилась грудью на прилавок.

— Скажи, сколько я вешу?

— Ну... килограммов семьдесят, — попыталась я оценить параметры продавщицы.

— Шестьдесят восемь, — поправила Светлана. — А еще в июле тянула на сто двадцать. Толще тебя была!

Я пропустила мимо ушей последнее замечание и с восхищением поинтересовалась:

— Ты на диете сидела? Не поделишься секретом?

А Света широким жестом обвела прилавок.

— Слушай внимательно! Владимир, муж моей сестры, врач. Он обратил внимание на то, что в одной деревне в Туве все удивительно стройные. Едят все подряд, а смотрятся тростинками. Володя сумел разговорить старейших жителей местечка, и те рассказали, что неподалеку расположен лес, в котором растет потрясающее дерево — ердбрида. Его надо срубить, настрогать в опилки, высушить и добавлять в еду. Владимир долго изучал посадки, и теперь мы организовали ООО «Три толстяка». Понимаешь? Экологически чисто и полезно. Вон пирожное «Черный лес». Мало того, что его сделали из обезжиренного молока, облегченного масла, муки с отрубями и шоколада без какао-бобов и сахара, так еще и ердбриду добавили. Получилась отрицательная калорийность.

— Каким образом? — поразилась я.

Света с превосходством посмотрела на потенциальную покупательницу.

— Слопаешь и похудеешь! Организм не получит калорий, а потратит их на переваривание пирожного. В этом секрет ердбриды.

— А как она по-русски называется, эта ваша белиберда? — полюбопытствовала я.

— Разве я по-китайски выражаюсь? — обиделась Света. — Ердбрида, иного названия нет.

— Если дерево столь чудодейственно, почему о нем никто не знает?

Продавщица нахмурилась.

— Народный рецепт пришел из глубины веков. Где Москва и где Тува! Вот сейчас мы раскрутимся и станем миллиардерами.

— Наверно, это жутко невкусно, — засомневалась я. — Что хорошего может получиться из шоколада, в котором нет ни какао, ни сахара?

Света закатила глаза, потом взяла пластиковую тарелочку, отрезала небольшой кусок от пирожного и протянула мне.

— Пробуй. Тест-драйв!

Отказаться мне показалось неприличным, я осторожно положила кусочек в рот и воскликнула:

— Потрясающе!

— А то... — хмыкнула Светлана. — Берешь?

— Да. Вон ту корзиночку со взбитыми сливками. Она не калорийная? — я все же решила проявить бдительность.

— Ваще минус ноль, можешь смело пять штук слопать! — заверила продавщица.

— Тогда еще и торт, — разохотилась я.

— От сладкого желудок заболит, — предостерегла Света, — возьми салат. Могу посоветовать картофельный, а к нему сосиски. Свежайшие! А какой аромат... Понюхай!

Мой рот незамедлительно наполнился слюной, но разум подавил некстати разбушевавшийся аппетит.

— Картофельный? С майонезом? А в сосисках один жир!

— Ты других-то людей слышишь или только своими речами упиваешься? — вздохнула Света. — Я сто раз объясняла! Картофель тоже из Тувы, он растет в поле, которое получилось после вырубки ердбриды, поэтому он приобрел похудательные свойства. Майонез легкий, в нем нет ни яиц, ни масла. А свинья, из которой сосиски сделали, питалась остатками ердбриды. Мы все везем из Тувы! Эксклюзив! О, Иван Сергеевич... здрассти, как дела?

К прилавку, слегка пошатываясь, подошло подобие кузнечика, одетое в длинный черный плащ и шляпу.

— Замечательно выглядите, — бойко заверещала Светлана. — Сколько кэгэ потеряли, Иван Сергеевич?

— Восемьдесят, — прошелестела тень. — Только я не Иван Сергеевич, а Елена Петровна.

— Вау! Я не узнала вас, вы так похорошели! — воскликнула продавщица.

— Приготовь нам как обычно, — велело привидение, — я подойду через час.

— Видала? — спросила Светлана, когда «плащ» затерялся между стеллажами. — Профессор Горкина, весила два центнера. И муж ей под стать, просто бомбовоз был. С весны они мои постоянные покупатели.

— Давай три пирожных, салат, сосиски и кусок холодца, — алчно скомандовала я. — Сколько с меня?

— Со всеми скидками две тысячи сто рубликов.

— Ох и ни фига себе!

— Ладно, еще сотняшку скину. Ты мне понравилась, я тебе помочь хочу. Ты замужем?

— Да. А что?

— Мужики от толстух живо убегают, — вздохнула Света. — Неужели две штуки деревянных большая плата за красоту и личное счастье?

Я мгновенно полезла за кошельком. Через секунду вспомнила о потере портмоне и вытащила конверт с деньгами. Как хорошо, что Рената выдала мне зарплату.

— Приходи завтра, — радушно предложила торговка, протягивая пакет. — Приятного аппетита!

Только женщина, пытающаяся похудеть, поймет восторг, который я испытала, садясь за стол, где на тарелках лежало много вкусных вещей. Может, кому-то сосиски и покажутся затрапезной пищей, но я в последнее время боялась даже смотреть на них, жевала в основном листья салата и вареную свеклу, поэтому аромат, исходящий от этих розовых мясных палочек, буквально кружил голову.

— Дорогая, — громко сказала я себе, хватая вилку, — ешь медленно, жуй тщательно. Растянешь удовольствие и не нанесешь вреда здоровью, поняла?

Но аппетит затмил доводы разума, я накинулась на ужин и в мгновение ока проглотила его. Дальнейшее помнится плохо. Обильная трапеза подействовала как добрая порция алкоголя. Шатаясь, я добрела до кровати и рухнула в подушки...

Будильник запищал над ухом, правой рукой я машинально стукнула его, левой похлопала Гри по спине.

— Милый, вставай!

От звука моего голоса остатки сна улетели прочь, память вернулась. Гри на съемках, его нет рядом. Когда супруг отсутствует, я обычно сплю плохо, вчера же свалилась как подкошенная и проспала до утра, кажется, даже не шелохнувшись.

Зевая, я встала под душ, потом взгромоздилась на весы и чуть не свалилась с них. Восемьдесят семь! Не может быть! Коим образом я ухитрилась прибавить целых два кило за один день! Ведь ничего не ела! Вообще!

В полнейшем недоумении я вошла на кухню, увидела гору грязных тарелок в мойке и ахнула. Черт! Совсем забыла про эту... как ее там... ерд... бирд... Наверное, в момент приобретения и в процессе потребления еды мой мозг уехал отдыхать на Мальдивские острова или еще куда подальше! Ну как я могла поверить сказочке про ер-быр-дыр, добытую хрен знает где? Отчего повелась на рассказ про низкокалорийные пирожные? Ведь я знаю — это ложь. Сливки нулевой жирности — это нонсенс. Сливки — они и есть сливки, а не вода. Жидкость, льющаяся из крана, никогда не взобьется в плотную сладкую массу! А если такое вдруг произойдет, значит, производители воспользовались всякими «сгустителями», от души насыпали в продукт всю таблицу Менделеева. Таня, посмотри на жирные тарелки! Ты полная идиотка!

Мое самобичевание прервал телефонный звонок.

— Будьте любезны, господина Бабулькина позовите, — тонко пропел почти детский голосок.

— Его нет, — мрачно ответила я.

— А когда вернется?

— Точно не скажу, думаю, через неделю.

— Ой, как плохо! — донеслось из трубки.

— Что-то случилось? — спросила я.

— Компания «Фрукт-Транс-Брик»[1] вас беспокоит, — официально представилась девушка. — Господин Бабулькин снимался у нас в рекламном клипе. Руководство осталось довольно его работой и решило предложить ему новую роль.

— Тут какая-то нестыковка, — удивилась я. — Гри уехал со съемочной группой «Фрукт-Транс-Брик», работа над роликом в самом разгаре.

— Нет, — заспорила девчонка.

— Да, — упорствовала я, — вы просто не в курсе.

Из трубки послышался тихий смешок.

---

[1] Название придумано автором. Любые совпадения случайны.

— Без меня никто никуда не отправится, — заявила собеседница, — смею вас уверить, мы пока находимся на стадии написания сценария.

— Но муж уехал, — растерялась я.

— Кто? — переспросила девица.

— Мой супруг, Гри. Вы же его спрашивали?

— Я ищу господина Бабулькина, — напряженным голосом повторила собеседница, — его мобильный — семьсот шестьдесят четыре, четыре нуля — не отвечает.

— Верно, — подтвердила я, — муж оказался... Простите, какие цифры вы назвали?

— Семьсот шестьдесят четыре, четыре нуля, — прошептала девушка.

— Но у Гри другой номер!

— Бабулькин ваш муж?

— Да.

— Законный? Печать в паспорте есть?

— Конечно, — ошарашенно ответила я. И тут же возмутилась: — Вы кто такая? Почему трезвоните к нам домой и задаете наглые вопросы?

В ответ раздались короткие гудки. Мне стало не по себе, и моментально захотелось есть. Чтобы не заплакать, я живо соорудила трехэтажный бутерброд, слопала его, почувствовала некоторое облегчение, сбегала в прихожую, вытащила из сумки газеты, взяла большую лупу и...

Спустя полчаса голод навалился на меня с еще большей силой. Я очень хорошо изучила внешность Гри, мое любимое занятие — смотреть на мирно спящего мужа. Дело в том, что мой организм постоянно требует на ночь вкусной жирной еды, и, желая избавиться от лишнего веса, я стараюсь забывать про ужин, а потом ворочаюсь с боку на бок под пуховым одеялом. Гри же моментально улетает в страну Морфея. И что мне остается? Лишь любоваться на своего мужчину. Поэтому я давно пересчитала маленькие родинки на лбу супруга, знаю, что у него чуть-чуть смещен вправо кончик носа. И сейчас, проведя над снимками с лупой в руках не лучшие минуты жизни, я уверилась на сто процентов: бородатый мачо, нежно обнимающий богатую бездельницу Марту Карц, — МОЙ любимый! И что теперь делать?

Новый сандвич (на сей раз с ветчиной, сыром и паштетом) слегка успокоил возбужденные нервы и вернул мне способность рассуждать здраво. Как правило, неверные супруги попадаются случайно. Прокалываются на мелочах: наплетут наивной жене, что сидят на совещании, а сами бегут в кино с любовницей. Вранье вроде бы сходит им с рук, но потом заботливая женушка берет пальто прелюбодея, чтобы отправить его в химчистку, выворачивает карманы, дабы в них не остались ценные вещи... И надо же! Прямо к ногам рачительной хозяйки падают два использованных билета в кинотеатр, да еще на «места для поцелуев».

Вот и со мной сегодня произошло нечто подобное — мне позвонили из рекламного отдела. Кстати! Девица назвала совсем незнакомый номер сотового. У Гри есть еще один телефон?

Я ринулась к домашнему аппарату, и он внезапно зазвенел.

— Слушаю! — рявкнула я, с трудом сдерживая гнев. — Говорите живо!

— Наверное, я не вовремя, — пролепетал незнакомый женский голос.

Злоба накрыла меня черной волной.

— Если вы разыскиваете Гри, то МОЙ муж занят!

— Я хотела поговорить с Таней Сергеевой, — зашептала дама. — Передайте ей, Ира звонит.

— Какая?

— Ее лучшая подруга, Ирина!

Я подавила стон. Не знаю, как обстоят дела у других людей, а ко мне неприятности приходят кучно —

если привалила одна, непременно жди вторую, третью. Сейчас мне только алкоголички с занудными жалобами на судьбу не хватало! Где был мой ум, когда я дала пьянице и мобильный, и домашний номера? Оставался лишь один способ избавиться от приставалы...

Я зажала нос пальцами и прогундосила:

— Они переехали.

— Кто?

— Таня с мужем.

— Куда?

— Понятия не имею.

— Когда? — не успокаивалась Ирина.

— Два месяца прошло, еще летом перебрались.

— Но мы вчера с Танечкой разговаривали, и она дала мне эти цифры, — резонно заметила Ирина.

— Значит, она ошиблась. Привычка, знаете ли, удивительная вещь, — не сдавалась я.

— А где мне искать Таню?

— Даже не представляю.

— Вы ведь живете в ее квартире, — не успокаивалась «подруга».

Похоже, сегодня Ирина не нюхала спиртное, разговаривает вполне разумно.

— Мы купили жилплощадь у агентства, — отрезала я, радуясь тому, что еще не включила сотовый, — нам не сообщили, кто владел ею ранее. Больше сюда не звоните. Эй, вы слышите?

— Помогите! — прошуршало из трубки. — Я звонила Тане на мобильный, а там говорят: абонент недоступен. Теперь выясняется, что Таня переехала. Ведь именно она посоветовала мне бежать! И я убежала. Не понимаю, как очутилась у Веры? Она злая! Она плохая! Что же мне делать?

— Не знаю, — уже менее уверенно ответила я.

Ирина заплакала.

— Я стою одна, посреди города, не знаю, где. Еле

ускользнула! Хочу начать новую жизнь, вычеркнуть прошлое. Навсегда! И куда мне деться? Здесь столько людей!

— Подождите минутку, — прогундосила я в трубку. Потом разжала пальцы, которыми сжимала нос, и обычным голосом сказала: — Привет, это Таня. Искала меня?

— Танюшенька! — взвыла алкоголичка. — Я твоя...

— Лучшая подруга Ирина.

— Узнала!

— Конечно.

— Помоги!

— Ты где? — понимая, что получаю новую большую проблему, спросила я.

— На улице.

Замечательный ответ. Ясное дело — не в Атлантическом океане на лодке.

— Название скажи.

— Не знаю. Тут много людей и машин. Еще реклама висит, что-то про йогурты, — всхлипнула Ирина.

Увы, алкоголики часто ведут себя как трехлетние дети. Проспиртованный мозг перестает нормально функционировать.

— Ты умеешь читать? — спросила я.

— Разве я похожа на дуру? — слегка обиделась «лучшая подруга».

— Нет, — вздохнула я.

Ну не говорить же Ирине правду: «Ты не похожа на идиотку, ты суперкретинка».

— Подойди к любому зданию и скажи, что написано на табличке.

— Сейчас, — с готовностью откликнулась Ира. — Вот, вижу. «Одежда из Италии».

Я лишь вздохнула.

— Это немного не то. На домах, как правило, есть название улицы. Поищи его.

— А как оно выглядит?

Хороший вопрос: как выглядит название улицы...

— Прямоугольная железка, а на ней, допустим, слово «Тверская» или «Полянка». Впрочем, может, просто краской на стене намалевано.

— Ничего такого нет. Ни Тверской, ни Полянки, — заявила Ирина.

— Ладно. Останови любого прохожего и спроси, где ты находишься.

— Ага, поняла, — пробурчала Ира. Затем ее голос прозвучал тише, как бы в сторону: — Простите, меня зовут Ирина. Не подскажете, где я нахожусь? Угу-угу... Танюша, ура! Узнала!

— Ну.

— Город Бобруйск, — гордо заявила Ира, — район медведей.

Глава 8

Огромное желание пнуть идиота-подростка, который решил подшутить над больной женщиной, на секунду затмило во мне все чувства.

— Замечательно! — бодро воскликнула я. — Название мегаполиса, если можно столь гордо именовать Бобруйск, нам уже известно. Теперь, Ирина, следует выяснить название улицы. Действуй так: найди в толпе милую старушку, не оборванку, а прилично одетую, желательно с пакетом продуктов в руках, и очень вежливо скажи ей: «Здравствуйте, я приехала из-за границы и слегка растерялась. Скажите, на какой улице я нахожусь?» Поняла? К молодым парням, девчонкам и мужикам не приближайся.

— Вот как раз идет бабуся...

— Вперед! — приказала я.

Из трубки понеслись шуршание и треск. Затем голос Иры:

— У меня таких денег нет! На последние в маршрутку села.

— Ты о чем? — поразилась я.

— Бабуля сказала: «Справка стоит сто баксов. Гони, иностранка, доллары, у меня пенсия копеечная».

— Супер, — выдохнула я. — Эй, погоди, ты ехала из поселка на маршрутке?

— Ну не пешком же шла! — резонно заметила Ирина.

Я обрадовалась: сама вчера сидела в «Газели» и отлично помню, где у нее конечная.

— Ирина, ты далеко ушла от остановки?

— До газетного киоска. А потом растерялась.

— Отлично! Посмотри направо. Видишь вывеску «Черешенка»?

— Где?

— На доме! Большое здание из светлого кирпича.

— А, нашла! Точно, есть «Черешенка».

— Иди туда.

— Зачем?

— Не спрашивай, а делай!

— Ну ладно, — послушно откликнулась пьянчужка. — Уже вошла внутрь.

— Садись за столик.

— Который?

— Где никого нет.

— А здесь все пустые.

— Займи любой.

— Устроилась, — через секунду отрапортовала «лучшая подруга».

— Когда подойдет официантка, дай ей свой сотовый.

— Зачем?

— Ты задаешь слишком много вопросов! Просто выполни мою просьбу.

— Угу, — протянула Ирина, — девушка, вас к телефону!

Воцарилась тишина, потом прорезалось приятное меццо-сопрано:

— Слушаю.

— Извините, я понимаю, что ситуация вам покажется странной, но прошу выслушать. Меня зовут Таней. А вас?

— Алиса.

— Очень приятно! Алисочка, помогите, я вас непременно отблагодарю за участие.

— Ну... — протянула без особой радости собеседница.

— В кафе пришла моя подруга Ирина, она выглядит прилично, абсолютно безопасна, воспитанна и не причинит человеку вреда. Вот только ума у нее на пять лет, даже меньше.

— Ясно.

— Она сбежала из дома без спроса. Хорошо хоть мне позвонила, я с трудом поняла, куда Ира забрела. Умоляю вас, не отпускайте ее! Дайте ей поесть, чай, кофе... я оплачу счет, не беспокойтесь. Минут через сорок я доберусь до «Черешенки» и увезу бедолагу.

— Ладно.

— Только не приносите ей спиртное! Ни капли!

— Хорошо.

— Алиса!

— Чего?

— Пожалуйста, проследите за Ириной, я оплачу потраченное вами время.

— Я уже поняла, — довольно прохладно ответила официантка, — сейчас меню ей подам.

Я забегала по комнате, пытаясь одновременно одеться и позвонить по телефону.

— Агентство «Прикол», — услышала я наконец в трубке голос нашей секретарши Карины, — реализуем любые фантазии за ваши деньги.

— Где Рената? — забыв поздороваться, спросила я.

— Тань, ты?

— Я. Почему Логинова не берет трубку?

— Вау, ты не знаешь?

— Что произошло? — испугалась я.

— Ренку ночью в больницу увезли, аппендицит у нее воспалился. Уже прооперировали, — защебетала Карина. — Она сказала: «Пусть все спокойно работают, вернусь через неделю», и теперь...

— Не тарахти! — остановила я Кару. — Проверь по базе: заказчица Вера Петровна Ефремова, обратилась к нам вчера.

— Есть такая.

— Дай ее телефон.

— Уно моменто. Коттеджный поселок...

— Не адрес, телефон! — снова оборвала я секретаршу.

— Тут только домашний.

— Любой сойдет, — согласилась я, уже выходя из квартиры и запирая входную дверь.

Вера Петровна не брала трубку. В конце концов я сунула телефон в карман, добежала до метро, втиснулась в вагон и постаралась не дышать. Ну почему некоторые люди обожают завтракать головками чеснока? Запахи тут... Вот мужчина, в пальто которого я уткнулась носом, слава богу, не прикоснулся к чесноку, зато щедро облился одеколоном. Похоже, он буквально выкупался в нем и теперь воняет хуже бомжа. Вам это сравнение кажется странным? А мне нет. Едкий аромат парфюма так же противен, как и амбре, источаемое лицом без определенного места жительства.

Чтобы слегка абстрагироваться от подземки, я решила думать о Гри. Значит, муж меня обманул: наврал про съемки, про далекую деревню, ураган, отсутствие мобильной связи, а сам остался в Москве, приклеил усы, бороду и пошел на тусовку с Мартой Карц. Зачем? Вот уж глупый вопрос! Ответ на него очевиден. Марта молода, хороша собой, у нее не только красивое лицо, но и шикарная стройная фигура. Карц очень богата — наследница несметного состояния, да и сейчас ей добрый папенька ни в чем не отказывает. Впрочем, Гри бессребреник, про ее состояние он не думает, Марта просто ему понравилась.

В вагоне стало нечем дышать, я быстро расстегнула куртку, но легче мне не стало. Если посадить на одну чашу весов мерзкую Карц, а на другую Танюшу, толстую, не особо привлекательную, малообеспеченную, то следует признать: Гри должен выбрать Марту. Папенька-олигарх даст денег зятю на съемки фильма, и я абсолютно не сомневаюсь: мой муж гениально сыграет Гамлета, получит Оскара, Золотого Льва, Пальмовую ветвь... Не помню, какие еще награды раздают артистам. Но вот странность: Гри пока не бросает недотепу-жену, более того — старательно обманывает ее. И это очень хорошо. Почему? Да потому что если мужчина принял решение уйти от супруги, он перестанет миндальничать, открыто заявит о связи на стороне. Зачем оберегать от стресса бабу, с которой более не видишь будущего?

Так, так... Размышляем дальше. И по какой причине Гри вознамерился остаться с законной половиной? Не хочет терять семью? Но у нас нет и не предвидится детей, а хозяйка из меня, как гимнаст из ежа. Нет, я старательно варю суп, стираю белье, убираю квартиру, но мне далеко до женщин, которые в два счета соорудят соте из кролика и состряпают бланманже вкупе с шоколадным тортом, консоме и прочими кулинарными изысками. Так почему Гри со мной? Очень просто: он меня любит. Значит, у меня, как у любой тетки, узнавшей малоприятную правду о шалостях второй половины, есть два выхода. Первый. Закатить истерику, грызть мужику мозг, напоминать о супружеском долге, агрессивно требовать верности, звонить любовнице и устраивать той скандалы, поставить условие: «Либо я, либо она» и в конце концов остаться одной, потому что меньше всего представители сильного пола любят выяснение отношений. Я не настолько глупа, поэтому выбрала второй вариант. Сделаю вид, будто ни о чем не догадываюсь, и попытаюсь понять, по какой причине Гри надумал сходить налево. Найду то, что не устраивает во мне супруга, и вырву с корнем. Я не представляю свою жизнь без Гри, значит, для сохранения собственного счастья нужно поработать. Так где прореха?

Из моей груди вырвался тяжкий вздох. Увы, ответ ясен, и тянет он почти на полцентнера — похоже, именно такова разница в весе между госпожой Сергеевой и Мартой Карц. Надо срочно — прямо сейчас! — сесть на диету и до возвращения Гри сбросить хоть пару кило. Конечно, при моей фигуре потеря их будет не особо заметна, но лиха беда начало, где пять, там и двадцать пять. Вот только пускать дело на самотек нельзя!

Слегка подвинув воняющего одеколоном мужика, я открыла сумочку и нашла в ней рекламную листовку про диету на основе анализа слюны. Хм... Кажется, дела у фирмы идут превосходно, ее офис находится в самом центре, чуть ли не в Кремле. Сейчас разберусь с Ириной и поеду к врачу. Приняв решение, я повеселела, даже плотное облако мерзкого парфюма, настойчиво лезшее в нос, перестало меня раздражать. Главное, что я поняла, как себя вести, значит, половина проблемы уже решена.

Очевидно, кафе «Черешенка» не пользовалось популярностью — когда я вошла в небольшой полутемный зал, там не оказалось ни одного посетителя. За стойкой тосковала полная девушка в ярко-зеленой с золотыми пуговицами униформе.

— Здравствуйте, — заученно сказала она, — ланча нет. У нас из еды только кофе с пирожными. Правда, лакомство эксклюзивное, авторской работы. Желаете посмотреть меню?

Интересно, о чем думал бизнесмен, который открыл трактир с дорогой выпечкой около конечной станции метро, где очумелый народ, вывалившись из переполненных автобусов и маршруток, несется к подземке? Ясно же, почему тут отсутствует народ: справа от кафе расположен огромный вещевой рынок, его клиенты не станут выбрасывать деньги на «авторские» творения, обойдутся кольцом с творогом, купленным в тонаре, а слева огромная площадь, и там повсюду ларьки с фаст-фудом, палатки, заманивающие голодный люд шаурмой, курами-гриль, хот-догами и разнообразными сладкими плюшками.

— Нет, спасибо, — улыбнулась я. — Вы Алиса?

Официантка кивнула.

— А я Таня. Мы разговаривали с вами по телефону. Я хотела приехать через сорок минут, а управилась за двадцать. Где же Ирина? И дайте, пожалуйста, ее счет, — сказала я.

Алиса заморгала.

— Нету, — коротко заявила она.

— Ирина ничего не ела?

— Не-а. Она ушла.

— Куда? — ахнула я.

— Ниче не сказала.

— Я же вас просила не отпускать девушку!

Алиса уперла руки в боки.

— Еще и с претензиями... Сама за своей сумасшедшей следи, я не нанималась.

— Действительно. Извините, — растерянно прошептала я, — вы тут ни при чем.

Лицо Алисы потеряло напряженность.

— Да ладно, — вздохнула она. — День нехорошо начался. Сначала твоя красота зашла. Не успела сесть, мужик ввалился и ну права качать, типа, где туалет. Я ему спокойно объясняю: «Сортир только для клиентов, возьмите кофе, а потом пользуйтесь тубзиком хоть до следующего утра». А он как заорет: «Лужков велел вам народ с улицы пускать! На центральном проспекте стоите!» Такой хай поднял...

— Где Ирина? — я решила вернуть Алису к нужной теме.

— Ушла!

— Куда? — спросила я, понимая, что разговор пошел по кругу.

— Клиент скандалил, — пожала плечами девушка, — все мое внимание перетянул, визжал поросенком. Не могу же я за двумя следить! Пока мужик лаялся, твоя Ирина и смылась. Сунула мне аппарат, и ку-ку.

— Какой аппарат? — изумилась я.

Алиса захихикала.

— Телефонный.

— Мобильный?

— Ну да!

— Ира оставила здесь сотовый? — недоумевала я. — Зачем?

Официантка вытащила из кармана пиджачка зеркальце и стала любоваться своим полнощеким личиком.

— Не знаю, — равнодушно ответила она спустя минуту, — кто ж их, психов, поймет. Хотя она сказала: «Держи, моя лучшая подруга Таня велела тебе трубку отдать».

Я оперлась на стойку. Действительно, я произнесла такую фразу, но она имела иной смысл. Я велела Ирине зайти в «Черешенку» и передать сотовый официантке, потому что хотела попросить ту об услуге. Ира выполнила просьбу, но истолковала ее посвоему — оставила телефончик и ушла. Теперь всякая связь с ней потеряна. Где искать чокнутую бабу? Что с ней будет? А ведь, похоже, в случившемся виновата я. Зачем посоветовала Ирине начать самостоятельную жизнь? Пьянчужка все поняла буквально — убежала из поселка, решив, что я помогу ей. И сейчас бродит одна по Москве!

Сунув оба мобильных в сумку, я вышла на улицу

и порадовалась теплому солнышку. Погода в нынешнем году балует москвичей. На дворе середина осени, а большинство прохожих одето в легкие наряды, некоторые девушки даже не сняли босоножки. А если неадекватный человек убежал из дома в погожую пору, его шансы на выживание выше, чем у бедолаги, покинувшего кров в мороз. Ирине сейчас грозят разные опасности — она может попасть под машину, столкнуться с грабителем или насильником, но она не замерзнет даже ночью. Хоть в чем-то ей повезло.

Я замерла у входа в кафе, разглядывая заполненную народом площадь. Что заставило Иру сбежать? Она испугалась? Кого? Мужчину, который начал скандалить в «Черешенке»? Или увидела через окно сцену, привлекшую ее внимание?.. Мало ли какие соображения роятся в голове у психически нестабильной женщины. Как отыскать песчинку на пляже? Но ведь надо же хоть начать...

Глава 9

Я вздохнула и двинулась вдоль ряда лотков, задавая торговцам один вопрос:

— Простите, тут не проходила немного странная женщина? Она могла себя вести как трехлетняя девочка, просить о помощи...

Продавщицы, в основном украинки, отрицательно качали головой. Я уже совсем отчаялась, когда дородная баба, стоявшая в будке с вывеской «Хот-дог из экологически чистой курицы», вдруг заявила:

— Такая растрепанная? Стрижка короткая, глаза, как у совы, родинка над губой?

— Да, — обрадовалась я. — Вы ее видели? Это моя... э... сестра, она не в себе.

— С тебя восемнадцать рублей, — расплылась в улыбке тетка.

Ничтожность суммы удивила.

— Почему столько? — поинтересовалась я.

— Считай сама, — дернула могучими плечами собеседница: — стакан соку и булка. Я ее пожалела, дала ей за так, потому что она больно несчастной выглядела. Подошла сюда и стоит молча, ничего не просит. На побродяжку не похожа, одета прилично, сумка хорошая, сама чистая, на губах помада. Я сначала решила, что она ассортимент изучает, ну и сказала: «Не сомневайтесь, весь товар качественный». Я всякой ерундой не занимаюсь, сок водой, как Олеська, не разбавляю. Она и говорит: «Очень кушать хочется». Я ей: «Бери, че хошь». А она: «Можно? Вам не жалко?» А я: «Ясный перец нет. На хрена тут стою!» Она булку хвать, и в рот. Говорю: «Давайте деньги». А сестра твоя в ответ: «Ой, их нету». Я удивилась: «За фигом тогда выпечку хапнула?» Тогда она удивилась: «Вы же меня угостили». И тут-то до меня, дуры, дошло: она юродивая. Чисто блаженная — стоит, улыбается. И че делать? Не выковыривать же плюшку у нее изо рта! И вообще, Господь велел безумным помогать, так в Писании сказано, они божьи люди. Короче, я ей еще и соку налила. А она мне в ответ: «Спасибо огромное!» Потом вытаскивает кошелек — недешевый, из крокодила, сверху буква «Т» золотая — тычет мне под нос и говорит: «Вот! Деньги были, но я на них в машине ехала, в такси маршрутном, а потом купила тут помаду, пудру и духи. Были деньги! Три бумажки! Закончились».

Я заморгала. Теперь понятно, куда подевалось мое портмоне. Ай да Ира! Вроде сумасшедшая, дезориентированная особа, но вдруг демонстрирует редкостную сообразительность и изворотливость. Вчера, когда мы сидели в крохотном кафе в коттеджном поселке, она попросила меня принести газету, и я покорно отправилась выполнять поручение. Да только пресса ей была ни к чему — пока я ходила к проволочной корзине с изданиями, она просто сперла из моей сумки кошелек. Наверное, пьянчужка уже тогда собралась удрать из дома. Интересно, может ли у человека быть такое заболевание: пять минут он дурак, а пять минут хорошо соображает? Этакое пунктирное сумасшествие... Похоже, Ирина страдает именно им.

— Ваще несчастная, — тараторила тем временем украинка, — губы трясутся, руки дрожат, прижала кулаки к груди и шепчет: «Очень скоро я разбогатею и тогда вас озолочу. Не дадите телефончик позвонить?» Ну я и разрешила. Поэтому гони восемнадцать рубчиков. Если ты ей родственница, то отслюнивай за еду и, кстати, набавь чуток за мобилу. Много не надо, у меня тариф экономный.

Я протянула бабе три десятки.

— У вас какой сотовый?

— Хороший, — довольно ответила тетка, пряча купюры. — Не самый дорогой, зато везде берет.

— Не дадите посмотреть?

— Еще чего! За фигом?

— В аппарате фиксируются набранные номера, хочу узнать, кому сестра звонила.

— Сама позырю, в руки не дам, — проявила бдительность торговка. — Ты нормальной кажешься, но вдруг сопрешь трубу. Убогие-то не воруют, а умные за милую душу ноги к хорошей вещи приделают. Во! Я по такому не звонила. Записывать станешь или запомнишь?

Я поблагодарила добрую продавщицу «экологически чистых» хот-догов, отошла от нее чуть в сторону и набрала полученный номер.

— Никитский парк, — раздался приятный голос. — Администратор Олеся. Здравствуйте.

— Простите, куда я попала?

— Пансионат «Никитский парк», — вежливо повторила Олеся. — С какой квартирой вас соединить?

— Вам недавно звонила Ирина Ефремова.

— Вполне вероятно, — не потеряв учтивости, согласилась девушка.

— Вы сидите на рецепшен?

— Да.

— И если кто-то из города хочет поговорить с вашим постояльцем, вы переводите звонок в номер?

— В «Никитском парке» квартиры.

— Неважно! У вас в номерах есть телефоны?

— Конечно.

— Сделайте одолжение, соедините меня с тем, с кем беседовала Ирина Ефремова.

— Простите, но это невозможно.

— Мне крайне необходимо поговорить с тем человеком!

— Я приняла смену всего несколько минут назад, при мне Ирина Ефремова не звонила. И потом, сведения о жильцах не разглашаются.

— Ладно, давайте адрес пансионата, — нетерпеливо потребовала я. — Надеюсь, адрес-то не секрет? И объясните, как к вам ехать!

Не успела я войти в просторный двор, заставленный скамейками, как мне стало понятно: я попала в элитный, скорей всего частный, дом престарелых. Тут и там бродили пожилые люди, некоторые сидели в инвалидных колясках.

— К кому идешь, внученька? — проявила любопытство маленькая старушка, одетая, несмотря на теплую погоду, в меховую душегрейку и валенки.

— Просто так заглянула, — улыбнулась я, — без повода.

Бабушка моментально потеряла ко мне всякий интерес. Я спокойно вошла в светлый холл, приблизилась к рецепшен и спросила у молодой женщины по ту сторону стойки:

— Вы Олеся?

— Слушаю вас внимательно, — заученно улыбнулась администратор.

Я оглянулась по сторонам и, понизив голос, сказала:

— Олеся, помогите, пожалуйста! Случилось вот что...

Услыхав про Ирину и ее побег, Олеся перестала изображать радость.

— Я не имею права ничего рассказывать о жильцах, — твердо заявила она. — Понимаете, месяц пребывания в «Никитском парке» стоит очень дорого. Люди, которые поместили сюда своих родственников, богаты и влиятельны, им не нужны неприятности, а я получаю хорошую зарплату. Ясно?

— Ну, пожалуйста! — взмолилась я. — Мне надо знать, где Ирина, а человек, с которым она говорила, — единственная ниточка. Ефремова неадекватна, она может погибнуть. Я никому не скажу, что получила информацию от вас, умею крепко держать язык за зубами!

На лице Олеси отразилось колебание.

— Предположим, я соглашусь вам помочь, учитывая форсмажорность ситуации, — сказала она наконец. — Но меня в момент звонка тут не было. Как узнать, с кем соединяли вашу родственницу?

— Это просто. У нас на работе точь-в-точь такой телефонный аппарат, как здесь, в нем есть определитель. Вот номер мобильного Ефремовой, давайте отыщем его в памяти вашего телефона и узнаем, с кем его соединили.

— Верно, — кивнула Олеся. — Секунду... Двести четвертая квартира, второй этаж. Только я вам ничего не сообщала!

— Естественно, не беспокойтесь. А кто живет в двести четвертой?

— Рогачева Фаина Климовна.

— Где тут лестница? — спросила я.

— Первый поворот налево, — указала рукой Олеся. — Только вряд ли вы что-то узнаете. Фаина Климовна ничего не скажет.

— Она больна?

— Наш контингент весь нездоровый, — вздохнула Олеся.

— Все же я попытаюсь!

Олеся опустила глаза в лежащую на стойке книгу.

— Попробуйте, но, думаю, результата вы не добьетесь.

Я пошла на второй этаж, рассматривая картины, развешанные на стенах. Дизайнер, оформлявший интерьер, хорошо помнил о возрасте людей, которые будут любоваться живописью, поэтому приобрел для «Никитского парка» соответствующие произведения. Никакой абстракции или обнаженных тел, только пейзажи и изображения щенков с котятами. Младенцы и маленькие дети отсутствовали.

Едва мой палец нажал на звонок, как дверь распахнулась, и я увидела крохотную бабулю, одетую в старомодное платье из джерси. Белый кружевной воротничок-стойка прикрывал шею, волосы были аккуратно уложены волнами, губы тронуты светло-бежевой помадой. Старушка отдаленно напоминала английскую королеву. Сходства с монаршей особой добавляло еще и жемчужное ожерелье у нее на шее.

— Здравствуйте, — пропела хозяйка, — рада встрече. Вы ко мне?

— Я ищу Фаину Климовну, — ласково сказала я. — Она дома?

— Я вся внимание, — заулыбалась старушка.

Надо же, Рогачева выглядит очень приветливой. Интересно, почему Олеся уверяла, что я ничего не добьюсь от нее? Фаина Климовна производит впечатление пожилой, но вполне адекватной женщины и...

— О... А... О... А... — вдруг чуть ли не запрыгала хозяйка квартиры. — Лидочка! Господи, счастье-то! Скорей входи! Живенько, чтобы никто не увидел! Не бойся, я тебя спрячу! О... А...

Я растерялась, а Фаина Климовна схватила меня

за плечо, втянула в небольшую прихожую, прижала палец к губам и сказала:

— Тсс! Не шуми!

— Хорошо, — тоже шепотом ответила я.

— Лидочка, солнышко! Обними меня! — попросила старушка.

Ее лицо сморщилось, как печеное яблоко, на глазах заблестели слезы, руки потянулись ко мне. Я посмотрела на трясущиеся пальцы и нерешительно сказала:

— Фаина Климовна, вы обознались, меня зовут Таня.

Пожилая женщина застыла на месте, затем неуверенно спросила:

— Как вас величают?

— Татьяной, — повторила я.

— Значит, не Лидой?

— Нет.

Бабуля вздрогнула.

— Ты Лидочка Фомина? Ведь так?

— Жаль вас разочаровывать, но я Татьяна Сергеева.

Рогачева обхватила голову руками и тихонько застонала:

— Не Лида, не Лида, не Лида...

Мне стало не по себе. Похоже, старушка только производит впечатление нормальной, а в действительности у Фаины Климовны глубокий маразм.

Глава 10

— Давайте пройдем в комнату, — предложила я. — Вы, наверное, не одна живете?

— С Варей, — охотно ответила Фаина Климовна.

— И где она?

— Пошла в буфет. Сейчас шоколадку принесет! — по-детски радостно воскликнула старушка. — С помадной начинкой, она вкуснее марципановой. А ты какую любишь?

— Фруктовую, — поддержала я разговор.

— Лидочка! — ахнула бабуля. — Это ты! Не притворяйся. Какая большая выросла, красивая, полная. Загляденье, а не девочка! Хотя...

В глазах старухи неожиданно заплескался ужас.

— Я поняла... — зашептала она. — Ты убежала! За тобой гонятся! Иди сюда. Я тебя люблю! Неправда, что я просила тебя подальше запереть. Федор врет! Я всегда за тебя горой! Сюда, живо! — Не по-старчески бойко Фаина Климовна распахнула шкаф. — Скорей, залезай.

— Спасибо, не хочу, — запротестовала я.

И тут с Фаиной Климовной произошла разительная перемена — ее маленькая фигурка выпрямилась, щеки покраснели, глаза сузились.

— Сучка! — завизжала она. — За старое принялась? Марш на место, дрянь! Мне больше позора не надо! Чтоб ты сдохла! Что люди подумают?

Я быстро шмыгнула в гардероб. С психами спорить нельзя.

Внутри шкафа висело много одежды и витал аромат очень знакомых старомодных духов. Запах защекотал ноздри, я громко чихнула.

Замок дверцы щелкнул.

— Тише, Лидусенька, будь умницей, — послышалось из комнаты. — Сиди мышкой, нам неприятности ни к чему. Я спасу свою девочку. Останешься тут навсегда. Не подведи меня! Лучше сдохни, но не показывайся. Хватит позора. Жаль, что ты там не умерла!

Я села на дно гардероба. Будем надеяться, что Варя, которая, по словам бабульки, отправилась в буфет, существует в реальности и скоро вернется с шоколадками. Впрочем, у меня нет ни малейшего повода для паники, я могу позвонить на рецепшен.

— Фаиночка Климовна, — донеслось до меня, — сейчас чаю попьем!

Я вскочила и постучала в дверцу.

— Варя, откройте!

— Господи... — испуганно охнул голос. — Кто здесь?

— Никого! — живо соврала старуха. — Где моя конфета?

Замок снова щелкнул, дверца распахнулась.

— Здрассти, — сказала я. — Вы Варя?

— Ага, — кивнула женщина лет сорока, одетая в длинное, почти до пола, серо-синее платье.

— Очень приятно, меня зовут Таня.

— Ну и ну! — отмерла Варя. — Как вы сюда попали?

— Пришла к Фаине Климовне, — ответила я, выбираясь из временной тюрьмы. — Сначала она вела себя мило, правда, приняла меня за некую Лиду, а затем неожиданно впала в агрессию, ну я и предпочла послушаться ее, забралась в шкаф.

Варя сложила руки на груди.

— Вам еще повезло, Фаина Климовна может и ударить. Сама маленькая такая, а рука у нее очень тяжелая, прямо каменная. Зачем вам моя подопечная?

— Может, сядем в тихом уголке? — предложила я.

— Тогда пошли на кухню, — после короткого колебания предложила Варя.

— Бабушку не страшно оставить одну? — предусмотрительно поинтересовалась я.

— Пока она сладкое не съест, с места не сдвинется, — вздохнула женщина.

— Вы рискуете, уходя даже на короткое время, — отметила я, усаживаясь в кухне на деревянный стул с резной спинкой. — Фаина Климовна легко открыла входную дверь!

Варя порозовела.

— Тут нет посторонних, а в соседней квартире живет Иван Федосеевич, он к Фаине Климовне часто заглядывает, старички о чем-то беседуют. Я не ждала чужого человека. Непременно пожалуюсь директору. Что за дела такие? Дежурная свои обязанности не выполняет. Тут им не муниципальное заведение, где можно на людей плевать! Это платный пансион и...

— Думаю, вам не следует гнать волну, — перебила я Варю. — Вы ведь не родственница Фаины, а сиделка, следовательно, можете получить упрек от нанимателя. Он скажет те же слова: «Плохо свои обязанности выполняете» — и вы лишитесь работы.

Варя разгладила ладонью скатерть и вдруг улыбнулась.

— С Фаиной никто не уживается, очень уж она злобная и хитрая. Родные люди с бабкой дела иметь не хотят. От Рогачевой восемь сиделок сбежали, а я зацепилась. С одной стороны, ключ к ней подыскала, с другой — мне квартира обещана. Я же бездомная, поэтому все вынесу. Никто меня не уволит! А дежурную следует наказать. Вам чего надо?

— Некоторое время назад сюда звонила женщина... — начала я рассказ.

Варя без особых эмоций выслушала меня и равнодушно ответила:

— Ошибка вышла. Трубку схватила Фаина, ей развлечение поболтать, иногда местные подружки звонят — Роза Михайловна из девятой или Галина Алексеевна с пятого этажа. Из города звонить некому, там у Рогачевой приятелей не осталось, поэтому я никогда к аппарату не бегу. А тут слышу, Фаина надрывается: «Алле, алле...»

Я обрадовалась, что сиделка разговорилась, и слушала внимательно. И вот что узнала.

Варя отобрала у бабули трубку и строго сказала:

— Слушаю.

В ответ лишь тишина.

— Говорите! — велела сиделка. — Великолепно слышу, как вы дышите. Что за идиотские шуточки? Иван Федосеевич, вы как маленький, честное слово!

Заходите в гости, не сопите. Вот уж придумали себе забаву...

— Так я уже здесь, — раздалось за спиной.

Варя обернулась, в комнате стоял старичок-сосед.

— Это не вы звоните? — изумилась компаньонка.

— Не люблю на расстоянии беседовать, — потер руки Иван Федосеевич. — Лучше лично зайти, тогда чаем угостят!

Варя повесила трубку и соединилась с рецепшен — по непонятной причине ей стало очень тревожно.

— Кто нам сейчас звонил? — спросила она.

— Из города беспокоили, — ответила администратор.

— Да ну? — изумилась Варя.

— Попросили соединить с двести четвертой квартирой, — уточнила дежурная.

— Номер звонившего определился?

— Конечно.

— Диктуй! — приказала Варя, которой становилось все тревожнее.

Потом она, не мешкая, соединилась с незнакомым абонентом и, услышав хриплое «Алло!», с места в карьер поинтересовалась:

— Вы звонили Рогачевой?

— Кому?

— Фаине Климовне.

— Нетуть у нас таких знакомств, — прокашляла тетка. — Чего надоть?

— Ваш телефон определился, вот я и решила выяснить, — вежливо объяснила Варя.

— Мабуть, ошибка, — миролюбиво заявила собеседница, — али плохо набрали.

Варя назвала вслух цифры.

— Таки мой наборчик, — согласилась незнакомка. — Но я не тренькала, некады нам, торговля идет.

— Извините, — растерянно сказала Варя и отсоединилась. Ей бы успокоиться, ведь понятно, что кто-то просто ошибся, но сиделку по-прежнему грызла тревога.

Фаина Климовна, как все люди с неустойчивой психикой, легко «считывает» чужое настроение, поэтому, поболтав пару часов с соседом, она вцепилась в Варю, словно репейник в бродячего пса:

— Кто хотел поговорить со мной? Зачем звонили?

— Не знаю, — искренне ответила Варя.

— Врешь!

— Ошиблись номером, — сказала сиделка.

Фаина Климовна покраснела, тяжело задышала и заорала:

— Знаю! Лидочка сюда спешит, а ты, гадина, ее не пускаешь!

Поняв, что у подопечной начался очередной припадок, Варя заявила:

— А между прочим, в буфет только что привезли замечательные трюфели.

— Да? — осеклась старуха. — Ты мне принесешь?

— Прямо сейчас сбегаю, — пообещала Варя.

— Так чего стоишь? — засуетилась старуха. — Поторопись!

И Варя понеслась на первый этаж...

— Конечно, следовало бы спрятать немного сладостей в квартире, чтобы в случае всплеска агрессии живо дать ей плитку, но моя подопечная очень хитра, сразу обнаружит тайник и все слопает, — тихо говорила Варя. — А ей нельзя много шоколада!

Я покосилась на сиделку. Хм, если тебе сто лет, то любые ограничения в питании, по-моему, уже не имеют смысла.

— Я вернулась, а тут вы в шкафу, — довершила повествование компаньонка.

— Кто такая Лида?

— Честно говоря, я не знаю, — призналась Варя. — У Фаины Климовны в мозгу туман. Она частенько ударяется в воспоминания, но всегда сообщает разное. Кричит про работу в Кремле, ответственную должность, личный автомобиль и дачу в Подмосковье, якобы предоставленную ей государством за особые заслуги, а на следующий день выдает другие сведения: жила нищей, считала крошки. То говорит о детях, то сетует о своем одиночестве. У стариков, увы, случается психоз, они выдают желаемое за действительное. Не врут, просто живут в мире грез.

— Она упоминала фамилию Ефремова?

Варя выпрямилась.

— Я ее рассказы давно мимо ушей пропускаю, иначе свихнуться можно.

— Может быть, старуха повторяла имя Ирина? — цеплялась я за последнюю надежду. Не зря же пьянчужка просила соединить ее с двести четвертой квартирой. Что-то связывает ее с Рогачевой.

Варя потерла ладонями виски.

— Увы, я ничем вам не помогу. Старуха всякие имена произносит, правда клинит Фаину Климовну только на Лиде. Вот ту часто вспоминает. Симпатичная девушка внешне, можно сказать красивая. Правда, на вас совсем не похожа, но у Рогачевой бзик — если в дверь звонят, кричит: «Лидуся! Вот радость!» Или, наоборот, пугается: «Лида! Гони ее прочь, она наш позор!»

— Вы видели девушку? — заинтересовалась я.

— Нет, к Фаине никто не заглядывает, — вздохнула Варя.

— Откуда тогда вы знаете, что Лида красивая?

Сиделка усмехнулась, встала, открыла тумбочку, на которой стояла СВЧ-печка, вытащила небольшую кастрюльку, открыла крышку и вынула маленький блокнот.

— Вот, смотрите. Фаина Климовна его от меня прячет, у нее в квартире есть несколько тайников. В спальне, в батарее, между частями «гармошки», схована связка ключей — очень старых, ржавых. Ими сто лет не пользовались, но, наверное, они для бабки значимы, раз прибрала их. В гардеробе, в самом последнем ящике, под газетой, сумочка лежит — атласная, вечерняя, истрепанная в лохмотья, пустая. Абсолютно бесполезная вещь, как и ключи. А тут, в тумбочке, фотка...

Я откинула кожаную обложку и увидела черно-белый снимок. На меня смотрело красивое, но порочное лицо молодой женщины. Большие круглые глаза, коротко стриженные волосы, чувственный рот, крупная родинка над верхней губой, левая бровь чуть более круто изогнута, чем правая, кончик прямого носа слегка задирается вверх.

— Ирина! — ахнула я.

— Кто? — поразилась Варя.

— На снимке Ирина Ефремова. Та самая женщина, которую я пытаюсь найти.

— А вы не путаете? — засомневалась сиделка. — Переверните снимок.

Я послушалась и увидела надпись, сделанную круглым аккуратным почерком отличницы: «Лидочка. Барвинково. Все еще живы».

— У женщины характерная внешность — родинка, разрез глаз... — забормотала я. Нет, это Ирина, правда намного моложе, чем сейчас, здоровая, красивая. — Понимаете, Варя, Ефремова спилась, но ее все равно легко узнать в этой красотке, запечатленной на фото.

Сиделка развела руками.

— Ну уж не знаю... Иногда Фаина Климовна, думая, что я ее не вижу, вытаскивает снимок, целует его и начинает причитать: «Лидочка, что мы наделали! Лидуся, прости меня...» Про Ирину она в тот момент точно не вспоминает.

— Варя, дайте мне, пожалуйста, телефон родных старухи.

Женщина поджала губы.

— Я не знаю никого из них.

— Хотите сказать, что к бабушке не ходят родственники?

— Нет.

— Это странно!

— Почему? — пожала плечами сиделка. — Тут весь контингент такой.

— Однако непонятно!

— Сплошь брошенные, никому не нужные старики.

— А вот и не похоже! — перебила я Варю. — Пенсионерам оплачивают комфортное пребывание в элитном пансионате, тратят немалые средства на наем квартиры и сиделок, следовательно, они небезразличны родным. И те не желают с ними общаться? Право, это нонсенс!

Варя взяла чайник, налила в него воды и заговорила со странным выражением на лице:

— В сороковой квартире коротает век Эмилия Львовна, бывшая актриса, звезда шестидесятых годов, ныне абсолютно забытая. У старухи есть дочь, которая и поселила тут маму. Знаете, почему?

Я помотала головой, Варя включила чайник.

— Эмилия в свое время, занимаясь карьерой, вообще с девочкой не общалась, выгнала ее из дома в семнадцать лет, когда та забеременела. Не хотела иметь имидж бабушки! Да и понятно, почему. Ну как можно изображать на экране студентку, когда у тебя внуки, а? Долгие годы Эмилия слышать не хотела о дочке, а потом старость наступила, ей предстояло жить на пенсию в три копейки. Вот тут старуху и осенило: где ее ребенок? И актерке повезло, дочь оказалась порядочной. Жить, правда, в одном доме с «мамочкой» не пожелала, но поместила ее в комфортные условия. Однако приезжать сюда не торопится. И здесь все такие! Если женщина была заботливой матерью, ласковой бабушкой, опорой семьи, а потом впала в маразм, то родственники никогда не сдадут ее в интернат, сами будут из-под нее горшки таскать и ее капризы терпеть. А если она всю жизнь для себя жила, а затем права качать стала, укорять детей, мол, родила вас, теперь платите за это, — тут не стоит удивляться, что старуха в психушке окажется. И «Никитский парк» в таком случае лучший вариант. В общем, похоже, Фаина Климовна крепко своим досадила, раз тут жизнь доживает.

— И все же дайте, пожалуйста, телефон ее родных! — опять попросила я.

— Я его не знаю, — вновь солгала Варя.

— Но ведь деньги-то вам платят, — с укоризной отметила я. — А значит, вы общаетесь с детьми или внуками старушки.

— Нет, — стояла на своем сиделка, — я ни разу их не видела.

— А рубли птичка в клюве приносит?

— На карточку переводят, — пояснила Варя. — Зарплату никогда не задерживают!

— Ага... — растерялась я. — Ну хоть фамилию их назовите!

— Петровы, — не моргнув глазом, заявила Варвара. И, увидев гримасу на моем лице, добавила: — Ей-богу, правда!

Меня охватило отчаяние. Неужели след обрывается? Почему Фаина Климовна называет Ирину Лидой? Увы, от самой старухи толка не добиться. Ну и кашу же я заварила, посоветовав Ирине начать самостоятельную жизнь!

Глава 11

Наверное, на моем лице отразилось отчаяние, потому что Варя вдруг очень тихо сказала:

— Ладно, дам телефон. Но пообещайте, что Мальвина никогда не узнает, где вы его раздобыли.

— Мальвина?

— Дочь Фаины Климовны зовут Мальвиной.

— Девочка с голубыми волосами... — протянула я.

— Я говорила уже: никогда с ней не встречалась, — не оценила шутку Варвара. — Мне велено звонить лишь в одном случае — когда Фаина помрет. Но она еще долго проживет! Давление — как у космонавта, злоба ее консервирует. Поклянитесь, что не выдадите меня Петровой.

— Пусть режут меня на куски, я рта не раскрою! — пылко воскликнула я.

Стоит ли упоминать о том, что я набрала с таким трудом полученный номер прямо в коридоре, едва успев выйти из квартиры Рогачевой.

— Здрассти! — бойко ответил ребенок.

Судя по голосу, ему еще не исполнилось десяти лет.

— Добрый день, солнышко, позови, пожалуйста, Мальвину.

— Мама на работе.

— А когда она вернется?

— Через три часа десять минут, — отрапортовал малыш, похоже, считавший секунды до прихода родительницы.

— Ладно. Тогда позови кого-нибудь из старших.

— Дома... — начал было кроха, но потом явно вспомнил урок, преподанный родителями, и бойко затарахтел: — Папа спит на диване, старшие братья в ванной моются. Никто подойти не может. Они охотники, с ружьями! Дверь у нас железная, крепко-крепко заперта!

— Здорово, — стараясь не рассмеяться, сказала я. — По какому же адресу находится крепость с вооруженными мужчинами?

— Лесная улица, — живо выболтал ребенок, — дом светлый, с парикмахерской внизу. У нас там машин много, мама сердится, что ей по тротуару не пройти. Квартира на последнем этаже, на стене сбоку написано: «Валя — дура».

— Спасибо, зайчик, — сказала я.

— Меня Мишей зовут, — обиделся мальчик.

На улице стало совсем тепло, я расстегнула курточку и пошла к метро. Чем заняться в свободное время? Может, зайти в магазин? Но просто так шататься по лавкам я не люблю, непременно захочется сделать покупку. Вот ведь странность: если я специально отправлюсь на охоту за шмотками, то за целый день не встречу ничего достойного, а когда в кошельке бренчит мелочь, обязательно наткнусь на подходящие сапоги, пальто, юбку... Правда, сейчас у меня имеется при себе энная сумма, и, как нарочно, я увидела вывеску «Дикая роза»[1]. В витрине стоят манекены в красивом белье. Нет, не надо заходить в бутик, остановила я себя. А то ведь выйду через час, оставив там все содержимое портмоне... Пару минут я боролась с жабой, потом приняла Соломоново решение: зарулю на секундочку, полюбуюсь на красоту и мирно уйду.

Внутри лавка напоминала спальню выжившей из ума Барби. Розовыми тут оказались не только стены, но потолок, двери, мебель и одежда продавщиц. У последних даже волосы были выкрашены в поросячий цвет!

— Здрассти, — кивнула я красавицам и пошла к стендам, на которых болтались бюстье и трусики.

— Что вы хотите? — с легким пренебрежением поинтересовалась одна из «кукол».

— Симпатичный комплектик, — ответила я, — трусики, лифчик.

— Эротичное или на каждый день? — оживилась вторая девица.

---

[1] Название придумано автором. Любые совпадения случайны.

Мне стало весело.

— Пока не знаю.

Продавщица быстрым шагом приблизилась ко мне.

— Я консультант Людмила. Сначала определимся с назначением покупки. Ночь с любимым? Или для работы? Мы имеем полный набор белья: сексуальное, эротичное, повседневное, прикольное, для одинокой женщины.

— А какая разница между сексуальным и эротичным? — удивилась я.

Люда снисходительно улыбнулась.

— Огромная. Вот секс-набор: черный кожаный бюстгальтер, к нему можно купить меховые наручники и ошейник, сделанный из мягкой замши. Эротичный комплект без таких прибамбасов...

— Привет! — раздался визгливый голос.

Мы с Людмилой одновременно обернулись — в зал вошла симпатичная брюнетка с мальчиком лет шести.

— Привет, привет! — кричал ребенок.

— Костя, замолчи, — одернула отпрыска мать.

— Сама говорила, что надо здороваться!

— Хватит одного раза.

— Ладно, — кивнул Костя. — Тут конфеты дают?

— Мне нужен новый халатик, пара пижам и несколько наборов белья, — проигнорировав вопрос сыночка, сказала женщина продавщице у кассы. — Разных цветов. Голубой и розовый.

— Один для дяди Сережи, второй для Антоши! — уточнил ребенок, плюхаясь на бархатный диванчик.

Людмила, не удержавшись, громко хихикнула, но тут же замолчала.

— Константин! — возмутилась мать. — Как ты смеешь звать Антона Петровича Антошей?

— Он разрешил, — пояснил сынок. — Вчера сказал: «Костян, хоть я и старый пень, но обращайся ко мне запросто — Антоха». А вот дядя Сережа зануда, зато он богатый. Антоша шутил, да? Он еще в школе учится? Скажи?

— Не знаю, — отмахнулась женщина и стала перебирать трусики, лежавшие в большом ящике.

— Я у него дневник видел, — не успокаивался Костя.

— Ну и что? — равнодушно ответила мать. — Сейчас они в Интернете есть у всех.

— Нет, дневник в портфеле лежал.

— Нехорошо шарить в чужих вещах, — без особого гнева сделала замечание мать.

— У него там что-то шуршало, — сообщил Костя, — мне стало интересно, вот я и полез. Нашел тетрадь и дневник с надписью «Ученик девятого класса Антон Привалов».

Женщина замерла, держа в руке ярко-розовые стринги.

— Да? — с недоумением спросила она. — Интересно!

Я, разинув рот, наблюдала за происходящим. Продавщицы тоже стояли как соляные столбы.

— У него там двоек полно, — докладывал о своих наблюдениях Костик. — Много-много! И замечаний. «На уроке химии хватал за грудь К. Родионову», — вот что я прочитал.

— Что? — подскочила женщина.

— «На уроке химии хватал за грудь К. Родионову», — как попугай повторил отпрыск.

— Отвратительно! — завизжала дамочка и выхватила из сумки мобильный. — Алло... Антоша, привет! Ты где, котеночек? Ах на работе! А твоя зайка пошла купить красивый комплектик! Розовый! Да-да, с черным кружевом. Где? Эй, девки!

Люда вздрогнула, но откликнулась:

— Слушаю!

— У вас есть журнал «Ми»? — спросила покупательница.

— Нет, — ошарашенно ответила Людмила.

— Порнуху не держим, — ляпнула девчонка за кассой.

— Костян, рыси к метро! — приказала мать сыну. — Там ларек, живо купи «Ми». Вот, держи деньги.

Мальчик сорвался с места, а дама зачирикала в трубку:

— Да, котик, твоя Галочка сейчас купит. Один вопросик! У К. Родионовой есть такой? Ах какая К. Родионова? Та, которую ты за сиськи на уроке хватал! Сукин сын, мерзавец, утконос мерзостный, кобель вшивый, кот енотный, собака драная! Обмануть Галочку задумал?

Я рухнула на бархатный диван. Антон, похоже, соврал, что ему за двадцать, а шебутной Костик узнал чужой секрет.

— Мне сказал, что фирмой владеешь! — визжала Галина, топая ногами в сапогах на острой шпильке. — А сам... Хорошо Костик твой дневник увидел! «Хватал К. Родионову за грудь»... Накинулся на прыщавую малолетку! Фу!

Я потрясла головой. Кажется, мадам не смутил истинный возраст любовника. Девятый класс... Это ж сколько подростку годков? Четырнадцать? Пятнадцать? Бабе-то на вид сильно за сорок. Но ее взбесило замечание про К. Родионову, а год рождения Антоши вроде бы не смущает.

— Все тайное становится явным! — продолжала бесноваться дама. — Я тут за бельем пошла, желая сделать наши встречи незабываемыми, а ты, обезьяна болотная, скунец зеленый...

— Вот! — заверещал мальчик, врываясь в бутик. — Припер!

Галина захлопнула рот, выхватила у сына яркий глянцевый журнал и начала перелистывать страницы.

— Где он, милый? — нежно проворковала она. — Ага, вижу! Чмок-чмок, котик... Несите мне ЭТО!

Последняя фраза была обращена к продавщицам.

— Мы ТАКИМ не торгуем, — ответила девочка на кассе. — Зайдите в секс-шоп.

— Костик, вперед! — приказала мать.

— Пить хочу, — закапризничал сын.

— Можете дать ему воды? — спросила Галина.

— Да, минуточку, — кивнула кассирша и скрылась в подсобке.

Костя вновь взгромоздился на диван и стал с интересом рассматривать явно не предназначенный для детского чтения журнал.

— Костян... — окликнула его мать.

— Здесь! — отрапортовал сын, не отрывая взора от страницы.

— Я буду в интим-магазине.

— Йес, — кивнул тот.

— Нахлебаешься минералки и дуй ко мне.

— Угу, — без особых эмоций согласился Костя. — Эй, а куда топать?

Мать, успевшая дойти до выхода, обернулась и недовольно ответила:

— Сто раз говорено! В лавку с вибраторами.

— Их две, — заметил мальчик, — одна возле метро, другая на той стороне улицы.

— Иди в ту, где мы с тетей Лерой тебе жвачку купили.

— Понял, — кивнул сын.

Галина рванула вперед, но вдруг притормозила.

— Костян!

— Чего?

— Ты помнишь, на какой свет переходят улицу?

— На зеленый, — меланхолично сообщил мальчик.

— Умница, — одобрила мать. — А еще нельзя разговаривать с посторонними дядями, если станут предлагать тебе конфеты. Костя!

— Че?

— Отложи порнушку!

— Ага.

— Ты слышал про мужиков и конфеты?

— Не беспокойся, — кивнул сын, — шоколадок я тут наберу.

— Ну хорошо. Жду тебя в секс-шопе, не задерживайся, — повеселела Галина. — Куплю белье для Антона, и надо будет забежать в аптеку за виагрой для дяди Сережи.

Дверь хлопнула, Костик снова уткнулся в журнал. Мы с Людмилой переглянулись.

— Кто такой скунец? — неожиданно вырвалось у меня.

— Что? — пролепетала продавщица.

— Ну посетительница так ругалась: «скунец зеленый».

— Понятия не имею, — выдохнула Люда.

— Зверь такой противный, — мирно пояснил Костик. — Как пукнет, все замертво падают. Вонючий больно!

— Скунс! — осенило меня.

— Вот вода, — объявила кассирша, выруливая из подсобки.

— Без пузырьков... — расстроился Костик, но взял бутылку и стал сосредоточенно пить через соломинку.

— А сколько лет твоей маме? — полюбопытствовала Людмила.

— Фиг знает, она с нами не живет, — последовал ответ.

— Женщина, которая привела тебя сюда, твоя мачеха? — с явным облегчением спросила Алиса. — А папа в курсе, как она тебя воспитывает?

— Галина хорошая, — заявил Костик. — И она

мне родная бабушка. Мама у меня неудачная, папа тоже. Они ребенком не занимаются, ерунду валяют... это, ну как его... Забыл! Короче, по работе заняты, редко к нам приезжают.

— Бабушка? — хором воскликнули продавщицы. — Вау! Круто!

— Минералка невкусная, — резюмировал Костя. — Можно я конфет возьму?

— Хоть все забирай, — кивнула Люда.

— Спасибочки! — Костя пришел в восторг. — Ты мне их в пакетик положи, а то они в кармашки не влезут.

Когда мальчик, затарившись сладостями и не забыв прихватить с собой порнографическое издание, ушел из «Дикой розы», Людмила не выдержала:

— Надо же, бабушка!

— Жесть! — дополнила кассирша.

Я потрясла головой, задав самой себе вопрос:

— Зачем она к вам пришла?

— Не знаю... — протянула Люда.

Похоже, встреча с лихой Галиной повлияла не только на мои мозги.

— Наверное, бабушка с внуком пообедать хотели, — глупо сказала кассирша.

— Спасибо, — кивнула я, вышла на улицу и тут же уперлась в вывеску «Институт мгновенной коррекции веса».

Впечатление от встречи с сексуальной бабулей было слишком сильным, я до сих пор находилась под ее влиянием, поэтому, плохо понимая, что делаю, я схватилась за латунную ручку и вошла в ярко освещенный холл.

— Как хорошо, что ты пришла! — завопило скелетоподобное существо, выскакивая из-за стойки ресепшен. — Жду не дождусь тебя! Милая, я непременно тебе помогу!

— Извините, — попятилась я, — разве мы раньше виделись?

— Мы с тобой одной крови! — заявила тетка.

Ощущая себя как Маугли в Нью-Йорке, я продвинулась к выходу. Похоже, мир сошел с ума!

Но «анатомическое пособие» не растерялось и сцапало меня за руку.

— Стой! Не надо бояться.

— Не б-буду, — прозаикалась я.

— Это не больно!

— Что?

— Наш стопроцентно действующий метод! — выпучив глаза, заорала баба. — Мгновенная корректировка ментальной сущности сознания жировой клетки путем воздействия на нее валовой энергии доктора Бирюкова вместе с учениками позволит обнаружить ошибку всех систем организма. Понятно?

— Нет, — жалобно откликнулась я. — Извините, я ошиблась дверью. Направлялась в «Дикую Розу», а случайно попала сюда.

— За бельем намылилась? — неожиданно нормальным голосом спросил «набор костей».

Я закивала.

— Пустое дело, — вздохнула администратор, — там размеры крохотные, твоего не сыщут. Непонятно говорю?

— Сейчас нормально, а до этого странно, — с готовностью ответила я.

Баба поскучнела.

— Идиоты текст составили. Прислали готовый из центрального офиса, велели выучить, чтобы клиенты сущность понимали. Только, на мой взгляд, это хрень нереальная. Вот ты, если с аппендицитом в больницу попадешь, будешь интересоваться, че и откуда хирург резать станет?

— Нет, — поежилась я.

— Во! — подняла указательный палец администратор. — Ладно, я по-простому, по-нашенскому, растолкую. Похудеть хочешь?

— Да! — честно призналась я.

— Тогда смотри, — загадочно подмигнула она и ткнула пальцем в стену. — Вон стенд висит, там фотки, моя слева.

— Невероятно! — ахнула я, разглядывая снимок бесформенной туши, под которым стояла подпись «Кира. Минус семьдесят». — Это вы?

— Ага! — с гордостью подтвердил скелет. — Другие тоже отлично вес теряют, но у меня суперрезультат. Было сто десять, теперь сорок. И продолжаю худеть. Меня из-за этого на работу в центр взяли — ведь я одновременно служу рекламой. Разные диеты перепробовала — ноль эффекта, а Игорь Максимович только зыркнул — и готово.

— Гипноз? — насторожилась я. — Не хочу никого в свой мозг пускать, не намерена становиться зомби.

— Дай объясню, — возбудилась Кира. — Доктор Бирюков совершил революционное открытие. Жировая клетка имеет память, и если ее встряхнуть, она начинает работать, как в молодости, и человек возвращается в прежнее состояние. Это не кодирование, а физика вместе с химией. Наука! Аппарат — лазер!

— Лазер... — повторила я машинально с уважением.

К сожалению, вынуждена признать: я — технический идиот. Увы, я принадлежу к той категории людей, которые боятся поменять в люстре лампочку. И мне очень трудно разбираться в инструкциях, которые прилагаются к различным устройствам. Слава богу, у глупой жены имеется умный муж, который спокойно говорит: «Танюша! Засунешь тарелку в СВЧ-печку и нажмешь на красную кнопку. Другие не трогай!» Понимаете теперь, почему упоминание о лазере повергло меня в ступор?

— Безопасно, не больно, эффективно, — вещала Кира. — Правда, я должна предупредить: три дня...

— Кира Анатольевна! — послышалось из динамика на рецепшен. — Я жду Приходько.

— Ой, Игорь Максимович! — заломила руки-веточки Кира. — Простите Христа ради! Забыла предупредить: Анна Сергеевна не придет, заболела.

— Ничего, не переживайте, — не стал сердиться начальник. — А когда следующий клиент?

— Через час.

— У нас простой?

— Игорь Максимович, родненький...

— Что, Кира Анатольевна?

— Сделайте одолжение, а?..

— Ну?

— Примите женщину, она без записи, просто удачно зашла сейчас, а Приходько как раз заболела.

Врач покашлял.

— Хорошо. Через пять минут. Только перезаправлю аппарат, приготовил его для Анны Сергеевны.

Глава 12

— Понимаешь, как тебе повезло? — фанатично возопила Кира. — Люди за год сюда пишутся, у доктора ни секундочки свободной нет, а ты сразу к нему попадешь... Через час худеть начнешь!

— Сколько стоит прием?

— Десять тысяч рублей.

— Так дорого?

Кира презрительно хмыкнула.

— Ну и ходи жирной! Потом на липосакцию побежишь и отдашь в сто раз больше. Скупой платит дважды! Игорь Максимович работает себе в убыток, только на оплату энергии деньги собирает, лазер много электричества жрет. Ну, решайся! Или денег нет?

— Есть, — призналась я, — но...

— Сапоги купить хотела? — понимающе посмотрела администратор.

— Угу.

— Небось уже сто точек обошла, — опять хмыкнула Кира, — лапы в голенище не лезут.

— Мне не всякая модель подходит, — призналась я.

— Со мной можешь не кокетничать, — засмеялась Кира, — я отлично помню, как по магазинам металась. Куда ни загляну — везде одежда для гномиков. И где девочке с ее пятьдесят восьмым размером прибарахлиться? С обувью еще хуже. В «Дюймовочке», где товар для толстушек, одни отвратительные чехлы на танки серо-коричневого цвета и дерьмодавы типа «Нюрина калоша». Ты вот тут про нижнее белье пела... Ха! Легче в Москве на улице брильянт найти, чем бюстик пятого размера, да еще красивый. Че у тебя под кофтой?

— Лифчик, — вздрогнула я.

— Розовый? На толстых лямках? Сзади три крючка? Жуткий? Перед мужем раздеться стыдно? — насела на меня Кира.

— Я не оставляю попыток найти красивый комплект, — решила отбиться я.

— Красоту лишь для стройных производят! — подхватила Кира. — Им и стринги, и бюстики, и пеньюары кружевные! В какой магазин ни зайди: платье в обтяжку, джинсы крохотные, майки на котят. Остается один выход — худеть.

— У меня не получится. Сто раз пыталась.

— Кира Анатольевна, приглашайте даму, — прогудело из селектора.

— Иди! — торжественно сказала администратор. — Это перст судьбы. Налево, вторая дверь.

Игорь Максимович оказался подтянутым старичком лет семидесяти, этаким крепеньким грибомборовичком, одетым в белый халат и круглую шапочку. На шее у него висел стетоскоп, на столе стояла черная штука с ртутными столбиками — старомодный аппарат для измерения давления.

— Очень рад! — искренне воскликнул доктор. — Прошу, садитесь. В чем проблема?

— Я толстая. Сколько ни пыталась похудеть — не выходит.

— Сидели на диете?

— Да.

— Исключали жирное, сладкое, копченое, соленое?

— Да, да.

— Эффект незначительный? — склонил голову к плечу Игорь Максимович. — Сначала вес немного падает, а потом съедаете кусок хлеба и — оп-ля, вот они, потерянные килограммы, вернулись, да еще прихватили с собой парочку-тройку приятелей?

— Точно, — улыбнулась я. — Наверное, моя судьба умереть слонихой.

— С животными я не работаю, — не принял шутку врач, — а человек легко исправим. Видели Киру Анатольевну?

— Я не хочу такого эффекта, мечтаю убрать для начала десять кило.

Игорь Максимович кивнул.

— Сейчас объясню суть лечения. Волновая теория поля... Вы кто по образованию?

— Я преподаватель русского языка и литературы, работала в разных местах, сейчас служу в агентстве «Прикол».

— Ясненько. Значит, попытаюсь обойтись без технических терминов.

— Уж пожалуйста, — попросила я. — Если честно, я абсолютно безграмотна в области физики, математики, химии. Кстати, и с географией у меня плохо, и с датами по истории.

Игорь Максимович поднял руку.

— Спокойно! Как вас зовут?

— Таня, — жалобно ответила я.

— Солнышко, не расстраивайтесь, — участливо сказал врач. — Сначала я заполню карточку, а потом займемся вашим весом. Ну, начнем?

На меня накатила волна радости. Скелетоподобная Кира права, это перст судьбы. Мне феерически повезло! Милейший врач! Заботливый! Приятный! Он мне поможет! Лазер! Это вам не овсянка на воде!

— Фамилия? — поинтересовался доктор, раскрывая тетрадь.

— Сергеева.

— Вес при рождении?

Я растерялась.

— Не знаю.

— Но как же? Это самый важный параметр!

— Наверное, три пятьсот.

— Необходима точность! — раздраженно заметил Игорь Максимович.

Я испугалась, что он откажется лечить тупую клиентку, и заявила:

— Как сейчас помню, акушерка положила меня на весы и крикнула: «Три килограмма пятьсот граммов».

— Отлично, — пришел в хорошее настроение Игорь Максимович. — Была ли в вашем роду клеточная мимбрахия?[1]

Я вновь растерялась.

— Простите, о чем речь?

— Клеточная мимбрахия, — спокойно повторил эскулап. — Мне необходимо отрегулировать длину волны лазера сообразно катохондриям ядер белковых соединений. Иначе рецептор придет в несоответствие и жиры преобразуются в сальные отложе-

---

[1] Здесь и далее. Будь Танечка чуть поумнее, она бы поняла, что доктор несет невероятную чушь. Врач откровенный шарлатан! *(Прим. автора.)*

ния. В принципе, клеточная мимбрахия наличествует у всех... э... так сказать... крупных людей. Мне не встретился ни один пациент без нее, но спросить я обязан.

— Да! — гаркнула я. — Прямо все мои родичи поголовно ею мучились!

— С какого века?

— Э... э... Когда Наполеон Москву взял?

— В тысяча восемьсот третьем[1], — немедленно отреагировал Игорь Максимович.

Я прониклась к врачу еще большим уважением. Образованного человека сразу видно! Вот я, дурочка, не способная запомнить ни одной даты.

— В то самое время мой пращур и заболел, — лихо соврала я.

А что тут раздумывать? Раз врач сказал, что у всех толстяков имеется эта болячка, следовательно, она была и в роду Сергеевых. Кстати, мои родители и бабушка правда были полными. Только они не испытывали ни малейших комплексов по поводу своего веса. Зато Этти, свекровь, мать моего первого, ныне покойного, мужа отличалась замечательной стройностью. Этти...[2] Усилием воли я прогнала неуместное воспоминание и сосредоточилась на анкете.

— Вес вашей бабушки при рождении?

— Ой, не знаю!

— Как? Она вам о себе не рассказывала? — поразился Игорь Максимович.

— Три двести! — гаркнула я.

— Прадедушка курил?

— Нет!

Игорь Максимович нахмурился.

— Да, — быстро изменила я показания.

---

[1] Наполеон взял Москву в 1812 г.

[2] Об истории жизни Тани Сергеевой читайте в книге Дарьи Донцовой «Старуха Кристи — отдыхает!», издательство «Эксмо».

— Так дымил он или нет?

— Сначала баловался табаком, потом бросил, — ловко вывернулась я, уж очень мне хотелось похудеть.

— Сколько раз в день питался ваш отец?

— Три, — храбро предположила я. — Завтрак, обед, ужин.

— В семье имелись алкоголики?

— Вот это точно нет!

— Уверены?

— Стопроцентно! Ни папа, ни мама, ни бабуля даже не прикасались к спиртному, — заверила я.

— Меня интересуют более далекие предки. Можете гарантировать, что в тринадцатом веке ваш прапрадед не увлекался медовухой? — прищурился врач.

— Ну... э... э... А как надо? Что лучше для вас? Алкоголик или трезвенник?

— Мне без разницы, — вздохнул Игорь Максимович. — Но если я дам неверную длину волны, ген алкоголизма соединится с красными тельцами в крови и вы станете неустойчивой к вирусу Клоди-Маршаль.

— Он опасный? — испугалась я.

— Нет, не особо. Вызывает кариес.

Я выдохнула. Вот уж ерунда, у меня и без Клоди-Маршаля в зубах полно дырок!

— Спиртное в роду не употребляли, — подтвердила я. — Никто из предков.

— Редкий случай, — оживился Игорь Максимович. — До сих пор такое встречалось лишь у лабораторных свиней.

— Свиней? Я полагала, что науке служат мыши, — поразилась я.

— Хрюшки более близки к человеку, — охотно пояснил доктор. — Нуте-с, пока я готовлю аппарат, вкратце сообщу о его действии. Мимикрия жирового процесса тесно связана с трансцендентальным направлением камней желчного пузыря и ингибитора желудка. Если активизировать элерон мозга, отвечающий за разгон кровяного обмена клеток, то, как всем известно, ускорится и клаер. Вам понятно?

— Естественно, — заверила я.

— Конечно, я зря задал вопрос, — смутился Игорь Максимович. — Клиенты часто обижаются на меня за то, что я объясняю известные со школьной скамьи, прописные истины, вроде толщины клаера и его зависимости от бужинирования. Но, думается, лучше напомнить человеку информацию, так?

— Да, — пискнула я, ощущая себя полнейшей кретинкой. И почему у меня из головы начисто вымыло знания, которые упорно насаждали педагоги в школе, а? Вон другие люди, оказывается, ничего не забыли.

— Метаболический анаруз взрывается, и жир разлетается. Вес падает, вы худеете, — завершил Игорь Максимович.

— Ой, — напряглась я, — не хотелось бы очутиться в эпицентре взрыва.

— Вы ничего не почувствуете, — заверил Игорь Максимович и сдернул простыню, прикрывавшую громоздкий ящик, весь утыканный непонятными пупырышками. Игорь Максимович щелкнул здоровенным красным тумблером, выпуклости замигали разноцветными огнями. Я испытала странное ощущение: смесь страха и почтения. В ту же секунду на стене заморгало табло «Внимание, лазерная терапия».

— Встаньте сюда, — велел врач и ткнул пальцем в пол, где был намалеван краской белый крест.

Я покорно выполнила его указание.

— Теперь закройте глаза и не шевелитесь, пока я не разрешу. Стойте спокойно, веки не разжимайте, иначе получите ожог роговицы, — предостерег врач.

Страх стал сильнее почтения. Ну зачем я сюда пришла? Может, просто следовало попробовать новую диету?

Аппарат загудел, защелкал, засвистел, по моему телу пронесся ветерок — и все стихло.

— Готово, садитесь на место, — приказал Игорь Максимович. — С вас десять тысяч рублей.

Я обвалилась на стул и достала кошелек. Ученый быстро спрятал ассигнации и устало сказал:

— До свидания.

— Это все? — изумилась я.

— Да, через три часа пойдет падение веса.

— Можно есть любые продукты?

— Несомненно.

— И сладкое?

— Конечно, — кивнул Игорь Максимович. — Ох, простите, забыл вас предупредить! Ни в коем случае не прикасайтесь к еде, в которой содержится хлористый натрий[1].

— Кто содержится? — не поняла я.

— Вещество такое, хлористый натрий, — повторил врач. — Хлор соединяется с жиром, а натрий его аккумулирует. Короче, читайте информацию на всех упаковках, и если там указан хлористый натрий... От него после лазерной терапии вы еще больше поправитесь. Хлористый натрий — ваш враг.

Я закивала. До сих пор таинственное вещество мне не попадалось. Ну не знаю я его вкуса, и все тут. Никогда не пробовала, даже не нюхала. Значит, проживу без него и дальше.

— Спасибо, спасибо! Спасибо вам, доктор!

— Не стоит, — смутился Игорь Максимович. — Ступайте домой и помните: хлористый натрий для вас хуже террориста.

Женщина со странным именем Мальвина совершенно не походила на девочку, в которую был влюблен Буратино, — никаких голубых волос, кружевных платьев и бантиков. Отсутствовал и пудель Артемон.

---

[1] $NaCl$ — хлористый натрий, или хлорид натрия — это поваренная соль.

— Вы кто? — без особых церемоний спросила хозяйка, распахнув дверь.

— Я ищу Мальвину Петрову, — объяснила я.

Из глаз дамы ушло напряжение.

— Слушаю.

— Меня зовут Татьяна Сергеева.

— Приятно познакомиться, — без всякой радости откликнулась собеседница.

— Я приехала от Фаины Климовны, из «Никитского парка».

Лицо Мальвины не дрогнуло, но ее зрачки расширились и заняли всю радужную оболочку.

— Она умерла? — воскликнула Петрова.

— Нет, нет! — быстро сказала я. — Жива, здорова, передает вам привет и просит узнать: где Лидочка, не приходила ли она в гости.

Мальвина сделала шаг назад, споткнулась о груду ботинок под вешалкой и стала падать. Я, проявив чудеса ловкости, поймала ее.

— Вы сумасшедшая? — вдруг спросила женщина.

— Аля, кто там? — донеслось из комнаты.

— Не знаю, Леша, — крикнула Мальвина, — похоже, квартирой ошиблись.

— Вовсе нет, я ищу Мальвину Петрову! — возмутилась я.

— Что случилось, Аля? — спросил мужчина, выходя в коридор.

— Ерунда какая-то, — ответила Петрова, — пришла незнакомка...

— Я представилась! Меня зовут Татьяна Сергеева.

Но женщина как будто не слышала моих слов.

— Назвала меня по имени: Мальвина — и завела странный разговор. Я ничего не поняла.

— Что вам надо? — обратился ко мне Алексей.

— Фаина Климовна из «Никитского парка» просила узнать адрес Лидочки.

— Слышишь? — вздернула брови Мальвина.

— Кто такая Фаина Климовна? — изумился Леша.

— Понятия не имею, — быстро ответила Петрова. — Никогда не слышала ни о ней, ни о Лидочке!

— Неужели вы забыли, за кого платите немалые деньги? — спросила я. — Содержание старухи в элитном доме престарелых обходится в копеечку.

— О чем она говорит? — растерялся Алексей.

Мальвина только фыркнула и вдруг начала кашлять.

— Девушка, вы ошиблись, — твердо заявил мужчина, — перепутали адрес.

— У вашей жены очень редкое имя — Мальвина, его трудно перепутать. Правда, фамилия простая — Петрова. Но в сочетании с именем... Одним словом, я направлялась именно к ней. Сейчас, когда я сказала, откуда и от кого приехала, Мальвина поинтересовалась: «Она умерла?» Следовательно, ошибки нет. Мне абсолютно все равно, какие отношения связывают Фаину Климовну и вашу жену, я ищу Лиду!

— Что она несет? — еще больше изумился Алексей, поворачиваясь к супруге. — Ты понимаешь?

Мальвина повертела пальцем у виска.

— Осень на дворе, шиза обостряется.

— Однако ей известно твое имя, — справедливо заметил муж.

Я хотела было возмутиться, но внезапно увидела глаза Мальвины — в них плескался откровенный ужас, смешанный с мольбой.

— Так... Что тут происходит? — не успокаивался Алексей. — Объяснит мне кто-нибудь наконец?

Он повернулся спиной к жене, и я, очутившись с ним лицом к лицу, судорожно соображала, как поступить. А Мальвина, воспользовавшись тем, что супруг ее не видит, быстро прижала палец к губам, потом сделала движение рукой... Надеясь, что поняла ее жест правильно, я попыталась исправить ситуацию.

— Простите, давайте сначала. Я работаю в пансионате «Никитский парк». У нас проживает очень пожилая дама, Фаина Климовна, за которую плату вносит некая Лидия. Очередной взнос почему-то не поступил, и администрация пытается выяснить, в чем дело? В карточке старушки имеется телефон, мы установили, что он зарегистрирован на имя Мальвины Петровой, вот поэтому я сюда и явилась.

— Теперь понятно! — подхватила хозяйка. — Леша, похоже, в этой квартире давным-давно проживала какая-то Лидия. Затем она съехала, а жилплощадь получили отец и я.

— А-а-а... — облегченно протянул мужчина. — Ну слава богу, все прояснилось, а то я забеспокоился.

— Папуля, — запищал из глубины квартиры тоненький голосок, — куда голову клеить? А когда дедушка из поликлиники вернется?

— Подожди, Мишаня, — крикнул в ответ отец и быстро мне сказал: — Чего стоите? До свидания! Мы ни о какой Фаине не знаем.

Мне не оставалось ничего другого, как выйти на лестничную клетку. Дверь со щелчком захлопнулась, но я осталась стоять возле квартиры. Интуиция меня не подвела: не прошло и пяти минут, как из-под двери выполз клочок бумаги. В записке значилось: «Супермаркет «Страна еды», за углом, кафетерий возле рыбного отдела».

Сжимая листок в руке, я отправилась искать магазин.

Глава 13

Прождав больше часа, я поняла, что Мальвина Петрова попросту меня обманула. Женщина и не собиралась идти на встречу! Но она сделала огромную ошибку, нацарапав записку, и теперь не сможет отвертеться, когда я, вернувшись в ее квартиру, покажу это послание Алексею и скажу: «Ваша жена врунья. Сначала она взглядом меня умоляла не выдавать ее, затем назначила свидание и не явилась на него. Давайте разберемся!»

Непременно так я и поступлю! Но чуть позже. Сначала съем пирожное — мне ведь теперь можно побаловаться сладким, надо только проявить бдительность.

— Здесь есть хлористый натрий? — я ткнула пальцем в аппетитный кусок шоколадного торта.

— Кто? — вытаращил глаза парень, хозяйничавший за стойкой кафетерия.

— Хлористый натрий, — с достоинством повторила я. — У меня аллергия на это вещество.

— Айн момент! — воскликнул бармен и исчез в подсобке.

Долго ждать ответа не пришлось.

— Яйца, маргарин, мука, соль, сахар, всякие там «Е» и ароматизаторы, — заявил юноша, вернувшись. — О вашем хлоре ни словечка.

— Замечательно! — обрадовалась я. — Двойную порцию торта и кофе. Эй, постой, что ты кладешь в напиток? Не хлористый натрий случайно?

— Я ничего про него не знаю, — признался бармен. — Капучино в обычном составе: молотая арабика, сливки, корица. Сахар отдельно. Да! Еще есть секретная фенька.

— Говори!

— Это фирменная тайна, — возразил мальчишка. — Мое личное ноу-хау. Конкуренты узнают и украдут идею!

— Тут никого, кроме нас, нет. Так что еще ты сыплешь в кофе? — с подозрением спросила я.

— Чуток соли добавляю, — нехотя признался бармен. — От нее аромат кофе круче и вкус ярче.

— А, ну тогда ладно! — обрадовалась я. — Неси заказ.

Десерт показался невероятно вкусным, напиток

тоже, я проглотила то и другое в мгновение ока, добрым словом помянув Игоря Максимовича. Хорошо, что ученый изобрел этот уникальный метод похудания! Теперь можно поглощать пирожные и терять килограммы. Если бы не врач, жевать бы мне сейчас салат без соуса, а перед трудной беседой с вруньей Мальвиной требовалось основательно подкрепиться.

— Простите, — тихо прозвучало за спиной, — я сразу не сумела уйти из дома. Пришлось подождать, пока по телику трансляция футбольного матча начнется.

От неожиданности я подскочила на неудобном стуле, выронила последний кусок торта, обернулась и увидела Петрову.

— Мой муж — страстный болельщик, — продолжала та, — его от экрана клещами не оторвать, когда футбол показывают, он ничего вокруг не замечает, не поймет, что я ушла. В крайнем случае скажу: «За молоком бегала». Вы кто?

— Татьяна Сергеева, — в очередной раз представилась я. — Ваш телефон я заполучила в «Никитском парке». Только не подумайте, что сиделка проговорилась, у меня там свой информатор.

Мальвина села к столику и опустила глаза.

— Хотите кофе? — предложила я.

— Нет, — покачала головой Мальвина. — Лучше сразу объясните, зачем вы явились?

— Ищу Лиду.

— Ее здесь нет! — мгновенно отреагировала Мальвина.

— Я отлично понимаю, что несчастная сумасшедшая отсутствует в супермаркете. Перестаньте говорить глупости! — не выдержала я. — С Лидией беда.

— Неудивительно, — без всяких эмоций сказала Мальвина, — с ней всегда была беда, с самого детства.

— Вы давно с ней знакомы?

— Неважно, — буркнула Мальвина.

— А с Фаиной Климовной?

— Она мне чужая.

— Однако вы платите за «Никитский парк»! Да еще скрываете расходы от мужа!

— Не ваше дело! — схамила Мальвина.

— Я могу вернуться назад и показать Алексею вашу записку с приглашением заглянуть в кафетерий, — пригрозила я.

— Не надо! — взмолилась Петрова.

— Тогда давайте поговорим по-человечески. К сожалению, Лидия сильно пьет, она алкоголичка.

— Ну здорово! — воскликнула Мальвина. — Теперь еще и пьянство... Мало нам было тюрьмы!

— Что? — насторожилась я. — Какой тюрьмы?

— Зоны в городе Саранске, — вздохнула Петрова. — Сначала ее туда отправили, а куда дальше — я не в курсе. Я с Лидой старалась дел не иметь. Вы вообще кто такая?

Я вкратце ввела Мальвину в курс событий. По мере моего рассказа Петрова лишь ахала, а в конце заявила:

— Странная история, хотя кое-какие моменты похожи на правду. Для начала, у Лиды никогда не было брата Олега Ефремова. И вы уверены, что Лидия и Ирина одно лицо?

— Они очень похожи! — заверила я. — Ира-Лида сейчас бродит по городу. Она почти безумна, но сумела вспомнить телефон «Никитского парка», значит, знала номер. Зачем ей нужна Фаина Климовна?

Мальвина молчала.

— У психически нестабильных людей память работает самым причудливым образом, — продолжала я. — Вдруг Ирина вспомнит про вас? Придет к вам на квартиру, столкнется с Алексеем... В ваших интересах помочь мне побыстрее отыскать ее.

— Хорошо, — отмерла Петрова, — я попытаюсь объяснить, в чем суть дела. Но хочу предупредить: Фаина Климовна наломала в свое время дров!

— Я вся внимание, начинайте, — сказала я. — У меня самой не так давно приключилась детективная история, связанная с бывшей свекровью, и теперь я готова поверить абсолютно всему. Жизнь круче любого криминального романа.

Мальвина начала рассказ.

Фаина Климовна все свои годы провела в полной гармонии с собой. Каждому человеку от рождения непременно дан какой-то талант, главное, вычислить, в чем он состоит, сообразить, для чего ты рожден на свет. Фаина быстро поняла: она рождена исключительно для удовольствий, основная цель ее жизни — найти мужчину, который будет содержать и баловать жену.

Первый раз Фаина выскочила замуж сразу после окончания школы.

Девочка из маленького подмосковного городка поехала в столицу, чтобы приобрести платье для выпускного бала, и на улице познакомилась со студентом Николаем Рогачевым. Хоть Фаина и была совсем юной, да сообразила: вот он, шанс стать москвичкой, получить постоянную прописку и забыть деревенское прошлое. Очаровать Николая оказалось плевым делом, уже на третьем свидании он предложил красавице руку и сердце.

Фаина сложила в чемодан немудреные пожитки, оставила родителям записку: «Не ищите меня, не найдете. Я вышла замуж» — и уехала из отчего дома. Девичью фамилию беглянка сменила, стала Рогачевой. Как отреагировали на поступок дочери отец и мать, Мальвина не знала. Фаина ничего не рассказывала о своих ближайших родственниках.

С Николаем красавица прожила недолго. Фаине не понравились ни коммунальная квартира, ни сварливая свекровь, постоянно твердившая сыну:

— Откопал «бриллиант», теперь давись им! Не мог на Людке-соседке жениться, притащил лимитчицу...

Николай орал на мать, но та не успокаивалась. Фаине быстро надоели скандалы, она отыскала другого кавалера, Павла Петровича, и перебралась к нему. Затем был третий супруг, четвертый... Очередной муж всегда оказывался богаче предыдущего. Фаина обзавелась собственной жилплощадью, шубой, драгоценностями и сберкнижкой.

В конце концов дама заполучила настоящего бобра — Владимира Николаевича Петрова. Отбила его у законной жены, развела, сводила в загс и, не мешкая, родила дочь, которую назвала Мальвиной.

Из раннего детства Аля помнит лишь то, что мама носила красное платье, а также жуткие скандалы, вспыхивавшие между родителями по любому поводу. Один раз дело дошло до драки — папа кинулся на маму с ножом. Девочка, перепугавшись, залезла под кровать, откуда ее вытащила пожилая женщина.

— Я твоя бабушка, Елизавета Михайловна, — сказала она. — Твоя мамочка заболела, ее отвезли в больницу, папа будет за ней ухаживать, а ты пока поживешь у меня.

«Пока» растянулось на много лет. Первое время Алечка спрашивала у Елизаветы Михайловны, когда же вернется мама, но потом перестала.

Девочка сообразила: ее попросту сбагрили с рук, отдали дальней родственнице, которая вовсе не приходится ей родной бабушкой. Мальвине было очень обидно. Но постепенно чувство обиды притупилось, она стала считать себя сиротой, пошла в школу, росла себе потихоньку, никогда не общаясь с родителями. Елизавета Михайловна не рассказывала девочке о Фаине, в доме не было фотографий ни отца, ни матери, очень скоро малышка забыла их лица, осталось лишь воспоминание о мамином красном платье и сильном запахе духов, который постоянно ее сопровождал.

В год, когда Мальвине исполнилось четырнадцать, как раз под праздник, тридцатого декабря, в квартире Елизаветы Михайловны раздался звонок в дверь.

— Аля, открой! — крикнула женщина. — У меня руки в муке...

Мальвина послушно отперла замок и отпрянула. Ей показалось, будто в прихожую ворвался язык пламени: в крохотный холл влетела красивая рыжеволосая женщина в огненно-красном пальто.

— Где Лизка? — забыв поздороваться, спросила она.

— С тестом возится, — ожила Мальвина.

— Лизавета! — заорала незнакомка. — Поди сюда, живо!

Бабушка выглянула из кухни и начала креститься.

— Свят, свят, свят...

— Хорош юродствовать! — обозлилась незваная гостья и, ткнув в Алю пальцем, осведомилась: — Она кто?

— Я Мальвина, — сообщила девочка.

— Мда... — покачала головой дама, окинув ее придирчивым взглядом. — Особой красоты нет. Пошли!

Не снимая ни верхней одежды, ни ботинок, тетка подхватила Елизавету Михайловну под руку и убежала с ней на кухню. Але оставалось лишь недоумевать.

Через час девочку позвали взрослые.

— Это твоя мама, — заискивающим голосом сказала ей Елизавета Михайловна, — ты поедешь жить к ней.

— Не хочу, — честно сказала Мальвина. — Бабушка, не отдавай меня!

Огненное пятно метнулось от стола к девочке, Аля почувствовала болезненный тычок. Затем мамаша отчеканила:

— Тебя никто не спрашивает. Лизка тебе не родная бабка, прав на тебя никаких не имеет.

— А кто она? — изумилась Мальвина.

— Мы ее наняли за деньги, — отмахнулась мать. — Складывай пожитки в чемодан, да поживей, времени мало.

Когда Аля собралась, Фаина критически осмотрела дочь и заявила:

— Уродство. Ни вкуса, ни меры! Брось чемодан здесь, придется все новое покупать.

— Там мои игрушки, — попыталась сопротивляться девочка.

— Пора о мужиках думать, а не о куклах, — отрубила Фаина. — Шагом марш к лестнице!

У подъезда их ждал автомобиль. Притихшая Аля устроилась на сиденье, Фаина сама села за руль.

Квартира, где очутилась Алечка, ее поразила. Шесть комнат, забитых антиквариатом, картинами и туркменскими коврами ручной работы. Но самым неожиданным оказалось наличие сестры.

— Знакомься, это Лида, — сообщила Фаина, впихивая дочь в просторную детскую. — Лида, это Мальвина. Идиотское имя, но в прежнее время оно казалось мне аристократическим. Вы сестры, живите дружно. Замечу скандал — разбираться не стану, обе тумаков получите. При Федоре улыбайтесь. Поняли, дебилки?

— Кто такой Федор? — поинтересовалась Аля, когда Фаина ушла.

— Отчим, — охотно ответила Лида и ввела Мальвину в курс дела.

Фаина Климовна развелась с обеспеченным Владимиром Петровым и выскочила замуж за Романа Фомина, родила от того дочку Лиду и внезапно овдовела.

— Папа под машину попал, — шептала Лида, косясь на дверь, — его грузовик сбил. А Федор друг отца, теперь он на маме женился. Сообразила?

— Ну, в общем, да, — кивнула Мальвина. — А меня зачем сюда привезли?

Лида захихикала.

— Федор велел. Он маме приказал: «Девочка должна жить с нами!» Вот тебя и вернули. Мать с новым мужем не спорит, он очень суровый. Усекла?

Мальвина снова кивнула

— С ним всегда надо соглашаться!

— Ладно, — вздохнула Аля. — И давно Фаина Климовна с ним вместе?

— Уже месяц, — ответила Лида.

— Когда же твой папа умер?

— Осенью, — вздохнула Лида, — в октябре.

— Погоди-ка, сейчас декабрь, минус тридцать дней, получается ноябрь... — забубнила Мальвина. — Наверное, я так и не разобралась, когда же твой отец под машину попал.

Лидочка подперла кулаком щеку.

— Федор тут давно! Папа на работу, а он сюда. Скумекала? Вот они и не захотели долго ждать, похоронили отца и в загс.

У Мальвины закружилась голова.

— Хлебнем мы с Федькой... — протянула Лида. — Он генерал, командует всеми как дураками. Даже мать с ним не спорит, боится.

У Мальвины впервые в жизни заболело сердце. Спокойная, не очень обеспеченная жизнь с Елизаветой Михайловной показалась раем. Зачем ее забрали из привычного мира?

Но прошло несколько месяцев, и Мальвина адаптировалась к новым обстоятельствам. Федор оказался не противным, Аля легко подобрала к нему ключик. Генерал не терпел споров и всегда высказывался конкретно. Например, приказывал:

— Надеть рейтузы!

— Есть! — рапортовала Мальвина, живо натягивала теплые штаны и сообщала: — Выполнено!

— Хвалю, — отзывался Федор.

Алечка выходила из квартиры, в секунду стаскивала на лестнице ненавистные рейтузы и бежала в школу. Может, кому-то такая позиция и кажется пораженческой, но зато Мальвина скоро стала любимицей Федора. У генерала было много хороших черт. Женившись на Фаине, он не только стоически терпел капризы супруги, но и взял на себя заботу о воспитании ее детей. Однако Фаине Климовне все меньше и меньше нравился новоявленный Скалозуб. Лидочка активно встала на сторону мамы — то ли она не могла забыть, что Федор был любовником при ее отце, то ли девочку бесила его манера «командовать парадом». Но при каждом удобном случае Лида, показывая норов, заявляла отчиму свое твердое «нет».

Естественно, вспыхивал скандал, генерал хватался за ремень (у военного были свои взгляды на воспитание), Лидочка, заливаясь слезами, бежала к маме, Фаина кидалась на мужа, Мальвина пыталась успокоить отчима...

В один далеко не прекрасный день генерал не выдержал и стукнул жену. Фаина Климовна, не будь дура, бросилась к начальству супруга и через пару дней заявила Федору:

— Развод!

Генерал растерялся и даже попытался извиниться, но жена топала ногами и твердила:

— Конец любви! Убирайся и прихватывай с собой Мальвину. Чья идея была жить всем вместе? Меня вполне устраивало ее отсутствие. Заварил кашу? Теперь жри до донышка!

Глава 14

Федор и Мальвина уехали. Генералу дали небольшую квартиру, ту самую, где Аля живет с мужем и детьми. Бывший военный жив до сих пор и так же любит командовать, он давно не служит, получает пенсию и выращивает цветы на даче. О матери и Лиде долгое время после разъезда Мальвина ничего не знала. Аля закончила институт, жила спокойно, без особых потрясений, но потом прошлое вновь вторглось в ее жизнь.

Тридцатого декабря, накануне Нового года, Мальвина замесила тесто, и в самый ответственный момент раздался звонок в дверь.

— Папа, — закричала девушка, — открой!

— Я в ванной, — ответил генерал.

Чертыхнувшись, Аля сама побежала в прихожую, отперла дверь и попятилась. В коридор словно язык пламени влетел. На секунду Мальвина ощутила себя школьницей. Просто дежавю, день сурка! Опять Новый год, тесто и... Фаина Климовна. Волосы матери не потеряли эпатажно рыжего цвета, и на ней опять красовалось ярко-красное пальто, щедро отороченное мехом.

— Где Федька? — бесцеремонно спросила она.

— Здравствуй, мама. Сними, пожалуйста, сапоги, я полы перед праздником помыла, — окоротила ее Аля.

— Не до глупостей сейчас, — отмахнулась Фаина. — Боже, в какой жуткой норе вы живете! Ни картин красивых, ни люстры хрустальной, ни ковра приличного... Федор! Сюда!

Генерал высунулся из ванной и ахнул:

— Фаина?

— Не ждал? — с вызовом спросила бывшая супруга.

— Нет, — по-военному кратко ответил генерал.

— Как был дурак, так им и остался, — резюмировала Фаина. — Ты, Мальвина, вали, куда шла. Нам с Федором поговорить надо.

— Нечего тут командовать, — отбрила Аля, — не я к тебе заявилась, а ты к нам прибежала. Наверное, тебе деньги нужны? Очередной муж бросил?

— Мальва! — укоризненно покачал головой отчим. — Нельзя так разговаривать с мамой!

— Она мне не мать! — пошла вразнос его приемная дочь.

И здесь случилось невероятное: Фаина Климовна рухнула в кресло и горько зарыдала.

— Ужас! Ужас! — повторяла она. — Горе! Позор! Лида! Она...

Генерал кинулся на кухню за водой, Мальвина прониклась жалостью к матери.

— Что случилось? — почти дружелюбно спросила она.

Фаина подняла заплаканное лицо.

— Мне всегда не везло в азартные игры.

— Зато в любви полный ажур, — усмехнулась Мальва.

— Никогда, даже в детстве, я не могла угадать, в каком кулаке спрятан камушек, — стонала мать, — если указывала на правый, то он был в левом и наоборот... И с детьми ничего не вышло. Ну зачем мне две дочери, а?

— Действительно, — согласилась Мальвина, — одна явно лишняя. Но ведь я тебя не обременяю!

— Я не ту выбрала, снова в пролете! — заголосила Фаина, — Лидка в тюрьме, а ты пироги печешь. Надо было тебя себе оставить. Ах я несчастная!

— В тюрьме? — с ужасом переспросила Аля. — За что?

— Она отчима убила, — спокойно объяснила Фаина. Затем повернулась к бывшему мужу, застывшему со стаканом в руке. — Федя, у тебя полно знакомств. Пусть Лидку подальше уберут, не в Москве посадят...

Мальвина и генерал с трудом добились от Фаины более-менее связного рассказа. В изложении матери события выглядели так: она в очередной раз вышла замуж за вполне благополучного Петра Евдокимова. Вот только стареющая дама не учла одного обстоятельства: в семье подрастала симпатичная Лидочка. Отчим заглядывался на падчерицу и в конце концов начал щипать девушку. Лида молча отбивалась от мерзавца, матери ничего не рассказывала, не желая разбивать семью. Но однажды отчим перешел к более активным действиям — попытался уложить Лиду в койку. На беду девушке под руку попался слишком тяжелый предмет, который она и опустила на затылок насильнику.

— О господи! — схватился за голову генерал. — Бедная девочка, что она пережила...

— Лидка убийца! — заорала Фаина. — Пусть ее посадят подальше от Москвы, не хочу к ней ходить, харчи таскать. Уберите ее из столицы! Вон!

Мальвину затошнило. Она убежала в свою комнату, поняв: еще секунда в компании с мамочкой, и она не выдержит, накинется на мерзавку с кулаками. Аля не поддерживала с Лидой никаких отношений, сестрой ее не считала, но сейчас приняла ее сторону.

Федор развил бурную деятельность, стараясь помочь Лиде — нанял адвоката, бегал к следователю, и в конце концов девушка получила минимальный срок, ее отправили на зону в город Саранск. Фаина снова выскочила замуж, Мальвина не желала ничего знать о матери. Лида иногда присылала письма, самые обычные (в основном в них содержались просьбы прислать сигареты и продукты). Затем с младшей сестрой случилась новая напасть: в колонии вспыхнула драка, погибла одна заключенная, всем участникам побоища, и Лиде в том числе, добавили срок. Вроде потом сестра загремела в больницу, стала наркоманкой... Подробностей Мальвина не знала и, если честно, знать не хотела. Лида исчезла из жизни генерала и его падчерицы. Но пару лет назад Мальвине позвонили из собеса.

— Вы дочь Фаины Климовны Рогачевой? — спросил суровый голос.

— В принципе, да, — осторожно ответила Аля.

И ей на голову вылился ушат сведений. Соседи Фаины Климовны обратились в органы опеки. Рогачева впала в маразм, пару раз у нее в квартире вспыхивал пожар, и только бдительность жильцов, вовремя влетавших к старухе с огнетушителями, помогала избежать большой беды.

— Бабку нужно поместить в сумасшедший дом, — требовали соседи. — Не ровен час сгорим!

Сотрудники собеса подняли документы и обнаружили, что у Фаины имеются дети. В частности, Мальвина.

— Или забирайте мать к себе, или живите с ней, — заявила звонившая.

— С какой стати? — поразилась Мальвина. К тому времени она уже вышла замуж.

— И не стыдно родного человека бросать? — патетично воскликнула чиновница. — Мать растила вас, кормила, поила, учила... Эх, дети, дети... Неблагодарность страшный грех!

Объяснять, как обстояло дело, Мальвине не хотелось, поэтому она молча выслушала упреки и, не сказав ни слова Федору, отправилась к Рогачевой.

На языке у Али крутилось много злых упреков. Выйдя замуж, она обрела уверенность в себе, перестала ощущать себя описавшейся кошкой, избавилась от комплекса нелюбимой дочери и была готова высказать матери правду в лицо. Никакого страха она не испытывала, поэтому спокойно переступила порог некогда роскошной квартиры. И поразилась запущенности апартаментов, увидела старушку с плохо прокрашенными волосами, услышала возглас: «Ой! Вы кто? Вас как зовут?» — и поняла, что опоздала с решительным разговором. Ее мать, можно сказать, умерла, так и не узнав, что дочь о ней думает. Телесно Фаина Климовна была еще на земле, но души в ней уже не было. Впрочем, была ли у Рогачевой, всю жизнь думавшей лишь о собственном благополучии, настоящая душа?

Мальвина начала действовать. Ни генералу, ни мужу она ничего не сказала...

— Почему? — удивилась я, перебив рассказчицу.

— Не хотела волновать папу, — тихо ответила она. — Возраст у него преклонный, со здоровьем проблемы. Федор Макарович человек жалостливый, бросится помогать Фаине, восстанет против отправки ее в дом престарелых, захочет поселить с нами... И получится кошмар. Что же касается мужа, Алексея... В свое время, когда еще о свадьбе речи не было, я сказала: «Живу с папой, мамы у меня нет». Просто мне не хотелось тогда пускаться в неприятные подробности. А потом стало как-то неудобно заводить этот разговор. Но ведь мои слова правда!

— В общем-то, да, — пробормотала я.

— Алеша не понял бы ситуацию, — вздохнула Мальвина. — Он рос в обычных условиях: родители, бабушки, дедушки, совместные обеды, любовь и ласка... Ну как бы он правду о Фаине Климовне воспринял? Если честно, я все-таки в самом начале наших отношений попыталась донести до Алексея истину, но в завуалированной форме. Рассказала про выдуманную подругу, якобы Фаина ее мать. Знаете, какой была его реакция?

— Теряюсь в догадках.

— Алеша пришел в ужас.

— Его можно понять, — вздохнула я. — У вас было совершенно ненормальное детство. Вообще-то, я думаю, многие люди имеют претензии к родителям, особенно к матери. У нее неблагодарная роль: воспитывает, ругает, наказывает, поучает... Обычно родители заняты работой, отдают отпрысков бабушке или в ясли, сад, интернат... Детям, как правило, не нравится ни то, ни другое. Авторитарная мать, постоянно следящая за сыном или дочкой, раздражает, клуша, безостановочно квохчущая над половозрелыми «крошками», их бесит, а та, что почти не появляется дома, целиком увлеченная собственной работой, кажется детям жестокой карьеристкой. Лично я была абсолютно одиноким ребенком, взрослела около бабушки, с чьим мнением никогда в семье не считались. До нашей сегодняшней беседы я считала себя несчастной, но теперь понимаю: мои детские годы прошли замечательно, я могу даже припомнить светлые моменты, вроде единственной поездки с родителями на море.

— Да уж... — протянула Мальвина. — Всегда найдется тот, кому хуже, чем тебе.... Так вот, Алексей сначала схватился за голову, а потом заявил: «Ни за что бы не женился на твоей подруге! Если у девочки в детстве не было хорошей семьи, она станет отвратительной супругой и плохой матерью. Исключений из правила я не знаю». И я поняла, что не ошиблась, скрыв от мужа истину. Поэтому очень прошу, Таня: не приходите к нам больше. Где Лида, мне неизвестно. Я не встречалась с ней много лет!

— И где только вы берете деньги на оплату «Никитского парка»! — воскликнула я.

Мальвина вынула из сумочки зеркало и стала поправлять волосы.

— Сдаю квартиру Фаины, арендная плата прямиком отправляется в пансионат.

— Ясно, — кивнула я.

— Теперь понимаете, почему я не захотела вести беседу при муже? Так вот и живу. А теперь... Мало мне хлопот с мамашей-кукушкой, неужели еще и о Лиде придется беспокоиться? Вот уж не хотелось бы! Может быть, я кажусь вам бессердечной, но сестра мне и в самом деле абсолютно чужая. Мы мало общались даже в то время, когда жили в одной комнате, а потом и вовсе не виделись. Одним словом, судьба Лидии меня не волнует.

— Похоже, жизнь ее сломала, — пробормотала я. — Зона никого не делает лучше.

В глазах Мальвины вспыхнул злой огонек.

— Мое детство и юность тоже нельзя назвать безоблачными, но я никого не убивала и не села на наркоту. Всегда есть шанс стать человеком! Да только некоторым людям необходимо оправдание для собственных гадостей. Почему Лидка скатилась ниже некуда? Ах, ах, у нее была плохая мать... Какая ерунда! Кстати, в то время, что мы жили вместе, Лида была любимицей Фаины, ей постоянно доставались подарки, а мне...

Голос собеседницы сорвался. Очевидно, Петрова до сих пор помнит старые обиды, она не простила свою мать. Но меня сейчас не волновали психологические проблемы Али.

— Значит, адреса Лиды вы не знаете? — уточнила я.

— Нет, — равнодушно сказала Мальвина.

— Квартира Фаины Климовны сдана?

— Именно так. В ней сейчас живет хорошая семья, люди мне аккуратно платят.

— Ясно, — вздохнула я.

— Сожалею, что не сумела помочь, — сказала Мальвина. — Извините, побегу, я и так сильно задержалась. Скоро матч закончится, Алексей меня хватится.

Я вежливо кивнула, Аля встала и быстро ушла.

— Еще торта хотите? — спросил бармен.

— Несите, — согласилась я и полезла за телефоном.

Человек, который мог мне помочь, не спешил снять трубку. На шестом звонке я приуныла. Может, он заболел или уехал отдыхать? Но тут в трубке что-то щелкнуло и раздалось бодрое:

— Гаврилов. Слушаю.

— Здрассти, Роман Ильич, — обрадовалась я. — Это Дюймовочка.

— О! Привет, Таняша! — засмеялся Гаврилов. — Как живешь? Есть замечательная идея для следующего дня рождения... ха-ха-ха... Три поросенка. Ты, я и Николай Фомич!

— Я очень надеюсь, что к следующему вашему дню рождения сильно похудею.

— Умоляю, не худей. Вот пройдет мой праздник, тогда все втроем и сядем на диету. Ха-ха! Диета для трех поросят!

Есть люди, на которых абсолютно невозможно обижаться. Вроде они делают неприятные для тебя вещи, но почему-то никакой обиды не возникает. Роман Ильич — владелец одного из телеканалов, у него невероятные связи, похоже, на свете нет человека, с которым Гаврилов не знаком. Мы подружились с ним после того, как он пришел в «Прикол» с просьбой организовать его юбилей, и оказался одним из тех редких клиентов, которые являются в агентство, имея четкий сценарий мероприятия. Как правило, у людей бывают только некие расплывчатые идеи. Первая фраза, которую Рената слышит от заказчика, звучит так:

— Придумайте что-нибудь веселенькое... с шутками...

А Гаврилов, войдя в кабинет к Логиновой, положил на стол пухлую папку и заявил:

— Здесь необходимые материалы, от вас требуются актеры, костюмы и прочие атрибуты. Мог бы и сам действо организовать, у меня под началом полно нужных людей, но хочу получить сюрприз.

И юбилей удался. Я не припомню более веселого «дня варенья»! Роман Ильич задумал перенести гостей в сказку. Всех прибывающих (а народу сбежалось видимо-невидимо) прежде всего отводили в кабину для переодевания, где вручали костюм. В процессе подготовки торжества мне стало понятно, каким образом Роман Ильич, простой студент из провинции, попавший много лет тому назад в Останкино на должность пятого помощника восемнадцатого администратора, стал телемагнатом. Гаврилов удивительный организатор, от его внимания не ускользнула ни одна мелочь, он все предусмотрел, подготовил, распределил роли.

Когда гости, наряженные кто эльфом, кто мышкой, кто кротом, кто птичкой, собрались в зале, им объявили:

— Играем в Дюймовочку.

И пошла потеха. Для начала в центр зала с потолка спустили здоровенный цветочный горшок. Кашпо имело размеры солидного автомобиля, что, в принципе, было весьма предусмотрительно, если знать, кто играл девочку-крошку. Да-да, главная роль досталась мне.

Конечно, гости начали ржать, увидев, как из недр пластиковой емкости медленно вылезает баба размером с небольшого бегемота, одетая в короткое розовое платье с трогательной пышной юбочкой и рукавами-фонариками. А уж когда я, поправив гольфы с кисточками, заявила: «Здравствуйте, меня зовут Дюймовочка», — и вовсе попадали в корчах.

Роман Ильич четко просчитал впечатление, которое произведет «многокилограммовочка», и люди, если честно, потешались над моим внешним видом. Но почему же я, всегда нервно реагирующая на шутки про лишний вес, веселилась пуще всех? Может, потому, что сам Роман Ильич, почти двухметровый мужик с необъятным животом, был наряжен пушистым Зайцем? Ради юбилея сказочку слегка откорректировали, в ней участвовала тьма героев, о которых Ханс Кристиан Андерсен ничего не писал. Гости тогда уплясались почти до обморока, я, начисто забыв, что являюсь наемной актрисой, оторвалась по полной программе, а по окончании вечера все, включая сотрудников «Прикола», получили подарки...

— Что случилось, моя крошка? — вопросил Роман Ильич. — Есть желание стать звездой? Мы как раз подыскиваем ведущую для нового проекта, у тебя могло бы получиться.

— Нет-нет, спасибо, — быстро отказалась я, — ваша помощь мне нужна в другом вопросе.

— Сколько? — деловито осведомился Гаврилов.

— Речь идет не о деньгах.

— Уже интересно, — захохотал телебосс. — Ты оригинальна, обычно от меня хотят получить презренный металл и славу.

— Нет ли у вас хорошего знакомого в органах МВД?

— Не вопрос! — заухал Роман Ильич. — Я знаю там всех, кто наверху. Скажи, кто тебе конкретно нужен.

— Человек, способный получить сведения из архива, в частности — о бывшей заключенной.

— Тебе перезвонят через десять минут, — гаркнул Гаврилов, — не занимай телефон.

Я положила трубку на столик и принялась уничтожать очередной кусок бисквита с кремом. Торт внезапно показался мне слишком сладким. Наверное, лазерная терапия начала действовать. Но не оставлять же еду на тарелке? Воспитанные люди так не поступают. И потом, я сполна заплатила за лакомство, значит, обязана съесть его до крошечки. Машинально орудуя ложкой, я продолжала размышлять.

Однако что-то в ситуации с Лидой-Ирой не складывается. Меня не смущала смена имени. Скорей всего, выйдя на свободу, женщина решила начать жизнь с чистого листа, раздобыла другие документы, забыла про уголовное прошлое, придумала новую биографию. Вот только Вера Петровна упомянула в разговоре со мной, что прожила с мужем, Олегом Михайловичем, не один год, и сестра супруга всегда была с ними. Получается, что Ира не Лида. Но Лидия похожа на Ирину как две капли воды! Можно подумать, что уголовница имеет близнеца. Однако Мальвина не упоминала о еще одной сестре. Что-то тут не компонуется. Есть еще маленькая нестыковочка...

Сотовый зашелся в крике, я схватила трубку.

— Слушаю.

— Коробков Дмитрий. Меня просили вам помочь, — доложил густой бас.

— Ой, здравствуйте! — обрадовалась я.

— Привет, — не по уставу ответил парень.

— Мне нужны сведения об одной женщине. Ее судили за убийство.

— Уточните, пожалуйста, задачу.

— Я хочу узнать адрес Лидии Фоминой. Ее мать зовут Фаина Климовна Рогачева. Фигурантка сидела в городе Саранске, получила срок за убийство отчима.

— Год рождения?

— Не знаю, но думаю, ей за сорок.

— Вижу! — вдруг воскликнул Коробков. — Последнее ее место жительства: улица Сиротинская, дом четыре, квартира один.

— Где видите? — не поняла я.

— На компе, — спокойно пояснил Коробков.

— Вы милиционер?

— Какая разница, кто я? — хмыкнул Дмитрий. — Роман Ильич велел вам помогать. Звоните, если что еще понадобится! Мой телефон определился.

— Откуда вы знаете, что у меня АОН стоит? — изумилась я.

— Он сейчас у всех в наличии, — сказал Коробков. — Могу покруче фокус показать. Вы сидите по адресу... э... дом номер двенадцать, проспект Буркова.

— Ну и ни фига себе! — ахнула я. — Это как же выяснилось?

— А по телефону, — захохотал Коробков. — Местоположение сотового засечь — легче, чем плюнуть. Так, что еще вам надо?

— Сиротинская где находится?

— Метро «ВДНХ», — последовал ответ, — далее пешком или на маршрутке.

Глава 15

Таинственный Коробков абсолютно правильно объяснил мне дорогу. У меня возникло ощущение, что он сам проживает в этом микрорайоне, потому что Дмитрий заботливо посоветовал:

— Попросите водителя притормозить на углу, возле магазина с ботинками, и топайте через двор. На Сиротинской стройка, напрямик не пройти.

И все оказалось правдой. Возле лавки с гордым названием «Лучшая обувь» была арка, ведущая во двор, а чуть правее, там, где начиналась нужная мне улица, вздымались подъемные краны.

Здание под номером четыре, вероятно, возвели еще в пятидесятые годы прошлого века, весь первый этаж его занимал салон красоты. Я вошла в подъезд и удивилась: ну и ну, жилых квартир нет, дом переделан под офисные помещения. Справа висит табличка «Адвокатская контора Ирзабековой», слева вход в фотостудию. Я молча полюбовалась на вывески и ушла. Квартиры здесь давно проданы, рассказать о прежних жильцах некому, и Лидии тут точно нет. Поняв, что потерпела очередную неудачу, я испытала приступ голода и удивилась. Однако лазер оказал на мой организм весьма странное действие: мне теперь постоянно хочется есть, причем с такой силой, что терпеть голод практически невозможно. Если я сейчас не слопаю булочку, то умру! Где тут супермаркет?

Слава богу, теперь в Москве на каждом углу торгуют продуктами! Небольшая лавчонка притулилась и около четвертого дома. Я влетела в стеклянный павильончик, увидела за прилавком тощего паренька в очках и воскликнула:

— Быстренько дай булку! Вон ту, с маком!

Юноша медленно встал, положил на прилавок обложкой вверх толстую книгу и нараспев спросил:

— С маком?

— Да!

— Это не булка.

— Как? — удивилась я. — А что же тогда?

— Рулет, — меланхолично уточнил очкарик.

Я машинально глянула на том, лежащий на прилавке. «Математические методы анализа». Все ясно, тут подрабатывает студент или аспирант.

— Так чего вы хотите? — поинтересовался продавец.

— Булку с маком, — повторила я.

— Это рулет, — пошел по кругу парень.

— Какая разница?

— Большая, — уперся зануда, — булочка на два рубля дешевле.

— Супер, давайте ее.

— Они закончились, их быстро разбирают.

— Так зачем тогда ты выпендриваешься? — обозлилась я.

Студент поправил очки.

— Вы попросили булку, но указали на рулет. Я захотел уточнить вид товара, и тогда вы решили приобрести булочку. Но их нет в наличии, я ее не могу продать по причине отсутствия. Это же логично! Нет возможности отпустить товар, который не прибыл со склада. Вы согласны?

Я уставилась на паренька, а тот неожиданно заулыбался. Нет, он не издевается, он просто клинический идиот!

— Давай рулет!

— Он вчерашний.

— Без разницы.

— Пожалуйста, — снисходительно пожал плечами юноша. — С вас десять рублей.

— Погоди-ка! — воскликнула я. — А где этикетка с описанием состава изделия?

— Жиры, белки, углеводы, калорийность? — хмыкнул очкарик. — На диете сидите?

— У меня аллергия! Хочу знать, нет ли в булке одного вещества.

— В рулете, — меланхолично поправил зануда, — булочки проданы.

— Плевать на название! Меня волнует хлористый натрий.

— Не повезло вам, — посочувствовал парнишка.

— На что ты намекаешь?

— Аллергия неприятная вещь.

— Точно, хорошего мало.

— В особенности в вашем случае, — продолжал студент. — Одними овощами питаетесь, да? Небось невкусно.

— Почему? — удивилась я. — Мне можно все, кроме хлора с натрием.

— Так он же есть везде, — заметил продавец, — даже в конфетах. Вот читайте!

Я заморгала, а зануда запустил руку в большую картонную коробку, стоящую на прилавке, выудил оттуда небольшой батончик и поднес его к самому носу. Затем бойко провозгласил:

— Точно! Имеется в составе!

Я тоже изучила компоненты.

— Ничего не вижу.

— Читайте внимательно!

— Сухое молоко, растительный жир, эмульгатор, ароматизатор со вкусом ванили, сахар, соль, витамины... Никакого хлористого натрия!

— Да вы что? Соль. Не видите?

— И при чем тут она?

— Соль же, тетя! Соль! — попугаем затвердил студент.

— Уже слышала. Где хлор и натрий?

Зануда снял очки, протер их и снова водрузил на переносицу.

— Хлористый натрий — это и есть поваренная соль.

— Почему? — удивилась я.

— Так называется.

— Ерунда! — вскипела я. — Глупости!

— Вовсе нет. — Голос парня принял менторский оттенок. — Возьмем, допустим, воду. Она как именуется? Я имею в виду химический состав.

— Вода! — ощущая себя дурой, ответила я.

— Нет, Аш два О.

— Аж кто? Какие еще два О? — занервничала я.

Зануда заморгал.

— Вода! По науке она... Постойте, сейчас...

Я в изумлении наблюдала за парнишкой, а тот схватил клочок бумаги и, нацарапав на нем «H_2O», протянул мне.

— Вот, читайте.

— Эн два О, — озвучила я.

— Тетка, ты в школе не училась! — восхитился студент. — Впрочем, эту формулу даже в детском саду знают. Не эн два О! Аш два О! Такова химическая формула воды.

— Вроде припоминаю, — пробормотала я. — Но только при чем здесь вода?

— Вау! — закатил глаза юноша и накорябал на обрывке новое слово «NaCl». — Можешь прочесть?

Я деликатно кашлянула, потом честно ответила:

— Я плохо усвоила материал школьной программы, да и подзабыла многое. В особенности химию, она ведь в повседневной жизни не нужна.

— Это какой же надо быть дурой, чтобы не выучить такую ерунду! — презрительно отозвался юноша.

Мне стало обидно, и я заявила ничтоже сумняшеся:

— От объема знаний не становятся умней!

— Интересная точка зрения, — засмеялся студент, — оригинальная.

Я склонила голову набок.

— Хорошо, признаю, я имела по химии сплошные двойки. А ты, похоже, получил золотую медаль.

— Верно, — с плохо скрытым самодовольством ответил «Эйнштейн».

— Но куча умища не помогла тебе в отношениях с девушками, — развела я руками. — Пару дней назад, думаю позавчера, от тебя сбежала невеста.

Юноша приоткрыл рот, потом довольно сердито спросил:

— Тебя Светка прислала? Бесполезно, я не намерен начинать все сначала.

— Не знаю никакой Светланы, сюда я пришла первый раз в жизни, — мирно пояснила я. — Ищу одну женщину. Захотела есть, вот и заглянула в твой ларек.

— Он не мой, — не удержался от уточнения идиот.

— Ясно, что не ты владеешь точкой! — не выдержала я.

— Почему? — вдруг задал совсем уж кретинский вопрос юноша.

— Простое логическое рассуждение: навряд ли хозяин небольшого, но, судя по внешнему виду помещения, процветающего бизнеса захочет лично стоять за прилавком. А ты и вовсе не похож на человека, который любит общаться с покупателями, — пояснила я, — читаешь книгу по математике, значит, должен сосредоточиться, а тут без конца дверь хлопает: «Дайте сигареты», «Сколько стоит минералка?» Молодой человек, изучающий точные науки, согласится на такую службу лишь в случае полного безденежья.

— Ага, — растерялся студент. — А почему ты вообразила, что ларек приносит прибыль? Пока мы тут болтаем, никто сюда не вошел!

— Это временно, — ухмыльнулась я. — Опять же чистая логика. Погляди вокруг — небольшая улица с домами, в каждом из которых полно контор, поблизости нет ни кафе, ни супермаркета, ни других торговых точек. Ты тут монополист! Куда идти клеркам за водой и сигаретами, а жильцам за хлебом? Теперь посмотрим на ассортимент товаров. Полно готовых бутербродов, их в лавчонках не особо уважают, потому что можно не продать. Сандвичи хорошо идут на вокзалах, в буфетах при театрах и на автозаправках, то есть там, где народ хочет перекусить по-быстрому, и народа этого полным-полно. А еще у тебя закончились булочки с маком. Ценник висит, а выпечки нет. Из чего я заключаю — местный служивый люд бегает сюда, и дела идут вполне неплохо.

— Ваще! Теперь про девушку, пожалуйста.

— Это просто, как чихнуть. На тебе очень модная рубашка, купленная, похоже, недавно. Если учесть, что твои джинсы старые и дешевые, а часы на запястье, похоже, достались тебе от дедушки, то полагаю, что сорочка — подарок. Так?

— Ага.

— Кто способен преподнести дорогую и модную вещь? Вряд ли мама. Ты, сразу видно, живешь в общежитии, значит, родители не в Москве. Столичные дети, если не желают жить дома, как правило, снимают квартиру. Только не надо спрашивать, как я узнала про общежитие!

— И все-таки, как?

— За тобой висит полочка, на ней лежит дешевый сотовый, сигареты не лучшего качества и ключ с железной биркой, такие дают либо в гостиницах, либо в других местах скученного проживания людей, типа общежития, — вздохнула я. — Отель тебе явно не по карману, значит, живешь в общаге. Складываю все вместе: ключ с биркой общежития, копеечное курево, ларек как место работы, учебник математики, дешевые джинсы, старые часы, новая дорогая рубашка... и делаю вывод — я вижу студента, который вынужден подрабатывать к стипендии, родители не могут обеспечить чадо, они либо пенсионеры, либо бюджетники. Купят ли такие сыну сорочку за двести долларов? Конечно, нет. Следовательно, это презент от любимой девушки. Приятель преподнес бы тебе мобильник — мужчины редко дарят друг другу шмотки, они предпочитают технику или аксессуары, типа фирменных зажигалок. Значит, тебя решила принарядить подружка Света, которая, наверное, стеснялась внешнего вида кавалера.

— Эй, на мне что, написано имя подружки?

— Совсем смешно! Ты же сам его назвал, когда спросил: «Тебя Светка прислала?»

— Действительно... — протянул юноша, — с рубашкой ты угадала и со всем остальным тоже. Но как ты узнала про наш разрыв?

— Сорочка мятая, — усмехнулась я, — судя по воротничку и манжетам, не стирана два-три дня. Ни одна нормальная девица не позволит любимому шастать в таком виде. Она либо сама приведет одежду в порядок, либо велит кавалеру воспользоваться прачечной. Судя по остаткам складок на рукавах, ранее рубашку гладили, а сейчас она почти потеряла приличный вид. Итог осмотра: прошла любовь, завяли помидоры! Впрочем, неудивительно, юные леди не терпят занудства, высокомерия и себялюбия. Учти на будущее: энциклопедические знания не гарантируют личного счастья.

— Жесть! — отмер продавец.

— Можно задать тебе вопрос?

— Сколько угодно, — засуетился юноша.

— Значит, хлористый натрий — это обычная соль?

— Поваренная, — не отказал себе в удовольствии уточнить «Эйнштейн». — Да, именно так!

— Не путаешь?

— Конечно, нет!

— И она содержится в рулете с маком?

— Люди солят все, — безапелляционно заявил умник.

— Ладно, спасибо, булку брать не стану.

— Рулет! — Зануда был в своем репертуаре.

— Мы друг друга поняли, пока.

— Эй, погоди! — завопил парень. — А как будут звать мою следующую девушку?

— Я не принадлежу к племени гадалок, — пожала я плечами. — Но, думается, тебе лучше искать спутницу не в ночном клубе, а в библиотеке.

— Слышь, а где такому учат? — не успокаивался студент. — Ну, типа все замечать...

— Понятия не имею. Я родилась такой, с пеленок замечала все мелочи и понимала, когда люди врут, — ответила я и вышла на улицу.

Говорят, у ребенка, который проводит дни без друзей, развиваются необычные способности. Если побеседовать с великими музыкантами, талантливыми писателями или художниками, то рано или поздно услышите фразу:

— Увы, я не пользовался в детстве популярностью у сверстников.

Конечно, ведь в тот момент, когда одноклассники гурьбой носились с мячом по двору, будущая звезда играла гаммы или сидела тихо в углу с листом бумаги, в результате овладела мастерством и сейчас достигла вершины славы. Правда, подобное случается не со всеми. Вот у меня не было талантов, маленькая одинокая Танечка просто научилась подмечать детали и делать выводы. Не скажу, что окружающие были в восторге от моего дара. Делиться с людьми своими наблюдениями я перестала после того, как в девятом классе сказала своей соседке по парте Ларке Собакиной:

— У нашего физика Леонида Михайловича любовь с русичкой Леной.

Лара моментально разнесла новость по школе, и меня вызвали к директору. Грозная Альбина Аркадьевна немедленно с педагогической прямолинейностью заявила:

— Знаешь, как поступали со сплетниками в Древней Руси? Им отрубали языки!

Помню, я перепугалась до обморока, но потом опомнилась, сообразив, что никто столь суровую меру ко мне не применит, и дала достойный ответ:

— Я всегда говорю только правду.

— Наглая девчонка! — вышла из себя Альбина Аркадьевна. — Оболгала Леонида Михайловича и Елену Петровну!

— Нет, — не дрогнула я.

— Ты свечку держала? — взвилась директриса.

— Просто догадалась, — быстро сказала я. — У нас не было на той неделе физики — Леонида Михайловича как лучшего педагога отправили в Ригу на конференцию, он вернулся только сегодня.

— И что? — танком наехала на меня директриса.

— В столовой Марья Семеновна, наша классная, в разговоре с буфетчицей сказала: «Ленька, жадная сволочь, никому сувенирчика не привез. Разве это красиво?»

— У Леонида Михайловича маленькая зарплата, — растерялась Альбина. — И вообще, с какой радости он должен нам подарки таскать?

— А Елена Петровна на уроке, когда мы сочинение писали, достала из сумочки пакетик, развернула его, вынула маленькую бутылочку рижского бальзама, такую коричневую, глиняную, с черной пробочкой, и быстро спрятала, — делилась я своими наблюдениями. — А на пакете было написано «Рига, лучшие покупки». И где ей в Москве такой взять? Значит, кто-то из Латвии привез. А если вспомнить, что Леонид Михайлович именно сегодня с конференции вернулся и совместить это со словами Марьи Семеновны, то получается, что физик никому, кроме русички, ничего не привез. Ну и почему он училку по литре отметил, а?

Альбина Аркадьевна порозовела, покраснела, побагровела, посинела... Потом прохрипела:

— Иди, Татьяна, в класс.

Я послушно побежала к двери.

— Стой! — прозвучал очередной приказ.

Я покорилась.

— Танюша, знаешь что, девочка... — неожиданно ласково заговорила директриса. — Даже если ты умеешь строить логические цепочки и замечаешь мелочи, не следует вслух докладывать о своих размышлениях. Таким поведением ты смутишь людей и обретешь большое количество врагов. Будь осторожна, не всем нужна правда.

Я хорошо усвоила урок и теперь по большей части скрываю свои наблюдения. Но если речь идет об очень близких людях, я начисто лишаюсь всех талантов, и пример тому — история с моей свекровью Этти.

Впрочем, желание продемонстрировать постороннему человеку свои таланты просыпается во мне редко. Не начни студент занудничать, я бы промолчала. Он сам виноват!

Глава 16

Так ничего и не узнав о нынешнем месте жительства Лиды, я медленно шла по улице в сторону метро. Теплая, почти летняя погода радовала, влезать в душный, набитый людьми микроавтобус совершенно не хотелось. На воздухе мне хорошо размышлялось.

Почему Ирина сбежала? Неужели ей, нигде не

работающей и любящей выпить, было плохо в элитном поселке? Насколько я могу понять, ни Вера Петровна, ни Олег Михайлович ее не притесняли, при нашей встрече Ирина показалась мне вполне довольной жизнью. Никаких синяков, следов от битья или изможденности от отсутствия пищи я не заметила. Так по какой причине младшая сестра Ефремова пустилась в бега? Или она ему все же не родственница? Ох, похоже, я заварила еще ту кашу, посоветовав Ирине начать новую жизнь!

Я остановилась у входа в метро, потом решительно вытащила телефон. Пусть Вера Петровна считает меня бесцеремонной нахалкой, но мне просто необходимо заглянуть в комнату к Ирине. Вполне вероятно, я обнаружу там какие-нибудь зацепки...

Я очень хорошо понимаю, что вы сейчас подумали:

«Тело Олега Михайловича еще не предано земле, его вдова в слезах собирает вещи для похорон, а Татьяна лезет к ней со своими дурацкими разговорами».

Конечно, вы правы. Но Ирина может погибнуть! Она не приспособлена к жизни на улице, легко станет жертвой плохого человека, а мне очень некомфортно от мысли, что именно я подтолкнула ее к решительным действиям.

Вера Петровна опять не торопилась снять трубку. Хорошо, наберу ее мобильный номер, ведь речь идет о спасении человека, тут можно отбросить церемонии. У меня накопилось к вдове много вопросов, и первый из них звучит так: имеет ли Ирина похожую на нее родственницу по имени Лидия? И если нет, то каким образом Ефремова стала младшей сестрой Олега? Она, определенно, женщина с уголовным прошлым по фамилии Фомина.

«Набранный вами номер не зарегистрирован в сети», — прозвучал равнодушный голос. Я ошиблась при наборе, ткнула пальцем не в ту кнопку! Попробую еще раз. «...номер не зарегистрирован в сети».

Опять то же самое! Но я не привыкла сдаваться. Итак, обратимся в справочную.

— Пятьдесят восьмая. Наталья. Слушаю.

— Скажите, номер, начинающийся с цифр пятьсот семнадцать, обслуживается вашей компанией?

— Да, — сухо ответила оператор.

— Девушка, — заныла я, — помогите! Моя подруга плохо себя чувствует, поэтому я названиваю ей по несколько раз в день. А сейчас слышу после набора цифр, что этот номер не зарегистрирован в сети. Что это значит?

— Что данный номер не зарегистрирован в сети!

— Но еще вчера я преспокойно соединялась по нему с Верой! — соврала я.

— И что? Сегодня она отказалась от наших услуг.

— Не может быть!

— Почему не может? — спокойно отреагировала девушка. — Разные бывают обстоятельства. Может, она сменила номер, обратилась в иную телефонную компанию, в конце концов, уехала за границу и решила там приобрести местную симку.

— Может, она выключила телефон? — с надеждой поинтересовалась я.

— На такой случай предусмотрено другое сообщение, — пояснила Наталья. — «Абонент находится вне зоны действия сети». Когда речь идет об отсутствии регистрации, это значит, что номера вообще нет.

— Господи, что могло случиться?

— Не волнуйтесь, — вдруг по-человечески сказала Наталья, — некоторые абоненты по пять номеров за год меняют.

— Наташа, милая, проверьте, какой номер теперь у Веры Петровны Ефремовой!

— Не имею права.

— Умоляю!

— Это невозможно, — отрубила оператор и отсоединилась.

Я топнула ногой и стала яростно тыкать пальцем в кнопки.

— Балакайте, — прогудело в ухо, — ваш личный джинн на связи.

— Мне нужен Дмитрий Коробков.

— О единственная и неповторимая Татьяна, слушаю и повинуюсь! — продолжал дурачиться парень.

— Вы меня узнали?

— Вижу лицо гурии и падаю ниц!

— Ты можешь говорить серьезно? — перешла я на свойский тон.

— И че те надо? — подхватил собеседник.

— Телефон проверить.

— Диктуй. Тэкс... Какую инфу хочешь получить?

— Владелец сменил номер, мне нужен ее новый сотовый.

— Чей?

— Веры Петровны Ефремовой.

— Ни фига подобного.

— Она не заключила новый контракт? — расстроилась я. — Может, сменила телефонную компанию?

— Можно везде проверить, — лениво протянул Дмитрий, — да токмо энта твоя Петровна ваще тем телефоном не владела. Ен на басурмана записан!

— На кого? — оторопела я.

Коробков противно заржал.

— На деда Пихто!

Вот тут я обозлилась:

— Роман Ильич сказал, что сведет меня со специалистом, который способен оказать помощь при получении не особо секретных сведений. Мне опять обратиться к телебоссу и попросить его дать другой контакт?

— Лучше меня в России никого нет, — вдруг с обидой заявил Дмитрий, — и любое желание Романа Ильича для меня закон.

— Тогда очень прошу, разговаривай нормально!

Без ерничанья! При чем тут дед Пихто? Глупая шутка, в особенности если учесть, что речь идет о жизни человека! — вспылила я.

— Оно, конечно, звучит по-дурацки, — незлобиво согласился Дмитрий, — да только это правда. Озвученный тобой телефон записан на Пихто Бориса Гурьевича, тысяча девятьсот семнадцатого года рождения. И кто он, если не дед Пихто? Понимаешь, он типа существует. Остается лишь поверить в реальность коня в пальто. Прикольно!

— Что еще?

— У деда Пихто прописка по Анекдотической улице. Так в телефонной компании указано.

— В Москве есть такая?

— Прикинь, да! Район Хорошево-Мневники. Около шлюза.

— Спасибо, — бормотнула я. — Значит, дедуля отказался от номера.

— Помер, небось, — откликнулся Коробков. — За фигом жмурику мобила?

— Ты уверен в достоверности информации?

— Стопудово.

— Вдруг напутал?

— Я?

— Ты.

— Я? Напутал? Сие абсолютно невозможно! Я знаю все про всех! — хвастливо воскликнул Дмитрий.

— Сомнительно, — буркнула я.

— Погодь! — велел Коробков.

Я замерла в ожидании. Сейчас этот павлин закричит: «О! Посмотрел не туда! Пихто не имеет ни малейшего отношения к Ефремовой».

— Зуб не болит? — вдруг заботливо осведомился собеседник. — Справа, в верхней челюсти. Там временная пломба, один канал не заделан, нерв-то удалили, но не зацементировали нору. Ха-ха!

Я машинально потрогала языком клык и призналась:

— Слегка ноет от горячего... Эй, откуда ты узнал про зуб?

Коробков расхохотался:

— Выделил твой мобильник, выяснил владельца, тута тебе и прописка, то бишь регистрация. Затем заглянул в поликлинику, нашел твою карту и — опаньки! Зубки-то у тебя червивые... Нехорошо! Выпадут корни, запихнут в пасть хрень на присосках.

— Ты проделал это за пару минут?

— Фу, это я еще долго провозился. Компьютер замечательный друг, но он еще и шпиён подлый, — продолжал веселиться Дмитрий. — Коли отметился в нем, усё, наследил. Карточкой расплатилась? Я тебя найду. В поле зрения камеры слежения попала? Считай, ты у Коробка в лапах! Андестенд?

— Что?

— Поняла?

— Да, — ощущая головокружение, ответила я.

— Суперски, киска! Ну, звони, когда зоркий глаз понадобится, — фыркнул Дмитрий и отсоединился.

Я еще раз нащупала языком зуб. Ну и ну! Так, и что хорошего я выяснила? Телефон Веры Петровны зарегистрирован на деда Пихто. Может, сей персонаж народного фольклора родственник Ефремовой? Ладно, еще одна попытка соединиться с вдовой по домашнему номеру мне не помешает. Может, она уезжала на кладбище, выбирала место для могилы?

— Алло! — бойко ответил девичий голосок.

— Позовите Веру Петровну, — обрадовалась я.

— Девчонки! — закричала незнакомка. — Кто у нас Верка?

— Нету такой, — донеслось издалека.

— Хозяйка дома, — уточнила я, — ее фамилия Ефремова.

— Ща, секундочку погодите! — приказали на том конце провода.

Я стояла на улице, наблюдая за людьми, которые торопились к метро. Кого только не увидишь в толпе! Вон вышагивает буддист, замотанный в оранжевую простыню. Шлепает босиком по грязному асфальту, улыбается солнцу, и никто не обращает на него внимания. Как, впрочем, и на девушку лет восемнадцати с бритой головой и с татуировкой на макушке.

— Эй, народ! — заорал вдруг мужчина с большим портфелем. — Кто пистолет потерял?

Я вздрогнула. Это уж как-то слишком, огнестрельным оружием просто так не разбрасываются. Думаю, лучше мне на всякий случай забежать за ларек с курами-гриль.

— Люди! — надрывался дядька. — Наган или браунинг валяется! Че, никому не нужен?

Толпа замерла. Я, ожидая, что прохожие перепугаются и начнут на разные голоса звать милицию, была поражена поведением горожан. Многие начали хлопать себя по карманам, полезли в сумки, стали оглядываться. Ладно бы им сообщили о потерянном бумажнике... Но пистолет! Или оружие теперь имеется почти у каждого?

— Ой, это наш! — завопила старушка лет семидесяти, облаченная в элегантный серый костюм. — Кто его обнаружил? Не трогайте! Он Витин! Беги, маленький, вон тот дядя глазастый! Ну ты растеряха...

Семилетний мальчонка понесся через толпу, а я почувствовала себя действующим лицом фильма про суперагентов. У входа в подземку потеряно огнестрельное оружие, никто, кроме меня, не испугался, а «ствол», оказывается, принадлежит ребенку!

— Не забудь поблагодарить дядю, — надрывалась старушка. — А то бы нас с тобой вечером мама отругала, мол, опять Сережа хорошую вещь обронил. Между прочим, эта дрянь немалую сумму стоила...

— Спасибо, дяденька! — послушно проорал мальчонка и поднял с асфальта большой ярко-зеленый игрушечный наган.

Мне стало смешно. Ну что я за человек такой? Обладаю даром замечать разные нестыковки, способна порой, сложив два и два, получить четыре, но иногда проявляю редкостную тупость!

— Женщина, вам чего надо? — донеслось из трубки.

Я оторвалась от созерцания действительности.

— Веру Петровну позовите, пожалуйста.

— У нас нет сотрудницы с таким именем.

— Ефремова — хозяйка дома.

— Особняк, как и весь поселок «Изумрудный», принадлежит агентству «Сотисити», — заученно пояснила незнакомка.

— Простите, а вы кто?

— Бригадир уборщиц, готовим здание для новых клиентов.

— Ой! Стойте!

— Что вы хотите?

— Мне необходимо осмотреть коттедж. Вы еще долго будете там работать?

— За неделю управимся, — деловито пояснила женщина. — Пока их мусор вынесем, почистим тут все, отскребем...

— Ничего не трогайте, умоляю! Уже спешу в поселок!

— Мы сегодня только коробки и моечные средства завозим, — сообщила собеседница. — А посетить дом вы сможете лишь в присутствии менеджера, Иголкиной Натальи, он за ней закреплен.

— Дайте телефон риелтора! — запрыгала я. — Немедленно!

— Пишите... — по-прежнему равнодушно ответила бригадирша.

Прижимая к груди мобильный, я вошла в громадный торговый центр, раскинувшийся у метро, села у эскалатора на скамейку, подумала пару минут и быстро соединилась с Иголкиной.

— Значит, вы хотите снять дом? — обрадованно уточнила Наталья.

— Да, да, в поселке «Изумрудном», — зачастила я. — Вроде там есть свободный.

— И верно... — протянула Иголкина. — Жильцы вчера внезапно от аренды отказались. Ну что ж, такое случается. Хорошо, я покажу его вам через семь дней. Сейчас в здании идет уборка.

— Нет, нет, это поздно! Я очень тороплюсь.

— Ладно, давайте в четверг.

— Сегодня, сейчас!

— Но помещение не отмыто.

— Плевать!

— Особняк не имеет товарного вида, — упорствовала Наталья.

Я набрала полную грудь воздуха и начала самозабвенно лгать, поражаясь полету собственной фантазии.

— Через восемь дней в Москву из Америки прибывает мой муж, миллионер Джонсон. Мы живем в Нью-Йорке, а теперь решили провести десять лет в России. Поскольку экономическое положение вашей страны нестабильно, муж не желает покупать жилье, он намерен снять особняк. Оплата за десятилетие вперед! Естественно, если арендная цена увеличится — мы добавим. Но у меня мало времени. Вам ясно?

— Вы говорите по-русски как москвичка! — восхитилась Наталья.

— Мы эмигранты, родились и выросли в столице. Или едем смотреть особняк сейчас, или я обращаюсь в другое агентство.

— Зачем же так! — испугалась Иголкина. — Я готова вас сопровождать! Куда за вами заехать?

Я на секунду замолчала. Ну где может находиться

обеспеченная американка? Тут же в голову пришло решение:

— Посольство США знаете?

— Естественно.

— Ну и отлично. Жду вас на площади Восстания. Там перед высотным зданием разбит небольшой сквер, я буду на скамейке, самой ближней к Садовому кольцу.

— Отлично! — воскликнула Иголкина. — Уже еду.

Я сунула телефон в сумочку и опрометью бросилась к метро. Очень надеюсь, что прибуду к месту встречи первая. В Москве километровые пробки, подземка, несмотря на духоту, толчею и отвратительные запахи, остается самым удобным, а главное, мобильным видом транспорта!

Очевидно, Иголкина навидалась всяких клиентов, потому что она ничуть не удивилась, увидев меня, а я лишний раз похвалила себя за сообразительность — образ выбран безупречно. Американки, как правило, более тучные, чем россиянки, и им, в отличие от москвичек, наплевать на одежду — натянут бесформенные джинсы, футболку, ветровку, кроссовки, соберут волосы в хвост и чапают по улицам. А я выгляжу именно так. Лет двадцать назад в таком виде прикинуться гражданкой США было бы затруднительно, а сейчас... Мои джинсы и впрямь сшиты за океаном, кроссовки тоже фирменные, футболка без заморских ярлычков, зато на ней написано «Women» (это шутка такая, чтобы окружающие сориентировались, какого пола встреченный ими на улице бегемот).

— Ох и жарко же! — пропыхтела Иголкина, когда мы, обе нехилые тетеньки, втиснулись в ее крошечную иномарку. — Октябрь на дворе, а похоже на август.

— Хотите мороженого? — решила я наладить дружбу. — Вон там ларек. Лично мне нравятся вафельные стаканчики.

Наталья засопела.

— Я на диете, — наконец нехотя призналась она, — худею.

— Получается?

— С переменным успехом, потеряла пятнадцать кило.

— Вот здорово! — оживилась я. — Мне такое не удалось ни разу, хотя я перепробовала множество диет. Допустим, очковая...

— Ерунда, — отмахнулась Иголкина, — это обман. Я ее месяц придерживалась, потом сообразила, пирожок — десять единиц, а кусок сала — две. Так не бывает! Перешла на яичную.

— А это что за зверь такой?

— Три яйца на завтрак, одно на обед, четыре на ужин. И бутылка минералки без газа. Все! И так двадцать дней.

— Жестко, — поежилась я.

— Я выдержала неделю и попала в больницу, — вздохнула Иголкина. — Печень взбунтовалась.

— Много желтка вредно, — деловито подхватила я. — Вот капустная диета, которую еще называют иногда испанской, это здорово.

— Жрешь белокочанную, цветную, брокколи и савойскую? — засмеялась Наталья. — Знаю, проходила, ноль эффекта. Мне больше «три цвета» понравились. В понедельник лопаешь помидоры, красный сладкий перчик, мясо, семгу, свеклу, клюкву, во вторник абрикосы, сливочное масло, сыр, желток; в среду листья салата, авокадо, зелень... Красный-желтый-зеленый, вроде светофора. Очень хорошая вещь. Одна незадача — я на ней дико поправилась. Пришлось на гречку переходить.

— Диета доктора Капниста!

— Слышали про нее?

— Конечно! Гречка и селедка. Только два ингредиента. Смешать и есть восемь раз в день.

— Помогло?

— Выдержала всего сутки, — призналась я.

— А я десять выстояла, — похвасталась Наталья. — И опять в клинику загремела — желудок умер. Еле оклемалась! Врачи у нас бездушные — капельниц понаставили, с кровати вставать запретили... Тоска зеленая, на меня депресняк навалился, пришлось конфетами спасаться. В результате из-за докторов восемь кило налипло.

— Одной моей знакомой помогла арбузная разгрузка, — перебила я. — Три месяца на бахче — и стройняшка! Но у меня не получилось. Вернее, сами арбузы хорошо пошли, но из дома без памперса не выйти.

— А, — махнула Иголкина, — все это ерунда. Есть лишь один верный способ. Я его применила, и пятнадцать кило вмиг слетели.

— Можете рассказать?

— С удовольствием. Таблетка энергетической чистки!

— Что? — не поняла я.

— Вы никогда не задумывались, почему одни бабы жрут в три горла и остаются тощими, а другие, вроде нас с вами, с диеты на диету скачут без результата?

— Встречаются счастливцы с быстрым обменом веществ.

— Нет! У них энергия, прана, течет правильно, а у нас криво. Мне Раджив объяснил, — пустилась в подробности Наталья. — Могу дать его координаты. Он устанавливает, где у тебя в защите брешь, ты принимаешь таблетку, заедаешь целлюлозой, и оп-ля — ты газель!

Я покосилась на проезжавшую мимо маршрутку. Лично мне ни эта машина, ни антилопа с жилистыми ногами, толстой попой и широкой спиной не кажутся образцом красоты.

— Одна незадача, — вздохнула Наталья, — Раджив принимает поздним вечером, вам выспаться не удастся. Зато через короткое время жир испарится без следа!

— Давайте его телефон, — загорелась я, — я легко обойдусь без сна.

— Приехали! — обрадованно воскликнула Наташа. — Вот и «Изумрудный».

Я изобразила удивление.

— Быстро домчались!

Глава 17

— Входите, — пропустила меня вперед Наталья, распахивая дверь в дом.

На секунду мне стало неприятно и даже страшно. Пришлось прибегнуть к аутотренингу: ну же, Танюша, снаряд два раза в одну воронку не падает, смело входи в холл, тут больше никто не умрет, в доме нет жильцов.

— Особняк очень просторный, — заученно начала Наталья, — пять комнат внизу, на втором этаже четыре спальни и библиотека.

— Лестница жуткая, — не выдержала я. — Кто же придумал сделать ее стеклянной?

Иголкина вздрогнула. Похоже, риелтору это сооружение тоже не казалось комфортным, но служебное положение обязывало ее петь архитектору дифирамбы.

— Коттеджи в поселке оформлены в разных стилях, тот, в котором мы сейчас находимся, сооружен в манере «техно». Это очень современный дизайн. Есть еще «английская усадьба», «счастье купца», «любимые шестидесятые». Да только все они давно заняты постоянными съемщиками, люди живут в них по многу лет. А «техно» не везет, тут постоянно меняются обитатели, — начав за здравие, закончила за упокой Наталья.

И неудивительно, дом смотрится неуютно, как картинка из модного журнала. Вроде интерьер продуман до мельчайших деталей, а чего-то не хватает.

— Съем «техно» выгодная сделка, — начала соблазнять меня Наталья, — на него идет большая скидка.

— Почему? — задала я естественный вопрос.

Наталья замялась.

— Участок здесь меньше, чем при других домах, причем не квадратной, а треугольной формы и вплотную прилегает к общему забору поселка. Мало кому нравится жить на отшибе, в целях безопасности люди предпочитают серединную часть «Изумрудного». Пошли, покажу комнаты.

— Давайте начнем отсюда, — предложила я, толкая дверь.

Отлично помню, как Вера Петровна, ведя меня по коридору, воскликнула: «Не сюда, нам дальше, это спальня Ирины».

— Мебель ваша? — уточнила я, когда мы вошли в комнату.

— Да, — кивнула Наташа. — Но если хотите привезти свою, то пожалуйста, нет проблем, мы полностью освободим помещение. Кстати, многие из тех, кто проживает в снятых домах годами, именно так и поступили — привезли свои диваны, люстры, занавески, ковры. Но кое-кто предпочел не заморачиваться. Народ-то разный.

— Зачем человеку обустраивать особняк, которым он не владеет? — не удержалась я. — Логичнее построить собственное жилье и вкладывать в него средства.

Иголкина усмехнулась.

— Это если доходы легальные. А то ведь некоторые платят налоги с зарплаты в тысячу баксов, а потом возводят дворец за десяток миллионов американских рублей. А так все чисто: человек частной собственности не имеет, прописан в однушке в каком-нибудь Кокосово-Бананове. Вот у нас здесь, в «Изумрудном», есть дама, милейшая особа с детьми. Не успела семья к нам переселиться, как мужа арестовали и посадили. Статью серьезную применили, с конфискацией. Да только брать у фигуранта оказалось нечего — ни счета в банке, ни жилплощади, бизнесом, как выяснилось, владеет теща, а дом съемный, даже машина у мужика на жену была оформлена. Итог: он в колонии, а семья в «Изумрудном» живет припеваючи.

— Ясно, — кивнула я. И с фальшивым восторгом констатировала: — Очень милая комната!

— Нравится? — обрадовалась Иголкина.

Я набрала полную грудь воздуха, приклеила на лицо улыбку и спросила:

— Я правильно вас поняла? Здесь же все принадлежит агентству?

— Ну да! — кивнула спутница.

— Лично вашего ничего нет?

— Моего? — засмеялась Наташа. — Ну что вы!

— Следовательно, вы не опасаетесь, что я сломаю какую-нибудь вещичку или украду ее?

— Вы не похожи на воровку, — живо возразила Иголкина.

Хороший аргумент! Да только профессиональный вор, как правило, выглядит безупречно порядочным гражданином. Отчего-то люди настораживаются, когда к ним приближается одетый в грязное субъект с бегающим взглядом, и склонны доверять даме в норковой шубе. Но первый тип вполне может оказаться гениальным ученым, забывшим в пылу исследований о гигиене, а дама — отпетой уголовницей. Внешний вид еще не говорит о внутреннем содержании, и порой можно нарваться на респектабельного мошенника.

— Раз я не вызываю у вас подозрений, — заявила я, — то попрошу оставить меня одну. Хочу почувствовать ауру помещения, сосредоточиться на собственных впечатлениях!

— Конечно, конечно, — быстро согласилась Наташа, — продолжайте осмотр без меня. Я буду в гостиной, если возникнут вопросы — обращайтесь.

— Непременно! — с нетерпением воскликнула я, ожидая, когда Иголкина наконец оставит меня одну в спальне Ирины.

Риелтор ушла, а я кинулась к шкафу и открыла дверки — ничего. В тумбочке у кровати тоже пусто, на книжных полках остался лишь тонкий налет пыли. Такое ощущение, что я нахожусь в гостиничном номере, который только что освободили постояльцы. Впрочем, после клиентов в отеле всегда найдется мусор, а тут даже смятых оберток от шоколада нет, а в ванной, прилегающей к комнате, не осталось ни брошенной зубной щетки, ни пустого флакона из-под шампуня.

Я подошла к одному окну и удивилась: занавески были скреплены между собой при помощи степлера. Зато окошко, находящееся на другой стене комнаты, сияло чисто вымытыми стеклами. Я подошла к нему вплотную и увидела за ним круглую клумбу с астрами, дорожку, ведущую к калитке, кусты декоративной малины, туи... Умиротворяющий пейзаж. Интересно, по какой причине Ирина сцепила между собой гардины на одном из окон?

Гонимая любопытством, я вновь пересекла спальню и отвела в сторону край занавески. Иголкина сказала правду: приусадебный участок имел треугольную форму, мой взгляд натолкнулся на два сходившихся под острым углом забора. Верх бетонных конструкций украшала колючая проволока, на одном из столбов висела камера наблюдения. Я медленно вернула гобеленовую занавеску на место. Если вы провели энную часть своей жизни на зоне и на протяжении долгих лет любовались забором, отделяющим вас от свободного мира, то, очутившись наконец на воле, вы не захотите напоминаний о колонии. Похоже, Ирина и Лида Фомина — одно и то же лицо. Осталось лишь узнать, когда и по какой причине произошла смена личности. Впрочем, нет, вопросов намного больше. Почему Вера Петровна наплела мне небылиц? Ефремова никак не могла жить вместе с Ирой в течение многих лет и наблюдать за ее постепенным превращением в алкоголичку. Уверяла меня, мол, особняк построил ее муж-банкир, а теперь выясняется, что дом съемный и семейной паре тут ничего не принадлежит. Похоже, и сестра ее покойного мужа ненастоящая. Может, Ирину наняли? Зачем? И в каком агентстве возьмут на службу психически больного человека? И... и... и...

Пришедшая в голову мысль заставила меня броситься в гостиную.

Наташа, очевидно радуясь свободным минутам, с детским восторгом пялилась в громадный телевизор.

— Уже все? — с разочарованием спросила она. — Осмотрели?

— Пока нет, — ответила я, — у меня возникли вопросы.

— Слушаю.

— Кто снимал особняк?

Наталья заколебалась.

— Сведения о жильцах не подлежат огласке!

Я округлила глаза.

— Наверное, вы понимаете, что после каждого человека в помещении, в особенности в спальне, остается энергетический хвост!

Иголкина быстро закивала. Я приободрилась — похоже, выбрала правильную тактику!

— Очень не хочется поселиться в здании, окутанном черной энергетикой.

— Верно, — вздохнула Наташа. — Мы одинаково мыслим.

— Поэтому предлагаю: перейдем на «ты» и поболтаем как подруги, — подхватила я. — А если учесть, что мы перепробовали одинаковые диеты, то стали почти родственницами. Вот я сейчас скажу: «монастырский счет», и ты ведь поймешь, о чем идет речь?

— Конечно, — согласилась Иголкина. — Кретинская диета! Режим, как у монахов: первый завтрак в пять утра, затем два часа ходьбы, потом салат из капусты и пешком на работу. Спать надо на полу, из напитков разрешена одна вода и так далее. Тебе помогло?

— На второй день я чуть с ума не сошла, — призналась я.

— Мой рекорд восемь суток, — с некоторой гордостью заявила Наталья. — Я сломалась на пшенке. Ее через неделю есть начинают. Вот уж гадость!

— Перловка еще круче, — содрогнулась я. — Крупу надо замочить и спустя двадцать четыре часа грызть. Я так и не сумела заставить себя к ней прикоснуться!

— Похоже, мы и впрямь почти близкие люди, — засмеялась риелтор. — Ладно, ради тебя сделаю исключение. Надеюсь, ты никому не разболтаешь?

Я покачала головой. Наташа вытащила из сумки ноутбук и принялась стучать по клавишам.

— Вижу, ты пользуешься компьютером, — отметила я.

— Без него никуда.

— Раньше люди записывали все в блокнот.

— Каменный век! Комп шикарная штука.

— Но ведь в него может влезть шпион!

— Не-а, вход запаролен, — отмахнулась Наташа.

— Есть люди, способные, не выходя из своего дома, «взломать» любые базы.

— Глупости! Да и кому нужна наша информация?

Я вспомнила Коробкова и промолчала.

— Особняк снял... Ну прикол, не поверишь, — захихикала Наташа. — Ох, не я его сдавала, Машка Колпакова перед увольнением постаралась. Ну и фамилия у мужика!

— Пихто! — вырвалось у меня.

Наташа чуть не уронила с коленей ноутбук.

— Как ты догадалась?

— Не знаю. Само в голову пришло, — соврала я.

— Ты натуральный экстрасенс! — восхитилась риелтор. — Точно в цель! Пихто Борис Гурьевич.

— И кто с ним приехал?

— Тут не указано.

— Почему?

— Договор заключают с одним лицом, — пояснила Наташа. — Наниматель может притащить с собой кого угодно, мы количество жильцов не ограничиваем.

— Это не по-хозяйски, — отметила я. — Вода, газ, электричество... Как же коммунальные расходы?

Наталья развела руками.

— Счетчики стоят, оплата по факту. Если дом сдан, мы более сюда ни ногой. Агентство волнует лишь своевременное внесение арендной платы, остальное не наше дело.

— Значит, я могу тут хоть ночной клуб открыть?

— В принципе да, — усмехнулась Иголкина. — Но не выйдет, соседи жаловаться на шум начнут.

— А если тихо?

— Да хоть военные парады устраивай, но молчком.

Я опустилась в кресло. Здорово получается! Можно снять особняк за высоким забором и творить в нем любые дела. Если не шуметь, никто к тебе не придет и ни о чем не спросит. Интересно, чем занималась здесь Вера Петровна Ефремова? Кем были Ирина и Олег Михайлович? Членами ее семьи? И зовут ли нашу заказчицу Верой? Ирина оказалась Лидой, вполне вероятно, что и Ефремова имеет паспорт на совсем другую фамилию.

— Ну как? — поторопила меня Иголкина. — Будешь дальше дом изучать?

Я кивнула и, вздрагивая от ужаса, пошла к стеклянной лестнице. Делать нечего, придется преодолеть страх перед прозрачными ступеньками.

Минут десять мне понадобилось, чтобы сообразить: верхней частью особняка никто из жильцов не пользовался, там повсюду лежал густой слой пыли, такой не соберется за два дня. И еще запах! Вы обращали внимание на то, что в безлюдных помещениях появляется странный душок, определить который я не берусь. Это не запах грязи, нет, ничего неприятного, но сделав один вдох, мигом соображаешь: в комнату давно не ступала нога живого существа.

Итак, что мы имеем в сухом остатке? Обитатели коттеджа кучковались внизу, они не привезли с собой никаких милых сердцу безделушек, даже в комнатах у женщин нет статуэток, фотографий, салфеток. Или Вера Петровна ухитрилась все вывезти? Ну тогда она ас конспирации, потому что всегда нечто маленькое забывается. Странная семья поселилась в новомодном интерьере. В доме только «детская» выбивается из общего стиля. Почему? Кто оборудовал помещение для Олега Михайловича? Банкир и впрямь был человеком со странностями? Почему Вера Петровна выехала из коттеджа и отказалась от сотового? Куда убежала Ирина? Неужели в ее побеге действительно виновата я? Зачем опрометчиво посоветовала Ирине сменить образ жизни? Нет ответа ни на один вопрос.

Внезапно меня охватил азарт. Объяснение всему происходящему есть, и я непременно должна найти его!

— И каково твое решение? — спросила Наташа, увидав меня на пороге гостиной.

Я покосилась на голосивший телик. Очевидно, Иголкина принадлежала к числу маньяков «голубого экрана», при любой возможности включает «волшебный ящик».

— Не нравится? — огорчилась риелтор.

— Надо посоветоваться с мужем, — бросила я.

— Естественно, — кивнула Иголкина.

— Посиди пока здесь, а я звякну супругу.

— Замечательно! — обрадовалась возможности остаться в кресле Наталья.

Я выскользнула в коридор, постояла там некоторое время, потом вернулась назад и, перекрикивая ведущего шоу, заорала:

— Муж в принципе согласен, но, понимаешь, он у меня с небольшими странностями.

— Все мужики с прибабахом, — заявила Наташа, — ни разу нормального не видела.

— Супруг хочет знать, как долго здесь жил Борис Пихто?

Наташа снова взяла компьютер.

— Две недели.

— А почему уехал?

Риелтор почесала макушку.

— Не знаю. Просто мне позвонила женщина, представилась его дочерью и сказала: «Мы освободили дом».

— Очень странно.

— Всякое бывает. Вероятно, они подыскали более удобный вариант, — заметила Наталья, — или клиент так договорился с Машкой Колпаковой, с нашей сотрудницей, которая особняк ему сдала! Жучара!

— Мария жульничала?

— Ох эта Колпакова! — возмутилась Иголкина. — Уж на что у нас толерантное начальство, да и то не выдержало, уволило красотку! Машка больше всех зарабатывала, чумовые проценты получала. Потом, правда, выяснилось: договоры она оформляла неправильно, с нарушением, клиентов не проверяла, верила им на слово, кое у кого паспортов не спрашивала. Придет к Колпаковой баба с документами на имя Сергея Петрова, а наша красавица ей особнячок в аренду оформит. Да еще, когда ее прищучили, она невинным лебедем прикинулась: «Зря вы на меня нападаете, Сергей Петров ее муж, я думаю о работе, приношу прибыль агентству». Во какая! О себе она в первую очередь заботилась, за полгода махинаций озолотилась. Небось, когда и этот техно-коттедж оформляла на Пихто, тоже нахимичила. Понимаешь, если помещение берут на длительный срок, то арендная плата дешевле. А Машка такой фокус придумала: подписывает бумаги на год житья, а съемщик через три месяца тю-тю. Колпаковой за такой договор со скидкой на лапу давали! Красиво?

— И где сейчас Маша? — не успокаивалась я.

Наталья покраснела.

— Отвалила на Гоа. Вот стерва! Вчера позвонила в агентство нашему начальнику и заявила: «Хочу попрощаться. Мне у вас отлично работалось. Я сдала свою квартиру и улетаю в теплые края, денег на безбедное существование мне хватит. На Гоа тысяча баксов — громадная сумма. Буду купаться в теплом океане, валяться на пляже, смотреть кино и так, пока не надоест. Чао, ребятки, успехов вам в бизнесе!» Вся контора гудит, и, чего уж скрывать, большинство из наших ей завидует. Мне слабо вот так жизнь перелопатить и просто наслаждаться покоем. Стремно както из Москвы свалить. Хотя иногда очень хочется... — Наташа горестно умолкла.

— А на какой срок Пихто снял дом? — поинтересовалась я.

— Секундочку... На год. Ну и, конечно, скидочку получил.

— И сбежал через две недели?

— Ну да.

— Муж не согласится на съем, пока не узнает, что здесь случилось. Слушай, дай мне точный адрес Бориса Гурьевича, а? Съезжу к дедушке, потолкую с ним.

— Не положено, — без особой жесткости возразила Иголкина. — И потом, я же тебе объяснила: он небось с Машкой договорился агентство надуть.

— Мы собрались оформить аренду на десять лет! Понимаешь, сколько ты процентов получишь? — напомнила я. — Честное слово, я никому даже шепотом не намекну, где взяла номер дома и квартиры клиента. Ну...

— Прямо хохма! — Наташа уставилась на экран ноутбука. — Анекдотическая улица...

Я постаралась изобразить веселье. Конечно, маловероятно, что в столице обитают два Пихто Бориса Гурьевича, тесно связанных с Верой Петровной Ефремовой, но ведь наниматель мог указать какой-то другой адрес. Однако нет, все совпало!

Глава 18

Предвкушая хороший заработок, Иголкина любезно довезла меня до центра и дала адрес чудо-доктора Раджива.

— Ехать к нему нужно после десяти вечера, — объяснила Наташа. — Врач с левой резьбой, вообще без башки, ты не смущайся и ничему не удивляйся. Главное — результат. А я по его указке потеряла пятнадцать кило.

— Огромное спасибо, — искренне сказала я, вышла из машины, помахала Иголкиной рукой и испытала некоторую неловкость.

Риелтор была очень мила со мной, а я, получается, поступила некрасиво, обнадежила ее, пообещала хороший куш, и в результате Наталья ничего не получит. С другой стороны, мне ведь нужно было побывать в «Изумрудном», и поездка оказалась полезной, — вон сколько разной информации выползло на свет...

Анекдотическая улица выглядела по-деревенски. Я, коренная москвичка, удивилась при виде покосившихся сельских избушек. Хорошево-Мневники был не из самых дальних районов столицы, через него пролегает дорога в Крылатское, я неоднократно ездила туда и на троллейбусе, и на маршрутке. Это удобно: садишься у метро «Сокол» и далее по прямой докатываешь до Рублевского шоссе. Но я даже и предположить не могла, что в паре шагов от шумной магистрали темнеют срубы и квохчут куры. Хотя стоп, про несушек я придумала, тут стоит странная для обитаемого места тишина.

Дверь сараюшки, в которой был прописан дед Пихто, держалась на одной петле. Я осторожно толкнула створку, та, жалобно заскрипев, приоткрылась, в нос ударил запах сырости и — опять же нежилого помещения.

— Есть тут кто? — заорала я, уже понимая, что не услышу ответа. — Борис Гурьевич, вы здесь?

— Ищешь кого-то? — прохрипели сзади.

От неожиданности я дернулась и стукнулась головой о стену.

— Не пугайся, — закашляли за спиной, — ничего плохого я тебе не сделаю.

Я обернулась и увидела существо непонятного пола, одетое в мешковатый плащ и некогда белую, а теперь серую от грязи панаму.

— Ищешь кого? — повторил вопрос человек.

— Да, — отмерла я, — Мне Пихто нужен.

— Ну, хватилась! — засмеялся незнакомец. — Он уж лет пять как помер. В месяц, когда меня на пенсию вытурили.

— Вы точно знаете?

— Мы в соседях ходили, — пояснила странная

личность, — целую жизнь бок о бок, рядышком. Только я намного моложе, Борис Гурьевич совсем старенький был. Сколько раз он мне говорил: Машка...

Прервав речь, существо похлопало себя по карманам. Я вздрогнула: неужели передо мной женщина?

— Говорил: Машка твоя, Серега, полная дура, — продолжал человек, выуживая из недр одеяния дешевые сигареты, — хлебнешь ты с нею лиха.

Я не удержала тяжелого вздоха. Все-таки иногда интуиция меня подводит, я беседую сейчас с мужчиной.

— Умный был дедушка, — говорил он, — мудрый даже, на все вопросы имел ответы!

Да, это замечательное качество. А вот у меня одни вопросы и полнейшая неясность в мозгах.

— Скажите, у Бориса Гурьевича были дети? — перебила я незнакомца.

— Своих нет, — загадочно ответил собеседник.

— Это значит, что он воспитывал приемных? — насторожилась я.

Мужичок закашлял, потом вытер рот рукавом.

— Тут раньше красота была, — горько сказал он. — За мостом еще дома стояли, школа на пригорке. Вроде Москва, а тихо, лес шумит, река течет... Ну ни с чем не сравнить! Мы жили как в раю. С троллейбуса спрыгнешь, чуть пройдешь — и вместо столицы природа. Уникальный район. Да только теперь от него вот эти покосюхи остались, а из жителей я один — улицу уничтожают. Соседи... вот ведь глупцы... обрадовались, прямо опрометью в бетонную башню кинулись. Как же — горячая вода, канализация, отопление. Да только в шабаш угодили! А я не съезжаю, хоть и предлагают теперь на одного аж двухкомнатные хоромы. Конечно, Сергей Вошов строителям сейчас как бельмо в глазу, но я все равно никуда не уберусь. Доступно объясняю или повторить для усвоения материала?

— Поняла, поняла, — закивала я. — Вы, наверное, в школе преподавали?

— В училище, — заулыбался пенсионер, — оно вон там, на горке, стояло, готовили медсестер и медбратьев. Девочек больше было, в основном из неблагополучных семей. Пил народ здесь в темную голову! Второго и шестнадцатого числа все влежку по улицам, да-с... Трезвых только двое и было, я да Борис Гурьевич. Он директорствовал в училище и очень переживал, когда его закрыли. Вот вы про детей спрашивали... Они к Пихто гурьбой ходили... Кое-кто из корыстных целей — поесть, чаю с зефиром попить, дома-то им родители-алкоголики конфет не покупали. Но находились и искренние ребята, хотели профессию получить. Слава Кротов в мединститут потом поступил, теперь он профессор. Включаю тут намедни телевизор, идет программа «Здоровье», и вижу — на экране Вячеслав рассказывает, как свое открытие сделал. Я не очень понял, о чем речь, сам-то не медик, преподавал химию, а Слава занимается глазами. Так он, оказывается, изобрел особые капли, которые многим помогают, получил за них премию. Помнится, мне даже обидно стало. Смотрю на кабана сытого с золотыми часами, в костюме за большие тысячи и думаю: что ж ты Борису Гурьевичу не помог, а? Тот на одну пенсию выживал! Получит жалкие рублики и на тридцать кучек разложит, чтобы каждый день батон с кефиром покупать. А ведь мог Пихто на старость насобирать, если бы с людьми всю жизнь не делился. Или еще в пятом доме Софья Сергеевна жила, Мамонтова ей фамилия, тоже в нашем училище с указкой стояла. Вот ушлая баба! Все себе под живот сгребала, золото покупала и в чемодан складывала, никому крошки хлеба не дала, зато сама в ажуре, и дочь ее Гамавердия институт закончила, тоже медик. Так эта Гамавердия у Бориса Гурьевича все время паслась, он ее родной считал. И что? Где благодарность? Бросили старика!

— Странное имя — Гамавердия, — перебила я. — Никогда не встречала подобное.

— Отец ее из кавказцев, — с легким презрением ответил собеседник. — Но кто точно, не скажу. На рынке он торговал, с мандаринами стоял. Софья-то с молодости расчетлива была, она его в девушках заприметила и сообразила: Пат богатый.

— Кто?

— Пат, — охотно повторил бывший учитель, — имя такое, национальное. А ведь могла выйти замуж за приличного человека. За меня, например. Так нет, выскочила за мандаринника, променяла интеллигентность на золото. Двадцать лет она с ним прожила, затем вдовой стала. Ну, я выждал год для приличия и пришел с предложением: «Здравствуй, Соня, дочь у тебя взрослая, в институте учится, я холостой, детей не имею, чем мы не пара?» И что она мне ответила?

— Теряюсь в догадках.

— Даже в дом не пустила! — с не прошедшей за долгие годы обидой заявил пенсионер. — Засмеялась и дверь захлопнула. Наверное, к ней уже тогда болезнь подкралась, раз от меня отказалась. Ведь не каждый день в дом вдовы мужчины с предложением руки и сердца являются. Точно ей психушка светила. Через год она в нее угодила и не вышла оттуда. Осталась Гамка одна.

— Кто? — я снова потеряла нить беседы.

— А повтори-ка имечко Гамавердия... — рассмеялся собеседник, — язык сломаешь! Вот наши и сократили его до Гамы. Видишь на той стороне элитное здание?

Я покосилась на самую обычную грязно-серую блочную московскую девятиэтажку. Ничего выдающегося в доме нет, затрапезное жилье, мы с Гри обитаем точь-в-точь в таком же. Только у нас лоджии застеклены на один манер (некогда обитатели квартир договорились между собой и сообща вызвали мастеров). Постройка же, на которую указывал дед Сергей, смотрела на мир разномастными балконами, отчего казалась еще страшнее, чем была.

— Кооператив «Гиппократ», одни врачи в нем живут, — пояснил абориген. — Квартиры там и по прежним годам были дорогущие, а сейчас и вовсе золотые. Софья Сергеевна трешку на свое богатство приобрела, но въехать не успела, хоть ремонт забацала, мебель раздобыла и даже люстры с занавесками повесила. Гамка соседкам хвасталась, рассказывала, как мать апартаменты обставила. Счастливый номер подобрала — семьдесят семь. Да только жить Софье там не довелось. Накануне переезда Мамонтову в психушку сволокли. Гама к Борису Гурьевичу побежала. Тот все устроил: и клинику хорошую, и консультацию профессора, у него куча знакомств имелась. Поддержал девчонку не только морально, но и кормил, поил и одевал ее, пока она училась в институте. Потом Гама получила диплом, переехала в новую квартиру и исчезла из жизни Пихто. А когда его парализовало, я Гамку отыскал. Но она заявила: «Денег у меня нет! Ничем помочь не могу. Нужных знакомств не имею». Я попытался нахалку усовестить, да только она заорала: «В наши отношения не лезьте! Борис Гурьевич у моей мамы в долг брал, вернуть не смог, вот и отрабатывал!» Ну я и ушел. А еще его паспорт куда-то делся!

— Что? Пихто потерял паспорт? — обрадовалась я, услышав в потоке болтовни крупицу полезной информации.

— Прямо беда была! — закивал словоохотливый пенсионер. — Я еле-еле уломал главврача больницы, чтобы Бориса Гурьевича госпитализировали, а бумаг нету. Я весь дом перерыл! Партбилет нашел, он его в железной коробочке хранил. Квитанции по коммунальным платежам аккуратно рядом лежали, а главный гражданский документ исчез.

Я лишь горько вздохнула. Борис Гурьевич был очень пожилым человеком, а многие старики, боясь, что потеряют на улице сознание, не выходят из дома без удостоверения личности. Пихто попросту посеял паспорт. И дальше что? То есть что мне это дает? Почему клиентка «Прикола» Вера Петровна сняла дом по паспорту местного дедушки?

— Скажите, бывший директор училища никогда не вспоминал про некую Ефремову? — перебила я рассказчика, который, пока я размышляла, продолжал ругать неблагодарную Гамавердию. — Может, племянница у него была? Или еще какая родственница по имени Вера Петровна?

— Одинокий он был совсем, — мрачно сказал старик. — На его поминках нас двое присутствовало — я и Клавдия Федотовна, соседка, что через дорогу жила. Только мы к нему и заглядывали в последние годы. Ни про какую Веру Петровну я не слыхал. Бориса Гурьевича все бросили!

— А где сейчас Клавдия Федотовна?

— Умерла в прошлом году. — Собеседник поежился. — Наверное, и мне скоро туда. Две жизни никто не скрипит. Только я отсюда не съеду, унесут ногами вперед. Пусть электричество отключают, я при свечке посижу, не нужна мне их двушка. Решено и подписано!

Так ничего и не узнав о Вере Петровне Ефремовой и не продвинувшись в своем расследовании ни на йоту, я, с трудом отделавшись от слишком общительного старика, села в маршрутное такси и добралась до метро. И там, не спускаясь под землю, вытащила мобильный.

— Бюро всех услуг на проводе, — как обычно шутейно откликнулся Коробков. — Опять Маврикия

Пафнутьевна беспокоит? Дама, вы навязчивы! Тариф «Настырный».

— Помоги в последний раз! — заныла я. — Разве трудно? Такому асу, как ты, стоит пальцами щелкнуть — и готово дело.

— Эх, дураки мы, мужики, — отозвался парень. — Скока нас, лыцарей, на ржавый крючок лести напоролисся! Ну, лопочи, хитрая моя, че нада...

— Все о Вере Петровне Ефремовой.

— Год рождения?

— Понятия не имею. Думаю, промежуток между тысяча девятьсот пятьдесят пятым и шестидесятым годом.

— Ну ваще! Таких я кучу отыщу.

— Она москвичка.

— С постоянной регистрацией?

— Не знаю, — растерялась я.

— Круто, как стринги со стразами! Хоть что-то еще о бабе сказать можешь?

— Э... э... она вроде психолог. Или психотерапевт.

— Угу.

— Много лет была замужем за владельцем банка Олегом Михайловичем Ефремовым.

— Заеду с этой стороны, жди. Оркестр играет гаммы, трубы гремят в унисон... Хм, а... нету у нас такого!

— Какого?

— Деньгохранилище столичное?

— Думаю, да.

— В Москве до хрена всяких мест, куда слетаются банкноты, я имею полный перечень. Умереть не встать, сколько их! Выделил владельцев, ползу по списку... Нетуть Олега Михайловича Ефремова... Наврал он жене, хотел круче казаться. А сам бутылки собирает. Ха-ха-ха!

Я молча слушала Коробкова. С чего я, собственно, решила, что Вера Петровна сказала хоть крупицу правды? Ну да, на меня сильное впечатление произвел загородный особняк, отделанный по последнему слову дизайнерской мысли, мое воображение поразили стеклянная лестница и роскошная гостиная с камином. Но ведь я уже выяснила: коттедж — собственность риелторского агентства. А Вера Петровна — отменная врунья, она не моргнув глазом сказала, что дом принадлежит мужу.

Встречаются такие люди — возьмут напрокат «Порше», приедут на нем в гости и чувствуют себя королями...

— Есть только Олег Михайлович Ефремов на должности главного управляющего банком, — вдруг сообщил Коробков.

— Это он! — заорала я. — Почему сразу не сказал? Какого черта идиотничал?

— Робот выполняет лишь четко обозначенное задание, — окрысился Дмитрий. — Мне че заявили? Владелец банка. А я кого отрыл? Управляющего.

— Да какая разница!

— Большая. Один хозяин, другой у него на зарплате. Ты бы кем больше хотела быть?

— Говори адрес, телефон, название конторы. Выдавай всю инфу!

— Ох уж мне энта молодежь... — по-старчески заскрипел Коробков. — Шебутныя! Без понятиёв! Вот мы в ихние года о простых польках мечтали, а нонешним подавай шубы из жирафа. Тьфу прямо!

— Перестань зубоскалить, лучше работай!

— Господь с вами, милая барышня! Токмо спину разогнувши, поелики скрючивши нас пред басурманским, небогоугодным устройством, чертовой машиной, сатанинским отродьем... — по-скоморошьи сыпал словами парень. И вдруг заорал: — Жопа!

— Что случилось? — встревожилась я.

— Тебе не понять, — огрызнулся Коробков. И заговорил как бы в сторону: — Решили нас обхитрить?

А мы ваш код хряп-хряп и сожрали... Йес! Готово! Олег Михайлович Ефремов. Жена Екатерина Николаевна, детей не видно. Ранее имел супругу Федькину Олесю Романовну, та скончалась в относительно раннем возрасте от какой-то невыговариваемой хрени. Вау, он сто раз женился! Ваще, ё-моё, Синяя Борода! Так... Окончил институт, специализировался по бухгалтерскому делу. Идеальный послужной список, пер по ступеням вверх. В «Золбизбанк»[1] пришкандыбал давно, сейчас главный управляющий, фактически третий человек, зарплата впечатляет. Местная служба безопасности проверяла Ефремова в июне, ничего предосудительного. Белый-белый, пушистый и сладкий. Вот только с супругами невезуха, он мастер по разводам. Знаешь анекдот? «Вы будете смеяться, но у меня опять умерла жена». Ха-ха-ха...

— Дальше! — велела я.

— Никаких вредных привычек, не пьет, не курит. Работа — дом — служба. Идеал! Аж зубы сводит! Встречаются же такие раритетные экземпляры!

— А зачем Ефремова проверяли?

— Похоже, их СБ всех сотрудников под лупой держит, — прошептал Коробков. — Ой, страшно, аж жуть!

— Что ты там увидел?

— Ничего, — заржал парень, — шутка.

— Вот дурак! — не выдержала я.

— Где? — спросил Дмитрий. — Ты случайно не у зеркала стоишь?

— Дай мне его координаты.

— Параллели и меридианы? Долготу с широтой?

— Домашний адрес! И телефоны!

— Запоминай, ласточка.

— Подожди, не торопись.

---

[1] Название придумано автором. Любые совпадения случайны.

— Ниче, крошка, не расстраивайся, попросишь маму, она научит дочурку писать.

— Моя мама давно умерла, — тихо сказала я, — папа, кстати, тоже. Имею только мужа, Гри.

— Извини, — вдруг нормальным голосом сказал Дмитрий. — Иногда я ляпну глупость, самому неудобно.

— Ерунда, ты же меня не знаешь. Диктуй...

Коробков четко продиктовал название улицы, номер телефона, а потом вдруг поинтересовался:

— Как твою вторую часть зовут? Кри?

— Гри, — поправила я.

— Григорий, что ли? — заинтересовался Коробков.

— Нет, — усмехнулась я, — Аристарх.

— Гонишь!

— Честное слово. Фамилия еще оригинальнее — Бабулькин. Поэтому я и осталась Сергеевой, — невесть по какой причине разоткровенничалась я. — Гри — это прозвище, а не уменьшительное от Григория.

— Прикольно!

— Смешно, — согласилась я. — Но я не очень люблю, когда незнакомые люди позволяют фамильярность в отношении моего супруга. Человек не сам выбирает имя, сей акт совершают родители. И какая мне радость от Татьяны? Я ничем не выделяюсь среди толпы! А вот Гри великий актер.

— Прямо уж... — протянул Дмитрий.

— Да. Гениальный!

— И где он снимается?

— Пока лишь в рекламных роликах.

— Паня-я-ятненько!

— Дурак! Мужу просто не везет. Но впереди его ждет головокружительная карьера. Гри сыграет Гамлета! Ромео! Короля Лира!

— Я не силен в пьесах, — признался Дмитрий, — и, если честно, художественную литературу не люблю. Ладушки, покедова.

— До свидания. Спасибо огромное, больше я тебя не побеспокою, ты мне здорово помог.

— Эй, Таняшка! Я ж шутил. Обращайся, когда надо.

— Не хочу нагло эксплуатировать постороннего человека.

— Ты мне родной стала, пампушечка, — весело отозвался Коробков. — Уже люблю вас, дорогая, причем не по указке Романа, а по зову сердца!

— Чем же я заслужила столь хорошее отношение? — ухмыльнулась я.

— Обожаю всех пышечек по имени Таня Сергеева, — заверил Коробков. — Чао, бамбино, сори, другая линия визжит, работа не ждет. Чмок-чмок, мисс Пигги!

Я положила сотовый в сумку. Иногда на пути попадаются люди, от общения с которыми становится радостней и спокойнее на душе. Положительная энергетика, светлая аура, добрая душа... назовите как хотите. И похоже, Коробков из этой немногочисленной армии. Интересно, как он узнал про мой вес? Назвал пампушечкой, а затем мисс Пигги... Неужели Дмитрий увидел меня на экране своего компьютера? Что ж, убедившись в его уникальных возможностях и способностях, я уже ничему не удивлюсь.

Глава 19

Зря я, однако, вспомнила про пампушку. Во рту моментально скопилась слюна, желудок сжался и напомнил о том, что его сегодня не кормили. Голод напал на меня раненым тигром, голова закружилась, и я узрела вывеску «Бистро».

Как человек, постоянно борющийся с лишним весом, я отлично знаю, сколь губительно действуют на фигуру «перекусы». Нет ничего коварнее бутерброда. Вроде совсем невинная вещь — хлеб, масло, сыр, колбаска, а по сути настоящая бомба из больших калорий. Еще хуже орешки, вафли, мороженое, то есть все то, что сжевывается в одну секунду и не считается нами едой. Про чипсы я даже не упоминаю, они для человека, как атомная война против землян, от картофельных ломтиков, жаренных во фритюре, вас разнесет за считаные дни. Желаете уменьшиться в размерах? Ешьте здоровую пищу!

Сдерживая желание цапнуть в вагончике с надписью «Восточные грезы» шаурму, я добежала до приличного с виду кафе, вошла в небольшой, заполненный людьми зал и приуныла. Похоже, о правильном питании никто из посетителей никогда не слышал, на столиках дымились тарелки с пельменями или макаронами, а меню на стене у кассы радовало взор широким выбором блюд. «Вареники с бараниной». Это что такое?

— Девушка, вареники с бараниной из чего сделаны? — осторожно поинтересовалась я у здоровенной бабищи, возвышавшейся над прилавком.

— Из яблок, — последовал ответ.

Я растерялась.

— А при чем тогда мясо?

— Ой, народ! — закатила глаза барменша. — На пьяную ты не похожа, а дурничаешь. Шутканула я. Взяли тесто, на него фарш шлепнули, слепили, сварили — жрать подано, пожалуйста! С майонезом!

— С майонезом? — эхом откликнулась я. — Жуть!

— Бери со сметаной, — меланхолично предложила она. — Тоже ничего, если кетчупу плеснуть.

— Нина, — загремели от одного столика, — дай еще порцию флотских макарон! Да хлеба прихвати, я не наелся!

— Айн момент! — крикнула в ответ подавальщица.

Я, как завороженная, наблюдала за действиями хозяйки бистро. Она зачерпнула из кастрюли бело-коричневую, вполне аппетитно пахнущую массу, шмякнула ее в глубокую тарелку, щедро полила сверху белой субстанцией из бутылки с надписью «Провансаль», отрезала от батона четыре толстых куска и рявкнула:

— Егорыч, хватай, пока не остыло!

Очевидно, в бистро паслась постоянная клиентура, потому что никто из посетителей не удивился, а от столика у окна кинулся к прилавку тощий мужичонка, чуть крупнее собачки породы тойтерьер. Ну как можно есть макароны и оставаться почти прозрачным? Может, у него глисты?

— Выбрала? — повернулась ко мне барменша.

— Нет, — пролепетала я.

— Лапша хорошая, с сыром и творогом.

— Спасибо, мне лучше чего попроще.

— Денег нет? — прищурилась Нина. — Можно полпорции.

— Слишком жирная еда, — ответила я.

— Ты больная? — нахмурилась тетка.

— Здоровее слона, — заверила я. И пояснила: — Я сижу на диете.

— Тогда бери салат, наш фирменный, «Герб Москвы».

— А он из чего?

— Отварная колбаса, крутые яйца, картошка, морковь, лук и зеленый горошек.

— С майонезом? — безнадежно осведомилась я.

— Не волнуйся, могу тебе двойную порцию положить, — пообещала Нина.

— Другого салата нет?

— Есть. «Цезарь».

Я обрадовалась: белое куриное мясо и зеленый салат вреда не нанесут, а сухари можно выковырнуть.

— Давайте.

Нина открыла другую кастрюлю.

— Ой, погодите, — расстроилась я. — И «Цезарь» с майонезом?

— Не с кетчупом же, — начала злиться Нина. — Соус «Цезарь» сделан из майонеза.

— И листьев нет, — машинально констатировала я.

— Так осень, облетели все!

— Я про салат.

— Какие такие листья? — уперла кулаки в бока Нина. — Не кроликов кормим, людей. В «Цезаре» отварная колбаса, крутые яйца, картошка, морковь и лук.

— И чем же он отличается от смеси «Герб Москвы»? — удивилась я.

— Горошку нет, — справедливо заметила Нина. — Берешь? Вкусно! Сами готовим!

— У меня аллергия на майонез, — не желая обидеть приветливую Нину, ответила я.

— Бедняжечка, — от всей души пожалела меня барменша. — Не можешь поесть по-человечески, эк тебе не повезло.

— Нет ли в меню простой еды?

— А че тут сложного?

— Вегетарианского, с постным маслом.

— Не, за таким в аптеку беги, — засмеялась Нина. — В нашем ресторане все для обычных людей!

Я вышла на площадь и с тоской стала изучать точки быстрого питания. Вагончиков у входа в подземку была тьма. «Блины по-московски», «Пироги от Красной Шапочки», «Лапша китайская», «Корейские котлеты»...

Я вздрогнула. Вот уж к последней лавке я точно не приближусь. Люблю собак, но не в жареном или отварном виде.

— Девушка, вы, я слышал, искали вегетарианскую столовую? — Рядом остановился бородатый мужчина, вышедший из бистро.

— Тут есть такая? — обрадовалась я.

— За углом, — объяснил незнакомец. — Я каждый день мимо хожу, вижу вывеску «Еда на здоровье».

И правда, в нескольких метрах от шумной площади я обнаружила стеклянный павильончик, в отличие от бистро совершенно безлюдный.

— У нас постная еда, — не отрывая взора от газеты, сообщила буфетчица.

— Замечательно! Именно то, что мне нужно.

— Дежурное блюдо вареники с бараниной, — не потеряла суровости тетка.

— Минуточку, с каких пор баранина стала растением? — изумилась я.

— Это соя. — Коротко прозвучало в ответ.

— Беру! — заорала я.

Несколько желто-серых комков плюхнулось в миску, сверху шлепнулся соус.

— Не надо майонеза! — завопила я.

— Это соя.

— Все равно не хочу.

— Соя!

— Уже поняла. Но вкус-то майонезовый. И калорийность, соответственно, не маленькая.

— Значит, не хочешь?

— Нет.

— Во народ! То дай, то назад забери. Сто рублей!

— За что? Я ничего не ела!

— Тарелка запачкана?

— Да, — признала я, — вы же на нее пельмени плюхнули.

— Мыть надо?

— Конечно.

— Сто рублей.

— За что?

— Фу, — выдохнула буфетчица, — за помывку!

— Но я не пробовала блюдо!

— Этак мы до Нового году проболтаем! Если жаль денег, могу тебе блинов дать. С творогом.

— Вегетарианский творог?

— Соя! Из нее все что хочешь делают.

— Салатику не найдется? — робко спросила я. — Травка, листочки...

— Ступай к метро.

— Уже была, там одна выпечка.

— Заверни налево, увидишь супермаркет, перед ним клумба, надери ботвы и ешь! — рявкнула буфетчица и ушла в подсобное помещение.

Я уныло покинула «вегетарианскую» столовую. Может, Россию переименовать в страну «Майонезия»? Делать нечего, куплю шаурму и покачу к чудо-доктору Радживу.

Адрес, который дала «американке» Наташа Иголкина, оказался не офисным, а домашним, а молодой человек, открывший мне дверь, совершенно не походил на индуса — обычный российский парень с круглым лицом и носом картошкой.

— Заходите, — без всякого удивления сказал он. — Туфли не снимайте, натяните бахилы, идите в комнату, садитесь на стул. Курите?

— Спасибо, сигарет не надо.

— Никто вам и не предлагает. Вы курите?

— Нет, не балуюсь.

— Бросили?

— И не начинала.

— Плохо, — пригорюнился Раджив.

— Почему? — изумилась я. — Пытаюсь вести здоровый образ жизни.

— В мегаполисах нет горожан без патологий, — нараспев произнес Раджив. — Вот если бы вы курили, а бросили по моему приказу... Это хорошо способствует решению проблемы. Пьете?

— Нет.

— Совсем?

— Бокал шампанского на Новый год.

— Неразборчивы в связях?

— Я замужем!

— И кому мешает штамп в паспорте?

— Мне. Я очень люблю супруга.

— Он импотент?

— Конечно нет!

— Почему «конечно»? Сейчас поголовно у всех мужчин проблемы с эрекцией.

— Наш брак безупречен во всех смыслах.

— Значит, наркота, — явно обрадовался Раджив. — Какие стимуляторы предпочитаем: герыч? снежок?

— Что?

— Нюхаем, колемся, лижем, жуем? — распалялся Раджив.

Хорошо, что Наташа предупредила меня о начисто съехавшей крыше целителя, иначе я могла бы испугаться. Чудо-доктор выглядел странно и вел себя нелепо.

— Грибочки употребляем? — ворковал он. — Плесень хаваем? Клей «Минутка»[1] употребляем?

— Иногда, — обрадовалась я знакомому названию.

— Супер! — кивнул Раджив. — Почему сразу не сказали?

— Не думала, что это важно.

— Как часто применяете? Вспоминайте случаи.

— Все?

— Желательно. И не стесняйтесь, — откинулся на спинку кресла Раджив, — медик, как бог, должен знать все подробности.

Я призадумалась. Так, дня три назад я приделывала в ванной крючки: доставать дрель не решилась — сверло затупилось, а нового я не купила, и вообще, вдруг расколю красивый кафель... На помощь пришел клей «Минутка». В понедельник ремонтировала ручку у сумки — тот же состав хорошо справляется с кожей. Еще я попыталась соединить вместе части разбитой лампы, но потерпела неудачу. Считать ли последний случай? Наверное, да.

— Три раза, — сообщила я.

---

[1] Название придумано автором.

— Ну, не страшно! Опишите ваши ощущения от общения с клеем!

Я замялась.

— Не могу. Их не было.

— Дальше! И подробнее, пожалуйста.

— Я достала тюбик.

— Так.

— Выдавила клей на ручку сумки.

— Так, так.

— И все.

— Как? — забеспокоился Раджив. — Галлюцинации вспомните.

— Их не было, — пискнула я, осторожно сползая на край кресла и готовясь встать.

— Не может быть! — отрезал Раджив. — Не смейте мне врать! Эй, вы куда?

— Д-домой, — прозаикалась я. — До свидания.

— Сидеть! Какие же вы все трусы...

Я вжалась в кресло.

— Начнем сначала, — более ласково предложил врач. — Ну?

— Я достала тюбик.

— Ваши мысли при этом?

— Э... хочу выдавить пару капель на ручку сумки.

— Далее?

— Намазала кожу.

— На лице?

Дикость предположения меня ошарашила.

— Вот уж идиотство! Зачем?

— Многим нравится, — бесстрастно обронил Раджив. — Понял, вас заводит сумка. Говорите!

— О чем? — пролепетала я.

— Куда дели ридикюль?

— Поставила в шкаф.

— Первый раз сталкиваюсь со столь своеобразным способом получения кайфа, — заморгал Раджив. — Как вы нюхали клей?

— Я им просто клеила! У сумочки порвалась...

— Фу! Так в чем же ваша проблема? — возмутился парень. — Притопали и гоните хрень! Не пьет, не курит, не колется, по мужикам не шастает... Я-то вам зачем?

— Наташа Иголкина сказала, что вы умеете снижать вес, — прошелестела я, — продаете таблетки энергетической чистки.

— О боги! — закатил глаза Раджив. — Тысячи, миллионы людей на земном шаре погибают в корчах, а я трачу силы и время на пустяки. Жрать надо меньше.

— Я ничего не ем!

— Врете!

— Честное слово! Если не хотите мне помочь, я пойду...

— Десять тысяч, — глядя в стену, процедил Раджив.

Я быстро полезла в кошелек. Грубость врача вдруг произвела на меня положительное впечатление. Ну подумайте сами: Раджив не принял меня за клиентку, более того — он заметно расстроился, когда сообразил: у ночной гостьи особых поведенческих проблем нет. Если шарлатан хочет срубить с вас денежки, он, наоборот, проявит к вам любовь и ласку. Или, вроде того мошенника — врача с лазером, станет детально растолковывать принцип работы своего ноу-хау, чтобы сбить пациента с толку и заставить его выложить деньги...

— Дурак же я был... — запричитал Раджив, встав и направляясь к письменному столу, заваленному толстыми томами. — Помог одной корове, дал ей таблетку, так пол-Москвы прибежало! Я, между прочим, отличный нарколог, справляюсь с самыми запущенными случаями. А тут тетки с неконтролируемым аппетитом, гастрономические монстры... И когда только у меня запас пилюль закончится? Сделал на свою голову... Нате!

— Это она? — благоговейно спросила я, рассматривая нечто небольшое, коричневое, похожее на пуговицу. — И как этим пользоваться?

На лице Раджива появилось выражение муки.

— Идете в аптеку и покупаете целлюлозу.

— В смысле пластмассу? Из которой кукол делают?

— Боже, дай сил мне вытерпеть! — взмолился доктор, возведя взор к потолку. Быстро сделал короткую серию вдохов-выдохов и заорал: — Не целлулоид, а целлюлозу, микрокристаллическую! Она в таблетках! Хватай ее побольше, добавка принимается из расчета одна доза на пять кило веса. Ясно?

— Да, да!

— Съела нужное количество целлюлозы и запила литром — подчеркиваю: тысячью миллиграммов! раствора Редигера[1].

— Кого?

— Скажешь провизору, он поймет. Покупай бадью. Или бери порошок, дома сама разведешь.

— Да, да! — попугаем талдычила я.

— Целлюлоза, раствор, потом жрачка.

— Какая?

— Любая, какую захочешь.

— И торт?

— Хоть взбитые сливки.

— Что-то я не пойму...

— А тебе и не надо!

— Таблетку куда девать? Вот эту, энергетическую.

— Глотай прямо тут.

— Класть в рот?

— Ты умеешь жрать другим местом? — обозлился Раджив.

— Нет.

— Тогда запихивай орально. Не тяни время, ме-

---

[1] Название придумано автором. Любые совпадения случайны.

7 – 3384

ня ждут более важные дела! Не желаешь, уматывай, уговаривать тебя не собираюсь.

Я живо положила «пуговицу» на язык, с некоторым усилием отправила ее в желудок и поинтересовалась:

— Она одноразовая?

Раджив захохотал.

— Хочешь ее многократно использовать?

— Нет, нет, — сообразила я.

— Топай в аптеку, — нарколог потерял ко мне всякий интерес, — покупай целлюлозу и раствор. Принимай их шесть раз в день. Потом хоть обожрись! А меня оставь в покое, больше сюда не суйся, не пущу. Покедова, меня ждут великие дела.

— До свидания, — тихо вякнула я и бочком-бочком стала пробираться в прихожую.

— Эй! — вдруг гаркнул Раджив. — Стоять.

— Что случилось? — испугалась я. — Вы решили отобрать у меня таблетку?

— Боже! — снова закатил глаза врач. — Нет, оставь ее себе. Хотел тебя попросить: когда начнешь худеть, никому про меня не рассказывай. Договорились? А то придется вечно жиртресты лечить, а у меня другое предназначение в жизни!

Глава 20

Старательно прислушиваясь к ощущениям в собственном теле, я дошла до метро, увидела круглосуточную аптеку и без всяких проблем приобрела в ней десяток флаконов, набитых большими светло-розовыми таблетками, и гору пакетиков, в которых противно поскрипывал какой-то порошок. Как и обещал Раджив, провизор абсолютно не удивилась, услыхав слова «раствор Редигера», просто уточнила:

— У нас есть разные упаковки. Вам какую?

— Самую большую, — храбро ответила я, и беседа завершилась.

Слопанная энергетическая таблетка никак себя не проявляла, мне только невероятно захотелось есть. Но, могу признаться честно, после десяти вечера я всегда ощущаю здоровый аппетит, поскольку, увы, принадлежу к несчастной категории людей, до отвала наедающихся на ночь.

Сжав зубы и опустив глаза, я стрелой пронеслась мимо супермаркета, из дверей которого выплывал аромат кур-гриль. Поднявшись в свою квартиру, я встала перед большим зеркалом (муж не так давно повесил его в холле) и громко сказала собственному изображению:

— Татьяна, будь честна сама с собой! Если не сбросишь лишний вес, можешь потерять Гри!

Мне стало холодно, по спине пробежали мурашки. Мне очень повезло — я стала супругой самого лучшего человека на свете. Гри красив, умен, талантлив, благороден, а еще он моложе спутницы жизни, которая к тому же не представляет собой ничего особенного. Господи, что же удерживает милого рядом со мной? Уж явно не моя неземная красота!

Озноб сменился жаром, я дошла до ванной, умылась и встала на весы. Стрелку неудержимо поволокло вправо. Так, главное — не впадать в панику, лучше спокойно обдумаем неприятную ситуацию. Еще два килограмма прибавки! И это при том, что я не обедала и не ужинала. Просто выпила чайку с небольшим кусочком торта. Ну ладно, скажем честно, кусочков было два. Или три? Не помню! И еще шаурма. Татьяна, ты неукротимая обжора! Нет, нет, я не стану себя корить, самобичевание — верный способ заработать нервное расстройство. Но ведь я очень хотела отыскать правильную, здоровую пищу! Не моя вина, что в Москве в зоне доступности находятся лишь пельмени с майонезом и макароны с хлебом.

А кроме того, проверять вес вечером полнейший идиотизм, заниматься измерениями нужно утром. И на мне сейчас халат!

Я быстро скинула ситцевое одеяние и не устояла перед искушением вновь взгромоздиться на весы. Вот черт! В окошечке появилась та же цифра, что и пару минут назад. Как же так? Халатик небось тянет граммов на пятьсот! Ой, я ж в тапках! Долой их... Сколько там? По-прежнему два лишних килограмма. Весы заклинило! Агрегат сломан!

Я мучила прибор, вставая на площадку то с левой, то с правой ноги, сбросила с себя все, но черная стрелочка не желала сдвинуться к цифре «80». Настала пора решительных действий. С этой секунды полноте объявлен бой! Энергетическая таблетка съедена, следующий этап — целлюлоза и раствор. Сколько пилюль надо слопать? Раджив говорил — одну штуку на пять кило веса.

Первую порцию я проглотила легко, вторую тоже, третья показалась мне слегка противной, четвертая мерзко скрипела на зубах, пятая отчего-то имела привкус рыбы, шестая отдавала железом, седьмая застряла в горле, восьмая прилипла к небу, девятая выглядела до такой степени отвратительно, что у меня заболела голова, десятая вызвала приступ икоты, а одиннадцатая — тошноту. Двенадцатая, тринадцатая, четырнадцатая и пятнадцатая таблетки были мною слопаны в сомнамбулическом состоянии. Куда делось оставшееся количество, не помню, очевидно, я сумела-таки все проглотить и теперь ощущала себя как человек, который сжевал большую картонную коробку вроде тех, в которые упаковывают в магазинах сапоги. Литр раствора будет в данной ситуации как нельзя кстати!

По вкусу жидкость напоминала рассол. Первый стакан я опустошила легко, со вторым мне пришлось повозиться, третий я влила в горло с невероятным трудом, а перед четвертым спасовала. Скажи мне кто-нибудь, что я не смогу проглотить простую воду, я бы не поверила. Ну разве это трудно? Ан нет, оказывается, бывают случаи, когда организм отказывается принимать жидкость.

Очень медленно, стараясь не совершать резких движений, я поползла в спальню, делая по пути удивительные открытия. Вы знаете, что при каждом шаге желудок колышется? Я об этом и не подозревала, хоть живу на свете не первый год. А еще, оказывается, лечь с животом, набитым целлюлозой, очень сложно. Как ни устраивайся, покоя нет — свинцовая тяжесть в том месте, где заканчиваются ребра, мешает дышать, свернуться калачиком невозможно, умоститься лицом вниз не получается. Оставалась поза мумии: на спине, с вытянутыми вдоль туловища руками. К тому же на меня напала икота! Одна радость — разыгравшийся было аппетит неожиданно исчез. Кажется, впервые в жизни мне удалось лечь в постель, не слопав перед этим тарелку каши с сыром. А я очень люблю овсянку, сваренную на молоке. Ее надо сдобрить куском сливочного масла и бросить граммов сто пятьдесят эдама, нарезанного маленькими кусочками. Понимаю, на первый взгляд рецепт кажется вам странноватым, но так делала моя бабушка, и поверьте, вкуснее, чем она, геркулес никто не варил.

Из глубины коридора вышла курица.

— Таня! — строго сказала она. — Неужели тебе меня не жаль? Дети останутся сиротами!

Я вздрогнула.

— Вы кто?

— Цыпа-гриль, — грустно ответила гостья, — твой будущий обед. Из-за того, что на свете живут гнусные обжоры, мы погибаем!

По моим щекам покатились крупные слезы, несушка принялась сама себя ощипывать, вместо крыльев у наседки оказались руки с пальцами. Я заорала от ужаса и... проснулась.

Лишь через пару минут изучения собственной спальни я поняла: мне привиделся кошмар. Но, похоже, жареной курочки мне долго не захочется. И завтракать я не стану. Раджив велел перед каждым приемом пищи непременно глотать целлюлозу, а у меня сейчас не хватит духа опять запихивать в себя таблетки. Пора заняться делом! Приведу себя в порядок и позвоню в банк...

— Приемная главного управляющего, — бойко сказал девичий голос.

— Позовите Олега Михайловича, — попросила я.

— Господин Ефремов в отпуске, — последовал бесстрастный ответ. — Могу вам чем-нибудь помочь?

— Нет, дело личное. Когда он вернется?

— Мы не сообщаем частной информации о сотрудниках, — не меняя тона, сказала секретарь.

Я набрала другой номер. Снова отозвалась женщина, на сей раз, похоже, немолодая.

— Да? — проскрипела она. — Вы кто?

— Можно поговорить с Олегом Михайловичем?

— Нет!

— Простите, а...

Из трубки полетели частые гудки, я удивилась и повторила попытку. Услышав то же скрипучее «Да?», я спросила:

— Господин Ефремов дома?

— Нет!

И нас опять разъединили.

Если вы хотите добиться успеха, главное — не сдаваться. Первые неудачи не должны вас смущать, повторяйте попытки до упора.

— Да?

— Домоуправление! — заорала я.

— Ась?

— Из жилконторы беспокоят! Когда с коммунальными услугами разберетесь? Долг висит! И вам не стыдно? Зима на носу, а у вас еще март не оплачен, — загудела я. — В суд подадим, стребуем в двадцатикратном размере!

— У нас нет задолжности, — вступила в беседу грубиянка.

— Не врите! Квартира сорок два?

— Она самая.

— По прописке в ней Ефремовы?

— Верно.

— Олег Михайлович и Екатерина Николаевна?

— Точно.

— А вы кто? Он или она?

— Галина, — растерянно представилась тетка.

— Еще одно нарушение, — обрадовалась я. — Вода, газ, отопление и мусор на двоих рассчитаны, а вас там трое!

— Я домработница.

— И чего? Вы руки моете, в отапливаемой квартире сидите — платите за комфорт, — наехала я танком на женщину. — А ну, зовите хозяев!

— Их нету.

— В суд подадим! Тогда поздно будет!

— Послушай, — просительно сказала Галина, — не шуми. Горе тут.

— Ну люди... — продолжала я исполнять роль домоуправши. — Кому ни позвоню, у всех неприятности! Вот и бедствуют в комнатах с хорошими условиями! Платить когда станете?

— Хозяин умер!

— Кто?

— Олег Михайлович.

— Вау! Простите, нехорошо вышло.

— Мне он человек посторонний, — вздохнула Галина. — Екатерина Николаевна в больнице. Хозяину стало плохо, его на улице нашли. Сижу тут теперь, собак сторожу. Слушайте, у вас же там небось все жильцы зарегистрированы?

— Конечно, полный порядок, — заверила я.

— Не слышали, может, кто прислугу ищет? Думаю, меня скоро уволят.

— Рекомендацию тебе дадут?

— Ну... надеюсь.

— Считай, повезло! — воскликнула я. — Только-только я беседовала со своей двоюродной сестрой, Татьяной Сергеевой. Она жена актера, ищет домработницу.

— Сделай доброе дело, — заныла Галина, — дай ее телефончик!

— Пиши, — воскликнула я и продиктовала цифры своего сотового, решив: подожду полчасика, а если Галина не позвонит, сама к ней обращусь.

Но домработница Ефремовых не задержалась — мобильный запрыгал через минуту после того, как я опустила трубку стационарного аппарата.

— Алло, — пропищала я. К моим немногочисленным талантам принадлежит умение изменять голос, что, кстати, нетрудно.

— Сделайте одолжение, позовите Татьяну, отчество, извините, не знаю, — сладко пропела Галина.

Удивительно, до чего вежливой способна стать хамка, если она вознамерилась устроиться на работу с хорошим окладом!

— Слушаю.

— Ваш телефончик мне дала... э... домуправ... э... э...

— Наверное, моя двоюродная сестра Маша, — пришла я на помощь бабе. — Она обещала помочь мне с домработницей. Вы ищете место?

— Точно!

— Убирать нужно раз в неделю, просто мыть полы. Гладить, стирать, готовить не надо. Зарплата тысяча долларов. Пойдет?

— Конечно! — заорала Галина.

Никто и не сомневался. Я бы тоже не отказалась от такой службы.

— У меня много кандидатов на эту должность, с каждым я провожу собеседование. Через час можете приехать?

— Ой, нет!

— Не совсем хорошее начало, — протянула я. — Если человек хочет работать, он мгновенно помчится на край света.

— Понимаете... собаки... их нельзя оставить...

— Отлично, — похвалила я. — Любовь к животным характеризует вас с лучшей стороны. Вы мне подходите.

— О!

— Однако я должна посмотреть на будущую работницу. Прямо сейчас.

— Чес слово, я не могу выйти!

— К вам приедут. Через полтора часа, идет?

— Да! Отлично! Спасибо! Супер! — обрадовалась Галина.

— Ждите! — гаркнула я, отсоединилась и побежала одеваться.

Лишь очутившись в пафосном, отделанном мрамором подъезде, я сообразила, что не спросила у Галины адрес Ефремовых. И как отреагировать, когда тетка с изумлением поинтересуется: «Где вы взяли наши координаты?»

Но домработница не проявила любопытства.

— Вы Татьяна? — она начала кланяться. — Входите, ботиночки не снимайте, мне совсем не трудно лишний разок пол помыть... Сюда, пожалуйста, в гостиную... Фу, Лорд! Маркиза, отстань!

— Собаки больные? — поежилась я.

— Здоровее многих, все прививки сделаны.

— Почему они лысые? — удивилась я.

— Порода такая, называются «голая мексиканская». Ох и забот с ними! Зимой одень, летом кремом от солнца намажь... — запричитала Галина. — Хуже детей! Екатерина Николаевна вместо детей псов и завела. Чай, кофе? Пообедать хотите?

В моем желудке началось шевеление.

— Нет, — резко ответила я, — лучше приступим к делу. Хочу задать вам пару вопросов. Отвечайте честно, иначе вас не возьмут в дом!

Галина согласно закивала.

— Почему вы увольняетесь от Ефремовых?

— Олег Михайлович умер, — сообщила прислуга. — Он в банке работал, имел денег кучу! Хозяйственный мужчина, все в дом нес. Екатерина Николаевна при нем как кот в сметане купалась, любой ее каприз выполнялся.

— Ну и по какой причине вы решили уйти?

— Так помер Олег Михайлович!

— И что? Его жена осталась.

— У нее денег скоро не будет, — заговорщически подмигнула Галина.

— Думаете? — нахмурилась я.

— Зуб даю, — воскликнула Галина. — В семье Олег Михайлович был добытчик.

— Вот, значит, почему вы решили сменить место службы... — изобразила я понимание. — Это единственная причина?

— Ну... да, — без особой уверенности ответила домработница.

Я подняла одну бровь, Галина заерзала.

— Тут дурдом, — неожиданно заявила она. — С виду приличные люди, богатые, а внутри... Ой, беда, какие жадные! Платят копейки, еду считают, если больше двух чашек кофе выпьешь, стоимость третьей из получки вычтут. Красиво?

— Не особенно, — признала я. — Может, вы преувеличиваете размер состояния хозяев? Встречаются люди, пускающие пыль в глаза: одеваются роскошно, ездят на элитных иномарках, живут в особняке, а на поверку оказывается, что шуба чужая, авто взято напрокат, а дом съемный.

— Ефремовы другие, — заблестела глазами Галина, — у них все ихнее, свое. Послушайте, уж извините, конечно, но вы не похожи на жену известного артиста.

— А кто тебе сказал, что я замужем за лицедеем? — усмехнулась я.

— Но ведь... звонили по телефону...

— Верно. Ты разговаривала с моей хозяйкой. Еще та фря! — скорчила я гримасу. — Она лично сюда не покатила бы, прислала меня, старшую горничную. Разреши представиться, Таня. Мы с хозяйкой тезки.

— Так ты своя! — обрадовалась Галина. — Скажи, у вас хорошо?

— Супер, — заверила я. — Чашки кофе и бутерброды с икрой никто не считает, зарплата отличная.

— Даже не верится в такое. Ну и повезло мне! — пришла в полный восторг дуреха.

— Бывают сладкие места, — закивала я. — Но тут небольшая проблемка: у хозяев есть служба безопасности.

— Вау! И чего?

— Проверят тебя под лупой.

— Мне скрывать нечего! — заголосила Галина. — Я москвичка коренная, комнату имею, хоть и небольшую, в коммуналке. Образование медицинское, среднее. Меня из-за него сюда и взяли. Говорила же, Ефремовы жадные, вот они и подумали: лучше одной платить, чем двоих нанимать. Нас сюда несколько человек приходило, я на кастинге победила, потому что уколы хорошо делаю. Удивляться не стоит, я в больнице отпахала десять лет. Знаешь, как тяжело с больными? Капризы, скандалы, истерики...

— Зато, когда человек выздоравливает, испытываешь, наверное, чувство удовлетворения? — предположила я.

— У нас все на тот свет отправлялись, — отмахнулась Галина. — Я в хосписе работала. А туда лишь доходяг привозят.

— У Ефремовых дома был умирающий? — спросила я.

— Так ведь Олег Михайлович, он... того-самого... Ку-ку! Прощай, крыша! — мигом выдала хозяйскую тайну прислуга.

— Хочешь сказать, что хозяин — психически нестабильный человек? — поразилась я.

— Ваще сумасшедший, — заговорщически зашептала домработница. — Просто идиот!

— Навряд ли мужику с таким диагнозом доверили бы управлять банком, — не подумав, пробормотала я, — а Ефремов третий человек в офисе.

Глава 21

Галина вскочила, закрыла дверь в кухню, метнулась к буфету и принялась выставлять на стол угощение: коробку шоколадных конфет, зефир, мармелад, банку дорогого растворимого кофе, кекс...

Мой желудок неожиданно заныл, руки сами потянулись к соблазнительно пахнущим сладостям. Не в силах справиться с собой, я схватила шоколадку, запихнула ее в рот и, чуть не застонав от удовольствия, проговорила:

— Хозяйка не похвалит тебя за столь щедро накрытый стол.

Галина беспечно махнула рукой.

— Все равно мне уходить. Олег Михайлович откинул тапки, теперь Катька экономить еще больше станет. Понимаешь?

— Нет, — на всякий случай ответила я и вцепилась зубами в самый большой кусок кекса.

Думаю, диетологи ошибаются. По их убеждению, тазик салата из зелени с огурцами не прибавит вам ни капли жира, а крохотный ломтик булочки вмиг превратит в слонопотама. Врачи ошибаются. Выпечка ерунда, в нее ничего особенного не положено, а вот смесь из овощей живо растянет желудок. Ученым свойственно делать неверные выводы, например, до недавнего времени они считали макароны самой вредной едой, а теперь не моргнув глазом заявляют: «Ешьте спагетти из твердых сортов пшеницы и останетесь тростиночками!» Правда, желая сохранить свой имидж и боясь признать вслух, что ошиблись, люди науки непременно добавляют: «Читайте информацию на пачке, там должно быть указано, что использованы именно твердые сорта. От других вы расползетесь квашней».

Но, на мой взгляд, это жалкие оправдания. Твердые, мягкие... Какая разница?[1] А теперь посмотрим на кексик. Из чего его состряпали? Из муки, как и спагетти. Составляем логическую задачу: кекс сделан из муки, следовательно, от него что? Правильно: тоже не поправишься. Можно спокойно лакомиться выпечкой!

Но я, кажется, отвлеклась.

— Мне деньги нужны позарез, хочется на отдельную квартирку заработать, — призналась Галина, попивая хозяйский кофеек. — Но у меня спонсоров нет, самой вертеться приходится. Мечта всей жизни — пристроиться в хороший дом, с проживанием и едой... Но тут постоянный облом! Думаешь, легко в богатый дом попасть?

— Нужно обратиться в агентство, — авторитетно заявила я, — там тебе подберут разные варианты.

Галина горько засмеялась.

---

[1] Увы, желая похудеть, Татьяна постоянно творит глупости, и вес у нее растет. Что же касается макарон из твердых сортов пшеницы, то от них и правда не поправишься, если, конечно, будешь употреблять без масла, соуса, подливки. В небольшом количестве макароны никому не повредят. *(Прим. автора.)*

— Наивняк! Хорошее место лишь своим достанется, или за взятку, остальных в такую парашу пристроят! Либо хозяйка сука, чуть что не так — орет да руки распускает, либо муж ее под юбку к тебе полезет. А если оба нормальные, в семье бабка найдется или ребеночек избалованный, который будет в тебя из ружья пластиковыми шариками палить. Даже если на первый взгляд дом приличным кажется, спустя месяц ты увидишь: все не так! Я вот вначале думала: спасибо Ирине, с Ефремовыми мне повезло. И чего? Ерунда вышла.

— А кто такая Ирина? — я сделала стойку, услышав знакомое имя.

Галина налила себе еще чашечку кофе.

— Сестра Олега Михайловича, — пояснила она. — Катька ее ненавидит. А Ирина брата обожает. Тут такой клубок! Если тебе интересно, могу рассказать.

— Давай, — кивнула я, стараясь скрыть ликование. Значит, у Олега Михайловича Ефремова есть сестра, которую зовут Ириной!

— Мы с ней в хосписе познакомились, давно дело было, — завела Галина. — Ира соседку ходила навещать. Та одинокая, поэтому в больницу и попала.

Я протянула руку за остатками кекса. А домработница-то явно любит посплетничать! Или решила завоевать расположение старшей горничной из богатого дома рассказом о жизни Ефремовых...

Галя давно мечтала уйти из места, куда людей привозили умирать. Удерживала ее большая зарплата, да еще многие родственники обреченных совали деньги медперсоналу, и на больничной кухне можно было вполне прилично питаться.

Ирина как-то дала Гале деньги и попросила:

— Приглядите за моей знакомой.

— Не волнуйтесь, я ее не оставлю, — заверила Галина и как честный человек сполна отработала гонорар.

Соседка Иры умерла, Галя забыла об отзывчивой женщине, которая не пожалела на неродного человека ни своего времени, ни денег.

Как-то осенью, под проливным дождем, Галя прыгала на остановке у хосписа. Как назло, автобус не спешил, медсестра продрогла. И вдруг около вконец замерзшей женщины притормозила машина. Передняя дверь приоткрылась, знакомый голос спросил:

— Галя?

— Я, — обрадовалась та. — Кто это? До метро подвезете?

— Садись, — радушно предложила водительница.

Галина влезла внутрь и узнала Ирину.

— Все еще в хосписе работаешь? — спросила та.

— Ну да, — вздохнула Галя.

— Хотела же уйти, — напомнила Ира.

— А куда мне податься? — помрачнела медсестра. — В другую клинику? Дадут копеечный оклад, а работа по сути та же.

— Ты совсем измучилась, — с жалостью посмотрела на нее Ирина. — Бледная, худая!

— Устаю очень, и морально тяжело, — призналась Галя. — Но деваться некуда.

Некоторое время женщины молчали, потом Ирина сказала:

— У меня есть брат, обеспеченный человек, банкир. Ему требуется домработница. Хочешь, я переговорю с ним?

— К холостому мужчине идти стремно!

— Он женат, — улыбнулась Ирина — Правда, на редкостной стерве, Катерине лишь деньги Олега нужны. Вот Олеся, его предыдущая супруга, другой была, но она умерла.

— И сколько он мне платить будет? — заинтересовалась Галина.

— Умеешь уколы делать? — склонила голову Ира. — Олегу врач инъекции прописал.

— Это же моя работа, — засмеялась Галя. — Внутримышечные инъекции, капельницы, клизмы, катетер... Я все могу...

— Думаю, Олегу нужна именно такая горничная, — оживилась Ира. — Подожди-ка!

Не успела Галя моргнуть, как Ира припарковалась у обочины и вытащила мобильный. Через два часа медсестра встретилась с Ефремовым и решила: вот оно, счастье по лотерейному билету. Богатая квартира, интеллигентные хозяева, к тому же в семье не было детей, только собаки. Ире предстояло жить у Ефремовых постоянно, Катерина панически боялась оставить псов одних.

— У моей знакомой, — пояснила хозяйка, — случился пожар, и в огне погиб ее шпиц. Умоляю, если в нашей квартире замкнет проводку, или в Москве случится землетрясение, нападут террористы... наплюй на деньги, драгоценности и вещи, хватай собак и убегай. Самое важное в доме — четвероногие!

Галина любила животных, поэтому никаких отрицательных эмоций слова Катерины у домработницы не вызвали. Галя сдала свою комнату за небольшую, но вполне приличную сумму двум украинкам, и перебралась к Ефремовым.

Никаких особых происшествий вначале не было, первую зарплату Галине выплатили сполна. Правда, ей сразу стала очевидна жадность хозяев, но, стоя у плиты, всегда можно найти способ наесться. Оставалось лишь радоваться своему удивительному везению и возносить богу молитвы за здравие Ирины. Кстати, сестра не приезжала к брату, она была в ссоре с Катериной. Но и этот факт не смутил Галину, медсестра навидалась в хосписе всякого, слышала проклятия, которые выкрикивали над кроватями умирающих их ближайшие родственники, и уже ничему не удивлялась. Она сообразила: Ира хочет иметь своего человечка в семье брата, надеется получать от Гали информацию о частной жизни Олега.

Но год назад, десятого октября, произошло из ряда вон выходящее событие. Олег Михайлович, исправно выходивший к завтраку ровно в восемь, не появился в столовой. Галина подождала четверть часа и постучалась в спальню хозяина, но тот не отреагировал. Домработница решила, что Ефремов не услышал ни звонка будильника, ни ее деликатного стука, и в конце концов приоткрыла дверь в комнату.

— Олег Ми... — начала она и потеряла дар речи.

Ефремов стоял посреди просторного помещения полностью одетый. Но что за костюм красовался на нем!

Хозяин надел джинсовые шорты, торс облегала белая накрахмаленная рубашка с галстуком, завязанным... «пионерским» узлом. Полосатые гольфы и невесть откуда взявшиеся сапоги-гриндерсы довершали картину.

— Ой! — только и сумела вякнуть Галина.

Ефремов, пытавшийся справиться с пуговицей на манжете, поднял голову.

— Тигровна, — сказал он хриплым голоском, — я не виноват. Она сама ко мне залезла. Почему ты мне не веришь, Тигровна? Я не хотел! Она виновата!

У бедной Галины заледенел язык.

— Олег Михайлович, — с трудом произнесла она, — вы на работу не поедете?

— К папе? — жалобно спросил Ефремов и вдруг опустился на пол.

— Вам плохо? — домработница кинулась к хозяину.

— Никогда, — зашептал он невпопад, — лучше умереть. А! А! А! Тигровна! Нет! Десятое! Нет! Она! Не я! Нет! Не хочу!

И только тут до опытной медсестры дошло: Олегу

Михайловичу требуется немедленная помощь психиатра.

Бросив бьющегося в истерическом припадке банкира одного, Галина ринулась в спальню к Екатерине.

— Что случилось? — зевнула хозяйка.

— Он... там... в шортах, — принялась бестолково объяснять Галина.

Екатерина соскочила с кровати и побежала к мужу.

— Господи... — испугалась она, увидав, что Олег без движения лежит на ковре. — Ой, ему плохо!

— После припадка человек спит, — прошептала Галина, которая в хосписе сталкивалась с подобными казусами. — Его нельзя сейчас трогать, надо просто прикрыть одеялом и позвонить врачу.

— Без медиков справимся, — фыркнула Екатерина.

Она кинулась к себе в спальню. Вернулась с пакетом, протянула его Гале.

— Там есть все, и бумажка, как колоть.

Медсестра быстро справилась с поручением. Некоторые препараты она знала, другие нет, но никаких особенностей при введении медикаментов не было.

— Теперь сходи в аптеку, — велела Катерина, — и купи лекарства по списку.

Галя посмотрела на бумажку. Аспирин, но-шпа, баралгин, бинт, вата, зеленка и еще целая страница подобных мелочей. Завершала перечень кружка Эсмарха, или, по-простому, клизма. Рядом с ней было написано — непременно голубого цвета.

— Не возвращайся, пока все не приобретешь, — велела хозяйка.

Галя вышла за дверь, притормозила и услышала воркование Катерины:

— Милый! Ну почему ты занервничал? Ерунда, скоро мы уедем!

Потом из гостиной донесся скрип половиц, и Галина испуганной мышью метнулась в прихожую.

Олег Михайлович приходил в себя неделю (Катерина позвонила в банк и сообщила о гриппе). Никакой паники болезнь управляющего не вызвала. В конце концов Олег встал на ноги и отправился на службу. Но после странного припадка он стал другим. С лица пропала улыбка, он перестал шутить, старался меньше общаться с женой. На глазах у домработницы супруги не ругалась, но ее стали часто отправлять с идиотскими поручениями, и Галина поняла: хозяева удаляют ее из квартиры, чтобы без посторонних ушей обсудить свои проблемы.

Один раз Галя слишком быстро управилась с поручением и вернулась раньше предполагаемого часа. Домработница открыла своим ключом дверь, поняла, что Олега Михайловича нет, и услышала рыдания из спальни Кати. Галя на цыпочках прокралась в свою комнату, и тут хозяйка истерически завизжала:

— Господи! Убью, сволочь! Ну и жизнь у меня! Убью!

Галине стало не по себе. На секунду даже промелькнула мысль: может, ей следовало остаться в хосписе? Еще наделают Ефремовы глупостей, а милиция затаскает Галю. Кто у царей всегда виноват? Холопы! Богатый человек от закона откупится, а бедный по уши вляпается! Галя уже готова была покидать свои вещи в сумку и заявить хозяйке: «До свидания, более не могу у вас работать». Но она вспомнила о крохотной комнате в коммуналке и жутком запахе в хосписе. Что хорошего ожидает ее в случае отказа от места? В общем, повздыхала-повздыхала она и осталась...

— Вот как у людей бывает! — завершила домработница свое повествование.

— Ничего ужасного я не вижу, — парировала я.

— Да хозяин-то ваще псих стал! — взвилась Галя. — Последние месяцы каждый день скандал закатывал, меня перестал стесняться. На стенку лез! Поговорит по телефону и беленеет!

— По телефону?

— Ну да, — подтвердила Галя. — Я заметила, как на него злоба накатывает. Сидят с Катькой вечером, телик глядят. Любо-дорого посмотреть на парочку. Катерина хоть и вредная со мной была, но с мужем никогда первая ссору не начинала. Наоборот, стелилась перед ним и сюсюкала: «Миленький, хочешь того, этого, пятого, десятого...» Хитрющая! Сама-то не работала, вот и ласкалась к кошельку. Короче, идиллия у экрана. Вдруг у Олега сотовый звонит. Мужик его хвать и говорит: «Да, слушаю! Ага!» И живо уходит. А через четверть часа возвращается... Гасите свечи, играйте туш! Морда красная, с зубов пена капает, и на Катьку: «Ах ты дура, сука, сволочь! Почему не выключила мою трубу? Хороша жена! Заботливая! На работу зовут! Идиотка, кретинка...» Затем ключи от машины хвать — и в гараж.

— На месте Катерины многие заподозрили бы мужа в неверности, — отметила я. — Очень характерное поведение для прелюбодея. Сначала ему звонят, потом он ругается с женой, чтобы получить возможность смыться. Типичная позиция обманщика: ему некомфортно чувствовать себя мерзавцем, вот он и обвиняет супругу.

— Не думаю, — возразила Галина. — Но то, что Олег Михайлович после звонка крышу потерял, — стопроцентно. И деньги они перестали тратить. Катерина постоянно ныла, дескать, у них сейчас трудное время, надо экономить, мне лишнюю чашку кофе не позволяла. Знаешь, я так думаю, Катерина-то рада его смерти. Платок черный нацепила, носом шмыгает, а сама, судя по виду, счастлива. Свобода пришла, и деньги теперь ее, по наследству. Уж больно плохо Ефремовы в последнее время жили! А разводиться ей было не с руки. Куда идти? На какие доходы жить? Катя избалованная, на метро не поедет, на оптушку за продуктами не попрет!

— Ефремов дома скончался?

— Нет.

— В больнице?

— Его отправил в командировку банк. Он так Катьке сказал. И прикинь: ей из ментовки позвонили! Тело нашли в сквере, в спальном районе, хрен знает где, — зачастила Галина. — Труп в морг переправили, при нем все документы. Ну цирк!

— Что забавного ты находишь в кончине Олега Михайловича? — с укоризной спросила я.

— Да не о нем речь, о Катьке! Вот ты как отреагируешь, если узнаешь: супруг того, коньки отбросил?

— Не хочу даже думать об этом!

— Во! А Катерина спокойно выслушала ментов и ответила: «Еду». Я даже не поняла, чего ей сообщили. Хозяйка трубку повесила и говорит: «Погладь мне черный костюм, достань такие же туфли. Олег умер, надо тело опознать». Потом оделась и к двери. В руке носовой платочек! Сама печаль! А в глазах радость, там прямо плакат повис: «Ура, свобода! И деньги мои!» Ладно, темное нацепила, а ведь могла и в любимой одежде пойти. Есть у нее костюмчик: мини-юбка, пиджак в обтяг, пуговицы серебряные (она их чистить заставляет, чтобы блестели), и цвет у костюма розовый. В таком только у дороги мужиков снимать! И ведь может себе хорошие вещи позволить, но жаба душит. Так я подхожу твоей хозяйке?

Глава 22

Приди мне в голову мысль нанять помощницу по хозяйству, Галина бы оказалась на последнем месте в списке претенденток. Вы захотите иметь дело с бабой, легко выбалтывающей секреты семьи, в которой ей платят за службу? Домработница должна уметь держать язык за зубами. Но для меня, искавшей Ирину, болтливость Гали оказалась подарком, осталось выяснить самую малость.

— Я не принимаю решений, просто доложу хозяйке о нашей беседе, — сказала я. — У нас в доме последнее слово за ней.

— Ясно, — погрустнела Галина. — Что ж, буду ждать. Ты позвонишь?

— Только в случае положительного решения, — не стала я обнадеживать трещотку. — Если через два дня не проявлюсь, ищи другое место. Кстати! Тебе понадобится рекомендация. Но, думаю, лучше взять ее не у Катерины. Вдруг моя хозяйка тебя не возьмет? Останешься вообще без работы. Ирина может тебе дать характеристику?

— Ну... наверное... — не очень уверенно ответила Галина.

— Тогда замечательно, — стараясь скрыть ликование, сказала я. — Катерина останется в неведении, что ты ищешь новое место, а если к нам тебя не возьмут, службы ты не лишишься. Говори телефон Ирины, а заодно и ее адрес.

— Она живет неподалеку, — мигом попала в расставленный мною капкан сплетница, — в паре кварталов отсюда. А номерок у нее красивый. Небось денег за него заплатила немерено, такой бесплатно не получить...

Выйдя от Галины, я посмотрела на часы. «Завтрак давно прошел, а обед еще не начался». Наверное, медвежонок Винни-Пух мой ближайший родственник. Иначе почему я тоже постоянно хочу есть? И вот странность, если я не сижу на диете, то аппетит не мучает, но стоит задуматься о снижении веса, как голод тут же принимается терзать меня, словно Тузик грелку. А какой лучший способ не поправиться? Есть часто, мелкими порциями. Я же пренебрегла этим — практически не позавтракала, несколько кусочков кекса у Галины не в счет. Сейчас необходимо слопать ну... допустим, яичницу. Или порцию овсянки. Организм должен получать необходимые белки, жиры, углеводы и витамины. Но сначала выпью целлюлозу. Вот черт, я же оставила ее дома! Спокойно, не надо терять самообладание! Прямо по курсу вижу аптеку, целлюлоза стоит копейки, соленый раствор имени... забыла кого, потом вспомню... тоже недорогое удовольствие. Вперед и с песней!

В небольшой, явно новой аптеке не было ни одного покупателя, кроме курносой женщины в круглых очках, делавших ее похожей на сову. Я встала за ней и приуныла. Вот повезло! У «совы» в руках был список длиной с Ленинградское шоссе.

— Анальгин в таблетках, — занудила она.

Провизор молча выложила на прилавок блистер.

— Дайте еще, — потребовала зануда, — хорошо. Теперь валокордин, термопсис от кашля, но-шпа, аспирин, дибазол с папаверином, каффетин, бисакодил, гутталакс, пурген...

— Не так быстро! — взмолилась фармацевт. — Простите, вы уверены, что нуждаетесь в таком количестве слабительных препаратов?

Женщина издала протяжный вздох.

— Это все папа, он всегда следит за аптечкой! Пополняет ее, говорит: «Заболею, тогда некогда будет бежать за лекарствами».

— Это не совсем правильный принцип, — мягко возразила провизор. — Даже аспирин или цитрамон, если глотать их без предписаний доктора, могут нанести вред.

— Да я твержу ему то же самое, — протянула женщина. — Не слушает!

— Пожилые люди — как дети, — улыбнулась аптекарша, — приведите ему весомый аргумент: лекарства имеют срок годности, если вы не употребили таблетки вовремя, они пропадут. В аптеку сбегать недолго, и...

— Сколько можно возиться? — заскрипел от двери недовольный голос. — Лариса, опять языком болтаешь?

— Сейчас, папа, — тихо ответила «сова».

Огромный, прямо-таки шкафообразный дядька, совсем даже не старый, а вполне крепкий мужик со здоровым цветом лица подошел к прилавку и рявкнул:

— Ну сколько можно тут торчать!

— Я скоро, папа.

— Вот ведь копуша!

— Продавщица удивилась, зачем нам столько лекарств, — вздохнула дочь.

— Эти средства в открытой продаже, — возмутился папаша.

Потом он выудил из кармана несколько коробок, вытащил из них пилюли, засунул все вместе в рот и без особых усилий проглотил. Мало кому удается справиться с таблетками без воды, но у дядьки это получилось.

— Что вы делаете! — воскликнула провизор.

— А почему нет? — уставился на нее мужик. — Я свое ем, из дома принесенное.

Лицо фармацевта покрылось красными пятнами.

— Вы одновременно приняли препарат для понижения давления, капсулу от мигрени, анальгин, диуретик и... О, прекратите!

— Да что с вами такое? — поинтересовался дядька и выбросил в корзинку для мусора опустошенную бутылочку, в которой содержался жаропонижающий сироп.

— Кто вам прописал такой набор? — изумилась фармацевт.

— Я сам в аптеке купил, — ответил мужик. — Разве нельзя?

— Можно. Но пить одновременно эти препараты... У вас давление в ноль уйдет, упадете в обморок. Если заболели, лучше дома остаться, лечь в кровать, вызвать врача.

— Толку от них... — протянул мужик. — Сами справимся. И у меня ничего не болит.

— Зачем тогда ваша дочь покупает столько лекарств? — простонала провизор.

— Аптечку чистим. У таблеток срок хранения закончился, — вполне разумно ответил дядька.

— Но вы сейчас глотали капсулы, — напомнила провизор.

— Чем вы думаете, — окрысился посетитель. — Сказал же: у лекарств срок вышел. Хранить их нельзя, а выбросить жалко — деньги потрачены. Значит, их надо съесть.

— Как? — обомлела фармацевт.

— Просто, — пожал плечами покупатель, — ам-ам, и нету. Я уже неделю их глотаю, всего ничего осталось. Ну хватит болтать! Нам еще в бытовую химию забежать надо. У средства для полировки мебели и у спрея от тараканов тоже срок годности вышел. А я строго за этим слежу. Ларка, поторопись!

Завершив свою речь, резвый папаша вытряхнул на ладонь штук десять разноцветных таблеток и одним махом отправил в глотку. Я разинула рот. Может, пойти за этой парочкой в хозяйственный магазин, поглядеть, как бодрячок выпьет там полироль и станет пшикать на себя яд от домашних насекомых?

Провизор трясущимися руками пробила чек, сгребла лекарства в пакетик и протянула его Ларисе.

— Спасибо, — поблагодарила «сова».

— Хватит трендеть! — обозлился папенька и вытолкал дочь на улицу.

Провизор встряхнулась, как собака, попавшая под дождь, увидела меня и заученно осведомилась:

— Чем могу вам помочь?

— Он, похоже, псих! — не выдержала я.

Фармацевт кивнула.

— Явное помешательство.

— Дайте мне целлюлозу, пожалуйста.

Женщина выложила на прилавок упаковку.

— И раствор Паганини, — сказала я.

— Кого?

— Вроде фамилия в названии была Паганини, — уже не так уверенно повторила я.

— Впервые слышу о таком за четверть века работы, — торжественно заявила аптекарша.

— Значит, я перепутала, — приуныла я. — А какие еще бывают растворы?

— Их много, — не захотела мне помочь фармацевт.

Я посмотрела на бейджик, украшавший ее халат, и завела:

— Ольга Ивановна, его пьют. Соленый такой...

Женщина ткнула пальцем в толстый справочник, лежащий у кассы.

— Вот список растворов. Паганини тут нет!

— Фамилия, как у композитора, — напрягла я память.

— Паганини был скрипач, — строго заметила Ольга Ивановна.

— Совершенно из головы вылетело... — расстроилась я. — А врач велел пить раствор непременно.

— От склероза могу посоветовать гомеопатию, — оживилась Ольга Ивановна. — Германия производит хорошие средства...

— Обязательно ими воспользуюсь, но сейчас мне нужен раствор. О! Вспомнила!

— Слушаю!

— На букву «Р». Абсолютно точно! — обрадовалась я. — Рахманинов? Нет, не он... э... Равель? Не похоже. Секундочку... Рокотов?

— Это же художник, — провизор продемонстрировала почти энциклопедические знания.

— Действительно, — расстроилась я. — Такая простая фамилия, самая обычная...

— Может, Рихтер? — вдруг спросила Ольга Ивановна. — Раствор Рихтера, отличное, но, увы, позабытое средство.

— Соленое? — подскочила я.

— Сама я не пробовала, — призналась провизор, — не имею проблем с кишечником. Но, думаю, из-за содержания хлористого натрия вкус его слегка напоминает сильно разбавленный рассол.

— Это он, скорей несите! Лучше не в порошке. — Я обрадовалась и похвасталась: — Я знаю, что такое хлористый натрий — это поваренная соль!

— Никогда не видела препарат Рихтера, так сказать, в сыпучем виде, — занудила фармацевт. — Он разлит в тару из темного стекла... Кстати! Вы что-то говорили про композитора, а Рихтер был гениальный пианист, он не писал музыку.

— Неважно, — отмахнулась я. — Ну, где бутылочка? Вас не смутит, если я приму лекарство прямо в аптеке? Не сочтете меня, как предыдущего покупателя, сумасшедшей? На улице-то неудобно, а мне очень нужно.

— Пожалуйста, — вежливо кивнула Ольга Ивановна.

И я принялась глотать целлюлозу. Фармацевт во все глаза наблюдала за процессом.

— Зачем вы едите добавку в таком количестве? — в конце концов не выдержала она. — Ну и денек сегодня!

Я, успев все проглотить, хотела рассказать о замечательном докторе Радживе, но внезапно поняла: раствор Рихтера и то, что я пила вчера дома, — разные составы. Спору нет, они похожи, солоноватые, но привкус-то иной!

В ту же секунду в моем желудке поднялась буря, я икнула раз, другой, третий... По подбородку что-то потекло.

— Мама... — слабо пискнула Ольга Ивановна и осела на пол.

Я испугалась, сделала шаг в сторону прилавка, наткнулась глазами на большое зеркало и ахнула! Из моего рта лезла синяя пена. Тело сотрясалось в икоте. Чем громче был издаваемый звук, тем больше ярких пузырей я пускала. Но при этом не было вчерашней ужасной тяжести в желудке, сердцебиения, сдавливания. Я могла преспокойно убежать отсюда! Останавливали меня две вещи: люди на улице, которые, заметив меня с синей пеной на губах, скорей всего заорут от ужаса, и провизор, не подававшая признаков жизни.

Я утерлась бумажным носовым платком, подняла доску-загородку и юркнула за прилавок. Аптекарша лежала на спине с закрытыми глазами.

Я попыталась позвать кого-нибудь из сотрудников, но из горла вырвалось бульканье. Очевидно, в моем желудке шла неуправляемая химическая реакция — целлюлоза соединилась с раствором Рихтера и вышло то, что вышло. Интересно, долго я буду походить на главного героя мультика про Симпсонов? Помните, в одной из серий папа Гомер проглотил сдуру кусок мыла, и с ним произошел тот же казус, что и со мной. Но хватит думать о себе! Синяя пена нисколечко мне не мешает, а вот Ольге Ивановне необходима помощь. Я икнула, потрясла несчастную провизоршу, не добилась никакого эффекта, попробовала встать, схватилась за прилавок и уронила какую-то бутылку с прозрачной жидкостью... В воздухе разлился аромат тройного одеколона.

Мысленно ругая себя за неловкость, я схватила упаковку салфеток и принялась вытирать лужу. Тонкая бумага промокала, жидкость оказалась жирной. Похоже, это вообще было масло... И тут я заприметила под прилавком большую красную кнопку. Ага, это явно для вызова других сотрудников из служебного помещения...

Обрадовавшись, я начала нажимать пупочку — раз, другой, третий... пятый... десятый. Но никто не спешил появляться в торговом зале. Похоже, несчастная Ольга Ивановна находилась в аптеке одна. Я вновь стала вытирать пол. Надеюсь, речь ко мне вскоре вернется, и тогда я сумею вызвать для провизора «Скорую помощь».

По ногам потянуло холодом, я вздрогнула и тут же услышала грубый мужской голос:

— Всем лечь на пол! Не шевелиться!

Меня охватил ужас. Господи, на аптеку напали бандиты! Наверное, это наркоманы, которым понадобилась доза. Сейчас отморозки рванут за прилавок — а тут мы с бесчувственной Ольгой Ивановной. Надо срочно спрятаться! Но куда?

Трясясь от страха и стараясь икать не очень громко, я уцепила фармацевта за руки и попыталась утащить ее в служебный коридор. Помнится, недавно по телику показывали фильм, и там главная героиня очутилась в похожей ситуации. Но она весьма быстро разобралась в происходящем и без особого напряжения отволокла в безопасное место — совершенно незаметно для уголовников! — здоровенного мужика. И даже не задохнулась! А мне предстоит спасти всего лишь Ольгу Ивановну, вполне изящную даму.

Но в жизни все оказалось труднее, чем в кино. Тело провизора не сдвинулось даже на сантиметр, а невидимые преступники начали совещаться:

— Тут никого нет.

— Но вызов-то прошел!

— Небось замкнуло провода. Пошли отсюда...

— Юрка, это безответственно.

— Да уж, я не так туп, как ты, Витек, — возражал грубияну вполне приятный баритон. — Где аптекарша? Чего молчит?

— Не знаю.

— Значит, почапали! Говорю же, электричество пошутило.

— Пошутило... — передразнил Витек. — Сто раз провода не замкнет. И слишком тихо тут. Эй, наркоши, бандюганы, суки, ложись на пол! Ща вам мало не покажется, аптечка на пульт подключена!

Тут только я сообразила: красная кнопка — на самом деле вызов вневедомственной охраны. В зале находится милиция!

Обрадовавшись, я выпрямилась.

— Сука! — заорал один из патрульных. — Гля, Витек, баба!

— Они нынче хуже парней, — сквозь зубы процедил его напарник. — А ну, отвечай, че тут делаешь? Куда бабку-аптекаршу засунула? Руки подними!

Я хотела объяснить ситуацию, но изо рта полезла пена.

Юра ойкнул и нырнул за спину Вити. Более храбрый мент прошептал:

— Руки в гору!

Пришлось повиноваться.

— Витька, бежим, это зомби! — завизжал Юра. — Я их в кино видел! Жрут людей живыми! Ногтями брюхо раздирают! О! О! О!

— Брешешь... — неуверенно ответил Витя и попятился к двери.

— Она продавщицу уже схомякала, — еле слышно сказал Юра, — и сейчас...

Тут я оглушительно чихнула — запах пролитой жидкости заполз в ноздри. Клочья синей пены полетели в разные стороны.

— Мама! — взвизгнул Юра и упал в обморок.

— Мама! — повторил Витек и, уронив автомат, выскочил на улицу.

Я растерялась и замерла. Сзади послышался шорох — Ольга Ивановна, держась рукой за голову, медленно села.

— Что случилось? — простонала она.

— Какая-то ерунда, — ответила я и несказанно обрадовалась: пена перестала бить фонтаном изо рта, и я обрела дар речи. — Я выпила не тот раствор. Не Рихтер он называется, а как-то по-другому.

— Ваши руки... — дрожащим голосом произнесла Ольга Ивановна. — Они в крови!

— Нет, нет, это я случайно разлила какую-то дрянь, простите за грубое слово, начала ее вытирать, и пальцы покраснели.

— Господи, там кто-то лежит, — ахнула провизор, встав на ноги.

— Это милиционер. Он лишился чувств, приняв меня за зомби. А автомат уронил его коллега, — в полном изнеможении объяснила я. — Понимаете, когда вам стало плохо, я нажала вон ту красную кнопку. Приехал патруль, ну и...

— Почему вы вошли именно в мою аптеку? — горько вздохнула Ольга Ивановна. — Надо было идти через проспект, там работает противная Галина Андреева. Вот ей бы все и досталось!

Глава 23

Ольга Ивановна оказалась милосердной женщиной. Она провела меня в служебный туалет, вручила бутылочку жидкого мыла, губку для мытья посуды, бумажное полотенце и велела:

— Умывайтесь!

Я покорно стала плескать воду на лицо. Аптекарша ушла. Очевидно, она сумела привести мента в чувство, потому что я услышала громкие голоса, затем стук двери.

— Даже самые безобидные лекарства могут таить в себе опасность, — вздохнула провизор, вернувшись. — Целлюлоза хорошая вещь, раствор Рихтера отлично помогает при проблемах с кишечником, но два препарата соединились в вашем желудке, и пошла неуправляемая реакция. Знаете, что нельзя употреблять одновременно анальгин и аспирин?

— Почему? Они же безвредные.

— Ну нет, безвредных лекарств не бывает, — протянула Ольга Ивановна. — И очень большое значение имеет доза. Допустим, какой-нибудь препарат от повышенного давления... Вам нужно съесть целую таблетку, а другому больному и четвертинки хватит.

— Это потому, что я толстая, — вырвалось у меня. И я тут же пожаловалась: — Очень хочу похудеть. Доктор Раджив посоветовал мне пить целлюлозу...

Фармацевт внимательно меня выслушала, потом возмущенно воскликнула:

— Вот негодяй! Сомневаюсь, что он имеет медицинское образование. Целлюлоза под действием жидкости набухает, резко увеличивается в размерах и заполняет желудок. Появляется временное ощущение сытости, которое превратится в приступ голода, едва лишь микрокристаллическая взвесь переработается. И еще: если вы наедитесь ее на ночь, можете заработать инфаркт!

Я уронила бутылочку с мылом в раковину.

— Почему?

— Знаете, какова самая частая причина сердечных приступов по ночам? — нахмурилась провизор.

— Никогда не интересовалась этой проблемой.

— Наиболее опасным для человека считается время суток от трех до пяти утра, — подняла она указательный палец. — Именно в этот период происходит наибольшее количество инсультов и инфарктов. Сотрудники «Скорой» знают: если вызов, допустим, приходится на четыре часа, у больного скорее всего проблема с сердечно-сосудистой системой. А вот ежели бригаду вызвали в районе полуночи и врач видит предынфарктную картину, то причина недуга, как правило, банальное обжорство. «Мотор» дает сбой от слишком обильного ужина. Переполненный желудок мешает и правильной работе легких... Ладно, мне надо идти на рабочее место. А вы не принимайте больше целлюлозу. Желаемого эффекта не добьетесь!

— Что же мне делать?

— Ограничивать себя в еде и заниматься спортом, — тоном профессора заявила фармацевт, — другого пути нет. Очень опасно попадать в зависимость от любых — подчеркиваю: любых! — лекарств. Все болезни, а также исцеление от них в нашей голове.

— Умерли тут все, что ли? — заорали из торгового зала.

— Иду! — крикнула провизор. — Вот народ, пять минут не потерпят...

Я простилась с ней, вышла на улицу и направилась в сторону дома, где, по словам домработницы Галины, жила сестра Олега Михайловича. В голове теснились и путались разные мысли.

Олег был женат не на Вере Петровне, его супругу зовут Екатериной Николаевной, следовательно, Вера не Ефремова. Кто она? Что делали она и Олег Михайлович в особняке со стеклянной лестницей? Зачем Вера Петровна обратилась к нам в агентство? Почему врала мне о своем счастливом супружестве? Ирина сестра Олега? Или она Лида, сестра Мальвины? Ирина алкоголичка? Я видела ее около аптеки с кучей спиртосодержащих настоек в пакете... Мне надо худеть, но нельзя глотать целлюлозу... Олег Михайлович на моих глазах опрокинул в себя пузырек... Почему он боялся даты десятое октября? Сумею ли я привести себя в порядок до Нового года? Гри, наверное, захочет пойти в ресторан, и мне надо хоть чуть-чуть сбавить вес. Черт, очень хочется есть! Нет, все, сажусь на диету...

И тут, как назло, до меня долетел аромат свежей выпечки. Ноги прилипли к тротуару, я, словно охотничья собака, почуявшая дичь, подергала носом, повернула голову и увидела вывеску «Волшебная печка». Пару секунд меня раздирали противоречивые желания, и в конце концов в зубах оказалась любимая плюшка с корицей. Ну какая может быть прибавка в весе от крохотной «завитушки»? Ладно, уж завтра с утра я строго ограничу потребление еды, никто не начинает придерживаться диеты посередине дня.

Можете мне не верить, но небольшая булочка произвела удивительное действие. Голова перестала болеть, в мыслях появилась кристальная ясность. Я решительно вошла в подъезд и уверенно нажала на звонок квартиры, расположенной прямо у лифта.

Дверь распахнулась мгновенно.

— Кто вы? — спросила девушка, одетая в джинсы и клетчатую рубашку.

Лица ее я не увидела — его почти полностью закрывали длинные, вьющиеся темные волосы.

— Можно мне поговорить с Ириной Ефремовой, сестрой Олега Михайловича? — вежливо поинтересовалась я.

Девушка вдруг поежилась и стала кашлять. Она, похоже, была сильно простужена.

— Ирина дома? — повторила я.

— А вы кто? — справившись с приступом кашля, переспросила девица.

Мне очень не нравятся люди, которые, вместо того, чтобы ответить на прямо заданный вопрос, устраивают вам целый допрос, поэтому я заявила:

— Сначала вы уж сделайте одолжение, скажите, где Ирина.

— Здесь, — сухо сообщила особа в джинсах.

— Фу, слава богу, нашлась! — вырвалось у меня.

— Кто? — с неприкрытым любопытством осведомилась девушка и откинула волосы с лица.

Сразу стало понятно: вовсе она не девушка, ей не двадцать и даже не тридцать лет, а намного больше.

Обманчивое впечатление юности производила стройная фигура. Принято считать, что люди, перешагнувшие определенный возрастной рубеж, должны расползтись в разные стороны, потерять хорошую осанку, обзавестись животом. Но стоявшая передо мной женщина легко сойдет за студентку, вот только кожа на лице заметно увяла и на шее появились складки.

— Кто нашелся? — повторила женщина. — И вы откуда взялись?

— Сейчас объясню, — сказала я. — Мы с Ирой познакомились в доме Олега Михайловича, в поселке «Изумрудный»...

— Где? — с изумлением перебила меня дама.

— То есть особняк, как я выяснила, не принадлежит Ефремову, его сняла Вера Петровна. А Ирина жила с ними, она алкоголичка, ее нельзя оставлять одну. Но она убежала и... Ох, простите, я бестолково объясняю, сейчас попробую еще раз.

— Ирина — это я, — остановила меня дама. — И, должна заметить, я вообще не пью спиртное.

— Вы? Совсем на нее не похожи! На фотографии и в жизни Ирина другая.

— Вам паспорт показать? — с легкой издевкой осведомилась хозяйка квартиры. — Перед вами стоит Ирина Михайловна Ефремова, других здесь нет!

— Значит, она Лида. Точно! — воскликнула я. — Но... Вы знаете Веру Петровну?

— Нет, хотя, может, я встречалась когда-то с женщиной, которую так зовут. Имя не редкое.

— Она жена Олега Михайловича. Или не жена? — Я запуталась. — Но он умер у нее в доме! Впрочем, дом им не принадлежит... В общем, Олег скончался в детской, а я в тот момент играла роль Тигровны.

Глаза Ирины стали черными. Женщина схватила меня за руку, втянула в прихожую, захлопнула дверь и резко сказала:

— Немедленно рассказывайте, кто вас сюда прислал! Впрочем, кто бы он ни был, вы опоздали — Олег умер. Но я-то осталась! Сообразила?

Я на всякий случай кивнула, но потом решила поделиться своим мнением:

— Думаю, Ефремова убили.

— И я так считаю, — прошептала Ирина. — Убили с вашей же помощью! Откуда вы знаете про Тигровну, а? Кто велел вам шантажировать моего брата? Отвечайте!

Я не успела издать ни звука — Ирина ухватила меня за плечи и стукнула головой о стену. Маленькая, хрупкая женщина оказалась очень сильной, я почувствовала резкую боль в затылке. Потом под черепом вспыхнул яркий свет и тут же погас...

По щекам текла холодная жидкость, я машинально провела рукой по лицу и села, закрыв глаза. Под задом ощущалось нечто жесткое, комкастое. Неожиданно на ум пришло воспоминание: мне двенадцать лет, я приехала в гости к сестре бабушки, тете Ане, которая жила в деревне...

Анна уложила меня спать в чуланчике, заваленном всяким хламом, и я провела ужасную ночь, ворочаясь с боку на бок. Мне казалось, будто я лежу на битых кирпичах.

Утром Анна спросила:

— Как спалось?

— Плохо, — честно призналась я. — Жестко ужасно! У меня теперь синяки по всему телу.

— Ой-ой-ой... — презрительно скривилась тетя. — Вы, городские, прямо прынцессы! Матрас на лежанке новый. Чем ты недовольна?

— Словно на булыжниках лежала, — залепетала я, — честное слово, все болит.

— Фу-ты ну-ты, ножки гнуты! — противно засмеялась Анна. — Ни к чему не приспособленная девчонка! Ну ничего, поживешь тут лето, обвыкнешься, подстилка пухом покажется.

Не успела я ужаснуться перспективе коротать не одну ночь на железяках, как сын Анны, Володя, пробасил:

— Ма! Скажи-ка, куда ты Мишкин велик спрятала?

— Нечего двоечнику на колесах по округе мотаться, — ринулась в бой тетя Аня. — Мальчишке надо заниматься, а то на второй год останется! Бестолочь! Никаких развлечений! Я надежно спрятала велик!

— Так я с тобой и не спорю, — вздохнул Владимир, — только скажи, где сховала.

— Внучек не сыщет! — гордо заявила Анна. — Я в чулане его пристроила, положила на кровать, сверху матрас навалила, простыней застелила. Вот!

Володя захохотал.

— Лихо! И туда же Таньку дрыхнуть отправила. Здорово ей на велосипеде спалось! Натуральная принцесса... на железе!

Анна заморгала, а я захихикала. Историю потом рассказали бабушке, это одно из самых забавных воспоминаний моего детства. И сейчас мне показалось, что я вновь нахожусь у тетки. Под задницей какие-то каменные кочки, а по лицу бегут ледяные потоки. Анна любила по утрам так будить заспавшихся членов семьи — она не тратила слов зря, зачерпывала эмалированной кружкой воду из ведра и плескала соне на лоб...

— Эй, ты как? — раздался женский голос.

Я открыла глаза и огляделась. Сижу под вешалкой, филейная часть покоится на чужих ботинках, рядом стоит Ирина, в одной руке у нее пустая бутылка из-под минералки, в другой мое рабочее удостоверение.

— Прости, — сказала Ефремова, — не рассчитала сил, я спортсменка.

— Ты очень сильная, — простонала я. — Так меня затылком о стену тюкнула!

— Извини, — повторила хозяйка, — злость вскипела, вот я и не сдержалась, приложила тебя от души. Я ведь чемпионкой была, принимающая на волейбольной площадке. До сих пор играю, но уже для своего удовольствия, хожу в клуб. Так могу залепить, никому мало не покажется. Уж не сердись, я залезла в твою сумку, а там полный набор документов. Пошли, поговорим!

Я с трудом встала на ноги.

— Ну, цела? — прищурилась Ира, вводя меня в кухню-столовую.

— Вроде да.

— Вот и хорошо, — кивнула хозяйка, — если хочешь, можешь лечь на диван.

— Лучше сяду, — простонала я. — Тебе чаю не жаль?

— Организую, — улыбнулась Ирина. — А что ты так на меня смотришь?

— Олег умер, — повторила я.

— Знаю, — без особого горя в голосе ответила хозяйка.

— Ты же его сестра!

— И что? Интересуешься, почему я не плачу, не бьюсь в истерике от горя? Я свое уже отголосила, — пожала плечами Ефремова, — лично для меня он давно умер, душой. Думаю, тебе меня трудно понять!

— Я попытаюсь.

Ирина начала накрывать на стол.

— Ты зачем сюда пришла? Откуда узнала адрес? Кого ищешь?

— Сейчас постараюсь удовлетворить твое любопытство, — борясь с подступающей к горлу тошнотой, пообещала я, — но взамен рассчитываю на твою откровенность ...

— Первоапрельская история, — подытожила Ирина, когда я завершила рассказ.

— Это сплошная правда, — обиделась я.

Ирина встала, походила по кухне, потом села, облокотилась о стол и сказала:

— Родители наши давно умерли, и даже если правда наружу выплывет, им уже все равно. Меня все произошедшее никак не задевает, я работаю инструктором в фитнес-клубе, не богата, не знаменита. Кому я интересна? Семьи не имею, мужа или ребенка не потеряю, бояться кривой наследственности некому. У Олега, слава богу, несмотря на всех его шлюх, детей не было. Думаю, Господь решил: незачем Ефремовым размножаться. Ну и правильно. В принципе, надо похоронить прошлое, молчать о нем. Олег умер, вот он панически боялся, что истина на свет выплывет. Боролся с болезнью до конца! Сделал карьеру, зарабатывал офигенные деньги. Если узнаешь, каких усилий ему это стоило, зауважаешь мужика. Да только его, как всегда, баба подвела. Катерина мужа убила! Это ее рук дело.

Я выпила чай и спросила:

— Вы с невесткой в плохих отношениях?

— В ужасных, — подтвердила Ира. — Как только Олег привел ее в дом, я сказала брату: «Связался с шалавой, хищницей, она тебя выпотрошит и выбросит».

— Думаю, узнав о характеристике, Катерина не прониклась к вам любовью.

— Плевать! — отбрила Ира. — Олег не слушал моих предостережений. И что? Он погиб! Катька — убийца. И ей это не должно сойти с рук.

— Ты так уверена в виновности его жены! Но я была около Олега в момент его смерти. В доме находились еще два человека: Ирина-Лида и Вера Петровна. Никакой Катерины там и близко не было! А Ефремов сам схватил пузырек, на моих глазах.

— Вот-вот, — закивала Ира. — Что и есть главное доказательство. Сам, говоришь, к шкафу бросился? Да Олег с юности, когда у него истерика начиналась, к гардеробу кидался, он там успокоительное держал. Брат пытался скрыть, что болен, стеснялся признаться, что пользуется транквилизаторами, поэтому и держал капли не в аптечке, а на полке среди белья. Глупо и смешно! Я, естественно, знала о его привычке, и Катерина, конечно, тоже. Да и как было не узнать, если Олег, понервничав, опрометью летел к шифоньеру. Всегда! Ну прямо условный рефлекс у него сформировался. Да, он сам схватил пузырек и автоматически вылил в рот все содержимое. Олег принимал настой трав, двадцать пять миллилитров ему помогали. Большая доза, но вреда она ему не причиняла. Думаю, убийца на то и рассчитывал. Олег в момент всплеска эмоций плохо соображал, действовал как робот. Он боялся своей вспыльчивости, предвидя, чем может завершиться его припадок. А убийца, безусловно, хорошо его знал, вот и подменил лекарство. И наверняка этот спектакль устроен Катькой. Ха, да ведь ты ни о чем не догадываешься! Сейчас покажу. То-то я обалдела, когда тебя увидела...

Ирина вышла в коридор, а я стала рассматривать интерьер. Наверное, фитнес-клуб хорошо платит своим сотрудникам. Или, что вероятнее, покойный управляющий банком поддерживал сестру материально. Кухня оборудована по последнему слову техники, а мебель явно сделана на заказ.

— Вот, смотри, — возвестила Ефремова, вернувшись с пачкой фотографий. — Здесь наша семья. И не могу сказать, что в самые счастливые времена. Мама уже больна, папа весь на нервах, у Олега первые признаки болезни, одна я в полном порядке, делаю успехи в спорте. Наивная дурочка! Думала, стану чемпионкой, слава на всю жизнь... Куда там! Едва с пьедестала слетела, все обо мне забыли. Да не о том речь. Это кто, как ты думаешь?

Палец Ирины указал на полную женщину, стоявшую около мальчика-подростка.

— Ну, кто? — повторила Ирина.

Я прищурилась.

— Вроде лицо знакомое...

— В зеркало давно смотрелась?

Я заморгала, сосредоточилась и ахнула:

— Это я! Вернее, не я, но очень похожая на меня женщина.

Глава 24

— Это Тигровна, — пояснила Ирина, — по паспорту Натэлла Тиграновна. Кто-то из малолетних воспитанников превратил ее в Тигровну, и мы ее так звали. Вы и правда похожи. Но если вглядеться пристальнее, заметна разница: у тебя другой разрез глаз и нос чуть вздернут. Когда ты на пороге возникла, я сразу не поняла, на кого ты смахиваешь, но потом едва не заорала: — Тигровна собственной персоной!

Но затем до меня дошло: няне еще во времена моего отрочества под сорок было. И она умерла. Это точно.

— С ума сойти... — не могла успокоиться я.

— Шутка природы, — пожала плечами Ирина. — На свете много похожих людей, только они редко сталкиваются.

— Месяца три назад, кажется в июле, — вдруг вспомнила я, — мне пришлось отправиться в торговый центр. Я гладила мужу галстук и прожгла, а чтобы он не огорчился, я поехала в магазин и купила такой же. Поворачиваюсь и вижу мужчину в затемненных очках и в панаме с опущенными полями. Если помнишь, в июле жара стояла, хуже чем в Индии, весь народ разделся, и этот дядька не был исключением — натянул жуткие шорты, гавайскую рубашку да еще идиотскую панамку. Ожившая картина под названием «Отдых на Мальдивских островах».

Та сцена так и всплыла перед глазами...

Я хотела идти своей дорогой, а мужик вдруг как захрипит (помнится, я тогда подумала: «Мороженым объелся или голос сорвал на футболе»), встав мне поперек дороги:

— Как тебя зовут? Отвечай!

Я сначала растерялась, но потом сообразила — я нарвалась на психа, ругаться с ним опасно. Ну и спокойно ответила:

— Таня Сергеева.

Предполагала, что шизик удовлетворится, но нет! Он спросил:

— А ты не врешь?

— Нет, нет, меня зовут Татьяна Сергеева, — подтвердила я и краем глаза стала искать кого-нибудь из охранников центра.

— Сергеева? — протянул псих.

— Ну да.

— Татьяна?

— Верно.

— Сергеева?

— Точно, — кивала я, кляня ту минуту, когда решила поехать за новым галстуком.

— Работаешь медсестрой, нянькой, гувернанткой? — нахмурился шизик.

— Что вы! Я сотрудничаю в фирме «Прикол», — ответила я, — мы организуем вечера, дни рождения, праздники.

— «Прикол»?

— Ага.

— Фирма по гулянкам?

— Можно и так назвать, — согласилась я и стала потихоньку двигаться в сторону выхода.

Меня охватило раздражение. Ну кто отпустил в магазин этого психопата? Неужели родственникам все равно, что случится с потерявшим разум мужиком?

— Котя! — донеслось из-за колонны. — Ты где? Неужели трудно постоять на месте, пока я туфли примеряю? Что за манера удирать, не сказав ни слова!

Шизик вздрогнул.

— Простите, — вдруг вполне адекватно произнес он и поправил закрывавшие пол-лица черные очки, — я обознался. Принял вас за одну мою старинную знакомую, а сейчас сообразил: она давно в могиле. Да только вы так на нее похожи, что просто мороз по коже. Вот я и подумал: меня тогда обманули, жива она, и...

— Котя! Отзовись! — не успокаивалась невидимая дама.

«Гавайская рубашка» развернулась и нырнула в ближайший бутик. Я с облегчением вздохнула и пошла к метро. Конечно, не особо приятно услышать, что ты до боли похожа на умершую особу, но что взять с идиота...

— В конце концов, мне тоже надо освободиться от груза. Хочешь узнать, что случилось с моим братом? — перебила меня Ирина.

— Да! — воскликнула я.

— Его убили, я знаю, кто и почему. Вот только постороннему человеку трудно разобраться, эта история корнями проросла в прошлое.

— Ну так рассказывай, не тяни, — предложила я.

Ирина скрестила руки на груди.

— Начну с наших родителей, Михаила Олеговича и Алевтины Марковны. Папа был крупнейшим психиатром, а мама...

— ... болела шизофренией, — теперь я ее перебила. — Профессор, боясь огласки, во время обострения болезни прятал супругу от посторонних глаз на съемной квартире. А для присмотра за сыном нанял Тигровну, которая возилась и с его дочерью, но потом няня скончалась. Произошел несчастный случай. Вроде женщину убила сумасшедшая супруга профессора.

— Откуда ты это знаешь? — заморгала Ирина.

— Вера Петровна рассказала, — ответила я, — клиентка нашего агентства, то есть та дама, что представилась супругой Олега. Она психотерапевт. Так насчет Алевтины Марковны это правда?

Ира встала и поманила меня пальцем.

— Иди сюда...

Мы вошли в просторную гостиную, помпезно украшенную скульптурами.

— Как тебе эти работы? — поинтересовалась Ирина.

— Я плохо разбираюсь в искусстве и могу неправильно их оценить, но на мой взгляд дилетанта они замечательны.

— Это работы мамы! Я сохранила все ее произведения.

— Она была удивительно талантлива, — покривила я душой.

Мне всегда казалось, что истинный творец должен создавать нечто оригинальное, а скульптуры Алевтины Марковны были просто копиями старинных статуй. Вон там повторение работ древнегреческих мастеров. Я забыла имена скульпторов (у нас в институте был предмет «Античная культура»), а вот имена богов и героев греческих мифов могу назвать. В углу высится Зевс, около него Афина, чуть поодаль Прометей, прикованный к скале. Рядом с ним волчица с двумя младенцами — это уже из истории Рима. Алевтина Марковна была хорошим копиистом, даже повторила орнамент из латинских и греческих букв, украшавший невысокие пьедесталы. Всего в гостиной было десять статуй из глины — Алевтина Марковна лепила, она не работала с мрамором.

— Да, — кивнула Ирина, — мама имела большой дар и одновременно была безумна. Отец тщательно скрывал от нас правду. Истина вскрылась случайно.

— В тот момент, когда вы поехали на дачу и устроили там вечеринку? По рассказу Веры Петровны, сестра Олега начала пить именно в тот день.

Видя, что Ирина молчит, я выложила все, что узнала от клиентки «Прикола».

— Бред! — возмутилась Ефремова, когда я замолчала. — Все перевернуто с ног на голову. Не Олег старше меня, а я его на два года, но мы действительно отправились в Кратово. Понимаешь, отец был занят по работе, в семье тогда хозяйничала домработница, добрая баба деревенского разлива. Она считала нас уже взрослыми, не требовавшими особого присмотра. У мамы были сезонные обострения, весной-осенью. Зима-лето проходили спокойно. Это сейчас я понимаю, что мамочка вела себя неадекватно. Она могла целый день просидеть в мастерской, а ночью ворваться на кухню, схватить нож и кричать, размахивая им: «Жизнь закончилась! Не могу вылепить руки Афины!»

В любой другой семье одного такого происшествия хватило бы, чтобы вызвать психоперевозку, но у Ефремовых никто не пугался. Дети привыкли к маминым чудачествам, отец постоянно твердил им:

— Творческие люди непредсказуемы.

И Олег, и Ирина настолько верили ему, что у них, даже повзрослевших, ни разу не возник резонный вопрос: в какие такие регулярные, длящиеся по несколько месяцев командировки может мотаться скульптор?

Алевтина Марковна жизнью детей не интересовалась, лепила свои фигуры...

— Мама была до педантичности точна в деталях, — медленно рассказывала Ирина. — Один раз она разбила готовую работу из-за того, что орнамент, которым она украсила одежду нимфы, не соответствовал канону. Когда мама находилась в Москве, мы вели себя примерно, но стоило ей отбыть из города, пускались во все тяжкие, — каялась Ира. — Хорошо хоть в те годы наркотики не были столь широко распространены в молодежной среде, иначе б мы точно сели на иглу! Мы с Олегом курили, пробовали водку, гуляли ночами со старшими ребятами. Квартира наша была на первом этаже, и только отец ложился спать, детки — через подоконник да на улицу. У тринадцатилетнего Олега была девушка Рита Моргулис, ей шестнадцать уже стукнуло.

— Чем мог привлечь почти взрослую девушку ребенок? — изумилась я. — С ним же ей и поболтать не о чем!

— Она с ним не языком трясла, — ухмыльнулась Ира. — Олег у нас был секс-машина, эти способности проявились у него рано — в десять лет брат стал ухлестывать за моими одноклассницами, в одиннадцать потерял невинность, в двенадцать приобрел опыт.

— Рановато! — покачала я головой.

— Если вспомнить, сколько лет было Ромео, которым восхищаются все женщины, то это вполне нормально, — пожала плечами Ира. — Но теперь-то я отлично понимаю, что за детьми нужен глаз да глаз, чуть отпусти вожжи — потянет чад на кривую дорожку. Уж не знаю, что бы дальше с нами сталось, но та поездка в Кратово все перевернула. Во-первых, мы поняли, что мама больна. Это на нас подействовало отрезвляюще! Во-вторых, отец сообразил: чада растут без руля и ветрил, надо нанимать воспитательницу. Так у нас появилась Тигровна. Господи, как мы ее ненавидели! Вот интересно, откуда эта Вера Петровна сведения взяла? Ну все переврала...

Гувернантка мигом закрутила гайки. Она сопровождала Олега и Ирину в школу и встречала после занятий. Представляете, какое унижение испытывали подростки? Бонна посоветовала Михаилу Олеговичу перевести деток в другое учебное заведение, чтобы оторвать их от сложившейся развеселой компании. Отец послушался Тигровну. А в новой школе брата с сестрой мигом начали дразнить «козлятами».

— Вас пастушка пасет! — ехидничали одноклассники Ирины.

Олег с Ирой стали удирать с уроков, а Тигровна применяла суровые меры наказания. В общем, шла полномасштабная война, в которой победительницей выходила нянька.

Тигровна пыталась бороться и с гиперсексуальностью Олега. На ночь холодный душ, пара таблеток валерьяны, спать мальчику предписывалось на спине, держа руки поверх одеяла. Еще гувернантка записала паренька в спортивную секцию в надежде, что после тренировок у него не будет сил на дурные мысли. Но Олег был неутомим. Через год в новой школе перестали смеяться над парнем (Ира к тому времени уже поступила в институт физической культуры), и одноклассницы, и девочки из других классов, — все хотели с ним дружить. В Олега будто вселился сам Казанова, младший Ефремов обольщал весь женский пол в радиусе десяти километров.

Подросток был умен, весел, галантен, легко говорил комплименты и... мгновенно терял интерес к «даме сердца», если та сдавалась. В школе шептались о том, что уволившиеся учительницы истории и французского языка тоже стали жертвами обаяния Олега. Справиться с сексуальностью школьника было невозможно.

Однажды за ужином Олег отхлебнул чай и поморщился.

— Фу! Воняет рыбой!

— Пей спокойно, — велела Тигровна, — не придумывай.

— Дай другую чашку, — не успокаивался Олег.

— Прекрати! — приказал отец. — Чай как чай.

Брат понюхал кружку сестры.

— У нее нормально пахнет, а у меня мерзко. Тигровна, поменяй!

— Дурацкие капризы, — отрезала гувернантка. — Ну, пей! Я жду!

— Почему не пойти ему навстречу? — вступилась за брата Ирина. — Вылить эту чашку и забыть.

— Он обязан пить, что подано! — процедил отец.

Ира вскинула брови. Поведение отца показалось ей странным — сделал скандал из пустяка.

И тут Олег закричал:

— Что вы мне туда насыпали? Тигровна, твоя работа? Отравить меня решила?

Быстрее молнии Олег метнулся к няньке, та, испугавшись, юркнула под стол и закричала оттуда:

— Михаил Олегович велел! Это от повышенной возбудимости! Я не сама придумала!

Олег посмотрел на отца.

— Папа, это правда? — неожиданно тихо спросил он.

— Да, — коротко рубанул отец и встал. — Я психиатр, отлично вижу твои отрицательные задатки, оцениваю отягощенную генетику и понимаю, что с тобой может случиться. Человек обязан управлять своими инстинктами, а у тебя происходит наоборот.

— Я мужчина! — заявил Олег.

Профессор ехидно рассмеялся.

— Ошибаешься, детка. Мужчина — это человек, умеющий принимать решения и несущий за них ответственность. А ты бабуин, гоняющийся за самками!

Наверное, психиатр хотел смутить сына, но Олег не испытывал никакого почтения к отцу, поэтому ответил хамски:

— Да, я сплю с женщинами. А тебе просто завидно. Мы родились на свет ради продолжения рода! Есть возражения? Еще понял бы твое возмущение, если б я с мужчинами в постель ложился!

Ира оцепенела. Похоже, у брата совершенно снесло башню. О гомосексуализме в СССР знали, но вслух никогда об этом не говорили. Тема табу, в Уголовном кодексе имелась статья за мужеложство, и слово «педераст» считалось непристойным ругательством. А тут такое заявление!

Михаил Олегович вскочил на ноги, уронил стул и заорал таким голосом, что у Иры заложило уши:

— Если когда-нибудь... кто-нибудь... где-нибудь... намекнет мне, что в нашей семье... выросло... ЭТО... убью! Своими руками! Не пожалею!

Затем всегда корректный профессор перевернул стол и под звон бьющейся посуды выбежал из комнаты.

— Ты сбрендил? — шепотом спросила Ира, глядя, как Тигровна убегает за профессором.

— Он первый начал, — не сдался брат.

— Но ты уж слишком...

— Меня хотели отравить! — заорал Олег.

— Замолчи! — гаркнул Михаил Олегович, вновь входя в столовую. — Сели и слушаем.

— Да пошел ты! — окрысился сын.

Отец побагровел, Ира повисла на отце.

— Папулечка, он не понимает, что говорит!

Внезапно профессор рухнул на диван, обхватил голову руками и сказал:

— Я сам виноват. Давно надо было рассказать! Но как о таком сообщить детям? Ваш дед по материнской линии, Марк, умер в психиатрической больнице. Говорят, он с юных лет отличался повышенной сексуальностью, заразился сифилисом, соответственно принес инфекцию жене. Антибиотиков тогда еще не существовало, сифилитиков лечили ртутью, до конца выздороветь никому в те времена не удавалось. Потом родилась ваша мать. То ли сифилис родителей виноват, то ли ртуть повлияла, то ли генетика такая... Но вы сами знаете, каковы у нее дела. В молодости Алевтина была неуправляема. Ей пришлось даже уехать из родного дома! У девушки была дурная слава, ваша мать даже не помнит всех своих любовников. Она изменяла мне на каждом шагу! А потом вылезла шизофрения. Алевтина слегка успокоилась, сейчас на хороших лекарствах она почти нормальна. Но временами инстинкт обостряется. Вот, видите шрам?

— Ты говорил, что удалял жировик, — прошептал Олег.

— Нет, ваша мать меня ножом ударила, — сказал профессор. — Хотела из дома уйти, к мужику очередному спешила, а я ее не пустил, ну и получил. Хорошо, что жив остался, а то могло быть так: отец в могиле, мать в тюрьме, вы в детдоме.

— Папа, — пролепетал Олег, — зачем ты на ней женился?

— Любовь, — просто ответил Михаил Олегович. — Да я ни о чем и не подозревал. Когда мы познакомились, Алевтина никаких подробностей о себе не сообщала, сказала лишь, что сирота. А потом правда вылезла на свет. Но было уже поздно — вы родились. Я, как мог, вас оберегал... Олег!

— Да? — вздрогнул сын.

— Дед гулял, потом сошел с ума, мать повторила его судьбу, ты, похоже, следующий, — безжалостно сказал отец. — Вот и Ирина может... если... если понесет ее по мужикам.

— Никогда, — закричала девушка.

— А мне что делать? — растерялся младший Ефремов.

— Помнить о семейной истории, — мрачно посоветовал отец, — не идти на поводу у зова плоти. Надо заняться спортом, наукой, сублимировать сексуальную энергию, направлять ее в иное русло. Пойми, половая невоздержанность действует разрушающе. Лучший способ для тебя сохранить разум — уйти в монастырь. Да только мы не в той стране живем. У нас монах — изгой!

Глава 25

После этого тягостного разговора Олег притих. Ирина видела, что брат испуган, впрочем, и она тоже была под сильным впечатлением от узнанного. Неизвестно, какими бы выросли младшие Ефремовы, не открой им тогда Михаил Олегович нелицеприятную правду, но после того памятного происшествия оба, что называется, взялись за ум.

Олег стал хорошо учиться, он живо восполнил пробелы в знаниях, и преподаватели теперь не могли на него нарадоваться. Ирина понимала, что у брата есть любовницы, но парень не бравировал успехом у женщин, наоборот, старательно скрывал свои похождения. Раньше по вечерам домашний телефон Ефремовых буквально надрывался от звонков, и Олег никогда не брал трубку.

Вернее, он просил Ирину:

— Ответь живо, спроси, кто. Назови имя вслух! Я подойду, если меня ищет Катя (Лена, Наташа, Оля, Галя, Маша, имена постоянно тасовались).

Теперь же аппарат оживал редко, и Олег не реагировал на звонкую трель.

Ирина начала успокаиваться, и тут случилась новая беда. Страшная, непоправимая.

Михаил Олегович накануне несчастья отбыл в Ленинград — его пригласили для консультации в одну из клиник. Ирина решила остаться на ночь у своей подруги, Леси Кароль. Не подумайте, что девушки затеяли вечеринку с приглашением молодых людей. После того памятного скандала Ира не желала общаться с представителями сильного пола. Больше всего на свете она боялась стать похожей на мать, поэтому перестала думать о романах. Они с Лесей просто попили чаю, посмотрели телик, посплетничали и мирно легли спать.

Около двух часов ночи надрывно зазвонил телефон.

— Сволочи! — простонала Леся. — Убить их мало! Ну неужели трудно правильно набрать номер?

Ира, тоже проснувшаяся, со смаком зевнула и пробормотала:

— Да уж, не повезло тебе.

Кароль родилась в семье известного актера, ее отец сделал почти невозможное по советским временам — купил любимой дочке кооперативную квартиру. Леся была счастлива очутиться одна в двухкомнатных апартаментах со всеми удобствами и телефоном. Но в последнем-то и таилась засада — номер Леси всего на одну цифру отличался от номера справочной аэропорта «Шереметьево», и девушке часто звонили с вопросами типа: «Когда прибывает рейс «Варна — Москва» или «Задерживается ли самолет из Варшавы». Еще хорошо, что тот телефон был международного воздушного порта, в те годы советские люди не так уж часто путешествовали за кордон. Хуже, если бы это был номер «Внуково», тогда Лесе проще было поменять телефон.

— Что надо? — заорала Кароль, хватая трубку. — Идиоты! Ночь на дворе и... ага... да... сейчас... Это тебя!

— Меня? — изумилась Ира. — Кто? Алло, слушаю!

— Скорей приезжай! — голос Олега был едва слышен. — Умоляю, поторопись!

— Очень поздно, мне идти страшно, — справедливо заметила сестра, но брат уже отсоединился.

Ирина оделась и понеслась домой. По счастью, Леся Кароль жила в пяти минутах ходьбы от дома Ефремовых. Ира летела стрелой, понимая: произошло нечто экстраординарное.

Олег встретил ее в прихожей словами:

— Только не кричи! Надо что-то предпринять...

Я ее не убивал! Это она напала, я уже сделал ей укол... Иди в кабинет, она там.

— Кто? — спросила девушка. — Ты про кого говоришь?

Олег поежился, ткнул пальцем в сторону своей комнаты и зашептал:

— Только не ори. Надо папе позвонить, а я не могу.

Ирина толкнула дверь в спальню брата и взвизгнула. В ту же секунду Олег зажал ей рот.

— Тише, — прошипел он, — соседи прибегут!

Сестра судорожно закивала. Ей открылось ужасное зрелище. На полу лежала Тигровна, из ее живота торчала ручка ножа, которым Михаил Олегович разрезал бумаги. Чуть поодаль в странной позе, привалившись к стене, сидела с закрытыми глазами мать.

— Умираю, — просипела Ирина, — мне дурно.

Олег оттащил сестру на кухню, налил ей рюмку водки и рассказал, что случилось.

Он спокойно провел вечер, мирно лег в кровать и решил почитать книгу. Роман оказался скучным, и Олег не заметил, как уснул. Проснулся он от чьих-то прикосновений, открыл глаза и обнаружил в своей постели женщину. В первую секунду он не понял, кто это, но уже через пару мгновений узнал мать и выскочил из-под одеяла. Было десятое октября, начало осени, а именно в это время у шизофреников бывает обострение. Алевтина Марковна выглядела абсолютно безумной.

— Мама, успокойся, — дрожащим голосом сказал Олег. — Сейчас позову Тигровну, она сделает тебе укол!

— Иди сюда, — кокетливо произнесла сумасшедшая.

Олег ринулся к двери, но мать оказалась проворней — вихрем выскочила из постели, вцепилась в сына и повалила его на пол. Тот, кто, на свою беду, сталкивался с психами, отлично знает: в момент приступа в больных просыпается нечеловеческая сила.

— Милый, — шептала Алевтина, — тебе понравится...

— Тигровна! — заорал Олег. — Скорее! Сюда!

В спальню влетела Натэлла. Мигом поняв, в чем дело, она кинулась в коридор к аптечке, прибежала назад с полным шприцем быстродействующего транквилизатора и крикнула:

— Олежек, попытайся ее удержать.

Что случилось дальше, парень описывал сумбурно. Алевтина Марковна дралась как тигрица, женщины носились из комнаты в комнату, как два вихря. В какой-то момент гувернантка замешкалась и сумасшедшая воткнула ей в живот кинжал, который лежал на столе Михаила Олеговича. Психиатр получил нож в подарок от одного пациента и любил сей сувенир, имевший очень острое лезвие. Тигровна рухнула на пол, Алевтина, радостно смеясь, наклонилась над ней. Как у Олега хватило мужества и сообразительности схватить шприц, выпавший из руки Натэллы, Ирина не понимала. Но брат не растерялся и вонзил в спину матери иглу. Лекарство, предназначенное для усмирения буйных пациентов, подействовало мгновенно, мать заснула еще до того, как Олег ввел всю дозу.

— И что теперь делать? — трясся Олег.

Михаил Олегович прилетел в Москву утром, дети встретили его, синие от ужаса. Психиатр имел много влиятельных друзей, поэтому сумел кое-как замять скандал. Ирина не знала, к кому он обратился, но никакого следствия не велось. Тигровна была одинокой, не имела родственников, способных поднять шум, к тому же в советской стране отсутствовала желтая пресса. Одним словом, семье удалось сохранить тайну. Смерть Тигровны объявили естественной, от инфаркта. Но несмотря на предпринятые меры, по Москве пополз слушок: в семье Ефремовых случилось нечто ужасное. Масла в костер подлила и скорая смерть Алевтины Марковны. Она скончалась через несколько месяцев после Тигровны. И если гувернантку Михаил Олегович отвез на кладбище почти тайком, то похороны жены ему пришлось устраивать с приличествующей случаю торжественностью. Коллеги профессора, закрывая лица пышными букетами, загадочно шептались. Но люди так и не узнали правды, хотя болтали всякое.

Через несколько месяцев после смерти Алевтины Марковны у Иры возникло ощущение, будто кто-то из их семьи случайно открыл ящик Пандоры, и оттуда роем вылетели все несчастья разом. Похоронив жену, Михаил Олегович сильно сдал, заболел и быстро умер. Кстати, спустя пару дней после трагедии с Тигровной абсолютно неожиданно погибла лучшая подруга Ирины Леся Кароль — на нее напали на улице, убили и ограбили.

Перепуганная, никогда не верившая в бога Ефремова тайком пошла в церковь и заказала молебен за здравие своей души. Самое интересное, что обращение к высшим силам помогло — для брата и сестры наступило спокойное время, они зажили почти счастливо. Олег делал карьеру, стал известным финансистом. Когда в России появились частные банки, Ефремов-младший начал зарабатывать немалые деньги и обеспечивал Ирину, которая занималась тренерской работой, а потом пристроилась инструктором в фитнес-клуб. Брат с сестрой были лучшими друзьями, они никогда не ссорились и могли стать объектом для зависти, если б не одно обстоятельство. Им никак не удавалось наладить личную жизнь.

Ирина старательно избегала связей с мужчинами, в ее душе постоянно жил страх. Если кто-нибудь из представителей сильного пола пытался завязать с ней отношения, она говорила:

— Я не имею намерения выходить замуж. Прощай!

В мужчинах сильно развит инстинкт охотника, убегающая дичь подвигает их к преследованию. Тысячи женщин, мечтающие обрести семью, рыдают по ночам в подушку, — отчего-то их, хозяйственных, домовитых, сообщающих всем о своей готовности стать отличной женой и матерью, никто не замечает. А вот Ирине, категорически не желавшей иметь ничего общего с противоположным полом, приходилось буквально отбиваться от кавалеров.

У Олега сложилась иная ситуация, он несколько раз женился, но, очевидно, Михаил Олегович глядел с небес на сына и изо всех сил старался не допустить, чтобы у того появился наследник. Первая супруга Олега, его давняя подружка Рита Моргулис, прожила с ним очень недолго. Потом, не объясняя причин, разорвала брак и ушла.

— Чего ей надо было? — растерянно спрашивал Олег у Ирины. — Мы даже не ругались! Оставила записку: «Не ищи меня, на развод подам сама» — и смылась! Теща молчит как рыба, куда подевалась дочурка, не колется.

— Наплюй, — посоветовала Ирина. — Ритка мне никогда не нравилась. Наверное, она другого нашла!

Олег скрипнул зубами и через некоторое время повел в загс Соню Моргенштерн. В отличие от острой на язык, шебутной Риты, Софочка выглядела тихой, серой мышкой, ее воспитала религиозная бабушка. Моргенштерн была почти нищей, Олег покупал ей перед свадьбой все, даже нижнее белье.

Вторая супруга брата тоже не пришлась Ирине

по душе. Олега, словно маятник, качнуло в другую сторону. Обжегшись на молоке, он стал дуть на воду — брошенный яркой женщиной, он решил связать свою судьбу с незаметной тенью.

И вновь просчитался. Моргенштерн походила на Моргулис, как сапог на кастрюлю, но от него удрала без оглядки... повторив поступок Риты.

— Очевидно, во мне есть какой-то дефект, — растерянно жаловался сестре Олег. — Я не понимаю женщин. Ну что Соню не устраивало? Мы не ссорились ни разу, ничто, на мой взгляд, не предвещало разрыва. И — бац! Записка на столе: «Прощай, я больше не твоя жена», пустой шкаф и ключи в прихожей на полу. Бред!

— Забудь, милый, — попыталась утешить брата Ирина.

— Нет, скажи, что во мне не так? — настаивал он. — Не пью, покупаю подарки, забочусь, безупречен как любовник...

— Они дуры! — воскликнула Ира.

Олег потер затылок.

— Да, — растерянно согласился он.

— До сих пор твои избранницы происходили из среды интеллигенции. Может, тебе поискать простую девушку? — предложила Ирина. — Без особых заморочек? И Рите, и Соне твое нежное к ним отношение казалось естественным. Ни та, ни другая никогда не сталкивались с хамством, не видели, как отец бьет мать или унижает бабушку, поэтому и не могли по достоинству оценить тебя как мужа. А вот если ты женишься на девушке из низов, она начнет испытывать к тебе ни с чем не сравнимую благодарность.

— Интересная мысль, — улыбнулся Олег. — Только где найти простушку? Вокруг меня вертятся дамы моего круга.

— В банке нет секретарш? — удивилась Ира.

— На работе не заводят отношений, — отрубил Олег, — у нас с этим очень строго.

— Попробую тебе помочь, — пообещала Ирина.

И не обманула, познакомила брата с Леночкой — очаровательной, похожей на козочку девушкой.

Новая невестка казалась Ефремовой идеальной. Лена работала продавщицей в магазине, мечтала выйти замуж, стать домохозяйкой. Отец Елены умер в тюрьме, куда попал за убийство жены — бросился с пьяных глаз на супругу с ножом и зарезал несчастную. Он и раньше калечил жену, детство Лены прошло под аккомпанемент скандалов и драк, и одно побоище закончилось-таки трагически. Елена прозябала в коммуналке, получала в магазине копейки и была готова на все, лишь бы вылезти из болота.

Большинству женщин такой союз показался бы мезальянсом, но Ира понимала: Олегу нужна простая благодарная девица, а не интеллигентная фифа с тонкими душевными переживаниями.

Но через несколько лет после загса и Лена убежала от Олега. Записки она, правда, не оставила. Поступила иначе — позвонила Ирине и устроила той скандал:

— Сукин сын! — орала невестка. — Козел! Потаскун хренов!

Ну и далее в таком же духе.

— Леночка, успокойся, — попыталась купировать скандал Ира, — лучше расскажи, что случилось?

— Я ухожу! — визжала Лена. — Терпеть не стану!

— Чего именно? — допытывалась Ира. — Только, пожалуйста, сделай одолжение, не ори.

Пропуская мимо ушей мат, перемешанный с нелестными эпитетами в адрес брата, Ирина разобралась в том, что случилось. Оказывается, Лена «поймала» Олега с любовницей.

— Ерунда! — воскликнула Ира, решив успокоить

невестку. — Все мужики кобели, исключений нет. Хочешь совет?

— Нет! — заорала Елена.

— Зачем тогда мне позвонила? — справедливо заметила Ирина.

— Всем расскажу, какой Ефремов мерзавец! — продолжала голосить Лена. — В банк его распрекрасный съезжу! До хозяина доберусь! Олег говорил, владелец банка баптист. Выпрет управляющего вон! И поделом ему!

Вот когда Ира пожалела, что посоветовала Олегу связаться с простолюдинкой. Интеллигентные женщины так не поступают, поплачут на плече у подруг или мамы, и делу конец. А Лена горит желанием отомстить по полной программе, и делать это она собирается партийным способом — предпримет поход на работу к изменщику, обежит соседей...

— Не дури, — строго сказала Ира, — самой потом стыдно станет. Сделай вид, что ничего не знаешь.

— Фиг вам! — завизжала Лена.

— Не рушь семью, — пыталась остудить буйную голову невестки Ира. — Олег себе другую жену найдет, а ты останешься ни с чем.

— Зато выведу его на чистую воду, — окончательно слетела с катушек бывшая продавщица.

— Все мужчины заводят любовниц, в любом браке случаются кризисы. Надо научиться их преодолевать.

— Твой брат таскается по проституткам, — злорадно объявила Елена. — Больной небось!

— Чем же Олег заразился? — насторожилась Ирина, которую испугала не венерическая болезнь, а мысль о шизофрении. Не дай бог, Лена узнает о семейном недуге Ефремовых.

— Кобеляжем! — заорала та и швырнула трубку.

Глава 26

Больше Ирина с Леной не общалась, вновь случился развод. На той должности, которую Олег занимал в банке, холостяков не приветствовали, поэтому Олег женился в очередной раз. Олеся Федькина оказалась единственной женщиной, с которой у Иры сложились хорошие отношения. Сестра и супруга Ефремова подружились, частенько бегали вместе по магазинам и пили чай. Финансист почувствовал себя счастливым, но богиня судьбы твердо вознамерилась не дать своему подопечному радости. Федькина умерла от тяжелой болезни. Вакантное место супруги после ряда неудачных романов заняла Катя.

Катерина выглядела вульгарно — пергидрольная блондинка с силиконом во всех возможных местах. Она практически не разговаривала с Ириной, не общалась с ней по телефону. Когда брат с женой не приехали к Ире на день рождения, та, вспылив, соединилась с Олегом и высказала ему свое мнение о его супруге. И тогда всплыла ужасная правда, Олег раскрыл перед Ирой истинное положение вещей. Он очень боится пробуждения семейной болезни, мысль о том, что в его жилах течет немалая доля крови Алевтины Марковны, лишает его самообладания. Обратиться со своей проблемой к врачу Олег не может. Где гарантия, что тот сохранит тайну, не растреплет о ней всему свету? Ефремов решил заняться самолечением. Он приобрел медицинский справочник и стал покупать разные таблетки...

— Прости, пожалуйста, — перебила я Ирину, — но от какой напасти Олег хотел избавиться?

— От сумасшествия! — округлила глаза собеседница.

— Насколько знаю, панацеи от безумия не существует, — протянула я, — есть терапия, которая купирует агрессию, возбуждение, есть разные антидепрессанты... Но пить «химию» в целях профилактики нельзя. Это же не витамины!

— Ты рассуждаешь как нормальный человек, — вздохнула Ира. — Олега же нельзя считать таковым. Дослушай меня спокойно! Все браки брата развалились из-за его гиперсексуальности. Олег, памятуя о матери, не забывал слова отца о том, что разбушевавшийся инстинкт может привести к всплеску шизофрении...

— Минуточку! Извини, — вновь прервала я собеседницу. — Конечно, я не имею медицинского образования, но, думается, Михаил Олегович был озабочен не столько наследственностью сына, сколько его поведением. Тысячи мужчин имеют жен, любовниц, да еще покупают себе проституток. Ну что ж поделать, если им достался от природы переизбыток тестостерона! Только нормальные парни все же соблюдают общепринятые правила — не охотятся на малолеток, не пристают к пенсионеркам, не сообщают всем окружающим о своих секс-пристрастиях и изменяют женам по-тихому. Олег же открыто, внаглую, заводил связи не только с одноклассницами, но и с учительницами. Если вспомним, на какие годы пришлось его отрочество, то сразу станет понятно, чего так испугался Михаил Олегович. Думается, он решил застращать сына, хотел, чтобы тот научился вести себя более-менее прилично.

В глазах Ирины зажегся злой огонек.

— Папа преуспел, начисто сломал Олега! — воскликнула она. — Может, отец и был крупным психиатром, но психолог из него был никакой. Согласна с тобой, откровенное бравирование брата своими, так сказать, достоинствами выглядело вызывающе. Но отцу-то следовало понять, что в подростке бушуют гормоны. Думаю, прояви отец деликатность, брат бы перебесился. Это он во всем виноват!

— Кто? — изумилась я ярости, с которой Ира произнесла последнюю фразу.

Ефремова стала мерить расстояние между окном и дверью.

— Михаил Олегович, папочка наш! — пояснила она. — Вселил в нас комплексы, а мы страдали, боялись свихнуться. Ну все, не перебивай меня, иначе ничего не поймешь...

Олег отчаянно пытался вести жизнь нормального мужчины. Он неоднократно женился и клялся хранить супруге верность. Первое время после свадьбы молодые жены воспринимали сексуальный аппетит супруга с радостью. В конце концов, на то он и медовый месяц, чтобы проводить его в объятиях друг друга. Но когда спустя полгода желания мужа начинали... возрастать, женщины не выдерживали. Все хорошо в меру, приятно, если супруг испытывает к тебе постоянный интерес, но если приходится отвечать на его страсть утром, днем, вечером и ночью, то в конце концов вся радость от секса улетучится, любовь станет похожа на тяжелую повинность. Рано или поздно каждая из жен Олега бунтовала, и тогда он принимался пить таблетки. Как уже упоминалось выше, он сам назначал себе лекарства.

Дальше происходило самое неприятное. Довольно длительный срок Олег жил, задавленный медикаментами, но потом пилюли переставали ему помогать и случался взрыв, уничтожавший брак. Как выяснилось, Риту Моргулис Олег изнасиловал, Соню, которая стала яростно ему сопротивляться в подобной ситуации, он сильно избил. Лишь интеллигентность первых жен не позволила им обратиться в милицию. Сообразив, что от достижений фармакологии нет никакой пользы, а, наоборот, один вред, Олег решил действовать иначе. Женившись на Лене, он стал тайком бегать к проституткам. В общем, известно, чем все завершилось.

Затем на пути Олега встретилась Олеся, и с ней ему повезло невероятно. Наверное, Федькина была единственной женщиной, которая страстно любила Ефремова. Лесенька согласилась бы на любые прихоти мужа, но... оказалась слаба здоровьем.

После похорон Леси Олег дал себе честное слово, что больше никогда не женится. Но тут его вызвало руководство банка и заявило:

— Хотим предложить вам должность генерального управляющего. Вот только наш владелец настороженно относится к мужчинам без семьи.

— У меня есть невеста, — заверил Олег, — скоро свадьба.

Выйдя из кабинета, Ефремов призадумался. Он великолепно понимал, что в случае женитьбы его опять ждет развод. И как поступить? Тогда ему в голову пришла замечательная идея: надо предложить руку женщине, для которой секс — работа, найти проститутку, она ничему не удивится.

Вот так и появилась в его жизни Катя. Олег запретил жене общаться с сестрой...

— Почему? — воскликнула я, вновь прервав плавный рассказ.

— Не хотел, чтобы я поняла, что Катерина — девка с панели, — фыркнула Ира. — Да только опять облом случился.

— Неужели и «ночная бабочка» не сумела соответствовать аппетитам Олега?

Ирина нахмурилась и зло процедила:

— Насколько я понимаю, под одеялом-то у них был полный ажур, проблемы возникли в ином месте. Катерина... как бы это помягче выразиться... не слишком, увы, образованна, и Олег велел ей при встрече с его сотрудниками держать язык за зубами. Но не может же дама постоянно молчать? Хоть «Добрый вечер» на тусовке сказать надо? Ну Катя и отличилась. Заработала репутацию полнейшей идиотки!

— Значит, любви между вашим братом и Катей не было, — уточнила я, — а был договор: Олег содержит жену, дает ей высокий социальный статус, а та расплачивается с ним в постели.

— Верно, — согласилась Ира.

— Думаю, это хороший вариант, все довольны. А на вечеринки ведь можно и не ходить!

— Ты не в материале, — вздохнула Ефремова. — В банке свои правила, владелец постоянно подчеркивал: сотрудники учреждения — одна семья. Поэтому по субботам там устраивались всяческие сейшены: выезды на пикники, походы в театр, кино, на концерты, корпоративные вечеринки, куда все должны являться парами.

— Развлечения можно игнорировать.

— Нет. Это обязаловка. И конечно же, Катя не вписывалась в «семью». Ни на одну тему беседовать не могла! Она не москвичка, в столицу приехала из маленького городка, книг не читала и не читает, про выставки ничего не слышала, а консерватория для нее место, где делают консервы. Понимаешь?

— Значит, Олегу следовало искать жену в среде элитных путан.

— Ну, те-то не хотят жить с одним мужчиной, — не согласилась Ирина, — их привлекает хоровод парней. У одного бумажник почистят, у другого...

— Ясненько. Олег не желал особо тратиться, поэтому нашел эконом-вариант.

— Брат не олигарх! — бросилась на защиту Ира. — В конце концов я посоветовала ему развестись с Катериной, предложила: «Я найду тебе правильный вариант». А он сказал... Ужасная гадость! Я ушам своим не поверила!

— Что произошло?

— Олег влюбился в эту шлюху! Начисто отказался бросать ее, заявив: «Лучше с работы уйду. Куплю где-нибудь домик, станем там с Катюхой жить». Детей надумал завести! Слава богу, они у него не получались. А еще все имущество на Катерину перевел. И тут она его убила.

— Кто кого? — вытаращила я глаза.

— Тебе пора к отоларингологу обратиться, — возмутилась Ира. — Катерина Олега ухлопала!

— Ефремов сам схватил пузырек, — возразила я, ощущая, что череп раскалывается.

На лице Ирины появилось хищное выражение.

— Вот! Наконец-то мы добрались до сути! Я сильно сомневаюсь, что Олег решил покончить жизнь самоубийством. Я уже говорила: убийца она, Катерина. Едва муж оформил на нее имущество, как проститутка начала действовать. Вот дурак! Полный идиот! Эй, что с тобой?

— Очень сильно голова заболела, — призналась я. — У меня давно в висках стучит, а сейчас под черепом будто камнедробилка работает!

— Анальгинчику хочешь? — предложила Ира.

— Да, спасибо, — пробормотала я.

Ирина открыла ящик буфета, вытащила блистер, дала мне таблетку и налила в стакан воды.

— Запей.

Я покорно съела лекарство.

— Сейчас станет легче, — пообещала собеседница. — Наверное, давление подскочило. Извини, но тебе надо худеть.

— Знаю, но пока плохо получается, — призналась я, — ни одна диета мне не помогает.

— Лучший способ сбавить вес — меньше есть, — заметила Ирина.

9 – 3384

Я лишь вздохнула в ответ. Слышала это десятки раз!

— Катя оказалась очень хитрой, — вернулась к прежней теме Ефремова. — Она нашла Олегу психотерапевта, Веру Петровну. Та отличный специалист, берется за самые сложные случаи. Пообещала Олегу помочь. Знаешь, как она действует?

— Нет, — с трудом ответила я: в голове взрывались петарды.

— Вера Петровна возвращает человека в прошлое, — журчала Ирина, — применяет гипноз, вгоняет подопечного в детство, юность, отрочество и изменяет ход событий.

— Как? — не поняла я.

— Берем случай с Олегом. Что являлось для него самым ужасным событием в жизни?

— Думаю, день десятое октября, когда мать убила Тигровну, — медленно ответила я, борясь с подступающей тошнотой.

— Точно, — согласилась Ирина, — хотя и до этого момента не все было гладко, но десятое — это кульминация. Вера Петровна сняла помещение в тихом, укромном месте, там оборудовала спальню, точь-в-точь такую, как та, в которой жил Олег в детстве, и загипнотизировала брата, внушила ему, что в комнату входит Тигровна. Изменение прошлого. Новая революционная методика.

— Пока я не очень понимаю ее действие, — борясь с шумом в ушах, заявила я.

— Десятого октября мама убила Тигровну, и ужасное событие оставило неизгладимый след в душе Олега, — напомнила Ирина. — А Вера Петровна переделывает прошлое. На календаре десятое октября... Дата важна, хоть человек и в гипнозе, но его мозг работает и может подсказать: это обман. А так — нет проблем. Нужная дата, правильный интерьер... Входит Тигровна, зовет его к столу и... ничего плохого не происходит. В психике закрепляется новая установка: десятое октября обычный день. Многим подобное помогает.

— Но Олегу не помогло, — возразила я. — Он испугался до невменяемости!

— Если честно, я считала эту затею идиотизмом! — кивнула Ирина. — Но Катерина настояла на своем. Я стопроцентно уверена, именно она подсунула мужу отраву. Непременно пойду в милицию, только не в районное отделение. У меня есть приятель на Петровке, он сейчас в отъезде, вернется в понедельник... Эй, эй, ты что?

— Можно лечь на диван? — еле выдохнула я.

— Плохо, да? Совсем? — засуетилась Ира.

— Нормально, но лучше я лягу... пожалуйста...

Перед глазами запрыгали разноцветные пятна, к горлу вновь подкатила тошнота.

— Ой, ой! — испугалась Ирина и развила бурную деятельность: расстелила плед, подсунула мне под голову думку, протянула стакан воды.

Спустя несколько минут я полулежала на софе, Ира стояла рядом с тазом.

— Прости, — пролепетала я, откидываясь на подушку. — Ужасно! Так стыдно!

— «Скорая» уже едет, — заверила хозяйка.

Я снова склонилась над тазиком.

— Не волнуйся, — приговаривала Ира, — с каждым может случиться. А ты, часом, не беременна?

— Нет, — выдавила я из себя. — Боже! Какой позор!

— Ерунда, забудь.

— Пришла к постороннему человеку и свалилась.

— Не переживай. О, звонок! Это врачи...

Поставив тазик, Ирина кинулась в прихожую. До моего слуха донеслись покашливание, шорох, лязг, и в дверном проеме появились две фигуры в темно-синих куртках.

— В принципе, ничего особенного, — устало заявила врач после осмотра, — приступ гипертонии. Могу предложить госпитализацию.

— Нет, нет, мне уже лучше, — засопротивлялась я.

— Тогда сделаем укол, вы поспите, и все, думаю, нормализуется, — кивнула докторша.

— Я не дома!

— И что? Вас выгоняют вон?

— Конечно нет! — возмутилась Ирина. — Она останется тут, пока не поправится.

— Право, мне неудобно, — пролепетала я.

— Не слушайте ее, — сказала Ефремова.

— Наташа, приступай, — приказала врач.

Медсестра умело сделала укол.

— Вам следует похудеть, — заметила доктор.

— Знаю, — еле-еле шевеля языком, откликнулась я, — сижу на диете, но пока безрезультатно.

— Лучше мало есть! — посоветовала терапевт.

— Оригинальное предложение, никогда ничего подобного ранее не слышала, — съязвила я и заснула.

Моему организму постоянно требуется свежий воздух. Я с большим трудом переношу жару, поэтому, проснувшись, очень удивилась. Ну почему, как обычно, я не распахнула на ночь форточку? А когда открыла глаза, мое изумление только возросло. Где я? Лежу на диване в незнакомой комнате... Я села, спустила ноги на пол, задела что-то холодное, раздался звон. Немедленно распахнулась дверь, в комнату влетела женщина в халате и хриплым голосом спросила:

— Тебе плохо?

— Нет, — ответила я, мигом вспомнив случившееся. — Ира, прости!

— Ерунда, — отмахнулась она и раздвинула гардины. — Смотри, дождь на улице! Конец хорошей погоде.

— Который час?

— Семь утра.

— С ума сойти! Я здесь ночевала?

— У тебя случился гипертонический криз, врач со «Скорой» вколола тебе коктейль из лекарств, и ты уснула, — пояснила Ирина.

— Мне так стыдно!

— Не надо извиняться за болезнь.

— Поеду домой.

— Иди умойся, желтое полотенце чистое, — радушно сказала хозяйка квартиры, сделала шаг и чуть не упала, споткнувшись о ковер. Пола халата задралась, стало видно, что Ирина в плотных колготках.

Я с трудом встала и осторожно побрела в ванную. Похоже, пора всерьез браться за свое здоровье. Увы, в моей семье родственники умирали в основном от инсультов, наверное, болезнь провоцировал большой вес — и мама, и папа были людьми тучными. Мне пока совсем не хочется отправляться на тот свет! Решено, прямо с сегодняшнего дня начинаю вести здоровый образ жизни, меняю рацион питания, записываюсь на фитнес...

Пока я приводила себя в порядок, Ирина пожарила яичницу, нарезала колбасу и заварила чай.

— Варенье открыть? — спросила она, когда я села за стол.

— А какое? — заинтересовалась я.

— Вишневое, — улыбнулась Ира.

— Давай! — согласилась я.

В конце концов, многие врачи считают, что голод более вреден, чем обжорство. Завтракать необходимо. Яичница полезна для здоровья. Вот ужинать нельзя, и я сегодня даже не понюхаю на ночь тарелку.

— Вода есть? — спросила Ирина, подцепив глазунью. — В смысле, ты нормально умылась?

— Да, — кивнула я.

— Это хорошо, — обрадовалась Ира, — а то горячую иногда отключают. Вот, держи!

— Это что? — удивилась я, взяв листок бумаги.

Ира вздернула брови.

— Забыла? Мы вчера говорили о психотерапевте Вере Петровне, взявшейся лечить Олега. Здесь ее координаты — телефон и адрес. Думаю, тебе лучше переговорить с ней. Уж она-то точно знает, откуда взялась женщина, которая под именем Ирины Ефремовой находилась в доме. Очень прошу, узнай у гипнотизерши всю правду про Олега... Я хочу передать дело в милицию, поскольку убеждена, что Катя мужа и убила. А ближе Олега у меня никого нет. Со мной эта ведьма, Вера, говорить не захочет, а ты участница событий, тебя обманули, втянули в преступление.

— Откуда у тебя координаты Веры Петровны? — поразилась я.

— Олег дал. Вообще-то Катерина постаралась, чтобы мы с братом в последнее время не общались, сумела стать главнее меня, — грустно призналa Ирина. — Но до основания нашу связь не порушила. Олежек мне позвонил и сказал: «Ируся, я обращаюсь к гипнотизеру». Вот так я и узнала истину. Я его отговаривала, но брат был непоколебим в своем желании измениться, воскликнул: «Говорят, Вера Петровна творит чудеса! И ты к ней тоже обратись».

— А кто такая вторая женщина? Здесь написано два имени: Вера Петровна и Гамавердия Патовна.

— Женщина всего одна, — усмехнулась Ирина. — Психотерапевта по паспорту зовут Гамавердия Патовна. Но такое имечко трудно выговорить, да еще нынче в нашей стране национализм разбушевался. Вот дама и переименовала себя в Веру Петровну. Гамавердия — Вера. Все просто!

Я молча смотрела на лист. Действительно, все просто. Гамавердия — Вера. А еще соседи звали ее Гамкой. Вот почему дом в «Изумрудном» был снят по паспорту покойного Бориса Гурьевича Пихто — Вера Петровна отлично знала старика. Ну, держись, психотерапевт!

Глава 27

До сих пор меня толкало на решительные действия желание найти несчастную Лиду, которая, очутившись на улице, позвонила мне, поскольку именно я опрометчиво посоветовала ей изменить свою жизнь. Честно говоря, не могу назвать себя очень уж жалостливым человеком. Я спокойно прохожу мимо бомжа, спящего на картонке, и не подаю милостыню бабке, которая, закутавшись в платок, бьет с протянутой рукой земные поклоны.

Проявить христианское милосердие, скажем, к последней, мне мешают простые размышления. Ну почему старушка, завернувшись в рванину, позаботилась надеть на ноги почти новые качественные сапоги из натуральной кожи? Ответ прост: пенсионерка боится простудиться и понимает, что наивным прохожим в первую очередь в глаза бросится ветхая верхняя одежонка, на ее обувь спешащий по своим делам народ внимания не обратит. А в них-то вся правда! Бабка вовсе не божий одуванчик, она вполне молодая женщина, умело загримированная под столетнюю нищенку, поэтому и надвинула платок до кончика носа. По какой причине я должна поддерживать ее «бизнес»?

Что же касается лица без определенного места жительства, то тут тоже все не так просто. Каким образом мужик лишился квартиры? Он пьет с горя, из-за потери жилплощади, или попросту пустил по ветру квадратные метры из-за страстной любви к зеленому змию? Даже рискуя показаться кому-то злобной, скажу: я не верю в то, что алкоголизм — болезнь. Вернее, после определенного количества лет, проведенных в обнимку с бутылкой, пьянство становится недугом, но, простите, кто вынудил ханурика браться за огненную воду в самом начале «карьеры»? Его привязывали к стулу и насильно вливали в рот несчастного водку? Нет, мужик сам тянулся к «пузырю», забыв о семье и работе. Ну и почему надо умиляться, глядя на оборванца? Он собственными руками превратил себя в то, чем сейчас является. В Москве полно по-настоящему несчастных людей, инвалидов, которых злая болезнь лишила трудоспособности, но они не клянчат рубли на перекрестках. Если уж и проявлять милосердие, то надо помогать им!

Я потрясла все еще слегка гудевшей головой. Что-то меня унесло в размышлизмы... Всего-то хотела сказать: нужно найти Ирину-Лиду, пока бедняжку не обидел злой человек. Но сейчас к этому желанию прибавился охотничий азарт и ранее неизведанное мною ехидное злорадство. Похоже, Вера Петровна посчитала меня полной дурой — позвала участвовать в спектакле, наврала с три короба, а потом быстро замела следы и смылась. Мадам просчитались, думая, что наивной работнице «Прикола» никогда не найти обманщицу. Она решила так: дом снят по украденному паспорту деда Пихто, сам Борис Гурьевич умер, Анекдотическая улица расселена, соседи, знавшие Гамавердию Патовну, разлетелись по Москве, да и вообще психотерапевт не Вера Петровна, в документах стоит другое имя. Представляю, как вытянется лицо у дамочки, когда она увидит меня на пороге! Ни за что не уйду, пока не вытрясу из мерзавки все сведения об Ирине-Лидии. Гама должна знать о ней достаточно...

Минуточку! Я притормозила, вытащила мобильный и, поглядывая в полученную от Ирины бумажку, набрала номер.

— Да, — недовольно протянул сонный, определенно знакомый голос.

Первым моим желанием было заорать: «Попалась, негодяйка!» Но, сами понимаете, этого делать было никак нельзя. Прикрыв носовым платком трубку и зажав нос пальцами, я загудела:

— Аварийная беспокоит. До часу дня приедем размечать трубы.

— Что? — уже более внятно осведомилась психотерапевт.

— Газовая служба. Составляем план разводки коммуникаций. Убедительная просьба дождаться нашего инженера-геодезиста, он придет до обеда, — сердито частила я.

Не успел рот захлопнуться, как я адекватно оценила сказанную глупость. Геодезист не имеет никакого отношения к бытовому газу, это человек, который стоит на дороге с таким приборчиком на треноге. Ей-богу, не знаю, что он измеряет или ищет, но уж точно не газовое месторождение.

Вера Петровна протяжно простонала:

— На часы смотрели? — Психотерапевт тоже явно не знала, кто такой геодезист, и поверила мне.

Люди, будьте бдительны! Ну почему основная масса из нас доверяет чужим словам? «Кто звонит? Районная поликлиника. Проводим анкетирование, ответьте на вопросы. Где вы храните деньги?» И ведь большинство, услышав подобное, честно сообщит правду!

— Вот черт! — сердито сказала Вера Петровна. — Наплевать мне на ваши обмеры, у меня свои планы на сегодняшний день. Даже не надейтесь, что я останусь дома!

— Пожалуйста, — бесстрастно ответила я, — бригаде без разницы, где станете готовить жрачку. Авось с голоду не помрете! Купите электроплитку, на ней щи и сварите.

— Не поняла? — насторожилась психотерапевт.

— Объясняю ишо раз для малограмотных людей: газовая служба делает план разводки труб.

— И чего?

— Не со скуки же наши парни прикатят? Спустя неделю в доме установят новую магистраль, старую отключат. Ежели ваша квартира будет необмеренной, рабочие ее минуют, останетесь без газу, — нарисовала я малоприятную перспективу.

— Что за безобразие!

— Не ругайтесь, — откликнулась я, — в подъезде десять дней объявление висело.

— Я не видела! — заорала Вера.

— Наверное, уезжали, — предположила я, — вот и не в курсе теперь. Мы давно жильцов предупреждали. Короче, сами решайте, а нам по барабану, с газом вы или без оного. У меня дома плита отлично горит, остальное не колышет. Просто как диспетчер я обязана бригаде наряд выписать, вот и обзваниваю людей, составляю расписание, к кому в какую очередь идти.

— Извините, я вспылила, — замела хвостом собеседница, — спросонья я всегда злая. Конечно, посижу дома, дождусь ваших служащих. Маленькая просьба, не могут ли они начать с моей кухни? Я работаю в послеобеденное время.

— Хорошо, — тщательно скрывая радость, согласилась я, — примерно через час они приедут. Мы всегда идем навстречу гражданам, которые по-человечески просят, не отказываем.

На лестничной клетке блочной башни было полутемно. Вера Петровна, распахнув дверь, прищурилась и с легким недоумением спросила:

— Мосгаз?

— Угу, — буркнула я.

— Вы женщина? — задала она идиотский вопрос.

— Ага.

— Я думала, все газовщики мужчины, — изумилась хозяйка.

— Если вы ждали парня, я могу уйти, — пробасила я.

— Ну что вы! — засмеялась хозяйка. — Извините за глупые слова. Вот она, эмансипация во всей своей красе — мы, несчастные женщины, теперь выполняем самую тяжелую работу!

Я вошла в прихожую, тускло освещенную маленьким бра, и, снимая ветровку, встала лицом к вешалке. Вера Петровна тщательно заперла дверь, навесила цепочку и щелкнула выключателем. Под потолком празднично вспыхнула хрустальная люстра.

— Может, перед началом обмера чайку выпьете? — гостеприимно предложила хозяйка.

— С удовольствием, — согласилась я и повернулась к ней. — Если учесть, что разговор нам предстоит долгий и нелегкий, то чаепитие весьма кстати.

Психотерапевт вытаращила глаза.

— Ты? — ахнула она.

— Не рады встрече? — спросила я.

Вера Петровна шагнула к двери.

— Но... это... меня... здесь... Немедленно убирайся!

— Очень мило, — засмеялась я. — Вы, однако, непоследовательны. Пару секунд назад предложили гостье чаю и тут же гоните ее вон. Это свидетельствует о поведенческих проблемах. Не пора ли вам обратиться к психологу? Давайте поговорим об этом.

— Как ты меня нашла? — нервно воскликнула хозяйка.

Я пожала плечами.

— Легко!

— И зачем пришла?

— Не люблю, когда из меня делают дуру, используют втемную, врут, втягивают в криминальную ситуацию.

— А что, собственно, такого произошло? Я наняла актриску в агентстве «Прикол», — возмутилась Вера Петровна, — оплатила ее услуги. Какие проблемы?

— Никаких. Но если учесть, что Олега Михайловича убили...

— Его смерть была случайной! — возмутилась психотерапевт. — От инфаркта. Эй, куда поперла?

Я, не обращая внимания на негодующие восклицания хозяйки, пошла в глубь квартиры. Сейчас найду кухню, спокойно сяду, вот тогда и побалакаем!

— Стой! — затопала ногами Вера Петровна. — Я милицию вызову! Тебя арестуют за вторжение на частную территорию.

Мне стало смешно.

— Замечательно. Приезд милиции в форме сильно облегчит мою задачу. В присутствии официальных лиц мне будет легче добиться ответов на ряд вопросов.

— Каких? — неожиданно мирно осведомилась психолог.

— О! Их много. Почему дом в «Изумрудном» был снят по паспорту, украденному у Бориса Гурьевича Пихто, ныне покойного? Коим образом Лида Фомина превратилась в Ирину? Зачем вы обманули Ренату Логинову, хозяйку агентства «Прикол», а потом и ее сотрудницу, Татьяну Сергееву, представившись супругой Олега Михайловича?

Вера прижала руки к груди, я склонила голову набок.

— И это только начало. Желаете, чтобы «интервью» происходило в кабинете у следователя? С моей стороны протеста не последует!

Психотерапевт рухнула на табуретку и обхватила голову руками.

— Меня саму обманули.

— Кто?

— Жена Олега.

— Да? В чем же?

Вера подняла голову.

— Я отличный специалист!

— Не сомневаюсь.

— Знаешь, какая сейчас конкуренция среди психотерапевтов?

— Понятия не имею, никогда не обращалась к душеведам, — призналась я.

Вера Петровна поежилась.

— В любой газете полно бесплатных объявлений, вроде: «Помогу решить любые ваши проблемы, сделаю вас успешным и богатым. Курс сеансов изменит вашу жизнь». У народа нынче новая забава — общение с психотерапевтом. Но настоящих специалистов в стране раз, два и обчелся! Остальные окончили двухмесячные курсы, получили красивый диплом, но на деле ничего не умеют. Да сама посмотри!

Хозяйка вскочила, подошла к буфету, схватила лежавший на нем журнал и протянула мне.

— Поинтересуйся! Это научно-популярное издание, рассчитанное на массового читателя. Еще пару лет назад люди стеснялись обращаться к психологу, потому что путали его с психиатром, но теперь ситуация кардинально изменилась. Вот, смотри... «Академик космобиологически-психологической академии сохранит брак на любой стадии развала», «Сексуальные проблемы — это не навсегда. Ваш личный психосексопатолог», «Достичь высот в бизнесе легко, надо лишь обратиться в департамент психологического управления сознанием»[1]. Дальше еще лучше! «Обучим психотерапии за месяц. Гипноз, НЛП, работа с детьми», «Диплом психолога в любом возрасте, стань специалистом за три недели». Недоучки плодят недоучек! Настоящим профессионалам, таким, как я, невозможно работать! Сбивают цены! Я, в отличие от «профессора космобиологической психологии», не обещаю скорого результата, говорю клиентам: «Мигом от проблемы вы не избавитесь, понадобятся месяцы упорного труда». Но люди глупы, поэтому, услыхав честное заявление, убегают к шарлатану, который им обещает: «За один раз превращу вас в молодого, удачливого, здорового...»

— Нельзя ли поближе к теме? — бесцеремонно сказала я.

Вера Петровна снова села. И полился ее рассказ...

Закончив институт и защитив диссертацию, Гамавердия пристроилась на службу в одну из немногих по тем временам консультаций «Семья и брак». Очень скоро женщина поняла, что нужно поменять имя, и стала представляться всем Верой Петровной. А еще она сообразила: выбранная профессия может быть в прямом смысле слова золотой. Вера занималась со своими клиентами упорно и тщательно. Вкратце ее методика выглядела так: приходит мужчина и жалуется на отсутствие сексуального влечения к жене. Психолог тщательно расспрашивала клиента и нащупывала ниточку, ведущую к проблеме. Оказывается, мальчика в детстве соблазнила домработница. На женщине, обучившей подростка азам плотских утех, было зеленое платье и синие туфли, и весь про-

---

[1] Автор взяла подлинные объявления из прессы.

цесс проходил под аккомпанемент симфонического концерта, звучавшего из радиоприемника. Докопавшись до необходимой информации, Вера начала действовать. Она оборудовала комнату, достала соответствующую музыкальную запись, одела жену импотента в зеленое платье и синие туфли... И происходил перенос — теперь супруга вызывала у мужа необходимые эмоции. Вера отлично знала: мужская недееспособность редко имеет физиологические причины, как правило, она гнездится в мозгу.

Конечно, сейчас психотерапевт описывала мне свой метод грубо, в реальности Вера действовала гораздо тоньше, процесс излечения подчас занимал месяцы. Но, как правило, пациенты оставались довольны. Вера Петровна нравилась людям. Всем, кроме коллег.

— Знаешь, чем занимаются психологи, оказавшись в тесной компании друг с другом? — вдруг спросила собеседница. И, не дожидаясь ответа, заявила: — Выясняют, кто из них гениальнее...

А еще остро стоял вопрос денег. Клиенты платили Вере немалые гонорары, что очень злило остальных сотрудников «Семьи и брака». На Веру начали строчить доносы, упрекали ее в использовании служебной площади с целью личного обогащения. В конце концов она уволилась и пустилась в свободное плавание.

У дурной славы быстрые ноги, но и сведения о хорошем специалисте распространяются мгновенно. Вера не имела недостатка в клиентах. Она сняла небольшую квартирку в спальном районе и стала практиковать частным образом. Довольно долго психотерапевт не знала горя, затем на нее наехала налоговая инспекция: кто-то «капнул», что Вера не платит налоги государству.

Женщина сумела отбиться, отказалась от снятой

по своему паспорту жилплощади. Пораскинула мозгами и стала арендовать новое помещение для каждого отдельного случая. Но теперь, опасаясь встречи с налоговиками, она действовала хитро — использовала паспорт Пихто, попросту украденный у Бориса Гурьевича.

В последнее время дела у Веры Петровны шли неважно. Появилось слишком много жадных конкурентов, ритм жизни убыстрился, народ более не хотел обстоятельных спектаклей, а Вера Петровна действовала по старинке — погружала клиента в «пьесу» на дому и просила за работу весьма приличный гонорар. Ручеек желающих вылечиться мелел и в конце концов высох. За последний год к ней никто не обратился. Вера Петровна подрастратила подкожные запасы и откровенно приуныла. Понимаете теперь, как она обрадовалась, когда у нее внезапно появилась работа?

Глава 28

Клиентка, представившаяся Катериной, позвонила Вере поздно вечером и начала издалека.

— Когда-то вы помогли Алексею Иванову, мужу Лены, сестры Сергея Королева. Помните?

— А как же! — бойко воскликнула Вера Петровна, совершенно не помнившая, о ком идет речь.

— Вот он мне и дал ваш телефон, — сказала Катя. — Хотелось бы с вами встретиться. Только сразу предупреждаю: дело настолько деликатное, что вы и представить себе не можете. Могу я рассчитывать на полнейшее сохранение тайны?

— Профессиональная этика не позволит мне даже рот раскрыть, — заверила Вера. — Приезжайте!

— Лучше пересечемся на нейтральной территории, — выдвинула встречное предложение Катерина. — Завтра, в полдень, в гостинице «Лада», номер восемнадцать.

Вера очень нуждалась в клиентах, поэтому не стала спорить и на следующий день отправилась в дешевый отель, где комнаты сдавали по часам. Идеальное место для тех, кто хочет сохранить инкогнито! Все документы здесь заменяют купюры, можете назваться хоть царицей Савской, хоть американским президентом — в лице портье не дрогнет ни один мускул, вас зарегистрируют в книге и выдадут ключ от номера.

Катя оказалась вульгарной блондинкой. Ее длинные, явно крашеные волосы свисали ниже плеч, лоб прикрывала густая челка, крупный рот был намазан слишком яркой помадой, на правой щеке, ближе к уху, красовался небольшой след от ожога (складывалось впечатление, что кто-то ткнул в красотку сигаретой). Она весьма неумело попыталась замаскироваться — водрузила на нос большие темные очки. Одежда будущей клиентки тоже резала глаз — ослепительно розовый костюм с золотыми пуговицами, чулки в крупную сетку, сапоги фиолетового цвета. А когда Катерина заговорила, у Веры Петровны появилась твердая уверенность: ее нанимательница является одной из представительниц древнейшей профессии. Нет, Катя не материлась, выражалась она вполне пристойно, но в речи ее было нечто, позволявшее сделать такой вывод. Психотерапевт удивилась, до сих пор ее услугами пользовались лишь интеллигентные люди. Но когда дамочка стала вводить специалиста в курс дела, удивление Веры сменилось изумлением. Катерина была предельно откровенна.

— Фамилию свою я вам пока не назову, — приступила она к беседе, — и очки не сниму. Вы меня выслушайте и сразу дайте ответ: беретесь за лечение или нет. Если согласитесь, у меня к вам больше доверия будет.

Вера Петровна кивнула. Ее поначалу позабавила ситуация, но вскоре ей стало не до смеха.

Катя вышла замуж за обеспеченного человека. Олег требовал от супруги исполнения интимных обязанностей в любое время дня и ночи. Катерине, не очень обеспеченной девушке, жизнь в богатом доме показалась раем, занятия сексом ее не напрягали, и семья могла сложиться счастливо, если бы не жадность Олега. Впрочем, объективно надо признать: муж просто проявлял хозяйственность. Олега, например, злила манера супруги покупать первые попавшиеся вещи и продукты.

— Ну кто хапает все сразу? — упрекал он Катю. — Слава богу, ты не работаешь, походи, повыбирай, отметь в блокнотике: в левом ряду банка консервов стоит двадцать рублей, в правом уже восемнадцать, а если не полениться, то и за шестнадцать нароешь. Копеечка к гривеннику — и получится, что ты на метро бесплатно прокатилась.

Слышать такие высказывания от человека с огромным окладом было по меньшей мере смешно. Вначале Катя решила, что муж шутит, но затем ей стало ясно: упреки в транжирстве он делает всерьез. Олег был патологически скуп, жене приходилось с боем добывать у него средства на одежду и косметику.

Спустя шесть месяцев после свадьбы Катя стала теряться в догадках: ну почему Олег повел ее в загс? Она никогда не скрывала своего происхождения, не прикидывалась незаконнорожденной дочерью графа, честно сказала жениху:

— Мои родители умерли от водки, других родственников не имею, живу в небольшой комнатушке в коммуналке и все заработанные средства трачу на еду.

Если же учесть, что встреча Олега и Кати произошла на ее рабочем месте — в небольшом дешевом стрип-баре, чью клиентуру в основном составляли мужики из провинции, изображавшие крутых развратников, то станет понятно: жених, человек неглупый, реально оценивал, на ком собрался жениться. Катя не врала ему про работу учительницей, не восклицала: «Я невинна!», не заманивала финансиста, изображая неопытную девочку. И тем не менее получила обручальное колечко на безымянный палец. Приводя в дом бывшую стриптизерку, получая в супруги опытную, на все готовую женщину, Олег должен был понимать последствия своего шага. Но, похоже, он попал впросак.

В банке, где работал Ефремов, регулярно устраивались праздники, и Олег перед началом вечеринки всегда тщательно инструктировал Катю.

— Молчи, — приказывал муж, — не смей ни с кем болтать!

— Почему? — изумлялась Катя.

— Ты дура! — орал супруг. — Я позора не оберусь! Выучи пару рецептов и рассуждай о готовке.

Олег не разрешал Кате ярко краситься, одеваться по ее вкусу, запретил ей общаться с прежними подругами, ходить без него в кино и кафе. Когда муж работал, Катерине предписывалось сидеть дома и пялиться в телик. Взамен, в качестве награды за послушание, Катя могла не думать о хлебе насущном, у нее не было больше необходимости выплясывать у шеста. Многие ее товарки мечтают завести семью и уйти из ночного клуба, вот только везет далеко не всем. Катя вроде очутилась среди счастливиц, но счастья-то и не ощущала. Бывшая стриптизерша не привыкла сдаваться и решила улучшить свою жизнь, побороть скаредность мужа, попытаться понять, откуда растут ноги его феноменальной жадности.

Катюша была внимательна, и скоро ей стало понятно: приступы скупости имеют некую цикличность. Пару дней в неделю муж весел и не придирается к супруге, потом он вдруг резко мрачнеет и зудит про ее транжирство. И, что самое интересное, припадки жадности случаются у Олега всегда после встреч с сестрой. Поняв, что Ирина накручивает его, Катя решила действовать. В ее руках было сильное оружие: секс. Бывшей танцовщице удалось сначала минимизировать общение Олега и Иры, а потом и вовсе избавиться от противной родственницы: муж перестал видеться с сестрой. Катя не могла на себя нарадоваться и, чтобы окончательно закрепить победу, предложила мужу поехать отдохнуть. Олег приобрел путевку в Турцию, и они отправились к морю. Вот там и произошла беда.

В первую же ночь в отеле у Олега случился странный приступ. Сначала Катя подумала, что у мужа эпилепсия, так того ломали судороги, но потом он зарыдал и сделал невероятное признание:

— Я убийца! — стонал Олег. — Убийца! Жестокий, не знающий жалости!

— Милый, успокойся, — попыталась отрезвить мужа Катя, — ты слишком много выпил за ужином. Я ни разу не видела тебя в Москве с рюмкой, ты всегда говорил, что терпеть не можешь алкоголь, а тут приложился к бутылке. Ложись, поспи, к утру депресняк пройдет.

— Да, я убийца, — настаивал муж. — И я не пьян. Мне тяжело! Где Ира?

— Она в Москве, — напомнила Катя.

— Дай трубку, — потребовал Олег.

— Зачем? — напряглась жена.

— Ирина меня успокаивает, — заплакал супруг. — Зачем мы сюда приехали? Я не хотел! Потратили столько денег! И мне плохо, очень плохо!

Катя, напуганная нервным срывом мужа, обняла его, и тут Олег стал говорить. Чем больше информации он вываливал, тем страшнее становилось Катерине.

— Тигровну, нашу гувернантку, убил я, — бормотал Олег, — она застала меня в постели с женщиной. Я нарушил слово, данное отцу, привел бабу. Тигровна услышала шум, вперлась без стука в мою комнату, вот я и схватился за нож. Инстинктивно, не хотел, чтобы она отцу доложила! Боже, я безумен! Убийца! Следом за Тигровной в комнату вошла мать. Ну почему она не спала, а? У нее сердце не выдержало, она умерла потом от инфаркта. Ты понимаешь? Это я убийца! Я!

Катя затряслась. Муж выглядел невменяемым, но говорил связно, и она ему почему-то поверила. Бедная Катюша жутко перепугалась, а супруг, не обращая внимания на ее реакцию, рассказывал, как спешно вызванный из командировки отец, не желая разрушать жизнь сына, сумел представить дело так, что убийцей сочли ненормальную мать, Алевтину Марковну. Конечно, признаться в наличии жены-шизофренички, громко сказать о том, что долгие годы скрывал в семье тяжелобольную, профессору было очень тяжело. Но Алевтина все равно не могла выздороветь, а сыну угрожала тюрьма...

Вера Петровна остановилась и перевела дух.

— Ужасная история, — подытожила она. — С тех пор Олег был слегка неадекватен, понимаешь?

Я кивнула.

— Катя попросила меня заняться мужем, — продолжала психотерапевт. — Ей эта идея пришла в голову после одной прямо-таки мистической встречи. Как-то раз они с Олегом отправились в магазин на обычный семейный шопинг. Катерина увидела в витрине симпатичные туфли и зарулила в бутик, муж остался снаружи. Катя изучила ассортимент, стала звать супруга, и в конце концов тот появился, страшно взвинченный.

— Я только что видел привидение, — прошептал он, — Тигровну. Она все такая же! Молодая, симпатичная толстушка!

— Дорогой, успокойся. Твоя гувернантка сейчас была бы древней старухой, — разумно возразила Катерина.

— Нет, нет! — подпрыгивая от возбуждения, твердил муж. — Слушай, а вдруг случилась чудовищная ошибка? Может, Тигровна не умерла, и я зря всю жизнь каялся?

Катя обняла супруга и быстро повезла домой, забыв о покупках. Олег был не похож на себя. Куда подевались его мрачность и жадность! Муж смеялся, купил жене роскошный букет цветов, нанял такси, а не поволок Катю, как обычно, в душное грязное метро, дома вытащил бутылку вина... Катерина лишь вздыхала. Вот бы хоть раз в неделю так!

Утром Олег встал чернее тучи.

— Я идиот, — мрачно сказал он жене. — Та тетка назвалась Татьяной Сергеевой, сотрудницей агентства «Прикол». Наверное, какая-то малоуспешная актрисулька. Тигровна давно покойница, я же ее в гробу помню. Просто мне хотелось поверить, что она жива и ничего жуткого не случилось. И я потратил кучу денег!

У Ефремова началась истерика. Катерина кое-как успокоила мужа и проводила на работу. Ей стало ясно: Олег серьезно болен, необходимо заняться его здоровьем. Но лечить мужа надо очень осторожно, иначе слух о душевном состоянии управляющего долетит до хозяина банка, и Ефремова уволят.

У Катерины в прошлом был огромный круг приятелей. Русский мужик, нанимая проститутку, очень часто использует ее в качестве жилетки, куда льет слезы. «Ночные бабочки», как правило, пропускают чужие речи мимо ушей, у них полно своих проблем, но иногда кое-какие сведения волей-неволей запоминаются. Вот Катя и взялась за старую записную книжку. Не сразу, но она сумела раздобыть телефон одной из своих коллег, Камиллы. Ефремова позвонила ей.

Немного поахав и выслушав, как теперь живет бывшая подруга, Катя спросила:

— Помнишь бармена Витьку?

— Ага, — засмеялась Камилла, — наш общий клиент.

— Чего он рассказывал про врача, которая мозги на место ставит?

— Тебе узнать подробности? — поинтересовалась товарка.

— А ты можешь? — обрадовалась Катя.

— Легко, — сообщила Камилла. — Витька женился на Ленке, сестре Оли, первой жены нашего администратора Кирюши...

К пяти вечера у Кати были все координаты Веры Петровны. И теперь она задала психотерапевту прямой вопрос:

— Вы можете сделать так, чтобы Олежек поверил, будто Тигровна жива?

— Конечно, — обрадовалась психотерапевт, — это же мой эксклюзивный метод. Но сразу предупреждаю: придется потратиться.

— Я готова на все! — воскликнула Катя. — Кстати, та Татьяна из «Прикола» — прямо одно лицо с Тигровной. Наверное, ее легко нанять.

— Вы оплачиваете расходы, — пожала плечами Вера Петровна, — я начинаю действовать.

Катерина вытащила пачку банкнот. Психолог и клиентка обговорили финансовые проблемы, и пошла потеха...

Собеседница умолкла, потом, понизив голос, заявила:

— Олег Михайлович оказался странным клиентом!

— Думаю, все ваши подопечные не совсем обычны, — не выдержала я.

Вера кивнула.

— Да, конечно. Но я хочу сделать одно уточнение. Человек должен сам принять решение об обращении к психотерапевту. Это как с кодированием от алкоголизма: если пьяницу приводят родственники, действуют против его воли, то эффекта ноль. В психотерапии то же самое, насильно никому помочь не удается. Но мой метод эксклюзивен во всем! Я берусь и за такого человека, который не желает осознавать глубину собственного падения, ставлю душу на крыло, так сказать. Хм, очень трудно объяснять детали неспециалисту!

— Наверное, я кажусь вам дурой, но на самом деле очень понятлива и сообразила: вы вмешиваетесь в личную жизнь человека, — не выдержала я, — работаете и с тем, кто вовсе не собирался обращаться к «душеведу». Так ведь? Главное, чтобы наниматель оплатил услуги.

— Можно подумать, ты сама трудишься бесплатно, — скривилась Вера Петровна. — Человеку надо кушать, одеваться... В конце концов, никто не отменял коммунальные расходы! Что за манера упрекать людей в получении честно заработанных денег? Кстати, я совершаю благие дела. Большинство людей не способны на адекватную самооценку, и хорошо, если у некоторых больных имеются родственники, желающие помочь. Олег Михайлович очень мучился. Легко ли жить, вспоминая о совершенном в молодости убийстве?

— Не знаю, не пробовала, — резко ответила я.

— А я в курсе, — вздохнула психотерапевт. — Такой опыт удручает!

— Тоже кого-то прирезали в юности? — не выдержала я.

Вера сдвинула брови.

— Конечно нет. Я очень тонко чувствующая натура, этакий приемник, который улавливает чужую боль. Ефремов переживал тяжелейший этап в своей жизни — встретил тебя в магазине, ты действительно внешне напоминаешь его покойную гувернантку — и впал в реактивный психоз. Что его ожидало? Палата в психиатрической клинике. А я ему помогла!

Я уставилась на Веру. Она что, говорит серьезно?

— Вернее, точно сумела бы помочь, не случись казус, — сказала Вера Петровна, спохватившись. — Я привезла Олега Михайловича в съемный дом. Катерина, кстати, оказалась замечательной помощницей, детально описала обстановку детской комнаты мужа.

— Минуточку! — удивилась я. — В вашем рассказе есть нестыковки. Насколько я поняла, Олег Михайлович не хотел лечиться. Каким же образом вы уговорили его приехать?

Вера улыбнулась.

— За долгие годы практики я выработала некоторые приемы. Все очень просто. Мой метод рассчитан на неожиданность.

— То есть?

Собеседница прищурилась.

— Ну какой смысл заранее объяснять больному все, говорить, что он станет участником спектакля? Все равно в глубине души клиент реально оценивает обстановку, понимает, что происходящее лишь игра. Первое время, будучи неопытной, я работала с людьми на добровольной основе, но скоро убедилась в неэффективности этого метода и стала действовать иначе. Шок — вот что перетряхивает нашу психику! Понимаешь? Ложишься спать спокойно, полагая, будто находишься... ну, допустим, в гостинице. Утром открываешь глаза — ба, детская спальня! Десятое октября! Тигровна! Конечно, я объяснила Олегу Михайловичу кое-что, без деталей, прикидочно. Но моя схема срабатывает великолепно! После эмоциональной атаки требуется закрепление, эта фаза длительная, на пару месяцев. Пациент осознает реальность, но он уже стал другим человеком.

— Насколько я поняла, суть вашего метода в следующем, — сказала я. — Вы договариваетесь с родственниками, которые, не считаясь с волей члена семьи, хотят изменить его характер, затем одурманиваете клиента, привозите его на место действия и доводите до шока. Никто не пожаловался на вас в милицию?

— Нет, — насупилась Вера. — Я помогла десяткам больных стать нормальными, забыть о своих комплексах, переиграть прошлое.

— Но Ефремов убийца, который не понес наказания! Разве можно помогать ему забыть о вине?

— Я не карательная организация, не судья, не прокурор и не палач, — гордо выпрямилась психотерапевт. — Не мое дело судить человека. И ко мне обращаются в экстремальных случаях. Понятно?

Глава 29

Я кивнула.

— Более чем! Давайте ближе к делу, поговорим не о морально-нравственных аспектах вашего метода, а о том, как шла работа с Ефремовым.

— В случае с Олегом Михайловичем никаких трудностей не наблюдалось, — деловито сказала психотерапевт. — Оплатили мои услуги вовремя, я угостила клиента чаем с лекарством...

— Снотворным?

— Верно. Это было хорошее, испытанное, безопасное средство!

— Погодите! Олег Михайлович сам приехал в «Изумрудный»?

— Конечно.

— Но зачем? Как вам удалось заманить управляющего банком в поселок?

Вера Петровна сложила руки на столе.

— Я уже говорила, главное — хорошо подготовиться. Ефремов собирался приобрести дом.

— Дом? — изумилась я, вспомнив о жадности Ефремова. — Вот уж странность!

— Это предложила Катерина и оказалась права, — продолжала Вера Петровна. — Олег позвонил мне по телефону. Уж не знаю, что ему супруга наплела, но мы встретились. Я назвала цену ниже низкой, сказала, что вынуждена продать коттедж за бесценок. Дальше просто: чай и через двое суток...

— Через двое суток? — перебила я. — Олег Михайлович спал?

— Ну да, наркоз длится сорок восемь часов. Это необходимо для того, чтобы все системы организма... Впрочем, я не собираюсь посвящать посторонних в подробности, — вдруг забеспокоилась Вера Петровна. — Это мой эксклюзивный метод, я боюсь конкурентов.

— Сорок восемь часов... — повторила я задумчиво. — Потом спектакль и снова сон. Реабилитация... Сколько же времени должно пройти, пока клиент придет в себя и сможет вернуться на работу?

Вера Петровна закатила глаза.

— По-разному, в зависимости от адаптационных возможностей организма. В среднем примерно два-три месяца.

— А как же служба Олега Михайловича в банке? — недоумевала я. — Неужели хозяин столь надолго отпустил управляющего?

— Вот уж чего не знаю, того не знаю, — поджала губы Вера Петровна. — Это не моя проблема!

— Зато у вас после того, как Олег Михайлович выпил пузырек с кардионормом, появились другие проблемы! — воскликнула я.

Вера Петровна замялась.

— Да уж! — воскликнула и она. — Едва ты уехала, я бросилась звонить Катерине. Слава богу, та сразу ответила и не впала в панику. Через час прикатила. На машине, сама за рулем.

Психотерапевт вдруг замолчала.

— Что-то не так? — спросила я.

Собеседница глубоко вздохнула.

— Ну... Видишь ли, она пару раз хваталась за телефон... короче... В общем, я не желаю иметь ничего общего со случившимся! Это просто ерунда... да-да, именно ерунда.

— Ага, чужая смерть, естественно, ерунда! — язвительно заметила я. — Вера Петровна, вы готовы побеседовать со следователем? Или расскажете мне правду?

Она покраснела.

— Я уже говорила, у меня очень развита интуиция. Одним словом, тогда у меня сложилось впечатление, что Катерина беседует со своим мужчиной, с любовником. Она обронила фразу... думала, наверное, что я не слышу... Она сказала: «Спокойно, милый, теперь все позади, потерпи, остался последний рывок, и — свобода!»

— Так... — протянула я, — интересненько...

Вера Петровна прижала руки к груди.

— Я была во взвинченном состоянии. До сих пор мои клиенты всегда оставались живы, а тут... Надо же, сердечный приступ! Не дай бог полетит по Москве слух! Тогда я лишусь заработка.

— Ясно.

— Но Катерина пообещала молчать. Мы посадили труп в машину, в тонированную «десятку», и увезли.

— Замечательно! — воскликнула я.

— До меня не сразу дошло, — шептала Вера Петровна, — что все это очень подозрительно. Катя выглядела озабоченной психическим состоянием мужа и готова была заплатить большие деньги за его исцеление. Она была очень внимательна: когда Олег Михайлович спал в «детской», примчалась и оценила обстановку. Походила по комнате, даже открывала шкафы, проверяла, что там внутри, затем сказала: «О'кей! Я словно сама в прошлое вернулась, именно так все и выглядело!» А потом уехала.

— Оч-чень интересно!

— Когда я, поняв, что клиент мертв, в панике позвонила ей, Катя словно ждала моего звонка. Она сказала: «Аккуратно избавьтесь от Татьяны, не демонстрируйте ей растерянности или страха, скажите, что муж скончался от сердечного приступа, выпил случайно весь пузырек кардионорма. И не дергайтесь, я возьму все проблемы на себя».

— Просто здорово! — кивнула я. — Идеальная нанимательница! Другая бы в такой момент кинулась на вас с кулаками, обвинила в убийстве мужа, а милейшая Катя проявила полнейшее понимание, да еще увезла труп. В автомобиле...

Я споткнулась на последнем слове. В процессе поисков Ирины я упустила из вида один важный момент. А именно: куда дели тело Олега Михайловича? Где его оставили?

— И мне пришло в голову... — зашептала Вера Петровна, — если учесть мои наблюдения, можно сделать выводы... Вдруг Катерина не зря открывала гардероб? Вероятно, она и поставила туда флакон с опасным лекарством. Я-то этого точно не делала!

— Красиво получается, — подвела я итог. — Тело Олега Михайловича утащили, вы живенько схватили малочисленные собственные шмотки и дали деру. Полагали, что найти вас невозможно, дом оформлен на Пихто, телефон вы тоже мигом отключили... Одним словом — концы в воду. А учитывая, что Катерина скорей всего устранила мужа при вашей помощи, то искать подельницу она не станет.

— Я не подельница! — взвилась Вера. — Меня обманули!

— Не хочу оценивать ваши действия, — процедила я, — однако вы ловко нас с Ренатой надули, прикинувшись женой Ефремова. Ладно, с этим еще предстоит разобраться до конца, хотя мне уже многое ясно. Отвечайте, где Ирина?

— Кто? — Вера попыталась изобразить изумление.

— Она же Лидия, — безжалостно добила я Веру. — Несчастная, неадекватная женщина, которую вы мне представили как сестру Олега Михайловича. Какое отношение к истории имеет она?

Вера Петровна поежилась.

— Знаешь, как бывает: то клиенты валом идут, то никого. Я же не на окладе сижу! Семьи нет, близких родственников тоже. Помочь мне некому! Не на государственную же пенсию рассчитывать? Право, смешно.

— Ближе к делу!

— Почти год я куковала без работы...

— Рассказывайте про Иру-Лиду!

— Я пытаюсь, а ты не даешь, — плаксиво протянула Вера Петровна. — Объясняю: я год не имела пациентов. Люди тупые, бегут к недоучкам, тратят деньги на шарлатанов, хотят избавиться от проблем за пару минут. Идиоты!

— Короче! — рявкнула я. — Где Ирина?

Вера сгорбилась.

— Пойми меня правильно. Я впервые так поступила, испугалась нищеты. Едва договорилась с Катериной и сняла помещение, как звонит старая приятельница на домашний телефон (я его только очень близким даю, клиентам никогда) и просит:

— Верочка, помоги приятелю моего отца, генералу Федору Макаровичу. Он замечательный человек, редкой порядочности, но всю жизнь любил недостойную женщину, Фаину Климовну. Встретил он ее уже в немолодом возрасте и, можно сказать, пропал. Женился на ней и стал воспитывать детей супруги, девочек. Думается, Фаину ему Господь как тяжкое испытание послал. А уж ее девки... Вернее, старшая, Мальвина, вполне приличная, она отчима обожает, зато младшая, Лидия, полнейшая оторва...

Вера Петровна, как все психотерапевты, умеет внимательно слушать. И через некоторое время она уяснила суть проблемы.

Федор Макарович пытался сохранить семью, но Фаина Климовна оказалась до предела эгоистичной. В конце концов генерал развелся с ней и ушел, а вместе с ним от матери ушла и Мальвина. Долгое время военный и его благоприобретенная дочь ничего не знали о Фаине и Лидии. Но потом бывшая супруга объявилась — ей, как обычно, понадобилась помощь. Оказывается, Лида совершила преступление, убила очередного отчима, Петра Евдокимова, и очутилась за решеткой. Тут Фаина, мигом вспомнив про генерала, принеслась к нему с просьбой... Думаете, мать хотела облегчить наказание для дочери? Подбила Федора Макаровича оживить прежние связи, чтобы Лиду отпустили под подписку о невыезде или устроили ее в камеру с неконфликтными людьми, или разрешили передать девушке побольше продуктов?..

— Нет, — вздохнула я, перебив рассказчицу, — она потребовала отправить Лиду подальше от Москвы. Решила навсегда избавиться от позора. С глаз долой, из сердца вон!

Вера Петровна вскинула брови.

— Точно. Но как ты догадалась? Генерал, в отличие от бывшей жены, человек жалостливый, он помнил Лиду крохотной девочкой, поэтому проявил о ней заботу. И вскоре понял: преступление совершила его приемная дочь, но Фаина, хоть и непричастна к убийству, тоже виновата — она не заботилась о Лиде, не обращала на нее никакого внимания, не желала видеть, как недостойно вел себя очередной муж. А еще Федор Макарович корил себя: возьми он, уходя от Фаины Климовны, обеих девочек, глядишь, несчастья бы и не случилось...

Генерал постарался, нашел сносную зону в Саранске, а затем стал активно помогать Лиде: отсылал ей продукты, лекарства, одежду, ездил на свидания. Свою благотворительную деятельность военный тщательно скрывал от Мальвины, понимая, что та его не одобрит, начнет ревновать, ощутит себя обиженной, преданной. Он знал, что сестры никогда не дружили, они так и не стали близкими людьми. И Федор Макарович и в этом обвинял себя: не сумел правильно построить семью, был слишком суров, авторитарен. Девочки не солдаты, с ними нужна мягкость, а он действовал по-военному. Хорошо хоть к старости поумнел и не захотел огорчать Мальвину.

Лида отсидела срок и вышла на свободу. И тогда генерал сумел сделать практически невозможную вещь: выбил для бывшей зэчки квартиру в Москве. Даже не спрашивайте, как ему это удалось! И снова хлопоты пришлось вести втайне от Мальвины, потому что Федор Макарович боялся ее обидеть. Он ни разу не поговорил откровенно с Мальвиной, опасался всплеска негативных эмоций с ее стороны, мучился совестью, переживал, но молчал и продолжал оказывать помощь Лиде.

А та, к сожалению, была очень похожа на Фаину Климовну, и не только внешне. Бывшая уголовница охотно принимала деньги и изображала из себя несчастную, больную особу. Федор же Макарович, несмотря на годы, проведенные на командной работе, сохранил некую наивность, поэтому он очень долго не догадывался об истинном положении вещей. Лида постоянно жалуется на головную боль? Да она просто пьет, отсюда и недомогание. Она никак не устроится на работу, человека с криминальным прошлым не хочет брать ни одна организация? Вот уж ерунда, в Москве полно мест, где вас оформят на службу, спросив только паспорт. Но генерал принимал все стоны Лиды за чистую монету, приносил ей деньги и взрослую бабу считал ребенком. Право слово, это было не совсем справедливо по отношению к порядочной Мальвине, которая не совершила за всю свою жизнь ни одного противоправного поступка, вела домашнее хозяйство и называла Федора Макаровича папой. Бедный генерал вконец измучился. Хорошо хоть Фаина более не появлялась! С кем с кем, а с бывшей супругой Федор Макарович не желал иметь ничего общего.

Истина во всей своей неприглядной красе открылась ему неожиданно. Лида загремела в больницу (у нее случился аппендицит), и хирург спросил испуганного генерала:

— Вы в курсе, что она наркоманка?

— Не несите чушь! — взвился Федор Макарович.

Врач нахмурился и вынул результаты анализов Лиды.

— Пациентка в очень плохом состоянии, — объяснил он бывшему военному. — Как правило, алкоголизм не сочетается с наркоманией. Если человек садится на иглу, он не тянется к бутылке. Весьма редко бывают смешанные случаи, и ваш именно такой. Лидию нужно долго и серьезно лечить, могу дать координаты хорошего специалиста.

Федор Макарович пришел в ужас и бросился к «доченьке» в палату. Лида, рыдая, призналась ему во всем. Да, она сначала просто крепко выпивала, затем стала курить травку и принимать разные таблетки, но героин никогда не употребляла. Методом тыка она составила для себя некий «рецепт», придумала коктейль из препаратов простых и доступных, свободно продающихся в любой аптеке. Разве это наркомания? Конечно нет! Всего лишь слабая попытка расслабиться. У нее тяжелая судьба, она сидела на зоне, теперь без работы, не имеет семьи...

И снова генерал почувствовал себя виноватым. Да, он помогал Лиде материально, но морально-то ее не поддержал! Никогда не вел с ней бесед по душам, не интересовался ее мыслями. Уперся в бытовые проблемы и считал: все нормально, есть квартира, средства на еду. А оказывается, Лидочка мучилась, металась, безуспешно пыталась найти свое место в жизни...

Можно, конечно, назвать Федора Макаровича наивным идиотом, потому что он принялся лечить Лиду. Увы, безуспешно. И в конце концов перед ним встал вопрос: что делать? Лидию требовалось поместить под постоянный контроль. Взять ее к себе Федор Макарович не мог, наркологические клиники принимают больных на небольшой срок, центров же реабилитации для тех, кто увлекается таблетками, в Москве не было. И тут Федор Макарович узнал про пансионат «Никитский парк». Заведение подходило Лиде по всем параметрам: постоянное медицинское наблюдение, трехразовое питание, сиделка. Лиду там согласились взять под свое крыло. Генерал лихо соврал главному врачу интерната, сказав:

— У моей приемной дочери после травмы начинает развиваться слабоумие, а я стар, сам за ней ухаживать не могу.

Отчасти это было правдой — приняв в очередной раз свой «коктейль», Лидия становилась неадекватной, забывала свое имя, фамилию, несла чушь. Хорошо хоть она, в отличие от Фаины Климовны, не впадала в агрессию. Временами Лида походила на растерянного ребенка, и генералу было до слез жаль «бедняжку». Вот только средств на оплату «Никитского парка» у старика не имелось! Но бывший военный, несмотря на подступившую физическую немощь, сохранил ясность ума, и его осенило: квартира Лиды! Она просторная, расположена в хорошем месте, ее можно сдать, а полученные деньги прямиком направлять в пансионат...

Вера Петровна взяла сигарету и стала чиркать спичкой. Я молча на нее смотрела.

К сожалению, многие люди не умеют разговаривать друг с другом. И Мальвина, и генерал скрывали правду. Первая помогала Фаине Климовне и не хотела вводить в курс дела отчима, полагая, что тому будет неприятно, что приемная дочь заботится о той, которая столь некрасиво с ним поступила. А генерал посадил себе на шею Лидию и тоже прикусил язык. Ну почему близкие люди не побеседовали откровенно? Они бы явно поняли друг друга! Но нет, каждый тщательно охранял свои секреты. И ведь действовали одинаково! Мальвина сдала квартиру Фаины, генерал пошел по тому же пути. Он, правда, договорился не с частными лицами, а с хозяином фотостудии, благо Лида обитала на первом этаже и ее квартиру можно было превратить в нежилое помещение. (Я ведь, кстати, приезжала туда, видела фотомастерскую, но не вошла внутрь, решив, что там никто ничего не знает о прежней хозяйке.)

И уж совсем невероятно, что Лидия с матерью очутились в одном пансионате. Судьба словно подталкивала Федора Макаровича и Мальвину к откровенному разговору друг с другом. Хотя все понятно — в Москве очень мало частных заведений для престарелых и умственно отсталых людей, хватит пальцев на одной руке, чтобы их пересчитать, ничего загадочного в том, что генерал и Мальвина обратились в «Никитский парк», нет. Куда им еще было идти?

Глава 30

Сдав Лиду под постоянный присмотр, генерал вдохнул полной грудью. Наконец-то он мог жить спокойно! И довольно длительное время Федора Макаровича никто не беспокоил, старик просто переводил деньги на содержание Лиды (фотосалон, к его радости, процветал). Но несколько месяцев назад случилась беда — позвонил главный врач и сообщил:

— Ваша дочь требует специального лечения. Она любит выпить и, как недавно выяснилось, злоупотребляет медикаментами. Наш пансионат предназначен для людей с другими проблемами, мы не можем более содержать госпожу Фомину.

Представляете, что испытал генерал? Но, как уже неоднократно упоминалось выше, Федор Макарович не привык сдаваться. Он схватил телефонную книжку и, обзвонив кучу старых близких и дальних приятелей, нашел замечательного доктора, супер-пупер психолога, женщину, которая бралась навсегда отбить у Лиды охоту к лекарственным препаратам и алкоголю. Вы можете назвать имя ученой дамы? Правильно — Вера Петровна. Вот только маленькая деталь: когда генерал обратился к психотерапевту, у нее уже имелся клиент, Олег Михайлович. Был снят дом, и душевед обставляла «детскую». Вера Петровна, сообразив, что ей в руки неожиданно упали два заказа, заскрипела зубами. В прежние годы, на пике своей востребованности, она частенько отказывала желающим. Но сейчас-то положение изменилось, за последние двенадцать месяцев к ней никто не обратился. И вдруг сразу два клиента одномоментно. Вера Петровна понимала: генералу следует сообщить, что она не может заняться его дочерью. Но ведь клиент уйдет и не вернется, психотерапевтов развелось, как бродячих кошек, в каждом дворе по три штуки. И Вера Петровна приняла решение — она возьмет двух больных.

Чем дольше Вера думала на эту тему, тем яснее понимала: особых трудностей не предвидится, она справится. Слава богу, снят просторный коттедж, места всем хватит. Кстати, в счет генералу можно поставить арендную плату за особняк. Легко разыграть и совместный спектакль — у Олега Михайловича есть сестра Ирина, следовательно, Лидия будет исполнять ее роль... В общем, необходимо обмозговать все детали, написать сценарий, придумать роль для каждого, и все станцуется. Вера Петровна ощутила прилив вдохновения.

Тут следует отметить, что она любит свою работу, подходит к ней творчески, и хоть и считает себя гениальным создателем уникального метода лечения, всегда открыта для новых идей. Два клиента никогда вместе у нее не сталкивались, но ведь психотерапевты давно работают с группами, так отчего ж ей не попробовать? И Вера Петровна договорилась с Федором Макаровичем.

Лидию привезли первой, поселили в спальне. Вера Петровна тщательно выучила с ней роль Ирины. Затем доставили Олега Михайловича. Вот только дальнейшие события развивались не по плану — бизнесмен умер, и Вера Петровна на короткое время растерялась. Лидия, плохо понимавшая, где она находится, вышла из дома и зашла в аптеку, чтобы купить лекарств. Хорошо хоть ей отпустили одну валерьянку!

— Да уж... — покачала я головой. — Вы поступили безответственно.

Вера Петровна сердито нахмурилась.

— Любой бы на моем месте потерял голову. Мне повезло, что ты вернула Лидию в тот день назад. И откуда только алкоголичка деньги взяла?

— Из моего кошелька, — вздохнула я. — Она просто украла его! Попросила меня газету ей принести, а пока я ходила, деньги в карман Лидочки перетекли.

Вера Петровна пожала плечами.

— Лидия воспользовалась тем, что я растерялась, занялась исключительно Олегом Михайловичем. Если честно, день десятого октября выдался ужасным. Уж извини за откровенность, сначала мне надо было избавиться от тебя! Я постаралась правдоподобно объяснить тебе смерть Олега, надеялась: ты уедешь в Москву и забудешь о случившемся. Ну кому охота стать участницей разбирательства? Милиция, допросы... Да еще уволить могут — начальство не захочет, чтобы название фирмы трепали газеты. Вот я и нашла способ убедить тебя....

— Уже слышала эти аргументы, — перебила я ее.

— Да ты пойми... — плаксиво протянула Вера Петровна. — Мое положение стало катастрофическим! Труп в доме, два клиента вместо одного... Лида, конечно, ничего не понимала в происходящем, но нервозность обстановки почуяла. Вылезла в окно и дала деру. Ты ее вернула, спасибо огромное. Я дала ей транквилизатор, отняла у нее спиртовые настойки и занялась банкиром.

— Минуточку! А как его тело попало в морг? Вроде Олега Михайловича нашли в каком-то парке на скамейке с газетой в руке...

— Труп увезла Катерина. В машине, — напомнила психолог. — Ситуация была ужасная... Ну никак нельзя было тогда шум поднимать! Никак! Кончина не криминальная, никаких намеков на уголовщину. И... и...

— Говори! — рявкнула я с такой силой, что сама испугалась.

— Катерина приехала на автомобиле, — зачастила Вера Петровна. — Сейчас темнеет рано, Олег Михайлович щуплый, и хотя было тяжело, мы справились. Посадили его на заднее сиденье, а потом устроили на скамейке в парке... Ну куда можно труп деть, скажи? В квартиру приперетъ?

— Жесть! — рявкнула я. — Я отказываюсь оправдать ваш, Вера Петровна, поступок, но хоть могу понять его мотивацию: вы испугались, что лишитесь клиентов. Но Катерина! Она-то почему согласилась на это?

— Так ведь она все и придумала! — вдруг заплакала собеседница. — Знаешь, как я устала! С молодых лет сирота, одна кручусь, зарабатываю на жизнь, боюсь нищей старости, а та подступает неотвратимо... Никогда, поверь, я не была участницей столь драматических событий. Да, я поступила некрасиво, хапнула двух клиентов. Но ведь это в первый раз! И что вышло? Один умер, вторая удрала. После того как мы оставили Олега Михайловича в парке, я вернулась, выпила таблетки и упала в кровать. Думала, Лидия спит и будет спать до обеда. Но ошиблась. Сама до полудня продрыхла, встала — а ее нет! Я чуть с ума не сошла, не знала...

— Так где же наркоманка? — прервала я психотерапевта.

— В «Никитском парке», — шмыгнула носом Вера Петровна.

— Как она туда попала?

— Приехала сначала на свою квартиру, ту самую, которую Федор Макарович сдал под фотостудию, — хмуро пояснила психолог. — У наркоманов часто наблюдается симптомы, которые называются «память дороги». Кстати, у некоторых людей с болезнью Альцгеймера тоже. Вроде сознание путаное, а потом человек видит нечто знакомое, и включается автопилот, возникают четкие воспоминания. В такой момент психически ненормальный человек становится вполне вменяемым, звонит по телефону, едет домой. Вот только отправляется он частенько не к последнему месту жительства, а туда, с чем связаны его самые яркие воспоминания. Например, торопится в деревню, в которой ребенком проводил каникулы, или спешит к дому любимой бабушки. Эти случаи описаны в специальной литературе, они не редки, и произошедшее с Лидией один из таких примеров. Она пришла в свою квартиру, стала плакать, администратор салона позвонила хозяину, тот связался с Федором Макаровичем, генерал немедленно примчался и отвез приемную дочь в пансионат.

— Вот черт! — покачала я головой. Ну почему я не расспросила сотрудников фотостудии? Решила, что квартира на первом этаже давно переоборудована под нежилое помещение, и ушла. А ведь легко было сообразить: если Лидия Фомина до сих пор прописана по этому адресу, значит, хозяин студии не купил квартиру, а взял в аренду. Я безуспешно искала Лидию, а больная была благополучно доставлена в «Никитский парк». — Значит, генерал сумел-таки уломать руководство пансионата, уговорил еще немного подержать под присмотром бывшую уголовницу?

— Да, — кивнула Вера Петровна, — с ней все отлично.

— А с кем плохо? — насторожилась я.

— Со мной! — снова зарыдала психотерапевт. — Пришлось вернуть генералу деньги. Я опять без клиентов. Ну за что мне такая беда? Почему не везет, а? Чем я провинилась? За какие грехи меня Господь наказывает?

— Может, за деда Пихто? — безжалостно спросила я. — Впрочем, это не мое дело. Да, кстати! А почему вы оформили мобильный номер на имя Бориса Гурьевича? С домом понятно, из-за налоговой инспекции.

— Верно! — еще громче заголосила собеседница. — У меня случайно его паспорт оказался, уж и не помню каким образом. Разбирала бумаги в своем кабинете, смотрю — лежит. Вот тут меня и осенило: какой спрос со старика? Придут, а он уже умер. И телефончик на Бориса Гурьевича взяла — дала девчонке в офисе денег, та и постаралась. Получилось удобно: если вдруг какая неприятность с деньгами, клиент, допустим, настучит, то меня и по мобиле нельзя найти. Просто «убью» номер и все!

— Еще вопрос. Вы в «Приколе» сказали, что я очень похожа на Тигровну, нет лишь родимого пятна. Но ведь вы никогда не встречались с гувернанткой.

— Катя показала фото, — объяснила Вера Петровна. — Велела смотреть внимательно, правда ли та прохожая, Татьяна Сергеева, одно лицо с Тигровной. И я хорошо все разглядела.

Выйдя от Веры на улицу, я села в маршрутку и поехала к метро. В голове роились разные мысли. Я была слегка озадачена некоторыми замеченными нестыковками.

Если попытаться сложить всю имеющуюся у меня информацию, то получается, что Катерина убила своего мужа — задумала преступление и осуществила его. У жены был мотив: муж становился все более неадекватным, жадным и малообщительным. Подавать на развод Катерина не хотела (ей тогда пришлось бы уйти нищей, все имущество было нажито Ефремовым до брака с ней), вот она и придумала выход: наняла Веру Петровну, не пожалев денег. Потом, когда инсценировка началась, приехала в «Изумрудный», якобы желая проверить, правильно ли оборудована комната, незаметно поставила в шкаф пузырек с лекарством — знала же, что в момент стресса муж кинется пить успокоительное. Типичное убийство, замаскированное под несчастный случай.

Но концы не стыкуются. Лично у меня возникла куча вопросов. Масса! И куда идти? В милицию? Право, смешно. Оставить все как есть? Пусть убийца гуляет на свободе?

Меня бросило в жар, спина вспотела и тут же высохла, по телу прошел озноб. Чтобы немного отвлечься, я стала рассматривать газету, которую читала пассажирка-соседка, хотя мне самой очень не нравится, когда кто-нибудь запускает нос в мою книгу или журнал. Тетка увлеклась «Желтухой», в которой через всю полосу бежала черная «шапка»: «Один из руководителей банка убит своей женой. Екатерина Ефремова покончила с собой».

— А ну дайте! — закричала я и выхватила у растерявшейся дамы издание.

Глаза побежали по строчкам.

«Тело Олега Ефремова, управляющего «Золбизбанком» было обнаружено в парке в понедельник. На первый взгляд смерть высокопоставленного финансиста являлась естественной, похоже, его сразил сердечный приступ. В пользу такого предположения говорил и пузырек, найденный в кармане умершего, — он содержал следы сильнодействующего препарата, который принимают люди с больным сердцем. Но вскрытие показало наличие в крови Ефремова огромного количества лекарства. Возник вопрос: управляющий, когда почувствовал себя плохо, ошибся, выпив слишком большую дозу лекарства, или кто-то ему в этом помог? Официальные лица хотели побеседовать со вдовой Ефремова. Но пообщаться с ней не успели — сегодня ночью она покончила с собой, оставив подробный рассказ об убийстве мужа. Наши корреспонденты сумели раздобыть всю необходимую информацию. Читайте в завтрашнем номере «Желтухи» правду о смерти Олега Ефремова».

— С ума сошла? — ожила соседка. — Верни газету!

Я молча вернула бульварный листок и вытащила мобильный.

— Метро, приехали, — объявил шофер.

Пассажиры начали выскакивать из микроавтобуса, я вылезла последней, тихо злясь на Коробкова. Ну почему он не отвечает?

Когда раздражение достигло высшей точки, в мобильнике послышался громкий щелчок, затем прорезалось кокетливое:

— Хэллоу!

— Позовите Дмитрия, — удивленно попросила я. Хотя, если поразмыслить, ничего странного не произошло, у Коробкова, вероятно, имеется жена.

— Слушаю, мой пончик, — донеслось из трубки. — Танюсенька-лапусенька, твой личный джинн уже прилетел. Задавай вопросик!

— Ну ты и дурак! — не выдержала я. — Шутник фигов.

— Лучше смеяться, чем плакать, — парировал парень. — Ну, излагай проблему.

— Мне неудобно снова тебя беспокоить!

— Для вас, мадам, я готов в любое время дня и ночи отправиться пешком в Китай.

— Можешь раздобыть сведения о некоторых людях?

— Копаться в чужом белье любимое хобби Димы. Имена! Фамилии! Пароли и явки! Цвет кожи! Называй!

— Олег Михайлович Ефремов, управляющий «Золбизбанком», мы с тобой уже о нем говорили.

— Помню.

— Необходима вся информация о его женах, а их было много. Еще интересует его сестра, Ирина. Но самое главное — семейная история. Мать Олега, Алевтина Марковна, скульптор, была шизофреничкой, она убила некую Натэллу Тиграновну...

— Не части, — остановил меня Коробков, — докладывай с чувством, с толком, с расстановкой, декламируй с выражением, мальчик не гений, он пишет медленно.

— Какой мальчик?

— Я, — захихикал Дмитрий, — девочкой меня никак нельзя назвать.

Я промолчала. Похоже, я начинаю привыкать к манере Коробкова разговаривать. Главное, что, постоянно юродствуя, парень хорошо работает.

— Мне нужно время, — вдруг серьезно заявил мой помощник, узнав от меня подробности. — Ступай домой и жди звонка.

— Йес, босс! — вырвалось у меня, и я моментально обозлилась.

Ну вот, заразилась от шута. Интересно, сколько Диме лет? Судя по ловкости, с которой он управляется с компьютером, и по его идиотским шуточкам, хакер вряд ли вышел из подросткового возраста.

— Молодца! — похвалил меня между тем Коробков. — Научилась правильно говорить, а то гундосила в трубу занудой...

Едва я открыла дверь, как унюхала запах знакомого одеколона.

— Гри! — обрадовалась я. — Ты здесь!

Но в квартире оказалось пусто. Никаких следов пребывания супруга, лишь запах его любимой парфюмерии. Я села на диван. Значит, Гри в Москве. Он тайком приходил домой и действовал осторожно, не хотел, чтобы я догадалась о визите мужа. Вот только не подумал об аромате.

Я подошла к холодильнику, распахнула дверку и увидела пирожное. На секунду удивилась: когда я купила сладкое? Вчера? Точно! Ну надо же, я так измоталась, что стала забывать самые простые вещи. Наверное, не надо лакомиться сладким, я ведь сижу на диете, но руки сами вытащили тарелочку. От маленького бисквита со свежим кремом я не поправлюсь! Съем четверть пирожного, не все сразу.

Но, начав есть, трудно остановиться. Я, конечно, слопала все. Потом легла на диван, поджала ноги, укрылась пледом и неожиданно заснула...

Будильник зудел осенней мухой. Я села и громко сказала:

— Гри! Пора вставать!

В ту же секунду моя рука наткнулась на стеклянный столик, и я сориентировалась во времени и пространстве. Сейчас вечер, за окном темно, я не в спальне, а в большой комнате на софе, и противный звук издает телефон, надо взять трубку.

— Я подумал, ты умерла! — заорал Коробков. — Почти час пытаюсь дозвониться! Тебе нужна инфа? Или ты шутковала?

— Извини, — пробормотала я, — совершенно неожиданно заснула. Никогда со мной такого не случалось.

— Старость — не радость, все когда-нибудь случается впервые, — не упустил возможности позубоскалить Коробков. — Сначала засыпаешь днем, затем уши откажут, глаза, ноги, руки...

— Давай займемся делом!

— Вот теперь ты проснулась, — радостно уточнил Дима. — Докладаю, генералиссимус!

Наша беседа длилась долго. Вернее, это был монолог Коробкова. Он перестал дурачиться и сообщал сведения кратко и последовательно. Пожалуй, я ошиблась насчет возраста компьютерного гения, наверное, ему около тридцати, а за плечами у него армия, потому что только прошедший воинскую службу человек способен на столь четкий доклад.

— И что теперь делать будешь? — спросил Дима, завершив официальную часть.

— Навещу Ирину, — ответила я.

— Уже поздно! — предостерег хакер.

— Очень хорошо. Значит, она дома у телевизора и абсолютно не ожидает гостей.

— Кто бы сомневался! Самое удачное время для беседы. Мы так думаем, — неожиданно буркнул Коробков и вдруг ойкнул.

— Ты о чем? — удивилась я.

— Я не сомневался, что эта байда упадет, — объяснил Дима. — Извини, отвлекся. Мне на ногу железка хренакнулась. Сумку не забудь!

— Какую?

— Свою собственную, — захихикал Дима. — Черную, красивую, на ремешке!

Еще вчера я бы поразилась словам Коробкова, но сегодня спокойно отнеслась к пассажу про сумку. Он хочет произвести впечатление человека, который умеет взглядом проникать сквозь стены. Но парень всего лишь прикалывается, разводит меня, ждет, что я запричитаю: «Ой, ой, откуда ты знаешь про мою черную сумочку на ремешке?» Но я не стану радовать хакера. У каждой женщины непременно найдется подобный аксессуар. Вот скажи Дима про сине-бело-красную торбу, тут можно было бы и изумиться.

— Ты прав, — спокойно ответила я, — именно ее я и прихвачу.

— Молодца! — одобрил Коробков. — Кстати, будь осторожна, не лезь на рожон. Похоже, тетенька, которую ты намерилась посетить, не слишком милая особа.

— Я лишь хочу задать ей пару вопросов. Узнаю ответ и уйду, — пообещала я.

Глава 31

— Однако ты выбрала странное время для визита, — не очень приветливо заметила Ирина, увидав меня на пороге.

— Понимаю, прости, — зачирикала я, — но вряд ли я сумею заснуть. Выяснила некоторые странные обстоятельства, связанные со смертью Олега, вот и подумала: тебе непременно надо о них узнать.

— Входи, — подобрела Ирина. — Я тоже бессонницей маюсь. Слышала про Катьку?

— В газете прочитала.

— Уже разнюхали!

— Да, «Желтуха» материал дала, — сказала я. — К ним в руки попала записка самоубийцы.

— Нет, она в милиции, — вздохнула Ирина. — Наверное, кто-то из ментов дал ее журналюгам почитать. Ну, проныры! Хотя теперь уже без разницы, Олег умер, а мне на банк наплевать.

— Ты сама послание видела?

— Нет, — покачала головой сестра покойного, — но мне сказали, что там чистосердечное признание, Катерина описывает убийство мужа. Прямо роман! Она втянула в дело психотерапевта. Ладно, не хочу излагать подробности.

— С ума сойти! — протянула я. — Значит, ты наследница?

— Чего?

— Состояния Олега.

Ирина засмеялась.

— Ну ты и сказала! Состояние... Брат не олигарх.

— Ну все-таки управляющий крупным банком, — не сдалась я.

— Не владелец, а человек на окладе, служащий, — пожала плечами Ирина. — Хотя, думаю, Олег собрал немного в чулок, да только там не миллион долларов.

— Еще квартира, — гнула я свою линию.

— Ну да, теперь жилплощадь хорошо стоит, — равнодушно пожала плечами Ефремова. — Но ведь она оформлена на Катерину!

— Ты уверена?

— Абсолютно, — сверкнула глазами собеседница. — Олег совсем ум потерял. Влюбился в эту прости господи! А она не растерялась и запустила лапу в его карман. Подкинула мужу гениальную идею — бросить работу, продать московское имущество, уехать на Гоа, купить там дом и жить под пальмами в свое удовольствие.

— А он?

— Отказался, конечно, — презрительно фыркнула Ира. — Вот она его и убила. Все просто. За квартиру и за деньги. Наследница первой очереди не я, а жена!

— Ужасно! — вздохнула я. — Но почему она покончила с собой?

— Совесть, наверное, проснулась. Говорят, такое случается, — предположила Ирина.

— Ясно, — кивнула я. — Скажи, тебя не смутили некие странности в прошлом Олега?

— Какие?

— Все его жены погибли!

— Ошибаешься, умерла только Олеся, — не согласилась Ирина.

— Ты уверена?

— Конечно!

— А в милиции иные данные, — протянула я.

— Какие? — изумилась Ира.

— Первая супруга Олега, Рита Моргулис, погибла от руки грабителя, — сказала я. — На нее напали поздним вечером в подворотне, ударили по голове железным прутом, выкрашенным черной краской, забрали кошелек, часы, серьги...

— Откуда тебе про цвет прута известно? — вытаращила глаза Ирина.

— В ране остались микроскопические следы эмали, — пояснила я, — и эксперт это отметил.

— Я понятия не имела о несчастье с Риткой, — пробормотала Ира. — От Олежки все жены уходили с большим или меньшим скандалом, а потом ни с ним, ни со мной не общались.

— Моргулис убили буквально через неделю после развода. А еще около тела нашли мужские следы. Похоже, преступник носил сорок третий размер обуви.

Ирина ойкнула.

— Как и мой бедный брат, — констатировала она.

— Софья Моргенштерн тоже стала объектом нападения, — продолжала я. — Опять грабитель, железный прут, окрашенный в черный цвет, отсутствие у жертвы сумки, браслета и наличие рядом с телом отпечатков подошв сорок третьего размера.

— Господи! — затряслась Ира. — Что такое ты говоришь!

— К сожалению, правду, — со вздохом сказала я. — Понимаешь, есть архив, в котором хранятся все дела, есть специальное место и для улик. Даже если дело раскрыто, документы пылятся на полках, а теперь они существуют еще и в электронном виде, что значительно облегчает работу следователей. Я ничего не понимаю в компьютерах, даже включить ноутбук не сумею, но один очень знающий пользователь на днях мне объяснил: при помощи Интернета возможно все! Легко добыть любую информацию, следует лишь знать, где она упрятана, и выяснить пароль.

— Прямо сказка, — нахмурилась сестра Олега.

— Нет, суровая действительность, — возразила я. — Следующую супругу, Леночку, после разрыва с Ефремовым тоже ударили железкой. Преступник наступил в грязь, следственная бригада получила четкие отпечатки подошв. Сказать размер?

Ирина обхватила себя руками.

— Нет.

— Преступления совершались в разных концах города, ими занимались местные отделения милиции. Увы, в Москве не столь уж редки ограбления, в убийствах несчастных женщин не было ничего особенного, все укладывалось в обычную схему, поэтому по истечении отведенного законом срока папки с «висяками» были убраны в архив. Никто не заметил схожести ограблений, не объединил дела, не понял, что во всех случаях орудовала одна рука. Но когда я получила информацию о судьбах бывших жен Ефремова, мне стало ясно: на них нападал один человек.

— Почему? — одними губами спросила Ира.

— Ну сама посуди. Удар наносили всегда сзади, железным прутом, окрашенным черной краской, на месте оставались следы обуви сорок третьего размера. А главное — спички!

— Что? — подскочила Ирина.

— Грабитель хорошо знал женщин. Они все после развода с Олегом вернулись в свои старые квартиры. Убийца, поджидая жертву, нервничал, ломал спички. В непосредственной близости от тел валялись их мелкие обломки. Если бы преступления совершались на территории одного района, сыщики бы непременно объединили дела. Продолжай киллер свою «работу» дальше, нападай он на женщин постоянно, в конце концов все поняли бы: действует один человек. Но в нашем случае все обстояло иначе. Ограбили Риту, через несколько лет Соню, затем, спустя некоторое время, погибла Лена. В общем, все супруги Олега покинули сей мир — первых троих убили, последняя — Катерина — покончила с собой, а четвертая, Олеся Федькина, умерла от болезни. У нее были проблемы по части гинекологии, по этой причине она была самой неподходящей сексуальной партнершей Олега. Бедная Федькина — и необузданный Ефремов! Неизвестно, как бы повернулось дело, проживи Олеся с Олегом не один год. Может, тоже встретилась бы с железным прутом.

— Ты хочешь сказать... намекаешь... уверяешь... что мой брат убил их всех? Что он таки сошел с ума, как мама? — промямлила Ирина. И вдруг встрепенулась: — Нет, это неправда! Олежек был совершенно нормальный! Он служил в банке! Там бы заметили!

Всех сотрудников проверяет служба безопасности! К брату не было никаких претензий!

— Конечно, — согласилась я. — Он же просто разводился, а служба безопасности, естественно, не интересовалась судьбой его бывших жен. Зачем? Вот Катю проверили! Кстати, в «Золбизбанке», несмотря на пафосность, служба безопасности оказалась не на высоте, она лишь поверхностно поинтересовалась личностью Екатерины. На первый взгляд девушка вполне обычная, приехала из провинции, не поступила в техникум и пошла работать в бар, где и встретилась с Олегом, родных не имеет, замужем до брака с Ефремовым не была. Да только ищейкам следовало поглубже в ее биографии покопаться, и перед ними развернулась бы иная картина. В небольшом баре, где якобы разливала напитки Катя, оформлено около пятидесяти трудовых книжек на молодых женщин, прикативших из разных городков России, и все они барменши!

— Уфф, — выдохнула Ира.

— Есть и еще кое-что интересное, — прищурилась я. — Помнишь Лесю Кароль?

Ефремова заморгала.

— Кого?

— В ночь, когда убили Тигровну, ты ночевала у своей подруги Леси Кароль, о чем рассказала мне в нашу первую встречу.

— Да, верно.

— И какова судьба Леси?

— Ее убил грабитель, — ошарашенно прошептала Ирина.

— Точно, — подтвердила я. — Буквально через день после кончины несчастной Тигровны Кароль получила удар железным прутом по затылку. Рядом с ее телом валялась пара сломанных спичек, и преступник носил сорок третий размер обуви!

— Боже, боже, боже... — затвердила Ирина. — Но у брата не было повода нападать на Лесю!

— А по какой причине Олег убил остальных? — задала я ей вопрос. — Ведь он с ними уже разошелся! Правда, со скандалом, но покажи мне пары, которые разбегаются, даря друг другу презенты. Никаких имущественных споров у бывших супругов не было, нажитое оставалось у Олега. У меня сложилось впечатление, что Рита, Соня и Лена были готовы забыть о деньгах и квартире, так им хотелось унести ноги от мужа. Так зачем было убивать их?

— Зачем? — эхом повторила Ирина.

— Думается, они узнали некую тайну, — зловеще протянула я. — Страшную, жуткую тайну. Ну как в сказке про Синюю Бороду, они проникли в его потайную комнату. Той же информацией владела и Леся Кароль. Хотя, чем дольше я думаю о случившемся, тем больше возникает у меня вопросов.

— Каких? — разинула рот Ира.

— Я не была свидетельницей убийства Тигровны, но, слушая твой рассказ, подметила некоторые нестыковки. Ты описывала место происшествия так: вошла в спальню, увидела труп Тигровны и Алевтину Марковну, которая сидела у стены, одурманенная уколом. Верно?

— Да, — согласилась Ира. — Жуть!

— Хорошо помнишь обстановку?

— Разве такое из памяти выкинешь! — вздрогнула собеседница.

— Полагаю, нет, страшное зрелище должно навсегда отпечататься в мозгу. Но вот первый вопрос: ты вбежала в спальню Олега?

— Да.

— Вот и несовпадение, — вздохнула я. — В первую нашу встречу ты сказала: «Я вернулась от Кароль, Олег открыл дверь и простонал: «Иди в кабинет, они там». За стопроцентную точность цитаты не ручаюсь, но местом происшествия была названа рабочая комната Михаила Олеговича. Так как она трансформировалась в спальню Олега?

Ирина заморгала.

— Ну... столько лет прошло...

— Хорошо, — легко согласилась я, — пусть так, воспоминания слегка потускнели, хотя секунду назад ты абсолютно справедливо утверждала, что такое не забывается. Но есть и другие шероховатости, подтвержденные уже милицейским протоколом. Алевтина Марковна сидела у стены. Повторяю: сидела у стены! Теперь вспомним само происшествие. По словам Олега, мать вошла в его комнату и попыталась изнасиловать сына.

— Она была сумасшедшей нимфоманкой! — воскликнула Ира.

— Не о том речь. Юноша позвал Тигровну, та прибежала в его спальню (обрати внимание, события все же разворачиваются в спальне Олега), психопатка схватила с письменного стола нож для разрезания бумаги (значит, речь идет о кабинете) и ударила гувернантку в живот. Дальнейшие события заняли секунды. Няня падает на спину, у нее в руке шприц с лекарством мгновенного действия. В психиатрии принято использовать именно такие инъекции, больные отключаются буквально на игле. Алевтина наклоняется над убитой, сын быстро подбирает шприц, колет мать в спину. Внимание! Я уже говорила: транквилизатор очень мощный, сумасшедшая в одну секунду теряет сознание. По логике вещей, Алевтина Марковна должна была упасть на Тигровну! Но когда Михаил Олегович вызвал милицию, его спящая жена сидела у стены. Как она сумела отойти?

— Наверное, папа ее переместил, — предположила Ирина.

— Но ты вошла в комнату — кстати, все-таки в спальню или в кабинет? — и тоже увидела маму сидящей, — напомнила я.

— Наверное, Олег стащил маму с Тигровны.

— Невероятно!

— Почему?

— Милиция тщательно описала внешний вид жены психиатра. На ее одежде не было следов крови, а при ранении в живот повреждаются крупные сосуды, и если Алевтина рухнула сверху на труп, а иначе никак не могло получиться, ее халат запачкался бы кровью. Но! Ни одного пятнышка на ее одежде не нашли. Маленькое дополнение: на орудии убийства — ноже для разрезания бумаги — на рукоятке остались отпечатки пальцев Алевтины. Странно, да?

— Вовсе нет. Мама же убила Тигровну!

Я набрала полную грудь воздуха.

— Ира, милиция не заметила или не пожелала обратить внимание на эти шероховатости. Тигровну убили в комнате Олега, что запротоколировано. Более того, особо отмечено: тело не перемещали. Вопрос: как в спальне юноши появился нож со стола, который был в кабинете отца?

Лоб Ирины покрылся потом.

— Э... э... Олег его прихватил с собой перед сном!

— Зачем?

— Э... э... — не нашла ответа Ефремова. — Просто так!

— А еще, — безжалостно продолжала я, — эксперт отметил удивительную кровожадность Алевтины. Она ударила Тигровну, а потом расковыряла рану, что значительно усложнило работу криминалиста. Специалист без колебаний подтвердил: сумасшедшая нанесла гувернантке множество ранений, она буквально изрезала след от первого смертельного удара, а потому невозможно было точно сказать, каким орудием его нанесли. Но, поскольку последующие травмы сделаны клинком с письменного стола, то можно предположить, что жизнь Тигровны оборвал именно он.

— Мать была сумасшедшей, — повторила Ирина. — Господи, ты бы видела несчастную няньку! Море крови!

— А на халате Алевтины ни капли! — напомнила я. — И Олег сразу ухитрился сделать матери укол. Когда же она кромсала Тигровну? Получается, Алевтина Марковна колола несчастную, а сын молча ждал, пока мамуля завершит начатое? Прямо фильм про резню бензопилой!

Ирина схватилась за виски.

— Хочешь, скажу, что было на самом деле? — предложила я.

Ефремова застыла без движения.

— Михаил Олегович уехал в командировку, а Олег, очевидно нарушив данное обещание, привел девушку. Думаю, это была Леся Кароль. Парочка уютно устроилась в спальне юноши и, забыв об осторожности, стала шуметь. Тигровна, решив узнать, в чем дело, застукала юных любовников. Олег перепугался, что отец накажет его, схватил свой нож (у каждого подростка непременно есть режущий предмет) и убил Тигровну. Естественно, в тишине такое не совершить. Прибежала разбуженная сестра. И что она увидела? Бездыханная няня на полу, лужа крови, брат в ужасе, Леся почти в обмороке. Ирина была старше брата и реально оценила перспективу. Что ждет их всех? Олега посадят на много лет, соответственно биография Ирины окажется подпорченной (брат-уголовник не самая светлая отметина в анкете), Лесю затаскают по допросам. Ирина ухитрилась сохранить в ужасной ситуации трезвую голову и начала действовать. Она сбегала в кабинет к отцу, притащила кинжал и изуродовала рану на теле гувернантки. Ира неглупа, она слышала о криминалистах, знала об отпечатках пальцев и попыталась тщательно замести следы. Затем брат с сестрой привели маму, которой Тигровна на ночь сделала укол сильного снотворного, усадили ее у стены, тщательно вытерли рукоятку кинжала, приложили его к пальцам Алевтины и воткнули клинок в тело Тигровны. Кароль отправили домой, потребовав от нее лишь одного: сказать, что она безвылазно находилась в своей квартире, принимала в гостях Ирину, пока той не позвонил брат. Алевтине Ира всадила еще один укол — матери следовало крепко спать. Учитывая, в каких экстремальных обстоятельствах все это происходило, можно лишь удивиться самообладанию Ирины. Очевидно, она обожала брата, раз так хотела ему помочь. И ведь получилось! Убийцей сочли сумасшедшую. А Михаил Олегович использовал все свои связи, чтобы смикшировать ситуацию. Может, элементарно дал взятку, поэтому вопиющие нестыковки не бросились в глаза тем, кто занимался дознанием. Далее события, на мой взгляд, развивались так. Леся Кароль вместо того, чтобы молчать, принялась названивать Олегу, устраивать истерики... Вот и пришлось ее заткнуть. Испробовав убийство как способ разрешения своих проблем два раза, Олег продолжал уничтожать тех, кто ему по разным причинам мешал. Серийные убийцы действуют стандартно, они редко меняют свои привычки, надеясь на то, что если сошло с рук в первый, второй раз, сработает и в третий, четвертый, пятый!

— Ты гений! — воскликнула Ира.

— Ну это ты хватила, — довольно улыбнулась я, — просто я обладаю даром видеть мелочи. Некая деталь зацепила меня и теперь, в деле Катерины.

Ира подскочила.

— Не может быть! Катька убила моего брата, потом покончила с собой, оставив письмо с подробным описанием своего преступления.

— Я говорила с Верой Петровной, она подтверждает эту версию, называет Катерину по имени, описывает ее внешность.

— Чего же еще?

— Пуговицы! — округлила я глаза.

— Что? — не поняла Ира.

— Вера Петровна весьма ехидно отозвалась о розовом костюме с золотыми пуговицами, в котором была Катя, — улыбнулась я. — Она порвала с проституцией, но вкус у нее остался соответствующий.

— Вещи у невестки были отвратительные! — с жаром подтвердила Ирина. — Вырез до колен, пайетки, стразы, ленточки... Приличная дама на такое не взглянет, а путаны — сороки!

— Согласна, — кивнула я. — Но вот Галина, домработница Кати и Олега, тоже рассказала о розовом пиджаке. Но с СЕРЕБРЯНЫМИ пуговицами! Воскликнула: «Чистить застежки меня заставляла! Любимый прикид, она постоянно его таскает. Хорошо хоть тело опознавать не в нем отправилась». Понимаешь?

— Нет! — промямлила Ира.

Я прищурилась.

— Катерина, рассказывая Вере Петровне о своей жизни с мужем, была очень откровенна. Не забыла она и о жадности Олега, сетовала на его скаредность.

— Нехорошо говорить гадости о покойных, — насупилась Ира. — Но брат и правда был очень экономен, фразу: «Если не сократим расходы, то умрем в нищете», — он повторял несколько раз в день. Тут Катька не соврала. Из-за этого мужа и убила! Вот и мотив налицо!

— А домработница Галина уверяла, что семейная пара была прижимиста. Оба — и Олег, и Катя. Хозяйка не покупала много вещей, имела скудный гардероб, розовый костюм она таскала в пир, в мир и в добрые люди. Вот только с пуговицами мистика! То они золотые, то серебряные...

— И как это объяснить? — прошептала Ира.

— Просто. Веру Петровну нанимала не Катерина, а кто-то, загримированный под нее. Светлый парик, челка до бровей, яркая губная помада, пресловутый костюмчик. У Кати слишком характерная внешность. Я, правда, не видела даму, но, думаю, убийца умело загримировалась. Она имела на Олега большое влияние, была в курсе его проблем и привычек, скорей всего являлась любовницей Ефремова. В далеком прошлом, не сейчас.

— Почему ты ведешь речь о далеком прошлом? Вероятно, брат изменял и последней жене. Он был натуральный Казанова! — воскликнула Ирина.

— Нет, — уперлась я, — преступница — старая его знакомая. Она приехала в поселок «Изумрудный», чтобы проверить, правильно ли Вера Петровна оборудовала «детскую». Откуда бы новой любовнице знать детали обстановки родительской квартиры Ефремова? И еще. Она показала психотерапевту фотографию, где были запечатлены Тигровна и несколько подростков. Такой снимок мог иметь лишь человек из детства Ефремова.

— Черт! — выпалила Ирина. — Ты мастер по деталям! Настоящий талант!

Я расплылась в улыбке. Очень люблю, когда меня заслуженно хвалят!

— Так кто отравил Олега, можешь назвать имя? — насела на меня Ира.

— Спектакль поставлен с размахом, — сказала я. — Организатор его наняла Веру Петровну, представившись Катей, проверила обстановку дома и втайне от психотерапевта поставила в шкаф пузырек с лекарством. Затем старая знакомая позвонила Олегу и сказала ему нечто важное. До такой степени важное, что управляющий банком быстро взял отпуск и наплел жене с три короба. Не знаю, что он ей сказал, допустим: «Дорогая, я уеду на пару дней, никому не говори, это секрет». А сам вместе с подругой юности порулил к психотерапевту, в снятый дом. Вера Петровна опоила клиента снотворным и оставила в «Изумрудном», а когда Олег очнулся, он увидел... Тигровну. Бедный управляющий чуть не скончался на месте! По странному стечению обстоятельств некая Татьяна Сергеева оказалась очень похожа на гувернантку. Если бы не до боли знакомая обстановка детской, Олег мог сообразить: няне, останься она жива, сейчас очень много лет, а тетка-то, которая перед ним, по-прежнему молода. Но сработал эффект неожиданности, на котором и был построен варварский метод Веры Петровны. Психотерапевт использует шок, пациента дурманят, быстро перетаскивают в специально оборудованное место, и придя в себя, он чумеет, будучи не в состоянии адекватно оценить ситуацию. Олег среагировал так, как и ожидала убийца. Она знала: в момент страха Олежек бросится к шкафу и схватит спрятанное там лекарство. Право, не знаю, чем он пользовался! Пил валерьянку, пустырник... какое-то невинное средство, скорее плацебо, чем транквилизатор. Вере Петровне об этой его особенности заказчица «забыла» сообщить, зато она позаботилась поместить на полку кардионорм. И управляющий банком умер на глазах у лже-Тигровны. Кто виноват? Ясное дело, Вера Петровна с ее идиотскими психологическими играми. Понимаешь теперь, почему я говорю о любовнице Олега из далекого прошлого? Убийца знала обстановку детской, знала и о привычке Олега глотать некое снадобье, и она смогла убедить Ефремова солгать Катерине. А еще таинственная фигурантка хотела за что-то отомстить Олегу.

— Зачем же ты пришла сюда? — внезапно разозлилась Ирина.

— Вы с братом до его женитьбы на Кате очень дружили. Наверное, в доме сохранились старые фото. Давай вместе их посмотрим, ты должна вспомнить имя преступницы. Она приходила в ваш дом! Спала с Олегом!

— У брата было сто любовниц! — покраснела Ира.

— Ты не хочешь узнать правду? — поразилась я. — Не всех же своих кошечек Олег приводил в родительскую квартиру. Круг сужается!

— До пятидесяти, — фыркнула Ира.

— Уже лучше! — обрадовалась я. — Нужная нам девчонка была очень тихой, скрытной, и она сильно обижена Олегом. Только такая способна ждать десятилетия, мечтая отомстить. Кстати, вероятно, она уехала за границу и не имела возможности осуществить задуманное ранее.

— Роза Фельдман! — вдруг заорала Ирина. — Олег переспал с ней один раз, а Розка стала приходить к нам каждый день. Она нравилась нашему папе — воспитанная девочка из хорошей семьи. Роза ухитрилась подружиться с братом, он ей доверял. А потом Фельдманы уехали в Израиль, и Роза оставила Олегу письмо — ужасное, с угрозами. Дескать, он ее унизил и заплатит за все. У меня сохранилось и послание, и фото Розки! Кстати, хочешь чаю? Нет, ты настоящий гений!

— С удовольствием выпью, но только кофе, — улыбнулась я.

— Через пять минут получишь замечательный капучино, — пообещала Ира и ушла.

Глава 32

Я откинулась на спинку дивана. Да, мне не досталось особой красоты, лицом и фигурой я не отличаюсь от большинства женщин, зато обладаю умением замечать пылинку на дороге и сумела докопаться до истины. Вот уж увлекательное занятие! Может, пойти поучиться на следователя? Хотя... Кто же примет в вуз женщину не первой молодости? Да и есть у меня уже одно высшее образование. Правда, училка из госпожи Сергеевой никакая!

— Не пей, — внезапно сказал скрипучий голос.

— Кто здесь? — подпрыгнула я.

— Не трогай кофе! — прозвучало в ответ.

Я повернулась на звук. Понимаю, вы мне сейчас не поверите, но он шел из моей сумки.

— Что такое? — испугалась я.

— Не прикасайся к напитку, — вещал ридикюль. — Вот дура, забыла дома мобильный. Жопа с ушами! Не дотрагивайся до капучино, откажись.

Я схватила сумку и раскрыла ее. Ну надо же! Действительно, сотового нет.

— Чего глазами хлопаешь? — прокряхтела сумка.

Я отбросила торбу в дальний угол дивана, та незамедлительно заругалась:

— Блин, кретинка!

Я ощутила себя Алисой в стране чудес, не хватало только белого кролика. Боже, я схожу с ума!

— Что с тобой? — озабоченно спросила Ира, входя в комнату с подносом. — Побледнела до синевы.

— Душно, — выдавила я из себя и схватила чашку.

— Сейчас окно открою, — сказала Ира и пошла через комнату.

— Не пей, — чуть слышно пискнул ридикюль.

Я вздрогнула, опрокинула в себя одним махом капучино и спросила:

— Слышишь?

— Что? — изумилась Ира, толкая раму стеклопакета.

— Кто-то говорит.

— На кухне радио работает, я его никогда не выключаю, — пояснила хозяйка.

Мне стало смешно. Все странности имеют реальное объяснение. В районе Бермудского треугольника аномальное магнитное поле, чудовище Несси — муляж, созданный шутниками, зеленые человечки не прилетают на Землю, они, равно как и розовые мыши, продукт воображения алкоголиков. А сумки не умеют говорить.

— Полегчало? — поинтересовалась Ира.

— Да, — кивнула я. — Наверное, у меня давление упало, даже голова слегка кружится.

— Сможешь пойти?

— Куда?

— За фотографиями и письмом Розы Фельдман.

— Они у тебя не здесь?

— Если все хранить в квартире, погибнешь под толщей мусора, — усмехнулась Ирина. — В нашем доме у каждого хозяина есть кладовка, вход в нее со двора. Ты как? Нормально себя чувствуешь?

Меньше всего мне хотелось выглядеть в глазах Иры больной. Ну согласитесь, это по меньшей мере странно: в первый визит к Ефремовой у меня случился гипертонический криз, и сердобольная хозяйка оставила меня на ночь, и теперь той же гостье снова нехорошо...

— Нормально, — пробормотала я.

— Тогда пошли, — кивнула Ира, и мы направились к двери.

У меня перед глазами затряслась серая сетка. Ира, присев на корточки, завязала шнурки ботинок, накинула куртку, взяла какой-то длинный предмет, упакованный в брезентовый чехол, и пояснила:

— Дверь в чулан плохо открывается, надо ее подцепить, тут у меня инструмент.

Мы вышли во двор.

— Сюда, — скомандовала Ира, — левее!

— Стой! — чуть слышно просвистела висящая на плече сумчонка. — Ни шагу вперед!

Мне стало совсем нехорошо. Голова кружилась, в глазах темнело.

— Сворачивай в арку, — велела Ирина, — иди вперед!

Я покорно почапала в указанном направлении, услышала какое-то шарканье. И тут вдруг мне вспомнилось: только что покинутая прихожая, хозяйка, шнурующая обувь... Я резко обернулась, попятилась и, уже опускаясь на асфальт, увидела несколько фигур, бегущих с разных сторон к Ефремовой.

Что может быть прекрасней, чем проснуться утром около одиннадцати часов и услышать, как в кухне Гри фальшиво напевает арию из оперы «Паяцы»? Я вскочила, накинула халат и ринулась на звук с воплем:

— Милый, ты приехал!

Крик застыл в горле — в нашей небольшой кухоньке неожиданно оказалось много посторонних. У стола сидели трое: девушка и двое мужчин (дядька лет сорока и старик самого нелепого вида). Дедушка походил на психа, удравшего из поднадзорной палаты. Его седые волосы на концах были покрашены в интенсивно синий цвет, начесаны, залачены и поставлены веером. Безумный хаер вдобавок был украшен серебряной ленточкой наподобие той, которой иногда перевязывают коробки с конфетами. Хороши были и уши старичка — их сплошь усеивали колечки разной величины. Торс деда обтягивала майка с крайне неприличной надписью. Я не поклонница ненормативной лексики, поэтому не стану цитировать выражение, посылавшее народ в пешее путешествие с сексуальным уклоном.

Мужчина средних лет выглядел полнейшей противоположностью пенсионера. Он был облачен в строгий костюм чиновника, голубую рубашку и неброский галстук. Если старик притягивал внимание, то второй представитель сильного пола сливался с толпой. Отвернешься — и через секунду забудешь его лицо, настолько оно стандартно и неинтересно.

Девушка оказалась красавицей, к тому же осыпанной бриллиантами и стразами. Камни сверкали в ушах, на шее, пальцах, запястьях, они украшали и полупрозрачную блузку. Вдобавок от красотки пахло дорогими духами, а ее белокурые локоны уложила в нарочитом беспорядке умелая рука дорогого стилиста.

— Вы Марта Карц, — ахнула я.

— Да, — улыбнулась светская львица, — рада знакомству.

В ту же секунду к моему горлу подкатил комок. Однако что происходит у нас дома? Зачем тут расселись эти клоуны? А я в разобранном виде — стою в халате, растрепанная, без макияжа...

Гри, как всегда одетый в джинсы и пуловер, отошел от плиты.

— Танюш, хочешь яичницу? — спросил муж.

— Нет! — гаркнула я.

— Можно мне? — потерла цыплячьи лапки Марта. — Жрать охота!

— Давай, голубчик, наваливай, — протянул свою тарелку старик. — И не жадничай!

Я вздрогнула.

— Вы Дима?

— Привет, — обронил старик.

— Коробков? — не успокаивалась я.

11 – 3384

— Ну? — поднял бровь безумный дедушка.

— Ты?

— Я.

— Сколько же тебе лет?

— Семьдесят, — ответил Дима и возмутился: — Почему Марте четыре глазка, а мне два?

— Тебе надо вывести глистов, — посоветовала ему светская львица и с аппетитом зачавкала. — Жрешь весь день, без остановки.

— Айн момент... — надулся Коробков. — Кто из нас обжора? У тя на тарелке яишницы в два раза больше.

— А ты чипсы лопал, — не сдалась Марта, — орешки, булки и сухари. Пока мы в засаде парились, ты весь корм истребил, мне ни крошечки не перепало.

— Ну ваще! — простонал Дима.

— Хорош лаяться, — отмер «костюм».

— Йес, босс, — бойко ответил Коробков. — Пункт первый всеобщих правил: шеф всегда прав. Пункт второй: если начальник не прав, смотри пункт первый.

Я села на табуретку.

— Вы кто? Гри, что здесь происходит?

Марта и Дима замолчали, уставившись в тарелки, Гри покосился на «чиновника», и тот вежливо сказал:

— Здравствуйте, Татьяна.

— Привет, — ошалело ответила я.

— Меня зовут Чеслав Янович.

— Очень приятно, — сказала я светским тоном. И в ту же секунду потеряла самообладание: — Нет, вру, совсем не приятно! В частности, я не испытываю радости при виде Марты. В газетах вовсю обсуждают ее роман с моим мужем!

Карц поперхнулась яичницей и закашлялась, Гри ухмыльнулся, а Коробков одобрительно крякнул.

— Правильно, Таняха! Режь правду в лицо!

Марта, откашлявшись, покраснела.

— Замолчи, Дима! Таня, мне твой муж нужен, как собаке гвоздь.

— Мы работаем вместе, — пояснил Чеслав Янович, — я начальник группы.

— Съемочной? — не поняла я. — Клипы снимаете? Рекламу?

— Не в бровь, а в пупок! — гаркнул Дима. — Попала с лету!

— Спокойно! — поднял руки Чеслав. — Она не в курсе.

— Чего? — простонала я.

Гри подошел ко мне и обнял за плечи.

— Сядь, Танюша, сейчас тебе все объяснят.

— Непременно, — кивнул Чеслав. — Но сначала есть вопрос к тебе, Таня. Мы хотим понять, ты и правда замечаешь все детали или произошла случайность?

— Она гений! — быстро сказал Гри. — Я уже докладывал.

Чеслав открыл портфель, вынул оттуда фотографии и разложил их передо мной на столе.

— Смотри. Это комната Лизы Терентьевой, восемнадцати лет. Девушка покончила с собой, проглотила сто таблеток и умерла. Следов насилия нет, осталась предсмертная записка. Правда, напечатанная на компе.

— На принтере, — влез с уточнением Коробков.

— Ну да, ведь нынешние молодые люди не умеют писать от руки, — не обращая внимания на Диму, сказал Чеслав Янович. — Сделай одолжение, изучи снимки и выскажи свое мнение по поводу самоубийства.

— Зачем? — спросила я.

— Танюша, пожалуйста, — взмолился Гри, — помоги нам! Мы запутались!

Просьба мужа — приказ для жены. Я начала рассматривать снимки и спросила:

— А какого роста была Лиза? Мне кажется, не больше метра шестидесяти. Кровать маленькая, да еще в ногах валик лежит.

— Верно, — согласился Чеслав, — метр пятьдесят девять. Почему ты этим интересуешься?

— И она съела сто таблеток?

Чеслав кивнул.

— Да.

— Больших?

— Стандартные желатиновые капсулы, если уж быть точным.

— Комнату фотографировали сразу?

— Извини? — напрягся Гри.

— В спальне после смерти Лизы не убирали? Ничего не трогали?

— Нет, — ответил Чеслав Янович.

— Стопудово? — с недоверием спросила я. И разозлилась: Коробков распространяет заразу! Я начала пользоваться его сленгом!

— Да, а что? — поинтересовался муж.

— Похоже, Лизу убили, — сообщила я. — Письмо печатала не она, и капсулы ее заставили выпить насильно. Только не спрашивайте, почему нет следов насилия, на этот вопрос я не отвечу.

— Изложи аргументы в пользу своей версии, — потребовал Чеслав Янович.

— Валик в изножье кровати позволяет предположить, что Елизавета небольшого роста, — вздохнула я, — высокая девушка упрется в него ногами, лежать будет неудобно. Но посмотрите на стул около компьютерного стола — сиденье опущено до предела!

Это сделал высокий человек, Лиза в этом случае уткнулась бы подбородком в клавиатуру.

Чеслав и Гри переглянулись.

— Интересно, но спорно, — кивнул начальник. — Хотя мы на кресло, если признаться, не обратили внимания.

— Еще деталь, — подняла я руку. — Сто капсул проглотить без воды сложно. Я могу слопать пару таблеток цитрамона, не запивая. Но когда мне понадобилось есть целлюлозу, без воды не обошлось. Невозможно выпить сто капсул насухую!

— Естественно, — кивнул «костюм», — это не новость.

— Тогда, может, новостью станет факт, что в комнате не видно никаких бутылок, стаканов, чашек? — ехидно поинтересовалась я.

Коробков и Марта резко подались вперед и сшиблись лбами.

— Черт! — вымолвил Чеслав Янович. — Действительно! Чем она запивала капсулы? Татьяна, как ты это делаешь?

— Что? — прикинулась я плюшевой собачкой.

— Как ты сообразила про воду?

— Просто увидела.

— Я же говорил! — обрадовался Гри. — Она талантливая! Жаль только, глупая.

— Я на редкость умна и сообразительна! — возмутилась я. — Между прочим, это я раскрыла убийство. Ой, надо немедленно ехать к Ирине! Постойте, ее ботинки... Что произошло? Как я очутилась в нашей квартире? Гри?

— Сядь, — скомандовал Чеслав Янович, — сейчас все объясним. Сначала об Олеге Ефремове. Он не убивал Тигровну, но считал себя преступником.

— Ефремов стал жертвой жестокого, порочного

человека, который сломал ему жизнь, — добавила Марта.

— Хороша жертва. — Не согласился Гри. — Ладно, давай по порядку. Ты, Танюша, заметила много нестыковок, нарыла гору сведений, но сделала неверные выводы. Пазл сложился, но картинка получилась неправильная.

Глава 33

— Неправильная? — в изумлении повторила я. — Да Олег настоящая Синяя Борода! Он убил всех своих бывших жен!

— Зачем? — спросил Чеслав Янович.

— Ну... наверное, они ему надоели, — нерешительно вякнула я.

— Ай-яй-яй, — покачал головой Чеслав Янович. — Сама же говорила Ирине, что Олегу не было никакого смысла убивать своих бывших жен. Он с ними уже развелся, мог жить, не пересекаясь с прежними супругами.

— Хватит ее интриговать, — сжалилась надо мной Марта. — Танюша, ты молодец! Вот только слегка напутала, Олег не лишал жизни гувернантку. И других женщин он не трогал, но его успешно уверили в обратном.

— Кто? Почему? Ничего не понимаю, — жалобно протянула я.

Марта глянула на шефа.

— Можно?

— Давай, — милостиво согласился тот.

Карц выпрямила спину.

— Постараюсь изложить события быстро и четко. Значит, так... Мы знаем, что Алевтина Марковна сумасшедшая нимфоманка и у нее родились не совсем нормальные дети — Олег, не умеющий сдерживать похоть, и Ирина, хитрая, изворотливая, лживая. Ребята словно поделили недостатки матери. Олегу досталась ее болезненная сексуальность, а Ире — маниакальность вкупе с жестокостью и изворотливостью.

Когда Михаил Олегович поймал отпрысков на даче во время устроенной ими оргии, он, опытный психиатр, понял, куда может завести его чадушек разгульное поведение, и постарался запугать сына и дочь. И Олег, и Ирина были еще молоды, поэтому рассказ отца произвел на них сильное впечатление, закончить свои дни в психиатрической клинике, как мать и дед, они не хотели. Но Михаил Олегович совершил частую для родителей ошибку: желая добра чадам, перегнул палку, описывая последствия, которые ожидают развратников. Родители отлично умеют зомбировать детей. Воскликнет какая-нибудь мамочка: «Доченька, ты двоечница, умрешь под забором!», и готово — всю свою жизнь потом эта дочка испытывает комплекс неполноценности, ничего у нее не получается ни на работе, ни дома. А как иначе? Сама мать вложила в голову ребенка программу, да еще долбила постоянно эту фразу. Из благих побуждений, конечно, желая дочери добра, но вышло наоборот. И что, спросите вы, ребенка нельзя ругать? Можно, только делать это надо иначе, можно сказать: «Ты очень хорошая, умная девочка, но двойку надо исправить. Я знаю, у тебя получится, упорный труд непременно принесет результаты!»

Но взрослые, занятые работой и личными проблемами, предпочитают наорать на малыша, а то и дать ему подзатыльник, обозвать лентяем, дураком, олухом. И это еще не самые обидные эпитеты, которые слышат дети, не оправдавшие родительских амбиций. Так чего вы хотите? Сами сказали малышу, что он лентяй, вот кроха и поверил вам, вырос полным балбесом.

Наверное, Михаил Олегович, дипломированный психиатр, знал о таком эффекте, вполне вероятно, что он предостерегал своих клиентов от столь опрометчивых заявлений. Но сам в момент скандала не сдержался.

Олег и Ира испугались. Некоторое время парень не смотрел на девушек, потом понял, что больше не может соблюдать обет целомудрия, и пошел к сестре просить совета. В отличие от брата, Ирина не пользовалась популярностью у противоположного пола, она была слишком злой, что отпугивало кавалеров.

Олег начал жаловаться Ире, та стала утешать брата, и в конце концов они очутились в одной постели...

— С ума сойти! — подпрыгнула я. — Мне это и в голову прийти не могло!

— Правильно, — кивнул Чеслав Янович, — есть некие табу, нормальный человек, видя, как брат обнимает сестру, сочтет это демонстрацией родственной любви, без сексуальной окраски. Но встречаются люди без тормозов, для них не существует никаких запретов.

Марта вздохнула.

— Точно. Олег и Ира поняли: вот он выход, никто в семье ни о чем не догадается, посторонних людей в доме не будет, отец не станет ругаться. Михаил Олегович ведь рассказывал о негативных последствиях смены разных партнеров, а у брата с сестрой стабильная любовь. И молодые люди стали любовниками.

Тигровна, приставленная следить за юной порослью, не заподозрила ничего плохого. Как большинству обычных людей, ей и в голову не пришло, что между братом и сестрой могут существовать иные отношения, кроме родственных, дружеских. То, что они проводят вместе свободное время, не пугало ее, а радовало. Хорошо, когда в семье не ссорятся. Но в конце концов с глаз гувернантки упала розовая пелена.

Михаил Олегович уехал в командировку, любовники потеряли осторожность, устроили ночью шум. Нянька решила посмотреть, кто безобразничает у Олега в спальне, и без стука вошла в комнату.

Дальнейшие события выглядели так. Тигровна, увидев, кто занимается любовью, заорала. Олег вскочил на ноги, бросился к гувернантке и потерял сознание — он очень перепугался. Зато Ирина не лишилась чувств. Наоборот, девушка впала в ярость. Ира схватила финку с наборной ручкой, которую Олегу подарил на день рождения одноклассник, и ударила гувернантку в живот. Клинок повредил крупный сосуд, Тигровна скончалась через пару секунд. Вот тут только до Иры дошло, что она наделала. Девушку обуял ужас — отправляться за решетку она не собиралась.

Пока убийца лихорадочно искала выход из создавшегося положения, Олег пришел в себя, сел, посмотрел на свои окровавленные руки и закричал:

— Я ее убил!

Ирина вздрогнула, и ее тут же осенило, как спастись. Кровь из поврежденного сосуда вытекала быстро, лужа распространилась далеко, Олег просто запачкался. Но он решил, что, находясь в невменяемом состоянии, лишил жизни Тигровну.

— Спокойно! — воскликнула сестра. — У меня есть план.

Дальнейшее известно. Милые детки притащили мать в спальню и привалили ее к стене. Ирина сделала мирно спящей родительнице еще один укол транквилизатора, вытащила из раны Тигровны финку, принесла из кабинета отца другой нож и изрезала живот гувернантки, чтобы запутать следствие.

— Не всякий преступник способен на подобное, — прошептала я.

Чеслав Янович развел руками.

— Хладнокровная особа. И ей удалось обмануть отца, который поверил в сказку о сексуальной атаке матери на сына. Когда следственная бригада уехала, до Иры дошло: Леся Кароль, если ее начнут допрашивать, с изумлением скажет: «Иры у меня не было, вы что-то путаете».

— И она ее убила! — ахнула я. — Не Олег действовал прутом!

— Точно, — согласился Гри.

— Ботинки сорок третьего размера может надеть и женщина, — уточнила Марта. — Но ты лучше слушай дальше.

После страшной ночи Олег попытался забыть тот ужас — он прекратил отношения с Ирой и, чтобы начать новую жизнь, женился на Рите Моргулис. Но ничего хорошего из этого не вышло. Спустя короткое время он начал изменять жене, а когда та уличила его в адюльтере и потребовала разорвать внебрачную связь, у Олега случился истерический припадок, во время которого он рассказал Рите, что убил человека.

Моргулис мигом подала на развод, Олег кинулся к Ире, та пожурила брата и пообещала:

— Я тебе помогу, я твой единственный друг.

— Она поступила с Ритой, как с Лесей, — не выдержала я, — действовала привычным способом.

— Да, — согласилась Марта, — а затем заставила Олега снова стать ее любовником. Понимаешь, Ирина любила брата как мужчину и не хотела отдавать его другой женщине. Вот только владелец банка, баптист, на холостого мужика смотрел косо, поэтому Ефремову время от времени приходилось жениться. Но, как понимаешь, семья не строилась. Ирина сама подбирала брату-любовнику жен, искала таких, которые не станут качать права, смирятся с пародией на семейные отношения. Соня Моргенштерн была очень интеллигентной, такая не будет скандалить, Леночка происходила из социальных низов, ей было невыгодно лишаться обеспеченного мужа, Олеся Федькина не очень здорова, жена-инвалид лучшее прикрытие... Но расчет не оправдался. Федькина быстро умерла, а Соня и Лена ушли от Олега.

— Зачем Ирина их убивала? — спросила я. — Они тоже знали правду про Тигровну?

— Нет, — пояснил Чеслав Янович, — здесь свою роль сыграла ревность. Ира попалась в капкан. Чтобы не вызывать досужих разговоров и успешно делать карьеру, Олегу нужен был штамп в паспорте. Но супружество предполагает интимные отношения. Ну хоть раз-то в месяц муж должен проявлять интерес к спутнице жизни. Ирина безумно ревновала Олега, по любому поводу придиралась к его женам. Умом-то она понимала необходимость присутствия в жизни Олега и Сони, и Лены, и Олеси, и Кати, но в душе ее кипела злоба. В конце концов браки брата с треском лопались, а Ирина хваталась за железный прут: ура, вот теперь можно наконец-то выплеснуть накопленную ярость, убить гадкую бабенку, тащившую ЕЁ Олега в койку. Подозрительно, когда у мужчины погибают жены, но грабители нападали на посторонних Ефремову дам, все Ире сходило с рук!

— Она шизофреничка! — закричала я.

— Диагноз пока не поставлен, — занудно уточнил Чеслав Янович, — но, говоря ненаучным языком, Ирина того, с большим приветом.

— Психопатка — это та, кто ест на обед вместо макарон гвозди, — взвилась Марта, — а Ефремова действовала изощренно и разумно. Убила столько людей и сумела замести следы!

— Если бы милиция поискала связь между жертвами грабителей и установила, что все они были женами Олега... — протянула я.

— Если бы да кабы... — перебил меня Коробков. — Не сделали, не заметили, не увидели. Да и трудно было заметить, грабили через большой промежуток времени, в разных районах.

— Значит, Ира убивала из ревности? — уточнила я. — Мстила женщинам за их отношения с Олегом?

— Да, — хором подтвердили присутствующие.

— Хотела иметь брата в безраздельном пользовании?

— Верно, — кивнул Гри.

— Но тогда где логика? Зачем Ире покушаться на жизнь обожаемого мужчины?

Чеслав Янович зябко поежился.

— С Катериной все вышло иначе. Во-первых, Олег познакомился со стриптизершей-проституткой сам, а не получил партнершу из рук сестры. Более того, он не собирался оповещать Иру о том, что покупает себе любовь. Олег боялся сестры, та имела над ним огромную власть, знала все его тайны. Вроде он и любил ее, жил с ней как с женой, а с другой стороны — ненавидел Иру, подсознательно мечтал от нее избавиться. Когда Олегу становилось совсем плохо, он снимал проститутку и рассказывал ей о Тигровне. «Ночные бабочки» привыкли ничему не удивляться, паспортов у клиентов они не спрашивают, настоящих имен не уточняют, поэтому Ефремов чувствовал себя в безопасности. После очередного похода налево жизнь начинала казаться ему сносной, а прессинг со стороны патологически ревнивой сестрицы не таким давящим.

Но Катя оказалась особой девушкой. Услыхав признание Олега, она спокойно заявила:

— Мы с тобой достойная пара. Я тоже убийца — грохнула отчима, который поволок меня в постель. Давно дело было, пять лет назад. Теперь вот по панели бегаю.

Проговорив с Катей всю ночь, Ефремов понял: вот та, которую он искал. И привез стриптизершу к себе. Представляете негодование Иры? Впервые брат проявил самостоятельность! Более того, он открыто заявил сестре:

— Мы останемся в хороших отношениях, но временно прервем общение. Катя считает, что нам лучше отдохнуть друг от друга.

— Хоть звонить можно? — заплакала Ира.

— Ладно, звони, — пожалел он сестру.

И для Иры начался кошмар. Олег влюбился в Катю и женился на ней. У них было много общего, в частности, оба — и муж, и жена — были прижимисты. Если прежние супруги издевались над скаредностью Ефремова, то Катя одобряла его «хозяйственность». А так как бывшая проститутка являлась профессионалкой в области секс-услуг, Олег окончательно прикипел к женушке. Ира рыдала, просила брата о свиданиях, но тот отвечал категорично: «Нет».

— Во время беседы со мной Ира сказала, что не общается с братом, — пробормотала я, — но потом стала сообщать подробности из его жизни. Она рассказала о Вере Петровне, о ее методе, дала мне телефон психотерапевта. Более того, Ирина раздобыла ее домашний номер телефона, который Вера Петровна сообщает лишь очень близким людям. Теперь-то я понимаю, отчего она так поступила — хотела, чтобы я пошла к Вере и та рассказала мне о визите лже-Катерины. Ирина умна, она отличный манипулятор, быстро соображает, как поступят люди, ловко дергает их за ниточки. Гри прав! Я дура! Хвастаюсь умением замечать нестыковки, а главное пропустила! Почему Ирина была «откровенна» со мной? Да она просто подставляла Катерину! Ира уверяла, что Олег дал ей телефон Веры Петровны, мол, брат сам решил лечиться. Но Вера заявила обратное: Олега обманули, его повезли смотреть дом, якобы выставленный на продажу. Господи! Я идиотка! В нашу первую встречу, когда Вера Петровна везла меня в «Изумрудный», я машинально отметила, что у нее дешевая иномарка. Жена богатого человека, владельца шикарного особняка, постеснялась бы сесть в этакую таратайку. Нет бы мне сообразить: здесь дело нечисто, похоже, мадам привирает. А еще Галина, домработница Олега, упоминала про телефонные звонки. Кто-то третировал управляющего, изводил его, он снимал трубку, убегал говорить в другую комнату, уезжал, возвращался злой, устраивал Кате скандалы, а потом просил у нее прощения. Олегу надоедала Ирина! Ой! Только сейчас сообразила! В свой первый визит к Ирине я упомянула имя психотерапевта, а Ефремова не удивилась, не спросила: «Это кто?» Значит... О-о-о! Какая же я глупая...

— Нет, нет, милая, — обнял меня Гри, — ты супер!

— Вернемся к Ефремову, — предложил Чеслав Янович. — Олег встретился с сестрой и изложил ей план своей новой жизни. Они с Катей уедут из Москвы, куда, он Ире не скажет. Купят дом то ли в России, то ли за рубежом и будут вести жизнь рантье. Вот так удар для Иры! В ней теперь кипела не обычная злоба, а бушевала ярость. Тайфун! Ураган! Она не знала, что делать. И тут Олег, не подозревавший об эмоциях сестры (Ира умеет изображать из себя ангела), звонит ей и в полном ужасе говорит:

— Мы пошли с Катюшей покупать туфли, она зашла в бутик, я замешкался и вдруг вижу: Тигровна! Но тетка назвалась Татьяной Сергеевой, работницей агентства «Прикол». Что делать? Я видел живую Тигровну!

В голове Иры моментально складывается план.

— Дорогой, — щебечет она, — не волнуйся, я все улажу!

— Спасибо, — шепчет Олег, — ты мой лучший друг!

Но эти слова уже не радуют Иру, ее не устраивает роль друга. Как всякая патологически ревнивая особа, Ирина восклицает про себя: «Если не мой, то ничей!», и начинает постановку спектакля. Сестрица не торопится, она знает: у нее есть время. Раз в году, в конце декабря, банк платит управляющему огромную премию, а Олег скуп, он не бросит службу, не получив вознаграждения.

В конце концов все готово, нанята Вера Петровна, оборудована детская. Ирина в курсе всех привычек и страхов брата. Она знает, что, испытав стресс, Олег всегда кидается к шкафу, хватает пузырек с валерьянкой и залпом опустошает его. Настойка корня не скоропомощное средство, но Ефремову сразу делается легче. Ирина надеялась, что, очнувшись в детской и увидав «Тигровну», Ефремов бросится за лекарством. Но на полку она поставила кардионорм, а он, в отличие от неопасной валерьяны, быстро убьет брата, выпившего огромную дозу. Что и случилось.

— Она сильно рисковала, — сказал Дима. — Вдруг бы Олег не пошел к шкафу?..

— Но ведь сработало! — перебила его Марта. — Ирина вообще ходила по острию ножа, в «Прикол» она послала Веру в момент, когда уже подготовила «детскую». Татьяна могла быть занята по работе или находиться в отпуске. Но сестрице везло! Все сложилось лучше некуда. Вот только жадная Вера Петровна побоялась упустить еще одну клиентку, о чем, конечно же, не сообщила Ирине.

— И все случилось из-за того, что я так похожа на гувернантку? — огорчилась я.

— Да, это игра природы, — вступил в разговор Гри. — Когда ты первый раз пришла к Ирине и начала излагать ей историю про Лиду, сестрица сначала обалдела, а потом обрадовалась. В ее планах было убийство Кати, и судьба послала ей шанс. У гостьи заболела голова, добрая хозяйка дала ей таблетку и... Что же дальше?

— Мне стало плохо, Ира вызвала «Скорую», врач сделал укол, я заснула.

— Гениально! — отметил Гри. — Суперალиби. Катерина покончила с собой, оставив записку с детальным описанием того, как подстроила убийство мужа. Если у милиции возникнут вопросы к Ирине, у той заготовлено замечательное алиби: она находилась дома, и тому есть свидетель — Таня Сергеева. Да и «Скорая» подтвердит: приезжала бригада. Вот только пока Танюша дрыхла, Ира расправилась с Катериной, вернулась назад и сделала вид, что недавно встала. Надеюсь, теперь ты понимаешь, что заботливая Ирочка дала тебе вовсе не цитрамон? Она угостила гостью снадобьем, от которого твоя мигрень разбушевалась в полную силу.

Глава 34

— Колготки! — закричала я.

— Ты о чем? — поразился Чеслав Янович.

— Когда я очнулась, Ира вошла в комнату в домашнем халате, волосы растрепаны, вид такой, будто она только что вылезла из постели. Но на ней были плотные колготки! Я тогда краем глаза отметила эту деталь, но не зациклилась на ней.

— Теперь тебе ясно? — прищурился Гри. — Она влетела в квартиру, перевела дух и... Ты, наверное, проснувшись, позвала хозяйку?

— Ну да, — подтвердила я.

— Убийца, думаю, как раз стягивала через голову платье, потом она надела халат и ринулась к гостье, снять колготки времени не хватило — Татьяна могла пойти ее искать и понять, что хозяйка куда-то ездила.

— Но как Ира убила Катю? — прошептала я.

Чеслав Янович кашлянул.

— Ну это уже ненужные подробности. Впрочем, ладно. Узнав о том, что любимый муж умер, Катя впала в страшное состояние. Она стала как зомби. Подобное случается с людьми, которые испытывают шок, внешне никаких эмоций, они напоминают роботов.

— Да-да, Галина отметила, что хозяйка не плакала. Поэтому домработница решила, что вдова рада смерти Олега, и прямо сказала мне: «Катерина теперь получит все мужнино богатство».

— Баба ошибалась, — резко заявил Чеслав Янович. — Имущество и вклад в банке уже были оформлены на Катю. Олег таким образом хотел избежать любых денежных споров с Ириной. Конечно, сестра не могла претендовать на накопления брата, но он решил перестраховаться. Катя была в шоке, но понять это мог только специалист, остальным вдова казалась просто равнодушной. Кстати, ее поведение насторожило милицию. Ирина не рассчитывала на такой эффект, это вышло спонтанно, но сыграло убийце на руку. Ира поздно вечером позвонила Кате, предложила помириться у гроба Олега, а та вяло ответила: «Приезжай». «Ты одна?» — уточнила убийца. «Да, — сказала Катя, — домработницу только что уволила. Зачем она мне?» Можно я не буду описывать сам процесс убийства?

Я кивнула и спросила:

— А что будет с Верой Петровной?

— Психотерапевты никогда не принуждают клиента к контакту, — нахмурился Чеслав Янович. — Человек сам должен принять решение об обращении к врачу. Более того, профессионал-психолог никогда не скажет пациенту: «Поступи вот так!» Нет, клиент обязан самостоятельно найти правильный путь, мы лишь намечаем дорогу, выбор остается за человеком. А Вера Петровна действует агрессивно, шоковым методом, по просьбе родственников ломает того, кто, по их мнению, ведет себя неадекватно. У этой, с позволения сказать, психологини отработана система похищения клиентов: лекарство в чай, арендованная машина, снятая для спектакля жилплощадь... Таких горе-специалистов нужно лишать диплома. И то, что Вера Петровна действовала с согласия родных, ее не оправдывает. Но давай не будем углубляться в детали. Главное в этой истории то, что Ирина убила Олега и свалила вину на Катерину.

— Странно, что она оставила в живых Веру Петровну! — вздохнула я.

— Она просто не успела с ней расправиться, — хмыкнула Марта. — Психологиня была ей нужна как человек, который засвидетельствует в милиции: «Да, меня нанимала Катерина, и она приезжала в «Изумрудный» проверять «детскую». Потом, когда дело о самоубийстве закрыли бы, на Веру Петровну обязательно напал бы грабитель. Психотерапевт, правда, испугалась, «убила» мобильный номер, но Ирина имела ее домашний телефон, а узнать адрес — дело пяти минут. У Веры Петровны не было шансов, ее спасла ты.

— Я?

— Ну конечно, — засмеялась Марта. — А мы вытащили из беды тебя. Чего молчишь?

— Слушаю, — пролепетала я.

— Тревогу забил я, — ударил себя в грудь Дима. — Звонит мне секретарь телемагната и просит помочь какой-то бабенке. Ясный гром, я готов, ведь я у Романа в долгу. Ну, значитца, поработал, и тут эта коза заявляет, что имеет мужа, Гри, великого, гениального актера. Круто, да? У нашего Гри жена Таня! Он о ней частенько болтает, пристроил свою красу к Ренатке в «Прикол».

— Так вот откуда Рената знала про отъезд Гри в командировку! — заорала я. — Вы одна шайка-лейка!

— Порой пересекаемся, — уточнил Гри. — Но Рената не в курсе наших дел, помогает нам по мелочи. Я заметил твой талант и хотел, чтобы ты сначала пообтесалась у Логиновой. Ну не сразу же тебя в группу брать? Надо было приглядеться!

— А еще я поразилась, как Дима догадался, что его телефонная собеседница полная, — затопала я ногами. — Коробков обозвал меня пампушкой и мисс Пигги!

Гри укоризненно посмотрел на Диму.

— И сначала он меня предупредил, что больше помогать не хочет, — несло меня по кочкам, — а потом вдруг стал сладким, засюсюкал: «Обращайся, киса, всегда!»

— Вот балда! — взвился Дима. — Да я тебя от смерти спас! Ты справку о бабах затребовала, я их дела открыл, совместил и все понял. Тогда мы в твою сумку аппаратуру и засунули — тебя пасли!

— Сумка! — осенило меня. — Она разговаривала! Стойте! Стойте!

— Что? — спросил Гри. — Опять мелочи вспомнились?

— Я вернулась домой усталая и почувствовала аромат твоего одеколона, — прошептала я, — но в квартире никого не было. Потом я съела пирожное и внезапно заснула. Гри! Ты был дома? И бисквит не я покупала!

— Ага, — кивнул муж, — я положил в него малую толику снотворного. Все рассчитал: женушка слопает, заснет, Дима войдет в квартиру и нашпигует сумку электроникой. Иначе как к ней подобраться?

— Я ведь могла не тронуть пирожное.

Гри деликатно кашлянул и отвел глаза в сторону, а Марта с крестьянской простотой ляпнула:

— Ну это не в твоем духе — пройти спокойно мимо горы сливочного крема.

На секунду я онемела, потом обрела дар речи.

— Дима, гад! Вот почему ты завел разговор о сумке, просил ее не забыть. А эта фразочка по телефону: «Кто бы сомневался, мы так думаем». Кто «мы», а? И ничего у тебя не падало, коллеги пнули, чтобы лишнего не болтал!

— Не шипи, — отмахнулся Коробков.

— Косяк, Дима, — отметил Гри, — ты иногда перегибаешь палку, много языком болтаешь. А с такими, как Таня, надо аккуратно!

— Ну оговорился случайно, а Марта мне подзатыльник отвесила, — по-детски обиделся компьютерщик. — Таня тоже хороша. Почему она не спросила у меня координаты Ирины Михайловны Ефремовой? Могла в первое же обращение адрес получить! Легко сообразить: раз он Олег Михайлович Ефремов, то как его сестрицу зовут? Ирина Михайловна.

Я опустила глаза и нехотя призналась:

— Не сообразила.

— Во! — обрадовался Гри. — Одних способностей замечать детали мало! Нам бы еще ума добавить!

— Если брат Ефремов, то сестра не обязательно имеет ту же фамилию, — возразила я. — Она могла выйти замуж!

— Это ты сейчас умная, — нахохлился Дима.

— Значит, в сумке был микрофон? — вернулась я к прежней теме.

— Еще камера, передатчик, маячок и куча всего, — самодовольно засмеялся Гри. — Слышь, Марта, какая торба считается самой дорогой?

— Да есть одна крутая фирма, — тут же откликнулась Карц, — некоторые ее изделия стоят около двадцати тысяч долларов, лист ожидания расписан на год.

— Гордись, Таняшка! — заржал Коробков. — Твоя клеенка будет подороже раза в три! Но какой же надо быть дурой-бабой, чтобы отдать за кусок кожи с ручкой двадцать тысяч? Офигеть прямо!

— Вы знали, что Ирина опасна, и все равно не остановили меня? — прошептала я.

— Убийцу следовало поймать, — резонно заметил Чеслав Янович, — а ты находилась под нашей защитой.

— Ирина угостила меня, глупую, кофе с каким-то лекарством! Я могла умереть!

— Нет, — возразила Марта, — только не в ее квартире. Убийца решила прибегнуть к давно привычному сценарию — прихлопнуть вредную Таню в подворотне.

— Ботинки! Она зашнуровывала мужские ботинки и взяла чехол с какой-то палкой! Сказала: дверь в подвал тугая, надо подцепить! — завопила я. — Но у меня так кружилась голова, что я не придала значения увиденному.

— А я велел тебе не пить кофе, — напомнил Коробков. — Несколько раз предупреждал! Ира ушла, а Димочка тебя предостерег.

— Я чуть с ума не сошла, когда сумка заговорила, — призналась я. И рассердилась: — Вы поступили безрассудно! Использовали меня в качестве наживки, и я...

— Ирина арестована, а ты, если, конечно, захочешь, можешь работать с нами, — перебил меня Гри. — Прошла экзамен.

— С кем работать? — окончательно растерялась я.

— С нами, — повторил муж. — Мы — особая группа, разбираемся только с самыми необычными случаями. Димон — компьютерный гений, Марта может проникнуть в любое общество, Чеслав Янович — лучший психолог из всех живущих на земле, я — актер, способный на любую импровизацию.

— Я видела твое фото с Мартой в обнимку, — протянула я. — Хоть ты и в гриме был, я по пальцу тебя узнала.

— Чертов ноготь! — обозлился Гри. — Надо с ним что-то придумать.

— Надеюсь, ты не заревновала? — кокетливо спросила Карц. — Мы так старательно изображали амур! Исключительно для дела!

Я сделала вид, что не слышу заявления светской львицы, и решила перевести разговор на другую тему.

— Осталась пара непонятных мне деталей.

— Каких? — тут же заинтересовался Чеслав Янович.

— Галина сказала мне, что Катерина один раз, незадолго до смерти Олега, кричала в своей комнате «Убью! Убью! Больше так не могу». Домработница решила, что она хочет избавиться от мужа.

— Точного ответа на этот вопрос нет, — завел

лучший на свете психолог, — но, полагаю, Катерина поняла, что именно Ирина доводит Олега до истерики, и хотела разобраться с сестрой мужа. Слова «Убью, убью» относились к Ире, а не к Олегу. Но только это ничего не значит, просто эмоциональный всплеск. Катерина любила мужа и поэтому не затевала скандалов с его единственной родственницей.

— А еще Вера Петровна упоминала, что лже-Катерина, приехав проверить «детскую», болтала по телефону со своим любовником?

— Но это же был спектакль для психолога, та упомянула бы об этом в кабинете следователя.

— Зачем Лида звонила Фаине Климовне? — поинтересовалась я. — Дочь не понимала, что живет в одном пансионате с матерью, даже встречаясь в столовой, они не узнавали друг друга — время изменило их внешность, да и родственницы были не совсем адекватны психически.

— Ах это... — засмеялся Чеслав. — У Лиды типичная картина дегенерации. Она забывает начисто одно, но другое помнит крепко. Телефонный номер пансиона она знала, и когда выбежала из кафе, решила туда позвонить.

— А почему она ушла? — спросила Марта.

Чеслав поднял правую бровь.

— Кто ж ответит? Лида говорила с Таней и вела себя почти разумно, потом кого-то испугалась, оставила свой мобильный аппарат официантке, побежала к метро, опомнилась. Больным людям свойственно такое поведение — это как качели, туда-сюда, хорошо — плохо, нормально — безумно. Попросив трубку у торговки и набрав номер «Никитского парка», Лида услышала: «Рецепшен», — и пролепетала: «Двадцать четыре», это номер ее комнаты. Но администратор услышала: двести четыре и соединила ее с Фаиной Климовной. Наверное, Лида ожидала, что ей, как обитательнице двадцать четвертого номера, помогут, но услышала вопль старухи: «Кто? Говорите! Что? Где?» Ну Лида и отсоединилась. Случайность, ошибка, но именно она помогла Тане в поисках. А Лида, испугавшись, вдруг вспомнила адрес старой квартиры и поехала туда. Я уже говорил: у психически нестабильных людей случаются проблески сознания.

— А вот еще интересно, почему Таня не узнала Олега? — капризно протянула Марта. — Она же его видела, когда он к ней как к Тигровне бросился.

— Ефремов в тот момент был в панаме и солнечных очках, — ответила я. — А в «Изумрудном» он оказался в пижаме. Трудно было определить, что это один и тот же человек. Каким образом вы столь оперативно устроили поимку Ирины?

Чеслав сцепил пальцы рук в замок.

— Это наша работа. Там, где другие пашут месяцами, мы управляемся за часы. Ирина уже во всем созналась, вот только есть одна загвоздка. По моим расчетам, нож, которым Ирина Ефремова ударила Тигровну, — настоящее орудие преступления, а не кинжал с письменного стола Михаила Олеговича, — должен быть спрятан. Ирина его не выбросила. Она специально подменила его: с одной стороны, боялась, что в лаборатории найдут отпечатки пальцев, с другой... Им ведь можно шантажировать брата всю жизнь.

— Полагаешь? — пробасил Коробков.

— Ирина хранила в чехле прут, которым убивала женщин, и каждый раз, собираясь на дело, брала его с собой. Более того, она надевала одни и те же мужские ботинки. Бывшая спортсменка не выбросила из родительской квартиры ни единого предмета, сберегла скульптуры матери, — перечислял Чеслав. — Это симптом определенного душевного непорядка.

Она не могла выкинуть тот нож! Но его не нашли. И где же орудие убийства? Вот уж всем вопросам вопрос. Ответа на него, похоже, не узнать. Ирина будет молчать, ведь наверняка на орудии убийства есть отпечатки ее пальцев.

— Думаю, вы имеете фотографии квартиры Иры? Давайте их сюда, на стол, я покажу тайник! — засмеялась я.

Чеслав открыл портфель и вынул бумажный пакет.

— Ну, попробуй.

Я поворошила снимки, пару минут подумала и сказала:

— Скорее всего, Ирина сунула нож в скульптуру, которую Алевтина Марковна ваяла вечером перед смертью. Клинок легко вошел в мягкую глину, а дочь потом завершила работу матери. Это оказалось легко, Алевтина уже слепила фигуру Прометея, оставались последние штрихи. Ирина показывала мне ее работы, и я хорошо помню свое удивление: что-то там было неправильно. А теперь мне ясно, что именно. Видите, все статуи Алевтины Марковны помещены на небольшие пьедесталы, их украшает вязь из букв?

— И почему ты решила, что кинжал в Прометее? — спросила Марта.

— Ирина говорила, что Алевтина Марковна была на редкость точна в деталях, — пояснила я, испытывая желание опустить красотку мордой лица в тарелку с остатками яичницы. — И если посмотреть ее работы, то понимаешь: это правда. Прометей — герой древнегреческих мифов. Поняла? Он не римлянин, а грек.

— Уж не дура, — скорчила гримасу Марта, — я помню про огонь и орла, клюющего печень!

— Грек, Марта, он грек! — повторила я.

— И чего?

— Алевтина Марковна тщательно работала над каждой деталью, — начала злиться я.

— Ну и что? — тупо повторила Карц.

— Может, ты и суперкрасавица с невероятными связями и умением пролезть на любую тусовку, — не выдержала я, — да только голова человеку не только для того дана, чтобы диадему носить! Какого черта у грека Прометея на постаменте латинские буквы, а? У эллинов был свой алфавит: альфа, бета, гамма и прочие там омеги! Алевтина Марковна не могла допустить подобной ошибки, она была хорошо образованна. Вот Зевс. У него что на пьедестале? Орнамент из греческих символов! Рядом стоит римская волчица с детьми, низ украшен латинскими «m», «h», «P»... и так далее. Один Прометей не в тему: Ира ошиблась, запихнула нож в глину и вывела внизу... латинские, а не греческие буквы. И этого никто не заметил.

В кухне повисло молчание. Потом Коробков сказал:

— Супер! У нашего Гри хороший вкус! Нашел правильную бабу, она не испортит компании!

Эпилог

Ирина Ефремова находится в следственном изоляторе, она ждет суда, который решит ее судьбу. Сестра Олега Михайловича признана вменяемой, и ей придется ответить не только за убийство брата, но и за смерть Леси Кароль, бывших невесток, а также последней, Кати.

Мальвина и Федор Макарович наконец-то побеседовали друг с другом откровенно и перестали скрывать, что содержали в «Никитском парке» старуху и наркоманку. Фаина Климовна жива и продолжает изводить своими капризами обслуживающий персонал, Лиду генерал пристроил в хорошую клинику — отчим, все еще испытывающий комплекс вины перед падчерицей, пытается помочь Лиде стать нормальным членом общества. Других подробностей об этой странной семье я не знаю. Но, сведя знакомство с бывшим военным и Мальвиной, я хорошо поняла: с родными людьми надо уметь разговаривать, не следует ждать, что близкий человек поймет намеки и полутона. И не стоит обижаться, если, допустим, муж не купил тебе подарка, — лучше прямо высказать свои претензии, не впадая ни в агрессию, ни в печаль.

Вера Петровна пережила много неприятных минут, общаясь с разными официальными лицами. Деятельностью психотерапевта, ее шоковым методом и финансовыми вопросами заинтересовалось сразу несколько организаций, в том числе и налоговая инспекция. Но, думаю, ушлая дама выпутается из неприятностей. Газета «Желтуха» посвятила несколько выпусков рассказу о деятельности Гамавердии Патовны, то есть Веры Петровны, а некоторые люди настолько глупы, что могут принять эти публикации за рекламу. Скорей всего к душеведу уже выстроилась очередь.

Моя жизнь сильно изменилась — я теперь работаю вместе с Чеславом, Димой, Мартой и Гри. Кому подчиняется коллектив, чьи здания мы выполняем, я не имею права рассказывать. Единственное, что скажу: нам поручают разбираться в самых запутанных, невероятных историях, и мое умение подмечать детали приходится как нельзя более кстати. Я не стала спрашивать, откуда у Гри второй номер мобильного телефона, потому что хорошо знаю: для работы муж может иметь и десять сим-карт. Я совершенно не ревнива и на сто процентов уверена в верности супруга. Вот только, к сожалению, из-за слишком большой служебной загруженности мы редко проводим время вместе. Ну ничего, лет через пятьдесят-шестьдесят-семьдесят выйдем на пенсию, сядем у камина и будем вспоминать дела давно минувших дней и наговоримся до головокружения. Кстати, Чеслав недавно сказал:

— Если муж с женой разговаривают друг с другом в течение суток не более получаса, их брак сохранится навечно.

Вот заодно и проверю сей постулат.

Я всем довольна и абсолютно счастлива! Живу с самым лучшим мужчиной на свете, работаю с удивительными людьми, каждый новый день не похож на предыдущий, в моей жизни теперь начисто отсутствуют скука и депрессивные настроения — просто некогда предаваться грустным размышлениям. Чего еще хотеть? Разве что чуть-чуть потерять в весе.

Увы, я перманентно сижу на диете и сейчас, в попытке найти диетический салат, стою у прилавка с полуфабрикатами. Гри укатил в командировку, ну не готовить же себе одной ужин? Может, приобрести сто граммов «Овощной мозаики»? Или винегрета? Хотя нет, и там, и тут есть картошка. А это что? В изумлении я уставилась на ценник: «Ангел свм. Тушка. 78.90 кг».

— Чего берем? — зевнула продавщица.

— Не могу понять, — призналась я, — чем вы торгуете по семьдесят восемь рублей кило?

— Это свежемороженый продукт, — заявила торговка.

Я призадумалась. Странное слово. Состоящее из двух взаимоисключающих частей: «свежее» и «мороженый»! Либо товар полежал в холодильнике, либо недавно бегал! Вероятно, производители хотят сообщить: мы заморозили первокачественный продукт. Ох, сильно сомневаюсь, что где-нибудь можно отыскать ценник с сообщением: «тухлозаконсервированный»... Ладно, не стану придираться к словам.

— Кто такой ангел? — продолжала я допрос.

— Рыба, — без особой уверенности сказала она.

Я подняла бровь.

— Да?

— А может, птица, — мигом изменила она свои показания. — Типа индюшатины. Не знаю! Берите — свежее, вкусное!

— Сами пробовали?

— Нет! — честно призналась собеседница. — Но у нас в магазине все супер.

Я продолжала топтаться у витрины. Как-то не поднималась рука купить, а потом зажарить и съесть ангела. Хотя скорей всего это сокращение. Небось, полностью продукт называется «ангельски вкусное филе».

— Так берете? — потеряла самообладание продавщица. — Или очень дорого?

— Нет, — вздохнула я и, решив не рассказывать об истинной причине своих сомнений, сказала: — Я на диете, вот и не знаю — ЭТО калорийно или нет?

Торгашка ухмыльнулась и перешла на доверительный тон:

— А, похудеть хочешь?

— Да, — кивнула я. — Но никак не получается.

— Могу дать замечательный совет, — обрадовалась продавщица.

— Думаю, я его неоднократно слышала: «Жри меньше, должно помочь».

— Не угадала, — засмеялась собеседница. — Все совсем иначе! Кушать можно все! Абсолютно! Сыр, масло, колбаску, ветчину, торт, рыбу...

— И в чем фишка? — поразилась я.

— В деньгах, — прищурилась тетка. — Набор продуктов не ограничен, но на еду ты можешь потратить лишь двадцать рублей в сутки.

Я усмехнулась. Хороший способ. Но мне больше нравится овощная диета. Знаете, что в ней присутствует? Уже из названия понятно: овощи и только овощи. Например: пирог с тыквой, пицца с помидорами и морковный кекс!

Фейсконтроль на главную роль

главы из нового романа

Глава 1

Не бывает таких людей, с которыми легко жить...

— Идиот! — заорала Зайка. — Никаких сил нет это терпеть!

— Тебе, пожалуй, пора выпить валерьянки, — с напускным спокойствием сказал Аркадий. — Если человек перестает понимать шутки, значит, он умер.

— Ну Кеша! — вклинилась в разговор Маша. — Она же не знает, нужны ли дрова! Вдруг нужны?

— В принципе, — засмеялся брат, — глупость украшает женщину. Вот предложи мне кто выбор между умной дурнушкой и дурочкой-красоткой, я не колеблясь выберу второй вариант.

Воцарилась тишина. Потом до меня донесся оглушительный хлопок, треск, звон... Я на всякий случай натянула одеяло на голову. Можете считать мою позицию пораженческой, но я абсолютно уверена: во время семейных скандалов лучше всего притвориться мертвой. Я очень не люблю ругаться. Может, из-за слабых голосовых связок? Я не способна трубить, как атакующий слон, поэтому предпочитаю помалкивать. Есть и еще одно соображение, заставляющее меня не вмешиваться.

Поясню на примере. Зайка сейчас обозлилась на Кешу. Из-за чего? Скорей всего, последний подшутил над ней, а Ольгу иногда подводит чувство юмора. Если я побегу вниз и вмешаюсь в их ссору,

12 – 3384

то придется принять чью-то сторону, защищать одного и порицать другого. Предположим, из женской солидарности я поддержу Заюшку, и тогда на меня обидится Аркашка; если попытаюсь объединиться с Кешей — надуется Ольга. Потом они помирятся и решат, что скандал спровоцировала именно я, в недобрый час надумав примерить на себя роль миротворца.

Ну уж нет! Затаиться под одеялом и прикинуться спящей — вот лучший способ дожить до старости без потрясений. Одна беда, меня могут попытаться завербовать в союзники.

В коридоре раздались легкие шаги, дверь в спальню распахнулась, под потолок взлетел нервный голос Заюшки:

— Спишь?

— М-м-м... — промычала я.

— Дрыхнешь или нет? — не успокаивалась Ольга.

— Пребываю в объятиях Морфея, — соврала я. — Ничего не вижу и не слышу. Что-то случилось? Лопнула труба? В доме закончилось топливо, а нам отрубили электричество? У Хуча понос?

— Твоя реакция наглядно демонстрирует твое пофигистское отношение к людям, — не замедлила завестись Заинька. — Я вхожу, задаю тревожные вопросы. Нет бы тебе забеспокоиться, вскочить, забегать...

Я промолчала. Ну какой толк от женщины, которая в минуту опасности сумасшедшей курицей начнет метаться по дому, восклицая: «Что случилось? Что делать?» Логичнее постараться сохранить хладнокровие и умение трезво мыслить. Да и семейную склоку между нашим адвокатом и телезвездой никак нельзя отнести к разряду национальных трагедий.

— А ты вспомнила о протечках, — продолжала

возмущаться Ольга, — об аварийном освещении и собаке! Конечно, я обожаю Хуча, но есть вещи поважнее поноса мопса! Тебе даже в голову не пришло поинтересоваться: «Олечка, ты не заболела?..»

Я удержала вздох. Больной человек так не орет.

Ольга всхлипнула и убежала. Ну вот, все равно я буду виновата!

Я откинула одеяло. Интересно, что на этот раз отмочил Кеша? В субботу он положил в карман пальто жены тяжелый брусок, на котором Ирка точит ножи, а когда Ольга возмутилась, с абсолютно серьезной миной заявил: «На улице сильный ветер, я беспокоился, как бы тебя, круглый год жующую одну капусту, не унесло ураганом».

Дверь в комнату опять начала тихо приоткрываться, я живо юркнула под одеяло.

— Мать, ты спишь? — поинтересовался Кеша.

Удивительно, почему Ольга с Аркашкой постоянно ссорятся? Они очень похожи, даже одинаковые вопросы задают, вторгаясь без приглашения в чужую спальню.

— Дрыхнешь? — не унимался Аркадий.

— М-м-м... — я решила следовать избранной тактике.

— Тебе не интересно, что происходит у нас в доме?

Я растерялась. Отвечу «нет» — прослыву эгоисткой, скажу «да» — моментально окажусь в центре конфликта. Как поступить?

— М-м-м, — вновь промычала я. В конце концов, этот звук можно трактовать по-разному, пусть Аркаша расценивает его как «да» или «нет».

— Люди делятся на хороших и плохих, — неожиданно заявил Кеша. — Первые никогда не мучаются бессонницей, а вот вторые получают много, так сказать, удовольствия в часы длительного бодрствования. Советую подумать над этим!

Створка стукнула о косяк, я высунула нос наружу и тяжело вздохнула. Если в вашей семье есть адвокат, будьте готовы выслушивать занудные сентенции... И все-таки я молодец, ухитрилась не встать ни на чью сторону! Сейчас домашние разъедутся по делам, а я спокойненько отправлюсь в магазин «Рай для животных»[1] — надо пополнить запас собачьих консервов.

— Мамуся! — донеслось с порога.

Я машинально схватилась за одеяло.

— Не прячься, — захихикала Машка, — отмена боевой тревоги. Знаешь, из-за чего наши поцапались?

— Нет, — ответила я, — но, предполагаю, имелся достойный повод.

Маня прищурилась.

— На днях у нас сломалась СВЧ-печка.

— Вот как? А я и не заметила.

— Сегодня рано утром приехал мастер, — продолжала дочь. — Стал он в агрегате ковыряться, а тут подлетает Зайка и кокетливо так спрашивает: «Вы не продадите мне микроволновые дрова?»

— Прикольно! — воскликнула я.

Машка кивнула.

— Мастер растерялся, а Зайка говорит: «У нас запас кончился, те, что мы при покупке печки получили, иссякли». Ну тут парень ржать начал!

— Понимаю, — улыбнулась я, — это работа Аркадия.

— Точно, — развеселилась девочка. — Кешка, как выяснилось, сказал Зае: «СВЧ-печки топятся специальными микроволновыми дровами, небольшое их

---

[1] Название придумано автором. Все совпадения случайны.

количество дают при покупке прибора. Когда запас кончается, приезжает ремонтник. Но ему запрещено давать хозяевам поленья». Зайка поинтересовалась, почему. Тогда Аркашка заявил: «Фирмы-производители заинтересованы, чтобы люди покупали новые модели печек. Представляешь, какой геморрой нас ждет? Печка встроена в шкаф, придется короб ломать, а новый из Италии девяносто дней ждать. Да еще рабочих надо нанимать. Кстати, сейчас июль, а в августе у итальянцев отпуск... В общем, греть нам еду до середины осени на газу. Есть, впрочем, выход. Когда приедет механик, попроси у него чуть-чуть полешек. Тебе, телезвезде, он не откажет». Вот Зайка и пустила в ход обаяние, очень уж ей не хотелось ремонт на кухне затевать!

Я тихо посмеивалась, слушая Маню. Теперь понятна причина возмущения Ольги. А Кеша, очевидно, сообразив, что жена разозлилась на его очередной розыгрыш, прибежал ко мне, желая заручиться поддержкой.

— Ирка, — донесся с первого этажа гневный окрик, — почему в кладовке на полу валяются шкурки от апельсина?

— Дело плохо, — перешла на шепот Машка, — Зая решила заняться домашним хозяйством. Помнишь, что случилось, когда она в прошлом году стала разбирать кухонные шкафы?

Я поежилась:

— Разве такое забудешь!

— Ой, ой, ой, — засуетилась Маруська, — мне пора, тороплюсь в город... э... э... по делу! Очень спешному, боюсь опоздать!

— Подожди немного, и поедем вместе, я сама собралась за собачьим кормом.

— Нет, — замотала головой Маня. — Пока ты

умоешься, оденешься, кофе попьешь... Лучше побыстрее ноги унести, слышишь?

Я кивнула. Похоже, в столовой набирает обороты торнадо. До второго этажа долетел негодующий голос Зайки:

— В доме феерический бардак! Ну, слава богу, теперь у меня есть время. Я свободна целый месяц. Иван! Кто положил батарейки на полку с запасами крупы?

— Дарь Иванна, — пробасил в ответ садовник.

Я онемела. Какие еще батарейки? Я не пользуюсь ими! Даже не знаю, какой стороной их засовывать во всякие там пульты, будильники, калькуляторы! Помнится, для этого необходимо знать физику, ну где там плюс, а где минус. Нет-нет, это не моего ума дело!

— А чай! — гневалась Ольга. — Тут зеленый в одной банке с черным!

— Дарь Иванна перемешала, — мигом сдала меня Ирка.

Я подпрыгнула на кровати. Ай да Ира! Вроде и не соврала, но на самом деле сказала вопиющую неправду. Пару дней назад я приобрела несколько упаковок чая. Если честно, мне просто понравились жестяные коробочки с изображением очаровательных кошек. Вот я и подумала: «Когда чай закончится, заберу банки в спальню и буду складывать в них всякую мелочь». Но по дороге от гаража к дому я уронила пакет. Банки раскрылись. Содержимое высыпалось. Поэтому я попросила Иру выбросить смешавшийся в пакете чай, а жестянки оставить.

Но домработница не способна избавиться даже от пустой бутылки из-под растительного масла. Одно время Ирка собирала в них яичную скорлупу, мотивируя свое странное поведение оригинальным заявлением: мол, в ней кальция много, нет нужды приобретать дорогие добавки, а если скорлупки помыть, высушить, раздробить в кофемолке, получится витамин. И еще добавила: «Если деньги постоянно расшвыривать, отправляя на помойку полезное, — умрешь в нищете».

Понимаете, почему Ирка не выполнила мое указание и ссыпала чайную смесь в банки, а не отправила в мусорное ведро? Не удивлюсь, если она заваривает зелено-черный чаек для «непарадных» гостей. Если вы живете в собственном доме, то раз в месяц непременно позовете сантехника, электрика, кровельщика. А еще к вам наверняка заглянут охранники поселка, доставщики почты, уборщики мусора и так далее. И все они, как правило, жалуются: «Ох и устали же, добираясь до вас!» Элементарное воспитание требует в таком случае предложить рабочему человеку перекусить.

— А груду оберток из-под конфет тоже Даша велела тут бросить? — не унималась Зая.

— Нет, это Маша! — в один голос заявили домработница и садовник.

Я обвалилась в подушки. Все верно, муж и жена — одна сатана!

— Ну, я побежала, — зашептала Маня, — меня Кеша подбросит.

Я посмотрела вслед умчавшейся Машке и только сейчас оценила масштаб катастрофы: у Зайки отпуск! Ольга не поедет на работу, она останется дома. И намерена привести в порядок запущенное, на ее взгляд, хозяйство.

— Я улетела! — закричала из холла Машка. — Вернусь очень-очень-очень поздно! У нас... э... э... научный эксперимент по выживаемости крыс!

— Всем пока! — подхватил Аркадий. — Вот беда, меня спешно вызвали к клиенту! Маруська, в машину!

— Ни сна, ни отдыха служивому человеку, — загремел голос Дегтярева. — Стоит только запланировать себе выходной, как в отделе шабаш начинается. Все! Я укатил! К генералу вызвали!

Я, стряхнув оцепенение, ринулась к шкафу. Хитрые домочадцы бегут в разные стороны, и только я, как всегда, опоздала. Сейчас до Зайки дойдет: ее оставляют в одиночестве, и мне не удастся улизнуть.

Дверь спальни приоткрылась, я похолодела. Ну вот, не спаслась. Ольга на пороге! Но из коридора донеслось нервное посапывание.

— Хучик... — выдохнула я. — Ну и напугал ты меня...

Мопс, не обращая на меня внимания, деловито пересек комнату и, кряхтя, залез внутрь распахнутого шкафа. Тут же появилась Черри — престарелая пудел иха юркнула в ванную. Принесшаяся йоркшириха Жюли живо отыскала себе убежище — угнездилась в кресле, за подушкой. Хуже пришлось Банди и Снапу — пит с огромным трудом заполз под мою кровать, ротвейлер шмыгнул за занавеску и попытался притвориться крохотным трепетным хомячком. Даже собаки оказались проворнее меня, залегли в укрытия, почуяв собирающуюся грозу.

— Я поехала за водой, — заверещала Ирка, — у нас минералка закончилась.

— Я тебе помогу, — проявил невиданное рыцарство Иван, — не следует бабе тяжести таскать. Все, в супермаркет порулили! Вернемся к ужину! Очередя повсюду — смерть прямо! Долго простоим!

— И пробки на шоссе, — быстро добавила Ирка.

В ответ из кухни раздался оглушительный звон. Похоже, Зайка уронила на пол тарелку. Хуч тихонько завыл, я схватила сумку и на цыпочках выползла к лестнице. Господи, если я сумею незамеченной выбраться наружу, непременно брошу курить...

Благополучно выехав за ворота Ложкина, я вытащила пачку сигарет и чиркнула зажигалкой. Каких только дурацких обещаний не даст человек в минуту опасности! Ладно, составим план действий: сначала еду в магазин за собачьими консервами, потом...

Плавное течение мыслей нарушил звонок мобильного. Я схватила трубку, сказала: «Алло» и тут же испугалась — вдруг звонит Зайка?

Но услышала другой знакомый, чуть хриплый голос:

— Дашута! Привет!

— Нинуша! — обрадовалась я. — Как дела?

— По-разному, — неожиданно серьезно ответила Нина, чем немного напугала меня.

С Ниной Лаврентьевой я познакомилась очень давно — и ее, и меня вызвали к заведующей детсадом, в который ходили наши дети. Повод был серьезный: Аркадий и Арина, дочка Нины, подрались с особым остервенением. Но еще хуже оказалось другое. Времена стояли советские, в магазинах полки были пусты, а дети ухитрились разбить чуть ли не всю посуду. Вот грозная начальница детсада и заявила нам категорично:

— Покупайте новые тарелки и чашки!

Мы с Ниной попытались отделаться денежным эквивалентом, но обойтись малой кровью не удалось, пришлось гонять по Москве и области с высунутым языком в поисках сервиза. Не стану сейчас рассказывать страшилку про тотальный дефицит, незачем пугать людей. Тем более что в плохом, как обычно бывает, нашлось нечто хорошее: в процессе охоты за посудой мы с Ниной обнаружили общность взглядов и подружились.

Укреплению наших отношений немало способствовал тот факт, что я и Лаврентьева практически занимались одним делом — вбивали в студенческие головы знания. Я растолковывала недорослям основы французской грамматики, а Нина пыталась просветить молодежь в области истории. Мы очень похожи и внешне: обе субтильные блондинки с голубыми глазами, любим животных, имеем кучу родственников и не выносим скандалы. И со мной, и с Ниной в жизни произошли настоящие чудеса. Я, после того как Аркадий и Маня стали наследниками барона Макмайера[1], превратилась в бездельницу и не скрываю своей радости по данному поводу. С Ниной же произошла поистине рождественская история: в девяностых она выиграла в казино большую сумму денег. Никогда ранее Лаврентьева азартными играми не увлекалась, и что ее потянуло в обитель «одноруких бандитов», она внятно объяснить не могла. Мне Нина описала ситуацию так:

— Шла мимо сияющего огнями здания, настроение было отвратительное, в кармане две последние копейки, и тут тихий внутренний голос прошептал: «Иди, любимая, поставь на двенадцать. Только не перепутай цифру!»

И Лаврентьева послушалась. Кстати, она до сих пор не понимает почему. Внутренний голос весь вечер подсказывал Нине выигрышные комбинации, и к утру моя подруга превратилась в миллионершу. Если учесть, что дело происходило шестого января, то в голову начинают лезть всякие мистические мысли. Самое интересное, что хозяева заведения не обманули наивную посетительницу, более того — даже помогли ей. Самый главный босс завел Нину в свой кабинет и сказал:

---

[1] Подробнее об истории семьи Даши Васильевой читайте в книгах Дарьи Донцовой «Крутые наследнички» и «За всеми зайцами» издательства «Эксмо».

— Видал я всякое! Тебе просто повезло. Не ходи сюда больше, такое везение бывает раз в жизни, лучше подними на выигранные деньги бизнес. Подумай, чем хочешь заняться, у нас тут в посетителях полно разного люда, я сведу тебя с нужными человечками...

Вот так и решилась Нинина судьба. Не колеблясь, она ответила:

— Открою собственный вуз.

И теперь у нее частное учебное заведение. Известное и престижное.

Глава 2

— Ты не поверишь, — возбужденно зачастила Нина, — у нас приключилась волшебная история.

Я, только что вспоминавшая про казино, засмеялась:

— Рассказывай.

— Эрик нашел тайник! — заорала Нина.

— Врешь! — выпалила я. — То есть, извини, ты ошибаешься.

— Ни на секундочку, — перешла на тон ниже Лаврентьева.

— Значит, Эрик был прав. А мы над ним посмеивались... — заахала я.

Конечно, вы ничего не понимаете. Сейчас растолкую суть дела.

При всей схожести между мной и Ниной есть одно кардинальное различие. Я многократно выходила замуж и каждый раз наступала на пресловутые грабли — все мои браки закончились крахом. В конце концов пришлось признать: мне лучше существовать без супруга. Странное дело, я совсем даже неплохой друг, много лет терплю Дегтярева, толерантна к заскокам полковника, отлично понимаю, что сама не являюсь образцом для подражания, и снисходительна к идиотизму Александра Михайловича. Но если представить на секунду, что бравый боец с преступностью станет моим супругом... Делайте ставки, господа, сколько дней продлится наше совместное проживание? Лично мне кажется, что мы и недели вместе не протянем!

А Нинуля всю жизнь живет с Эриком. И, если честно, меня сей факт весьма удивляет. Можно ли считать хорошим супругом человека, который постоянно отсутствует? Впрочем, я не права, Эрик как раз практически не выходит из квартиры. Да-да, физически он постоянно в семье, но...

Эрик с Нинушей познакомились будучи студентами, и она сразу влюбилась в парня. Однако для меня до сих пор остается загадкой, коим образом моя подруга ухитрилась затащить избранника в загс. Понимал ли Эрик, на что идет, и вообще, знает ли он в настоящее время, кем ему доводится Нина? Потому что Эрик — классический экземпляр ученого, о которых пишут в романах, то есть абсолютно не приспособленный к жизни, близорукий, начисто лишенный здравого смысла человек, плохой муж и никакой отец.

Думается, наш профессор до сих пор не в курсе, кто у него родился: мальчик или девочка. В доме Эрик столь же бесполезен, как и кот Венедикт, безобразно толстый представитель британской породы. Впрочем, я несправедлива к Венедикту, иногда котище, покрытый плотной блестящей шерстью, выпадает из нирваны и может с вами поиграть, помурлыкать. А Эрик сидит в своем кабинете и строчит книги. Он защитил все возможные диссертации, получил множество научных званий и килограммы регалий. Когда у Нины не было собственного дома, Лаврентьевы снимали квартиры, и всякий раз переезд из одной в другую проходил одинаково: сначала Нина и маленькая Арина, отдуваясь, перетаскивали сумки, затем дочка торжественно выносила перевозку с котом Мурчиком (Венедикт появился позже), а мама выводила Эрика, который недоуменно вопрошал: «Что происходит? Верните меня в кабинет, я не дописал главу!»

Стоит ли упоминать о такой мелочи, как финансовое благополучие? Увы, в России ученые, если, конечно, они не работают на оборону, получают копейки, оклада Эрика едва хватало на соль, хлеба на него уже нельзя было купить. Когда Нина основала институт и стала ректором, она записала мужа в заместители по научной работе. Сейчас Лаврентьев сидит на большом окладе, и в конце каждого месяца в семье разыгрывается комедия. Эрик получает в бухгалтерии конверт, расписывается в ведомости и торжественно несет жене ее же деньги.

— Солнышко, — говорит профессор, — это тебе на хозяйство.

Нинуша многословно благодарит супруга и демонстративно кладет купюры в ящик письменного стола. Одно время я сомневалась: неужели доктор наук не понимает, что огромную сумму ему платит собственная супруга? Но потом убедилась: Эрик — сущий ребенок, как все дети, он эгоистичен и занят лишь собой. Впрочем, справедливости ради следует отметить: Лаврентьев не жаден, никогда не делает заначек, не конфликтен, не притязателен ни в еде, ни в одежде, считает Нину авторитетом во всех вопросах, никогда с ней не спорит, не имеет собственного мнения, не изменяет жене, и вообще он шагу не ступит без ее согласия.

На моей памяти Эрик лишь однажды устроил скандал, и это было связано с выбором места под строительство загородного дома Лаврентьевых. Нина приглядела замечательный участок в относительно тихом месте — в лесу около озера. Подруга настолько была уверена в согласии мужа на облюбованный ею участок, что даже не рассказала ему о том, где возведут здание. А вот мне, приехавшей в гости, Нина принялась демонстрировать фотографии местности. Во время изучения снимков в гостиной раздался голос Эрика:

— Я категорически против.

Я от неожиданности икнула, а Нина с изумлением спросила:

— Милый, что ты сказал?

— Я категорически против, — решительно повторил муж.

— Против чего? Строительства дома? — оторопела она. — Боишься хлопот? Не волнуйся, я сама решу проблемы с рабочими.

— Мне не нравится участок, — заявил профессор. — Я давно нашел другой.

На короткое мгновение Нина лишилась дара речи, затем осторожно осведомилась:

— Что ты сделал?

— Минуточку... — буркнул ученый и, проявив небывалую прыть, побежал в кабинет.

— Он заболел? — в ужасе повернулась ко мне Нинуша.

Я растерянно пожала плечами, но ответить не успела — Эрик примчался назад с картой Подмосковья под мышкой.

— Смотрите внимательно, вот деревня Киряевка, — захлебываясь словами, затараторил Лаврентьев. — Я хочу жить там!

— Милый, — нежно возразила Нина, — оцени, в какое захолустье ты нацелился.

— Это совсем близко, — не дрогнул муж, — двадцать пятый километр от столицы.

— По Ленинградке! — фыркнула я. — Эта магистраль постоянно забита. Да еще в сторону от нее сколько ехать!

— Киряевка... — подхватила Нина. — Ничего себе названьице!

— Сомневаюсь, что вам удастся провести в новое здание водопровод и газ, — в унисон ей пела я. — Эта, извините за выражение, Киряевка — богом забытая деревенька, вокруг ничегошеньки, кроме леса, нет. Нина нашла место намного лучше.

— Нет! — стоял на своем Эрик.

— Послушай, — Нина, не привыкшая к возражениям мужа, начала выходить из себя, — чем тебе это идиотское село приглянулось?

Эрик ткнул пальцем в карту.

— Здесь есть кладбище.

— Вот здорово, — воскликнула я, — жизнь у погоста! Хотя, если с другой стороны посмотреть, там тихо. Ну разве какое привидение забредет, завоет в полночь под окном.

Эрик сердито зыркнул на меня:

— Заткнись! Дай сказать!

Я прикусила язык. Похоже, профессор впал в крайнюю степень возбуждения, до сих пор он никогда никому не грубил.

— Солнышко, может, врача вызвать? — забеспокоилась Нина.

Эрик набычился.

— Я пишу книгу про историю рода Варваркиных, — завел он голосом лектора, — меня давно интересовала эта семья, корнями уходящая в десятый век.

— Офигеть! — пискнула Арина, до сей поры молча наблюдавшая за скандалом.

— Последний представитель семьи Панкрат Варваркин, — не обращая внимания на дочь, продолжал

Эрик, — был книголюб, хранил уникальную коллекцию изданий, собранных его дедом и отцом, но никому ее не показывал. Старинные тома требуют особых условий содержания, им вредны яркий солнечный свет и высокая влажность, поэтому коллекционер построил в усадьбе специальное хранилище, куда не допускал ни одного постороннего. Современники говорили, что собрание Варваркина лучшее в мире.

— Но как они могли судить о нем, если хозяин не демонстрировал книги? — задала справедливый вопрос Арина.

— Варваркины составили каталог коллекции книг, — терпеливо пояснил отец, — подробно описали все сокровища.

— Фу! — поежилась Арина. — А вдруг они все придумали?

— И как тебе такое пришло в голову! — возмутился историк. — Ученые никогда не лгут.

— Ага, а ангелы не писают, — захихикала Ариша. — Папа, соврать способен любой, в особенности если хочет прославиться.

Эрик на секунду зажмурился, а потом сурово сказал:

— Считай, я не слышал твоего заявления! Иначе могу разочароваться в дочери.

— О, так, значит, ты помнишь, кто я, — с подростковой вредностью констатировала Арина. — Это радует. Обрати внимание, я не требую назвать мой возраст и озвучить имя, просто счастлива, что отец, великий человек, помнит: у него есть дочь. Кстати, кто из двух присутствующих тут блондинок твоя жена?

Эрик уставился на Нину, щеки его начали краснеть.

— Арина, замолчи! — гневно оборвала девочку мать.

— Отлично, ма! — сказала дочь. — Я нема, глуха,

слепа, тупа и полна почтения к великому человеку — своему отцу.

Эрик, не обращая внимания на откровенное хамство Арины, продолжил:

— Панкрат обладал уникальными произведениями. Такими, о которых ранее никто не знал. Ну, например, «Летописью монаха Аристарха». Это потрясающий документ. Взглянуть на него — мечта любого историка.

— Папа, — снисходительно усмехнулась Арина, — если никто ничего о рукописях не слышал, в глаза их не видел, то почему ты решил, что они были у этого дядьки?

— Карточки! — менторски поднял указательный палец родитель. — Я проделал гигантскую работу и обнаружил в архивах каталог библиотеки Панкрата.

— Опупеть! — отозвалась в своем духе Арина.

— Более того! — вдохновенно вещал Эрик. — Я знаю, где искать сокровище!

— Папуля, — неожиданно ласково спросила Арина, — а когда умер Пафнутий?

— Панкрат, — поправил отец.

— Однофигственно, — отмахнулась девочка. — Он что, жив?

— Панкрат уехал из России в тысяча девятьсот двадцатом году, — сообщил Эрик. — Ему бы следовало бежать раньше, но коллекционер прятал книги, оборудовал тайник. Лишь тщательно схоронив раритеты, он подался во Францию. К сожалению, до Парижа Варваркин не добрался, умер на пути в Одессу от тифа.

— Печально, — кивнула Нина. — Но при чем тут Киряевка?

— Вопрос по сути, — кивнул Эрик. — Я предполагаю, вернее, абсолютно уверен: библиотека находится неподалеку от деревни, рядом с бывшим поместьем Варваркиных.

— Понятно. И ты хочешь жить рядом с тем местом, где, возможно, хранится богатство, — резюмировала Нина.

— Я не нуждаюсь в деньгах, — напомнил ученый. — Мой долг вернуть России культурные ценности. Придется долго и кропотливо трудиться, я не смог точно вычислить координаты.

— Я не хочу жить в каком-то медвежьем углу из-за папиных капризов, — взвилась Арина. — Как мне оттуда на учебу ездить?

— Очень удобно, — заявил Эрик, — я вовсе не такой уж не приспособленный к жизни, каковым ты меня считаешь! От Киряевки ходит автобус, два раза в день, в шесть утра и восемь вечера. Идет до станции, а там электричка.

— Ты всерьез? — заморгала Арина. — Прикажешь мне вставать в полпятого? Зимой, осенью, весной? В темноте переть на остановку? А если автобус сломается? Самому-то в город надо раз в месяц ездить! Эгоист!

— Это ты самовлюбленная девчонка, — отбил подачу папа. — Речь идет о деле всей моей жизни!

— И о моей учебе, — надулась Арина. — Искать то, чего никто не видел и чего, скорей всего, нет в природе, удивительный идиотизм! Лучше бы ты, папа, как отец Кати Виноградовой, водкой торговал. Тот Катюхе машину подарил!

Понимая, что сейчас на моих глазах разразится семейный скандал, я откланялась и убежала.

Спустя месяц после этого разговора Нина начала в Киряевке строительство особняка. Большой дом быстро не возвести, работы шли четыре года. Когда была повешена последняя занавеска, Арина уже закончила школу, вышла из возраста щенячьей вредности, обзавелась кавалером и без всяких скандалов перебралась в Подмосковье. Нина купила дочери малолитражку, поэтому вопрос о поездках на автобусе и электричке отпал. К тому же оказалось, что Киряевка совсем неплохое место. Несмотря на мои опасения, там имелись водопровод, газ, электричество и даже городской телефон с Интернетом. Конечно, Ленинградка превратилась в ад, поток машин стоит на ней плотной массой, но ведь движение затруднено по всем столичным магистралям. Особенно на Садовом кольце или Тверской. Несчастные обитатели Центрального округа вынуждены часами мучиться, мечтая выехать за его пределы. Причем кислорода в центре нет, а в Киряевке изумительный воздух, зимой он несет аромат антоновских яблок, а летом — жасмина, сирени, тюльпанов, нарциссов.

Жизнь Лаврентьевых теперь течет вполне мирно, Нина руководит институтом, Арина работает, Эрик бегает по окрестностям Киряевки, пытаясь отрыть — в прямом смысле слова! — бесценное собрание книг. После долгих лет, которые ученый посвятил поискам, логично было прийти к выводу: Панкрат Варваркин либо распродал библиотеку, либо лихо врал о ее существовании. Иначе почему до сих пор нигде не всплыли издания, описанные в пресловутом каталоге? После смерти Панкрата прошло почти сто лет, наследников у Варваркина не осталось, так где книги? Неужто лежат в укромном месте?

«Их просто и не было», — решили все, знавшие об этой истории, и успокоились. И только профессор постоянно вычислял все новые и новые координаты тайника, но, увы, каждый раз терпел сокрушительную неудачу.

— Чем бы дитя ни тешилось, лишь бы не плакало, — философски отвечала Нина на мой дежурный вопрос о делах ее мужа. — Пусть ищет, занят чем-то — и ладно.

И вот сейчас Лаврентьева в ажиотаже сообщила:

— Эрик обнаружил библиотеку.

— Не может быть, — ахнула я.

— Я сама не поверила! — еще громче закричала она. — Да, ему это удалось! Хочешь к нам приехать?

— Уже лечу! — завопила я. — Минут через сорок буду в Киряевке.

— Не задерживайся, — попросила вдруг Нина.

Я, начисто выбросив из головы мысль о собачьих консервах, вырулила на шоссе и понеслась прочь от Москвы. По «бетонке», некогда секретной, закрытой военной дороге, а теперь самой обычной магистрали, я доберусь до Ленинградки намного быстрее, чем по МКАД.

письма

Советы от безумной оптимистки Дарьи Донцовой

рецепты

***Дорогие мои**, я очень люблю вас, но, увы, не имею возможности сказать о своих чувствах лично каждому читателю.*
В издательство «Эксмо» на имя Дарьи Донцовой ежедневно приходят письма. Я не способна ответить на все послания, их слишком много, но обязательно внимательно изучаю почту и заметила, что мои читатели, как правило, либо просят у Дарьи Донцовой новый кулинарный рецепт, либо хотят получить совет. Но как поговорить с каждым из вас?
Поломав голову, сотрудники «Эксмо» нашли выход из трудной ситуации. Теперь в каждой моей книге будет мини-журнал, где я буду отвечать на вопросы и подтверждать получение ваших писем. Не скрою, мне очень приятно читать такие теплые строки.

Совет № раз
Рецепт «Пальчики оближешь»

Рыбный пирог-суфле

Что нужно:

600 г рыбного филе
100 г тертого сыра
4 ст. ложки томат-пюре
3 ст. ложки сливочного масла
3 ст. ложки муки
300 мл молока
3 яйца
растительное масло
соль
перец

Что делать:

Сливочное масло растопить на сковороде, обжарить в нем муку. Смесь развести молоком. В нее положить томат-пюре и сыр, посолить, поперчить. Растереть желтки и все смешать – вот вам и соус. Рыбное филе порезать, припустить в масле, залить соусом. Добавить взбитый белок. Форму смазать растительным маслом и вылить в нее полученную массу. Пирог печем в духовке до тех пор, пока поверхность его не станет румяной.

Приятного аппетита!

Совет № два

Как побороть бессонницу

- *Если вы плохо спите, то вам может помочь липа. Возьмите 2 ст. ложки сухих цветков липы и залейте их одним стаканом горячей воды. На маленьком огне прокипятите все это 5 минут, дайте немного настояться, процедите и выпейте настой теплым. При желании вы можете добавить туда чайную ложечку меда.*
- *Если вы мучаетесь бессонницей, то за час до сна можно принять ванну с травами. Возьмите по горсти валерьяны, ромашки, полыни и заварите их в кастрюле кипятком. Кастрюля должна быть трехлитровая, настаивать отвар нужно 2 часа, потом все это процеживаете, выливаете в ванну с теплой водой и лежите там 15 минут. Впрочем, вместо травы в ванну можно добавить несколько капель мятного или ромашкового эфирного масла, помогает очень хорошо.*
- *А еще, если вы плохо спите, под подушку можно положить мешочек с сухим хмелем, мелиссой, лавандой или мятой. А еще старый способ, известный нашим бабушкам: поставьте в спальне горшок с геранью, она очень хорошо успокаивает.*

Письма читателей

Дорогие мои, писательнице Дарье Донцовой приходит много писем, в них читатели сообщают о своих проблемах, просят совета. Я по мере сил и возможностей стараюсь ответить всем. Но есть в почте особые послания, прочитав которые понимаю, что живу не зря, надо работать еще больше, такие письма вдохновляют, окрыляют и очень, очень, очень радуют. Пишите мне, пожалуйста, чаще.

Здравствуйте, уважаемая Дарья Аркадьевна!

Пишет Вам Ваша читательница, Людмила Олеговна! Большой привет Вам из города Раменское. Работаю я в школе-саду в группе продленного дня, с детьми начальных классов. Люблю читать Ваши книги, да и мои подруги поклонницы Вашего таланта. Обмениваемся новинками, смеемся над особо удавшимися шутками, обсуждаем героев и ситуации, в которые они попадают.

Моя дочь Ирина, ей 15 лет, тоже с удовольствием даже не читает, а « проглатывает» Ваши книги. В Даше Васильевой мы представляем Вас. В этом наше мнение с дочерью совпадает. Черпаю из Ваших книг оптимизм, умение смотреть на жизнь проще, отбрасывать мрачные мысли, искать выход из сложных ситуаций.

По своей природе я пессимист, поэтому заряжаюсь оптимизмом через Ваши книги, от Ваших героев. Большое удовольствие получила от книги «Записки безумной оптимистки». Нашла много схожих моментов в нашей с Вами биографии. Второй брак родителей, разница в возрасте с сестрой родной и двоюродной на двадцать с лишним лет и т.д. Только отец был у меня обыкновенным инженером, очень умным, начитанным интеллигентом. Разница в возрасте у нас с Вами небольшая, мне 48 лет. Есть сын, младшая дочь, любимый муж и любимый кот Сема.

Но пишу я Вам не для того, чтобы рассказать о себе, а сказать, что я очень рада, что у нас с Вами много общего, за исключением, наверное, воли и силы духа, которым я учусь у Вас. Я уважаю Вас за умение справляться с трудностями, но в то же время показывать и свои слабости. Уважаю за победу над страшной болезнью. Ценю Ваше отношение к людям, простым людям. Уважение и простота. У моей приятельницы Татьяны заболела раком мама, и я решила дать ей почитать Вашу книгу «Записки безумной оптимистки». Очень хочется, чтобы она помогла ей в борьбе с этим недугом.

Наши дети в школе, ученики 3-х и 4-х классов, тоже читают Ваши книги. Я считаю, что им еще рановато читать эти книги, но им нравится.

Хорошо, что принимаете участие и в телевизионных передачах, так легче с Вами познакомиться, побольше о Вас узнать. Мне нравится творчество Марининой, Устиновой , и очень хорошо, что Вы, Дарья, с уважением о них отзываетесь. Спасибо Вам за это. Пишите свои книги, кулинарные рецепты, биографию, мы очень рады этому. Будем читать о Вас с большим удовольствием, и Ваши книги, конечно, тоже.

С большим уважением Ваша читательница Людмила

СОДЕРЖАНИЕ

Донцова Д. А.

Д 67 Диета для трех поросят: Роман; Фейсконтроль на главную роль. Главы из нового романа. Советы от безумной оптимистки Дарьи Донцовой: Советы / Дарья Донцова. — М.: Эксмо, 2008. — 384 с. — (Иронический детектив).

Ну как же пампушечке Тане Сергеевой похудеть, если вокруг столько соблазнов! Куда ни глядь — на прилавках такие аппетитные пирожные да тортики, нарезка колбасная и прочие вкусности. А в витринах — красивая одежда для стройняшек! Правда, пока не помогает сбросить лишние килограммы ни то, что Таня снова сидит на диете, ни то, что ей приходится крутиться как белке в колесе. Сейчас госпоже Сергеевой, сотруднице агентства «Прикол», нужно изображать... няню для впавшего в детство банкира. А тот возьми да и умри у нее на глазах! Хотя нет, тут явное убийство. Сплошные загадки! Конечно, Таня не может остаться в стороне, придется ей задействовать все свои дедуктивные способности, чтобы пролить свет на эту покрытую мраком историю...

УДК 82-3
ББК 84(2Рос-Рус)6-4

ISBN 978-5-699-27181-8

Оформление серии *В. Щербакова*

Литературно-художественное издание

Дарья Донцова

ДИЕТА ДЛЯ ТРЕХ ПОРОСЯТ

Ответственный редактор *О. Рубис*
Редакторы *Т. Семенова, И. Шведова*
Художественный редактор *В. Щербаков*
Художник *В. Остапенко*
Технический редактор *О. Куликова*
Компьютерная верстка *О. Шувалова*
Корректор *Е. Варфоломеева*

ООО «Издательство «Эксмо»
127299, Москва, ул. Клары Цеткин, д. 18/5. Тел. 411-68-86, 956-39-21.
Home page: **www.eksmo.ru** E-mail: **info@eksmo.ru**

Подписано в печать 25.03.2008.
Формат 84×108 $^{1}/_{32}$. Гарнитура «Таймс». Печать офсетная.
Бумага тип. Усл. печ. л. 20,16.
Тираж 250 000 экз. (1-й завод – 165 100 экз.) Заказ № 3384.

Отпечатано в полном соответствии
с качеством предоставленных диапозитивов
в ОАО «Можайский полиграфический комбинат».
143200, г. Можайск, ул. Мира, 93.